Edgar Rice Burroughs
Die Götter des Mars

Edgar Rice Burroughs ist einer der populärsten Autoren der Welt. Ohne vorherige Erfahrung als Autor schrieb er im Jahre 1912 seinen ersten Roman „Die Prinzessin vom Mars". In den folgenden 38 Jahren bis zu seinem Tode im Jahre 1950 schrieb Burroughs 91 Bücher und eine Unmenge Kurzgeschichten und Artikel. Obwohl am besten bekannt als Schöpfer des klassischen „Tarzan von den Affen" und „John Carter vom Mars", waren seiner rastlosen Vorstellungskraft keine Grenzen gesetzt. Burroughs produktive Feder bewegte sich vom Amerikanischen Westen zum primitiven Afrika und weiter zu romantischen Abenteuern auf dem Mond, den Planeten und sogar jenseits der fernsten Sterne.

Niemand weiß, wieviele Exemplare von Burroughs' Büchern in der ganzen Welt veröffentlicht wurden. Vorsichtig geschätzt muß diese Anzahl, in über 50 bekannte Sprachen übersetzt, in hunderte Millionen gehen.

Hinzuzählen muß man noch die Vielzahl von Comics, Kino- und Fernsehfilmen, deren Grundlage die Romane Burroughs' bilden.

Edgar Rice Burroughs
Die Götter DES MARS

KRANICHBORN VERLAG LEIPZIG

Aus dem Amerikanischen übersetzt von Franziska Willnow
Titel der Originalausgabe: THE GODS OF MARS

1. Auflage
© 1996 by KRANICHBORN VERLAG LEIPZIG
für die einzig berechtigte Ausgabe in deutscher Sprache

COVER ART by JOE JUSKO
(Inclusive Vorsatz)
LAYOUT by FRANK NEUBAUER
ISBN 3-930040-42-5

Vorwort

Es ist nun zwölf Jahre her, daß ich die sterblichen Überreste meines Großonkels, Hauptmann John Carter aus Virginia, in jenem eigenartigen Mausoleum auf dem alten Friedhof in Richmond beisetzte und den Augen der Menschheit für immer entzog.

Oft hatte ich über die merkwürdigen Instruktionen gegrübelt, nach denen ich das monumentale Grabmal hatte errichten müssen, besonders über jene Passage, in der er anwies, den Sarg offen zu lassen, sowie über die riesige Tür, deren Riegel mit einem komplizierten Mechanismus versehen war, so daß sie nur von innen zu öffnen war.

Es ist nun zwölf Jahre her, daß ich das bemerkenswerte Manuskript dieses bemerkenswerten Mannes gelesen habe, eines Mannes, der sich nicht an seine Kindheit erinnern konnte und dem es Mühe bereitete, auch nur annähernde Angaben über sein Alter zu machen. Er war noch immer jung und hatte dennoch den Urgroßvater meines Großvaters auf seinen Knien geschaukelt. Zehn Jahre hatte dieser Mann auf dem Planeten Mars verbracht, kämpfte sowohl für die grünen Menschen von Barsoom als auch gegen sie, war Freund und Feind der roten Menschen, gewann die ewig schöne Dejah Thoris, die Prinzessin von Helium, zur Frau und lebte ungefähr zehn Jahre lang als Prinz im Haus von Tardos Mors.

Zwölf Jahre waren vergangen, seit man Johns Leichnam vor seinem Haus am Steilufer des Hudson aufgefunden hatte. Während dieser langen Jahre habe ich mich oft gefragt, ob John Carter wirklich tot war oder ob er erneut auf den toten Meeren des sterbenden Planeten Mars umherzog. War er nach Barsoom zurückgekehrt, um herauszufinden, ob er die verfluchten Türen der riesigen Atmosphärenfabrik rechtzeitig geöffnet und Millionen von Menschen vor dem Erstickungstod gerettet hatte, an jenem längst vergangenen Tag, an dem er so unbarmherzig achtundvierzig Millionen Meilen durchs Weltall zurück zur Erde geschleudert worden war? Ich fragte mich, ob er seine schwarzhaarige Prinzessin gefunden hatte, und ob der feingliedrige Sohn aus seinen Träumen mit ihr in den Palastgärten von Tardos Mors auf den Vater wartete.

Oder hatte er feststellen müssen, daß er zu spät kam, und war dem Tod in einer untergehenden Welt entgegengetreten? Oder war er etwa wirklich von uns gegangen, um weder zu seiner Mutter Erde noch zu seinem geliebten Mars zurückzukehren?

Darüber konnte ich nur sinnlose Vermutungen anstellen, bis mir an einem schwülen Abend im August der alte Ben, mein Bediensteter, ein Telegramm aushändigte. Ich riß es auf und las:

'Komm morgen zum Hotel Raleigh in Richmond.'

John Carter

Früh am nächsten Morgen nahm ich den ersten Zug nach Richmond, wo man mich zwei Stunden später in John Carters Zimmer geleitete.

Als ich eintrat, erhob er sich, um mich zu begrüßen, auf dem schönen Gesicht das wohlbekannte, herzliche Willkommenslächeln. Äußerlich war er nicht um eine Minute gealtert, sondern noch immer der hochgewachsene, feingliedrige Kriegsmann im Alter von etwa dreißig Jahren. Die scharfen, grauen Augen waren ungetrübt, und die einzigen Linien auf seinem Gesicht, jene, die von einem stählernen Charakter und Entschlossenheit zeugten, hatten sich meiner Erinnerung nach schon vor ungefähr fünfunddreißig Jahren bei unserer ersten Begegnung dort befunden.

„Tja, Neffe", begrüßte er mich. „Glaubst du dich einem Geist gegenüber, oder fühlst du dich eher so, als habest du einen von Onkel Bens Cocktails zuviel zu dir genommen?"

„Eher letzteres, vermute ich. Zwar geht es mir großartig, doch nimmt mich nur das Wiedersehen sehr mit", entgegnete ich. „Warst du wieder auf dem Mars? Erzähle! Und Dejah Thoris? Du hast sie wohlbehalten angetroffen, als sie auf dich wartete?"

„Ja, ich war wieder auf Barsoom - aber das ist eine lange Geschichte, zu lang, um sie in der kurzen Zeit zu erzählen, die bis zu meiner Abreise noch bleibt. Ich habe das Geheimnis gelüftet, Neffe. Nach Belieben kann ich durch das weglose Nichts reisen, zwischen den zahlreichen Planeten hin und her, wie ich will. Doch mein Herz gehört Barsoom, und solange es dort in den Händen meiner Marsprinzessin liegt, zweifle ich, daß ich die untergehende Welt, der ich mich verschrieb, je wieder verlassen werde. Ich bin gekommen, da ich dich aufrichtig liebe und ich dich noch einmal sehen wollte, bevor du in jene Welt eingehst, die ich niemals kennen werde und die ich, der ich dreimal starb und heute abend ein weiteres Mal sterben werde, ebensowenig begreifen werde wie du. Sogar die weisen und geheimnisvollen Therns in Barsoom, die Anhänger des uralten Kults, die seit Jahrhunderten das Geheimnis von Leben und Tod in den uneinnehmbaren Festungen auf den uns zugewandten Abhängen des Gebirges Otz hüten sollen, wissen davon ebenso wenig wie wir. Ich habe es nachgeprüft, obwohl ich dabei fast mein Leben gegeben hätte. Doch das sollst du alles in den Niederschriften der vergangenen drei Monate lesen, welche ich auf der Erde verbrachte."

Er tätschelte das dicke Aktenbündel, das neben seinem Ellenbogen auf dem Tisch lag.

„Ich weiß, es interessiert dich, du glaubst mir, und auch die Menschen müssen es wissen, obschon sie diesen Zeilen viele Jahre, ja sogar viele Jahrhunderte lang keinen Glauben schenken werden, da sie das Geschriebene nicht nachvollziehen können. Die Menschen auf der Erde sind einfach noch nicht so weit, die Dinge zu verstehen, die ich hier aufgezeichnet habe. Gib ihnen, was du für geeignet erachtest, was ihnen deiner Ansicht nach nicht schadet, doch sei nicht verletzt, wenn sie dich auslachen."

An diesem Abend begab ich mich mit ihm zum Friedhof. Am Zugang zur Grabkammer wandte er sich um, gab mir die Hand und sagte: „Leb wohl, Neffe. Vielleicht sehen wir uns niemals wieder, denn ich bezweifle, daß ich es ein weiteres Mal über mich bringe, meine Frau und den Jungen allein zu lassen, solange sie leben, und die Lebensspanne auf Barsoom beträgt weit über tausend Jahre."

Er betrat die Grabkammer. Die große Tür fiel langsam zu, die schweren Riegel schoben sich knirschend an Ort und Stelle, und das Schloß klickte. Ich habe Hauptmann John Carter aus Virginia nie wiedergesehen.

Doch vor mir liegt die Geschichte von seiner zweiten Rückkehr auf den Mars, wie ich sie aus den unzähligen Niederschriften zusammentrug, die er auf dem Tisch seines Hotelzimmers in Richmond zurückgelassen hatte.

Vieles hiervon wage ich nicht zu veröffentlichen. Doch wird der Leser die Geschichte des Soldaten aus Virginia und seiner neuerlichen Suche nach Dejah Thoris, der Prinzessin von Helium, wohl noch beeindruckender finden als das erste, der Welt bereits vorliegende Manuskript, in welchem wir mit ihm die toten Meere durchsegelten, im Schein der Monde des Mars.

Edgar Rice Burroughs

Die Pflanzenmenschen

Als ich in jener klaren, kalten Nacht im frühen März 1886 am Steilufer vor meinem Haus stand, wirkte der majestätische Hudson-River auf mich wie das graue und stille Gespenst eines toten Flusses. Wieder spürte ich den seltsamen, zwingenden Einfluß des mächtigen Kriegsgottes, meines geliebten Mars, den ich zehn lange und einsame Jahre mit ausgestreckten Armen angefleht hatte, mich zu meiner verlorenen Liebe zurückzutragen.

Diese unwiderstehliche Anziehungskraft des Schutzpatrons meines Berufsstandes hatte sich meiner seit jener Märznacht 1866 nicht wieder bemächtigt, als ich vor jener Höhle in Arizona stand, in der meine sterbliche Hülle lag, bekleidet mit dem stillen und leblosen Gewand des irdischen Todes.

Die Arme flehend dem Stern entgegengestreckt, einem rotglühenden Auge, stand ich und betete um die Rückkehr jener seltsamen Macht, die mich zweimal durch das unermeßliche Weltall getragen hatte, ich betete wie schon tausend Nächte zuvor, während der langen zehn Jahre des Wartens und Hoffens.

Plötzlich befiel mich Übelkeit, vor mir geriet alles ins Schwimmen, die Knie gaben unter mir nach, und ich stürzte der Länge nach am Rand des schwindelerregenden Steilufers zu Boden.

Augenblicklich klärte sich vor mir alles wieder auf, und die grauenhaften Geschehnisse in der gespenstischen Höhle in Arizona wurden vor meinen Augen lebendig. Wie in jener weit zurückliegenden Nacht verweigerten meine Muskeln dem Willen den Dienst. Mir war, als ob ich sogar hier am Ufer des stillen Hudson das schreckliche Stöhnen und Rascheln des furchteinflößenden Wesens hören konnte, das mir damals im verborgenen Teil der Höhle aufgelauert und mich bedroht hatte. Erneut unternahm ich übermenschliche Anstrengungen, um die seltsame Lähmung zu überwinden, die mich befallen hatte, wieder ertönte das scharfe Klicken, wie wenn gespannter Draht zerreißt, und ich stand nackt und frei neben dem leblosen, starr dreinblickenden Ding, in dem soeben noch das warme, rote Blut von John Carter, mein Blut, pulsiert hatte.

Ohne meine sterbliche Hülle eines Abschiedsblickes zu würdigen, sah ich wieder zum Mars, streckte die Hände in Richtung der düsterroten Strahlen aus und wartete.

Es dauerte nicht lange. Kaum hatte ich mich umgewandt, als ich schnell wie der Gedanke durch das schreckliche, vor mir liegende Nichts schoß. Genau wie vor zwanzig Jahren fühlte ich es einen Augenblick lang undenkbar kalt und äußerst dunkel um mich herum werden. Als ich die Augen wieder aufschlug, befand ich mich in einer anderen Welt, unter den sengenden Strahlen einer fremden Sonne, die durch eine winzige Öffnung in der Baumdecke eines Waldes drangen, in dem ich lag.

Die Landschaft, die ich erblickte, war für den Mars so untypisch, daß mir das Herz beinahe stehenblieb, vor Angst, ein grausames Schicksal habe mich auf irgendeinen fremden Planeten verschlagen.

Warum nicht? Welchen Führer hatte ich denn in der weglosen Einöde des Weltalls? Welche Sicherheit gab es, daß ich nicht auf einen weit entfernten Stern eines anderen Sonnensystems geschleudert worden war?

Ich lag auf einem kurzgeschnittenen Rasen, einer Art von rotem Gras, inmitten eines Hains fremdartiger, schöner Bäume, die von riesigen, prächtigen Blüten bedeckt waren und auf denen unzählige glänzende, doch stumme Vögel hockten. Ich nenne sie Vögel, da sie Flügel hatten, doch kein Sterblicher bekam jemals solche merkwürdig geformten, unirdischen Geschöpfe zu Gesicht.

Die Vegetation glich der in der Heimat der roten Marsmenschen bei den großen Wasserstraßen, aber diese Bäume und Vögel hatte ich auf dem Mars noch nie gesehen. Dann entdeckte ich weiter hinten etwas, mir auf dem Mars ebenfalls nicht Bekanntes - ein offenes Meer, dessen blaues Wasser unter der bronzenen Sonne gleißte.

Als ich aufstand, um auf Erkundungstour zu gehen, machte ich dieselben komischen Erfahrungen wie damals bei meinen ersten, verhängnisvollen Gehversuchen auf dem Mars. Die geringere Anziehungskraft des kleineren Planeten und der niedrigere Luftdruck der dünnen Atmosphäre boten den Muskeln des Erdenmenschen, der ich war, so geringen Widerstand, daß mich bereits die zum Aufstehen erforderlichen Anstrengungen mehrere Fuß in die Lüfte beförderten und ich schließlich kopfüber im seidigen Gras dieser seltsamen Welt landete.

Das bestärkte meine Vermutung, mich in einer mir noch unbekannten Gegend des Mars zu befinden. Dies lag durchaus im Rahmen des Möglichen, da ich während meines zehnjährigen Aufenthaltes nur einen winzigen Teil seiner riesigen Weiten erschlossen hatte.

Ich erhob mich, lachend über meine Vergeßlichkeit, und hatte es bald wieder gelernt, meine irdischen Kräfte den ungewohnten Bedingungen anzupassen.

Als ich langsam den kaum wahrnehmbaren Abhang zum Meer hinablief, fiel mir das Parkähnliche meiner Umgebung auf. Das teppichartige Gras war kurz, es erinnerte an einen alten englischen Rasen; das untere Geäst der Bäume hatte man offenbar bis zu einer Höhe von fünfzehn Fuß sorgfältig beschnitten. So sah der Wald aus geringer Entfernung in jeder Richtung wie ein riesiges Zimmer mit einer sehr hohen Decke aus.

All diese Hinweise auf eine gewissenhafte und systematische Pflege überzeugten mich davon, daß ich bei meinem zweiten Besuch auf dem Mars das Glück hatte, den Fuß in zivilisiertes Gebiet zu setzen, so daß mir von Anfang an Gastfreundlichkeit und Fürsorge zuteil wurden, wie sie einem Prinzen des Hauses von Tardos Mors geziemten.

Je näher ich zur See kam, desto mehr wuchs meine Bewunderung für den Wald. Die dicken Stämme, einige von ihnen mit reichlich einhundert Fuß Durchmesser, zeugten von der ungewöhnlichen Höhe der Bäume, welche ich nur erahnen konnte, da das Blätterdach so dicht war, daß ich nicht mehr als sechzig, achtzig Fuß nach oben blicken konnte.

So weit ich sehen konnte, waren die Stämme, Äste und Zweige so glatt und glänzend wie das Furnier eines nagelneuen Klaviers. Einige Bäume waren schwarz wie Ebenholz, während ihre unmittelbaren Nachbarn im Dämmerlicht klar und weiß wie feines Porzellan schimmerten, azurblau, scharlachrot, gelb oder in dunklem Purpur gefärbt waren.

Genauso bunt und abwechslungsreich war das Laubwerk, während die unzähligen Blüten mit unseren Worten nicht zu beschreiben waren. Ihre Schönheit wiederzugeben hätte selbst die Götter vor eine schwierige Herausforderung gestellt.

Als ich am Waldrand ankam, sah ich zwischen den Bäumen und der offenen See einen breiten Streifen Wiesenland. Ich wollte schon aus dem Schatten treten, da wurden allen romantischen und poetischen Betrachtungen über die reizvolle Landschaft ein jähes Ende gesetzt.

Links sah ich nur die See, mir gegenüber konnte ich undeutlich das andere Ufer erkennen, während sich zu meiner Rechten ein mächtiger Fluß zwischen scharlachfarbenen Ufern majestätisch in Richtung Meer ergoß.

Ein Stück flußaufwärts erhoben sich riesige Felsklippen, denen der große Fluß wohl entsprang.

Doch nicht diese ehrfurchtgebietenden, prächtigen Zeugnisse der Erhabenheit von Mutter Natur lenkten plötzlich meine Blicke auf sich, sondern die etwa zwanzig Individuen, welche sich gemächlich am Ufer des mächtigen Flusses entlangbewegten.

Es waren merkwürdige, groteske Gestalten, wie ich sie auf dem Mars noch nie zu Gesicht bekommen hatte. Von weitem schienen sie dem Menschen zu ähneln. Die größeren Exemplare waren aufgerichtet etwa zehn, zwölf Fuß groß, wobei die Proportionen der unteren Gliedmaßen und des Rumpfes denen des Erdenmenschen entsprachen.

Ihre Arme waren allerdings sehr kurz, und meiner Meinung nach wirkten sie, als seien sie nach Art der Elefantenrüssel geschaffen, denn die Kreaturen vollführten damit schlangenartige, wellenförmige Bewegungen, als ob sie völlig knochenlos oder zumindest nur mit Wirbeln ausgestattet waren.

Als ich sie so aus der Deckung eines riesigen Baumstammes beobachtete, bewegte sich eine der Kreaturen langsam in meine Richtung, wie ihre Artgenossen davon in Anspruch genommen, mit den merkwürdig geformten Händen über den Rasen zu fahren. Jedoch konnte ich nicht feststellen, welchem Zweck diese Tätigkeit diente.

Das Wesen kam dicht an mich heran, und deshalb konnte ich es sehr gut betrachten. Obwohl ich mit seiner Art später besser bekannt werden sollte, muß ich sagen, daß mir ein einziger, kurzer Blick auf dieses schreckliche Spottbild der Natur völlig genügt hätte. Das schnellste Flugzeug der Luftwaffe von Helium hätte mich nicht schnell genug aus der Reichweite dieses entsetzlichen Geschöpfes schaffen können.

Der unbehaarte Körper war von einem merkwürdigen, düsteren Blau, mit Ausnahme eines breiten weißen Kreises um das einzige hervorstehende Auge: Ein Auge, das ausschließlich weiß war - die Pupille, die Iris und der gesamte Augapfel.

Als Nase diente ein zerklüftetes, entzündetes, rundes Loch in der Mitte seines leeren Gesichtes. Es wies eine erschreckende Ähnlichkeit mit einer frischen Schußwunde auf, die noch nicht zu bluten begonnen hatte.

Unter dieser widerwärtigen Öffnung war das Gesicht bis zum Kinn leer, denn einen Mund konnte ich bei dem Wesen nicht entdecken.

Seinen Kopf bedeckte eine verfilzte Masse kohlrabenschwarzen Haares von acht, zehn Zoll Länge. Jedes Haar war dick wie ein fetter Angelwurm, und wenn die Kreatur mit den Kopfmuskeln zuckte, schien sich diese furchteinflößende Mähne zu winden, zu zappeln und in das gräßliche, unbehaarte Gesicht zu kriechen, als ob jedes einzelne Haar sich unabhängig von den anderen bewegen konnte.

Rumpf und Beine hatte die Natur wie bei den Menschen symmetrisch gestaltet, auch die Füße besaßen, abgesehen von der immensen Größe, menschliche Form. Von der Ferse bis zu den Zehen waren sie reichlich drei Fuß lang, sehr flach und breit.

Als die Kreatur in meine Nähe kam, entdeckte ich, daß es sich bei den seltsamen Bewegungen, mit denen die merkwürdigen Hände über den Rasen glitten, um eine spezielle Art der Nahrungsaufnahme handelte: Mit den rasierklingenartigen Krallen schnitt das Wesen das zarte Gras ab und saugte es mit den beiden auf den Handflächen befindlichen Mündern durch die armähnlichen Hälse auf.

Zusätzlich zu den bereits beschriebenen Eigenarten verfügte das Geschöpf über einen dicken Schwanz von ungefähr sechs Fuß Länge, der am Ansatz rund war, sich jedoch zum Ende hin zu einer flachen, senkrecht zum Erdboden stehenden Klinge zuspitzte.

Bei weitem am eindrucksvollsten aber waren die beiden winzigen Nachbildungen von etwa sechs Fuß Länge, die von den Armbeugen der bemerkenswerten Kreatur hinabbaumelten. Sie hingen an dünnen Schläuchen, welche die Mitte ihrer Köpfe mit dem Körper des Muttertieres verbanden.

Ob das die Nachkommen waren oder einfach ein weiterer befremdlicher Körperteil, wußte ich damals nicht.

Während ich mich der genaueren Betrachtung dieses unheimlichen, monströsen Wesens gewidmet hatte, war auch der Rest der Herde beim Weiden nähergekommen, und nun sah ich, daß nicht an allen solche kleineren Exemplare hingen. Außerdem unterschieden sich die Kleinen untereinander hinsichtlich der Größe. Von ungeöffneten, winzigen Knospen mit einem Zoll Durchmesser, waren alle Entwicklungsstufen bis zum voll ausgebildeten, ungefähr zwölf Zoll großen Geschöpfen vertreten.

In der Herde weideten viele Kleine, die nicht viel größer waren als jene, die noch an ihren Eltern hingen. So schien die Gruppe von diesen Jungen bis hin zu den riesigen Erwachsenen alle Altersstufen einzuschließen.

Trotz des beängstigenden Aussehens der Wesen wußte ich nicht, ob ich sie fürchten mußte, denn sie schienen nicht besonders zum Kampf ausgerüstet zu sein. Ich wollte fast aus meinem Versteck hervortreten und mich ihnen zeigen, um herauszufinden, welche Wirkung der Anblick eines Menschen auf die Wesen hatte, da vernahm ich ein seltsam kreischendes Geräusch vom Steilufer zu meiner Rechten, welches meinen voreiligen Entschluß zum Glück im Keim erstickte.

Nackt und unbewaffnet wie ich war, hätten diese grausamen Kreaturen mir ein schnelles und schreckliches Ende bereitet, wenn ich meinen Gedanken rechtzeitig in die Tat umgesetzt hätte. Doch bei diesem Schrei wandte sich jedes Mitglied der Herde in die Richtung, aus der er kam, jedes einzelne schlangenähnliche Haar richtete sich auf, als sei es ein empfindungsfähiger Organismus, der die Quelle oder die Bedeutung des Wimmerns herausfinden wollte. Mit dieser Annahme irrte ich nicht, denn bei dem seltsamen Gewächs auf den Schädeln der Pflanzenmenschen von Barsoom handelt es sich um die tausend Ohren dieser entsetzlichen Kreaturen, den letzten Nachkommen jener seltsamen Rasse, die dem ursprünglichen Lebensbaum entstammt.

Sofort richtete sich jedes Auge auf einen riesigen Gesellen, offensichtlich den Anführer der Herde. Ein seltsam schnurrender Laut drang aus dem Mund einer seiner Handflächen, als er sich schnell in Richtung Steilufer auf den Weg machte. Die anderen folgten ihm sofort.

Sowohl die Geschwindigkeit als auch die Fortbewegungsart waren unglaublich. Mit großen Sätzen sprangen die Geschöpfe etwa zwanzig, dreißig Fuß weit, sehr nach der Art des Känguruhs.

Schnell entschwanden sie meinem Blick, da fiel mir ein, ihnen zu folgen. Ich ließ jegliche Vorsicht außer acht und setzte ihnen mit Sprüngen und Hüpfern über die Wiese hinterher, die selbst die ihrigen übertrafen, denn auf dem Mars, wo Anziehungskraft und Luftdruck geringer sind, erbringen die Muskeln des athletischen Erdenmenschen erstaunliche Leistungen.

Die Pflanzenmenschen begaben sich direkt auf die Quelle des Flusses am Fuße der Klippen zu, und als ich mich heranpirschte, bemerkte ich, daß der Boden hier mit Geröll übersät war, welches sich im Laufe der Zeit von den Felsen gelöst hatte.

Deswegen nahmen meine Augen das Entsetzliche erst wahr, als ich den Verursachern des jähen Aufbruchs fast gegenüberstand. Von einem kleineren Felsen sah ich, daß die Pflanzenmenschen eine kleine Gruppe von vielleicht fünf oder sechs grünen Marsmenschen von Barsoom, Männern und Frauen, einkreisten.

Nun bezweifelte ich nicht mehr, auf dem Mars zu sein, denn dies waren Angehörige jener wilden Horden, welche die vertrockneten Meeresböden und die Städte des untergehenden Planeten bewohnen.

Ich sah die hochgewachsenen Männer mit ihrer erhabenen Haltung, den glänzend weißen Stoßzähnen, die aus den wuchtigen Unterkiefern hervortraten und etwa in der Mitte der Stirn endeten, den an den Seiten befindlichen, hervorstehenden Augen, mit denen sie ohne Drehung des Kopfes vorwärts, rückwärts oder in beide Richtungen zugleich blicken konnten, den seltsamen antennenartigen Ohren, die über der Stirn lagen, und einem zusätzlichen Armpaar, das sich zwischen Schultern und Hüften befand.

Sogar ohne die glänzende grüne Haut und den ornamentalen Schmuck, der verriet, welchen Stämmen sie angehörten, hätte ich sie augenblicklich als das erkannt, was sie waren, denn wo sonst im Universum hätte man dergleichen schon gesehen?

Es waren zwei Männer und vier Frauen. Ihr Schmuck wies sie als Angehörige unterschiedlicher Gruppierungen aus. Das wunderte mich, da die verschiedenen Völker der grünen Menschen von Barsoom in ewigem Krieg miteinander leben. Niemals hatte ich grüne Marsmenschen verschiedener Stämme anders als im tödlichen Zweikampf vereint gesehen, mit Ausnahme des historischen Ereignisses, als der große Tars Tarkas von Thark einhundertundfünfzigtausend grüne Krieger aus verschiedenen Horden versammelt hatte, um gegen die zum Untergang verurteilte Stadt von Zodanga zu marschieren, wo er Dejah Thoris, die Prinzessin von Helium, aus den Klauen von Than Kosis befreien wollte.

Doch nun standen sie Schulter an Schulter mit angstgeweiteten Augen einem gemeinsamen Feind gegenüber, der bösartige Absichten hegte.

Sowohl die Männer als auch die Frauen waren mit langen Schwertern und Dolchen bewaffnet, doch konnte ich keine Gewehre sehen, mit denen sie sonst den grausamen Pflanzenmenschen kurzen Prozeß gemacht hätten.

Gleich darauf griff der Anführer der Pflanzenmenschen an. Sein Vorgehen war unerwartet und folgenschwer, denn die Kampftechniken der grünen Menschen kannten keine Abwehr gegen eine solch plötzliche Attacke, deren Art ihnen ebenso neu war wie ihre monströsen Gegner selbst.

Er stürmte bis auf zwölf Fuß auf die Gruppe zu und schwang sich dann mit einem Satz in die Luft, als wolle er auf ihre Köpfe springen. Den mächtigen Schwanz seitlich hoch erhoben, fegte der Pflanzenmensch dicht über seinen Opfern hinweg und ließ ihn plötzlich auf einem der Krieger niedergehen, dem dieser fürchterliche Schlag den Schädel zertrümmerte, als sei der eine Eierschale.

Der Rest der grauenerregenden Herde begann das kleine Häufchen nun immer schneller zu umkreisen. Ihre erstaunlichen Sprünge und das schrille Kreischen aus den unheimlichen Kehlen waren genau darauf ausgerichtet, ihre Opfer zu verwirren und zu verängstigen, so daß, als zwei der Angreifer gleichzeitig losprangen, dem Schlag ihrer schrecklichen Schwänze kein Widerstand entgegengesetzt wurde und zwei weitere grüne Marsmenschen auf unwürdige Weise zugrunde gingen.

Jetzt waren lediglich ein Krieger und zwei Frauen übrig. Es schien nur noch ein paar Sekunden zu dauern, bis auch sie tot auf dem scharlachroten Rasen liegen würden.

Doch als zwei weitere Pflanzenmenschen angriffen, schwang der Krieger, gewitzt durch die Erfahrungen der letzten Minuten, sein mächtiges Schwert und begegnete dem heranpfeifenden Koloß mit einer scharfen Klinge, welche diesen vom Kinn bis zur Leistengegend spaltete.

Der andere vermochte jedoch den beiden Frauen mit dem grausamen Schwanz einen einzigen Hieb zu versetzen, der beide zertrümmert zu Boden fegte.

Als der grüne Krieger seine letzten Gefährten verloren hatte und sah, daß ihn nun die gesamte Herde angriff, stürmte er ihr kühn entgegen, das lange Schwert auf furchterregende Weise schwingend, wie ich seine Leute im heftigen und fast ständig andauernden Krieg mit Stämmen ihrer eigenen Rasse oft erlebt hatte.

Nach links und rechts Schläge austeilend, bahnte er sich einen Weg durch die herankommenden Pflanzenmenschen und begann auf den Wald zuzustürmen, wo er offensichtlich Schutz und Rettung zu finden hoffte.

Er hatte den Weg zu dem an die Klippen grenzenden Waldstück eingeschlagen, so daß der wilde Wettlauf die gesamte Mannschaft weiter von dem Felsbrocken wegführte, wo ich mich aufhielt.

Angesichts seines heldenhaften Kampfes gegen eine derartige Übermacht war meine Bewunderung für den großartigen Krieger immer tiefer geworden. So handelte ich, wie es meine Art war, ohne langes Nachdenken, sprang sofort aus meinem felsigen Versteck und stürzte zu den Leichen der grünen Marsmenschen, im Kopf eine klar umrissene Idee.

Nach einem halben Dutzend Sätze war ich dort, und im nächsten Augenblick hatte ich die Verfolgung der fürchterlichen Monster aufgenommen, die den Flüchtling zusehends einholten. Doch ich hielt ein riesiges Schwert in der Hand, mein Innerstes war von der altbekannten Kampfeslust des Soldaten erfüllt, roter Nebel hing mir vor den Augen, und ich lächelte wie jedesmal vor einer Schlacht.

Alles in allem kam ich nicht zu früh, denn sie hatten den grünen Krieger schon auf halbem Wege zum Wald eingeholt, er stand nun mit dem Rücken an einem Felsen, während die Herde sich zischelnd und kreischend um ihn scharte.

Da die Untiere nur über ein Auge verfügten und alle hiermit gierig die Beute musterten, bemerkten sie mein lautloses Herankommen nicht. Bevor sie wußten, wie ihnen geschah, war ich mit meinem langen Schwert bei ihnen, und vier der Kreaturen lagen tot am Boden.

Einen Augenblick schreckten sie vor meinem heftigen Ansturm zurück. Der Krieger zeigte sich der Situation gewachsen und nutzte die Sekunde - er sprang neben mich, teilte nach rechts und links aus, wobei seine großen kreisenden Schläge eine Acht bildeten, wie ich es erst ein einziges Mal einen anderen Krieger hatte tun sehen. Er hielt erst inne, als keiner in seiner Nähe mehr am Leben war. Die scharfe Klinge ging durch Fleisch, Knochen und Metall wie durch Luft.

Als wir uns in das Gemetzel stürzten, erhob sich weit über uns der schon vorhin vernommene schrille, unheimliche Schrei, der die Herde zum Angriff gerufen hatte. Immer wieder ertönte er, doch wir hatten gegen die unbändigen und mächtigen Kreaturen zu kämpfen statt nach dem Urheber dieser schrecklichen Töne Ausschau zu halten.

Lange Nägel fuhren in irrsinniger Wut über uns; Krallen, scharf wie Rasierklingen, zerkratzten unsere Körper. Von Kopf bis Fuß haftete eine grüne, klebrige Flüssigkeit, wie sie aus einer zerdrückten Raupe quillt, an uns. Mit jedem Schnitt und Hieb unserer langen

Schwerter spritzte sie aus den verletzten Adern der Pflanzenmenschen, durch die sie sich wie Blut ihren Weg bahnte.

Da klammerte sich eines der schweren Monster an meinen Rücken, und als seine scharfen Krallen in mein Fleisch sanken und feuchte Lippen sich an die Wunden hefteten, fühlte ich, wie fürchterlich es ist, bei lebendigem Leibe ausgesaugt zu werden.

Ich war gerade mit einem bösartigen Gesellen beschäftigt, der von vorn an meine Kehle zu kommen versuchte, während zwei weitere auf teuflische Weise mit den Schwänzen nach mir ausholten.

Der grüne Krieger hatte in diesem Moment sehr mit seinen Gegnern zu tun, und ich wußte, daß ich dem ungleichen Kampf nur noch kurz gewachsen war. Da erkannte er meine Misere, riß sich los und fegte mir den Angreifer mit einem einzigen Schlag seines Schwertes vom Rücken, so daß ich, auf diese Weise erleichtert, mit dem anderen mühelos fertig wurde.

Wieder zusammen, standen wir fast nebeneinander gelehnt an den riesigen Felsbrocken. Das vereitelte den Kreaturen ihr Vorhaben, sich über uns zu schwingen und uns zu zerfetzen Da wir ihnen von Angesicht zu Angesicht durchaus gewachsen waren, konnten wir die Zahl der bisherigen Überlebenden weiterhin verringern, bis das schrille Geheul unsere Aufmerksamkeit erregte.

Diesmal schaute ich auf und entdeckte weit über uns auf einem kleinen Balkon, den die Natur ins Felsgestein gehauen hatte, ein seltsames Männlein. Den schrillen Schrei von sich gebend, winkte es in Richtung Fluß, wie um jemanden von dort herbeizuholen, deutete mit der anderen Hand auf uns und gestikulierte wild.

Ein Blick zum Fluß machte mir seine Absichten deutlich, und mich erfüllten fürchterliche Vorahnungen. Von weit her, vom Flachland und vom Wald, strömten Hunderte unserer Gegner herbei, begleitet von einigen seltsamen, unbekannten Monstern, die sich in rasender Geschwindigkeit aufrecht oder auf allen vieren auf uns wälzten.

„Das wird ein großartiger Tod, sieh!" wies ich meine Gefährten auf die neue Bedrohung hin.

Er warf einen kurzen Blick auf das Geschehen und entgegnete lächelnd: „Zumindest sterben wir im Kampf, wie es sich für große Krieger ziemt, John Carter."

Wir hatten soeben den letzten unserer unmittelbaren Widersacher zur Strecke gebracht, und ich wandte mich überrascht zu ihm hin, als ich meinen Namen hörte.

Voller Erstaunen erkannte ich vor mir den größten der grünen Menschen von Barsoom, ihren kühnsten Staatsmann und mächtigsten General, meinen besten Freund, Tars Tarkas, den Jeddak von Thark.

Eine Schlacht im Wald

Tars Tarkas und ich fanden keine Zeit für ein Plauderstündchen, als wir, inmitten der Leichen unserer grotesken Angreifer, vor dem großen Felsen standen. Aus allen Himmelsrichtungen strömten die furchteinflößenden Kreaturen herbei und folgten dem unheimlichen Ruf der seltsamen Gestalt hoch oben in der Felswand.

„Komm, laß uns versuchen, die Felsen zu erreichen!" rief Tars Tarkas. „Nur dort haben wir eine Chance, ihnen für kurze Zeit zu entkommen. Vielleicht finden wir eine Höhle oder einen kleinen Felsvorsprung, so etwas können zwei Krieger ewig gegen eine solche unbewaffnete und unorganisierte Horde verteidigen."

Wir stürmten über den scharlachfarbenen Rasen, wobei ich mich etwas zügelte, um meinen langsameren Gefährten nicht zurückzulassen. Bis zu den Klippen waren es etwa dreihundert Yard, dann mußten wir nur noch eine geeignete Barriere finden, von der aus wir unseren entsetzlichen Verfolgern Einhalt gebieten konnten.

Unser Vorsprung wurde zusehends kleiner, da rief Tars Tarkas mir zu, ich solle vorauslaufen und bereits nach einem günstigen Platz Ausschau halten. Das war eine gute Idee, denn so konnten wir viele wertvolle Minuten sparen. Ich lief aus Leibeskräften und war nach wenigen Sätzen am Fuß des Felsens.

Jäh stiegen die Felsklippen vom beinahe ebenen Boden auf. Ungleich den meisten Felsen, die ich bisher gesehen habe, hatte sich unten kein Geröll angesammelt, das einem das Klettern erleichtert hätte. Die abgesprengten größeren Felsbrocken, die von oben heruntergestürzt waren, nun auf der Erde lagen oder sich teilweise darin vergraben hatten, wiesen als einziges darauf hin, daß dieses steil aufragende Massiv überhaupt der Verwitterung ausgesetzt war.

Beim ersten oberflächlichen Blick auf die Felswand packte mich helle Angst, denn nirgendwo war etwas zu sehen, das in irgendeiner Form eine Zuflucht bot, abgesehen von dem natürlichen Balkon, von dem der unheimliche Herold noch immer seine schrille Botschaft verkündete.

Zu meiner Rechten führte der Felsen ins Dickicht des Waldes, der am Massiv endete und sich mit seinem prächtigen Laubwerk bis tausend Fuß über dem Erdboden gegen seinen schroffen und abweisenden Nachbarn schmiegte.

Zu meiner Linken sah ich nur Felswand, sie bildete die Stirnseite des breiten Tales und verlor sich schließlich in einer Kette des mächtigen Gebirges, von dem das Flachland eingeschlossen war.

Etwa tausend Fuß von mir entfernt schien der Fluß aus dem Felswerk hinauszubrechen. Dort bot sich mir meines Erachtens jedoch keinerlei Fluchtweg, und so wandte ich mich wieder dem Wald zu.

Der Felsen ragte über mir reichlich fünftausend Fuß in die Höhe. Die Sonne stand noch nicht im Zenit, so daß er halb im Schatten lag. Hier und da wurde das düstere Gelb des Gesteins von dunkelroten und grünen Streifen und Flecken, gelegentlich auch von weißem Quarz durchbrochen.

Es war ein großartiger Anblick, doch fürchtete ich, daß ich ihm im ersten Moment nicht die nötige Würdigung entgegenbrachte.

Jetzt dachte ich nur an Flucht, und während mein Blick auf der Suche nach einer Spalte immer wieder erfolglos über diese riesige Fläche schweifte, packte mich plötzlich unbändiger Haß, wie ihn ein Häftling für die grausamen und undurchdringlichen Wände seines Kerkers empfinden muß.

Tars Tarkas kam zusehends näher, doch noch schneller war die schreckliche Horde, die sich an seine Fersen geheftet hatte.

Das bedeutete, daß uns wohl nur der Weg in den Wald übrigblieb. Gerade wollte ich Tars Tarkas Zeichen geben, mir dorthin zu folgen, als die Sonne über der Felsspitze aufstieg. Die hellen Strahlen trafen auf die düstere Oberfläche, und augenblicklich brachen Millionen sprühender Funken von glänzendem Gold, flammendem Rot, sanftem Grün und strahlendem Weiß aus ihr hervor - kein menschliches Auge bekam jemals ein prächtigeres und bezauberderes Bild zu sehen.

Wie sich bei einer späteren Untersuchung endgültig herausstellte, durchzogen Adern und Erznester aus massivem Gold die Felswand, daß es beinahe so wirkte, als bestünde sie ausschließlich aus diesem wertvollen Metall, außer jener Stellen, an denen Blöcke von Rubinen, Smaragden und Diamanten zutage traten - nur ein schwacher und verlockender Hinweis auf die unermeßlichen und unschätzbaren Reichtümer, die tief hinter dieser prächtigen Oberfläche verborgen lagen.

Doch was mich in diesem Moment, als die Sonne die Felswand zum Erstrahlen brachte, am meisten fesselte, waren mehrere schwarze Flecken, die sich deutlich sichtbar hoch oben auf der prachtvollen Wand neben den Baumwipfeln abzeichneten und offenbar hinter dem Geäst weiterführten.

Augenblicklich erkannte ich, worum es sich dabei handelte: Es waren die Eingänge zu Höhlen in der Felswand. Erreichten wir sie, boten sie vielleicht einen Fluchtweg oder wenigstens vorübergehend Schutz.

Es gab nur einen Weg, und der führte über die gewaltigen, hoch aufragenden Bäume zu unserer Rechten. Daß ich sie erklimmen konnte, wußte ich, doch für jemanden mit der Größe und dem Gewicht von Tars Tarkas stellte es eine schier unlösbare Aufgabe dar, denn die Marsmenschen sind, gelinde gesagt, nur armselige Kletterer. Auf dem ganzen Planeten habe ich nicht einen Berg von mehr als viertausend Fuß Höhe gesehen, gemessen vom Grund der ausgetrockneten Meere, und da der Boden bis zu den Gipfeln sanft ansteigt, bieten diese kaum Übungsmöglichkeiten. Auch hätte kaum ein Marsmensch das Klettern üben mögen, denn es fand sich immer ein Weg, der am Fuße des Berges entlangführte, und diesen zogen sie dem kürzeren, aber mühevolleren Aufstieg vor.

Doch diesmal blieb uns nichts weiter übrig, als an einem der Bäume neben dem Felsen zu den Höhlen nach oben zu klettern.

Der Thark verstand sofort die Schwierigkeiten dieses Vorhabens, aber wir hatten keine andere Wahl, und so rannten wir los.

Unsere unnachgiebigen Verfolger hatten sich so dicht an unsere Fersen geheftet, daß es schien, als könne der Jeddak der Thark niemals vor ihnen den Wald erreichen. Auch verschwendete er nicht allzu viel Energie für diese Bemühungen, denn die grünen Menschen von Barsoom verabscheuen die Flucht. Ich habe noch keinen von ihnen vor dem Tod davonlaufen sehen, in welcher Form er ihm auch gegenüberstand. Und gerade Tars Tarkas hatte schon tausendmal, ja zehntausendmal im tödlichen Zweikampf mit Mensch und Tier bewiesen, daß er der mutigste Marsmensch von allen war. Und so wurde mir klar, daß es für seine Flucht einen anderen Grund geben mußte als Todesangst, so wie auch er wußte, daß mich eine größere Macht als Stolz oder Ehre anspornte, diesen wilden Zerstörern zu entkommen. In meinem Fall war es Liebe - die Liebe zur göttlichen Dejah Thoris. Doch warum der Thark plötzlich derart an seinem Leben hing, war mir ein Rätsel, denn eher ziehen diese absonderlichen, lieblosen und unglücklichen Menschen den Tod dem Leben vor.

Schließlich erreichten wir den Schatten der Bäume, während rechts hinter uns der schnellste unserer Verfolger, ein riesiger Pflanzenmensch, die Klauen schon voller Blutdurst nach uns ausgestreckt hatte, um seine Mäuler an uns zu heften.

Er kam etwa einhundert Yards vor seinen Leuten, und so rief ich Tars Tarkas zu, auf einen großen Baum zu klettern, dessen Äste den Felsen streiften. Ich würde währenddessen der Kreatur den Garaus machen, damit der des Kletterns unkundige Thark in der Zwischenzeit die weiter oben gelegenen Äste erreichen konnte, bevor die gesamte Horde bei uns war und unserer Flucht ein Ende setzte.

Doch ich hatte weder den Verstand des Pflanzenmenschen noch die Schnelligkeit in Betracht gezogen, mit der seine Leute die Entfernung zurücklegten.

Als ich mit dem langen Schwert nach der Kreatur ausholte, blieb sie wie angewurzelt stehen und fegte, während meine Klinge nur harmlos die Luft durchschnitt, mit dem bärenstarken Schwanz über den Grasteppich, so daß ich zu Boden geschleudert wurde. Sofort warf sie sich auf mich, doch bevor sie mir ihre schrecklichen Mäuler auf die Brust und den Hals setzen konnte, hatte ich beide der schlangenartigen Fangarme gepackt.

Der Pflanzenmensch verfügte über ein dickes Muskelpaket und war schwer und kräftig. Doch da ich die Stärke und Beweglichkeit eines Erdenmenschen besaß und zu einem tödlichen Würgegriff angesetzt hatte, wäre ich wahrscheinlich als Sieger hervorgegangen, hätten wir ungestört unsere Kräfte miteinander vergleichen können. Aber während wir miteinander unter dem Baum rangen, in dessen Laubwerk sich Tars Tarkas verzweifelt abplagte, sah ich über die Schulter meines Gegners hinweg die unzähligen Verfolger auf mich zugeströmt kommen.

Nun endlich begriff ich, worum es sich bei den anderen Monstern handelte, die gemeinsam mit den Pflanzenmenschen dem unheimlichen Ruf des Mannes in der Felswand gefolgt waren. Es waren die gefürchtetsten aller Kreaturen vom Mars - die großen weißen Affen von Barsoom.

Schon zu früherer Gelegenheit hatte ich Bekanntschaft mit ihrer Art gemacht, und ich kann sagen, daß von all den entsetzlichen, unheimlichen und grotesken Einwohnern dieser seltsamen Welt die weißen Affen mir am ehesten Furcht einflößten.

Ich denke, das liegt daran, daß die weißen Affen dem Erdenmenschen verblüffend ähneln und einem so wie Menschen vorkommen. Es ist die Kombination von Größe und Aussehen, die sie jedoch unheimlich macht.

Sie sind fünfzehn Fuß groß und bewegen sich aufrechten Ganges. Wie die grünen Marsmenschen verfügen sie über ein zusätzliches Armpaar zwischen den oberen und unteren Gliedmaßen. Die Augen stehen sehr dicht beieinander, liegen jedoch, anders als bei den grünen Marsmenschen, tief in den Höhlen. Die hoch angesetzten Ohren befinden sich seitlicher als bei den grünen Menschen; Mundpartie und Zähne ähneln jenen des afrikanischen Gorillas. Auf dem Kopf haben sie einen dichten Schopf borstigen Haares.

Meine Augen trafen die des weißen Affen und der Pflanzenmenschen, als ich über die Schulter meines Widersachers sah. Dann warfen sie sich in einem Knäuel auf mich - vor Wut knurrend, schnappend, schreiend und fauchend. Am schlimmsten von all den Geräuschen, die meine Ohren plagten, war für mich das furchteinflößende Zischen der Pflanzenmenschen.

Im Nu versenkten sich eine Unzahl grausamer Fänge und scharfer Krallen in mein Fleisch. Kalte Lippen saugten sich an meinen Arterien fest. Ich versuchte, mich ihnen zu entwinden, und obwohl mich ihre riesigen Körper niederdrückten, gelang es mir, wieder auf die Füße zu kommen. Mit dem langen Schwert in den Händen, das ich nun weiter unten, mehr wie einen Dolch anpackte, schaffte ich um mich herum ein solch verheerendes Durcheinander, daß ich kurz darauf völlig allein dastand.

Wenn auch das Schreiben darüber Minuten in Anspruch genommen hat, geschah doch alles binnen weniger Sekunden. Inzwischen hatte Tars Tarkas meine mißliche Lage bemerkt und sich von den unteren Ästen fallen gelassen, die er nach unendlichen Mühen erklommen hatte. Als ich mich gerade des letzten meiner bösartigen Gegenüber entledigte, sprang der Thark neben mich, und ein weiteres Mal kämpften wir Seite an Seite.

Immer wieder sprangen uns die wilden Affen an, und immer wieder schlugen wir sie mit unseren Schwertern zurück. Schwungvoll pfiffen die langen, kräftigen Schwänze der Pflanzenmenschen über uns hinweg, wenn sie uns aus verschiedenen Richtungen ansprangen oder leichtfüßig wie Windhunde über unsere Köpfe hinwegsetzten. Indes begegneten wir einem jeden Angriff mit einer funkelnden Klinge, gehalten von den Händen der beiden Männer, die schon seit zwanzig Jahren auf dem ganzen Mars berühmt waren, denn Tars Tarkas und John Carter waren die Namen, bei deren Klang die Herzen der Krieger des Mars höher schlugen.

Doch sogar die zwei besten Schwerter in der Welt der Soldaten halten nicht ewig einer überwältigenden Übermacht wilder und grausamer Kreaturen stand, die erst wissen, was Niederlage bedeutet, wenn der kalte Stahl dem Schlag ihrer Herzen Einhalt gebietet. Schritt für Schritt wurden wir zurückgetrieben. Schließlich standen wir mit dem Rücken zu dem riesigen Baum, den wir zu erklimmen gedacht hatten, und da wir unablässig angegriffen wurden, mußten wir immer wieder zurückweichen, bis wir zur Hälfte um den gigantischen Stamm gedrängt worden waren.

Plötzlich hörte ich Tars Tarkas, der voranging, frohlockend aufschreien.

„Hier ist mindestens Platz für einen von uns, John Carter", sagte er. Als ich hinabblickte, sah ich unten im Baumstamm eine Öffnung von etwa drei Fuß Durchmesser.

„Hinein mit dir, Tars Tarkas", rief ich, doch er zögerte, sagte, daß er nicht durch das kleine Loch passe, während ich hingegen mühelos hineinschlüpfen könne.

„Wir werden beide sterben, wenn wir draußen bleiben, John Carter. Es gibt eine winzige Chance für einen von uns. Nutze sie, und du bleibst am Leben, um mich zu rächen. Ich kann mich nicht durch so eine kleine Öffnung quetschen, während uns diese Horde Teufel von allen Seiten zusetzt."

„Dann werden wir zusammen sterben, Tars Tarkas, denn ich gehe nicht als erster", entgegnete ich. „Laß mich den Zugang verteidigen, während du hineinkriechst, ich bin kleiner und zwänge mich hinter dir hinein, ohne daß die Monster es verhindern können."

Noch immer kämpften wir unbändig gegen unsere Angreifer, verständigten uns in halben Sätzen, die durch teuflische Schnitte und Hiebe unterbrochen wurden.

Schließlich gab er nach, denn es schien der einzige Weg zu sein, um überhaupt einen von uns vor der ständig anwachsenden Schar von Feinden zu retten, die noch immer von allen Seiten aus dem Tal auf uns zuströmten.

„Es war schon von jeher deine Art, zuletzt an dein eigenes Leben zu denken, John Carter, und noch ähnlicher sieht es dir, anderen zu befehlen, wie sie zu leben und zu handeln haben, sogar dem größten aller Jeddaks, die auf Barsoom herrschen", sagte er. Auf seinem grausamen, harten Gesicht zeigte sich ein düsteres Lächeln, als er, der größte Jeddak von allen, sich umwandte, um den Befehlen eines Wesens aus einer anderen Welt zu gehorchen - eines Mannes, der nur halb so groß war wie er selbst.

„Wenn es dir nicht gelingt, John Carter, dann wisse, daß der grausame und herzlose Thark, dem du die Bedeutung des Wortes Freundschaft beigebracht hast, herauskommen wird, um neben dir zu sterben", sagte er.

„Wie du wünschst, mein Freund", entgegnete ich. „Doch schnell hinein, mit dem Kopf zuerst. Ich decke währenddessen deinen Rückzug!"

Immer noch zögerte er, denn nie zuvor in seinem ganzen Leben voller Kämpfe hatte er etwas anderem als dem Tod oder dem besiegten Feind den Rücken zugekehrt.

„Beeile dich, Tars Tarkas", drängte ich. „Oder es kostet uns beide das Leben, und das völlig umsonst. Allein kann ich sie nicht ewig aufhalten."

Als er sich zu Boden ließ, um in die Baumhöhlung zu kriechen, warf sich die gesamte Meute der schrecklichen, heulenden Teufel auf mich. Nach rechts und links flog meine glänzende Klinge, mal grün von dem klebrigen Lebenssaft der Pflanzenmenschen, mal dunkel von dem karmesinroten Blut der weißen Affen. Von einem Angreifer ging sie zum nächsten und verharrte lediglich den Bruchteil einer Sekunde in einem wilden Herzen, um dessen Lebenssaft zu trinken.

Die Übermacht, mit der ich es zu tun hatte, war so gewaltig, daß ich mir sogar jetzt nicht mehr vorzustellen vermag, wie menschliche Muskeln dieser fürchterlichen Invasion von Tonnen unbezwingbarer Fleischberge standhalten konnten.

Da die Kreaturen fürchteten, daß wir ihnen entkamen, verdoppelten sie ihre Bemühungen, mich zu überwältigen, und während sich um mich herum ihre toten und sterbenden Kameraden stapelten, gelang es ihnen schließlich, mich zu Fall zu bringen. Das zweite Mal an diesem Tag ging ich unter ihnen zu Boden, und erneut spürte ich die schrecklichen, saugenden Lippen auf der Haut.

Doch kaum war ich unterlegen, wurden meine Handgelenke mit eisernem Griff gepackt, und eine Sekunde später befand ich mich im Inneren des Baumes. Es kam zu einer kurzen, heftigen Auseinandersetzung zwischen Tars Tarkas und einem großen Pflanzenmenschen, der sich hartnäckig an meine Brust klammerte, doch bald brachte ich meine Klinge zwischen uns und durchbohrte den Gegner mit einem mächtigen Stoß.

Zerrissen und aus vielen Wunden blutend, lag ich keuchend auf dem Boden in der Baumhöhle, während Tars Tarkas den Zugang vor dem aufgebrachten Gesindel draußen verteidigte.

Eine Stunde lungerten sie um den Baum herum und heulten, doch nach einigen Versuchen, zu uns zu gelangen, beschränkten sie sich auf einschüchterndes Geschrei und Gekreisch. Grauenerregend war das Knurren der großen weißen Affen, und das Schnurren der Pflanzenmenschen war ebenso unbeschreiblich wie entsetzlich.

Schließlich verschwanden alle bis auf etwa zwanzig, die uns wohl an der Flucht hindern sollten. Unser Abenteuer schien in eine Belagerung überzugehen, und auch diese würde für uns nur mit dem Hungertode enden. Sogar wenn es uns gelingen sollte, nach Einbruch der Dunkelheit herauszuschlüpfen, wohin konnten wir in diesem unbekannten und feindlichen Tal fliehen?

Als der feindliche Ansturm nachgelassen hatte und unsere Augen sich an das vorherrschende Halbdunkel gewöhnt hatten, ergriff ich die Gelegenheit, unser seltsames Schlupfloch zu erkunden.

Die Baumhöhlung hatte einen Durchmesser von etwa fünfzig Fuß und war dem ebenen, harten Boden nach zu schließen schon oft als Behausung genutzt worden. Als ich nach oben blickte, um festzustellen, wie hoch sie war, sah ich weit über mir einen schwachen Lichtschein.

Oben war ein Loch. Erreichten wir es, konnten wir doch noch darauf hoffen, in den Felsenhöhlen Unterschlupf zu finden. Als ich meine Erkundungen fortsetzte, stieß ich plötzlich auf der einen Seite auf eine grobe Leiter.

Schnell kletterte ich daran hoch und kam schließlich zu dem untersten einer Reihe von Holzbalken, die im nun engeren Schacht des Baumstammes verankert worden waren. Diese Balken hatte man im Abstand von drei Fuß übereinander gesetzt, sie bildeten, soweit ich sehen konnte, eine ideale Leiter nach oben.

Ich ließ mich ein weiteres Mal zum Boden hinab und erzählte Tars Tarkas von meiner Entdeckung, der daraufhin vorschlug, daß ich den oberen Teil so weit wie möglich erforschte, während er den Eingang vor möglichen Angreifern bewachte.

Ich machte mich auf den Weg. Reichlich fünfhundert Fuß weiter oben erreichte ich schließlich das Loch im Baumstamm, durch welches das Licht einfiel. Es war etwa von derselben Größe wie der Eingang unten und öffnete sich direkt auf einen breiten, flachen Ast, an dessen abgewetzter Oberseite man sehen konnte, daß er lange Zeit als Weg genutzt worden war.

Ich wagte mich nicht ins Helle, da ich fürchtete, daß man mich entdeckte und uns in dieser Richtung den Fluchtweg abschnitt. Statt dessen eilte ich wieder zu Tars Tarkas.

Bald war ich bei ihm, und kurz darauf befanden wir uns auf dem Weg nach oben

Tars Tarkas kletterte voran, und als ich hinter ihm am ersten Balken ankam, zog ich die Leiter hinter mir hoch und reichte sie ihm. Einhundert Fuß weiter oben verkeilte er sie sicher zwischen einem der Balken und dem Stamm. Auf dieselbe Weise löste ich den jeweils unteren Balken, nachdem ich ihn passiert hatte, so daß wir unsere Feinde bis in einhundert Fuß Höhe jeder Möglichkeit, uns einzuholen, beraubt hatten und eine Verfolgung oder ein Angriff aus dem Hinterhalt somit ausgeschlossen war.

Wie sich später herausstellen sollte, ersparte uns diese Vorsichtsmaßnahme eine Menge Unannehmlichkeiten und rettete uns schließlich das Leben.

Oben angekommen, wich Tars Tarkas beiseite, damit ich hinaustreten und die Lage erkunden konnte, denn ich war auf Grund meines geringeren Gewichtes und meiner Gewandtheit besser geeignet, mich in dieser schwindelerregenden und gefährlichen Höhe zu bewegen.

Der Ast stieg in Richtung Felsen leicht an und endete einige Fuß über einem schmalen Felsvorsprung, von dem aus es in eine enge Höhle ging.

Als ich auf dem schlankeren Teil des Astes stand, bog er sich unter meinem Gewicht, ich balancierte weiter und stellte fest, daß sich der äußerste Arm sanft in Höhe dieses nur noch einige Fuß entfernten Vorsprunges einpegelte. Fünfhundert Fuß weiter unten lag der strahlend scharlachrote Grasteppich, etwa fünftausend Fuß über mir ragte die mächtige, glänzende Felswand voller Pracht empor.

Die Höhle mir gegenüber hatte ich von unten nicht sehen können, die anderen lagen viel höher, vielleicht tausend Fuß. Doch soweit ich das beurteilen konnte, würde sie unsere Zwecke ebenso erfüllen wie jede andere, und so kehrte ich zum Baum zurück, um Tars Tarkas zu holen.

Gemeinsam tasteten wir uns auf der schwankenden Passage entlang. Am Ende des Astes angekommen, mußten wir indes feststellen, daß unser gemeinsames Gewicht den Ast hinunter drückte und die Höhlenöffnung nun zu weit oben lag, um sie zu erreichen.

Schließlich kamen wir darin überein, daß Tars Tarkas zurückklettern und dabei den längsten Ledergurt aus seiner Ausrüstung bei mir lassen sollte. Hatte sich der Ast dann wieder aufgerichtet, würde ich in die Höhle klettern, Tars Tarkas den Gurt hinunterlassen und ihn nach oben zum sicheren Felsvorsprung ziehen.

Ohne Zwischenfälle verwirklichten wir unser Vorhaben und befanden uns bald in schwindelerregender Höhe am Rand eines kleinen Balkons, von dem man eine wunderschöne Aussicht auf das Tal hatte.

Soweit das Auge blicken konnte, sah man den prächtigen Wald und den dunkelroten Grasteppich an den Ufern des ruhigen Meeres. Das Ganze wurde bewacht von unermeßlich hohen, glänzenden Felsen. Einmal glaubten wir in der Ferne ein vergoldetes Minarett zu erkennen, das in der Sonne inmitten sich wiegender Baumspitzen glänzte, doch schließlich verwarfen wir diese Idee in der Annahme, daß es sich dabei nur um eine Halluzination handelte, die unseren sehnlichsten Wunsch widerspiegelte, an diesem wunderschönen und doch abweisenden Flecken ein Stück Zivilisation zu Gesicht zu bekommen.

Unten am Ufer des Flusses verschlangen die großen weißen Affen die Überreste von Tars Tarkas' früheren Gefährten, während die großen Herden der Pflanzenmenschen beim Weiden immer größere Kreise zogen, und dabei den Rasen auf Streichholzlänge hielten.

Da wir wußten, daß ein Angriff von Baumseite nun unwahrscheinlich war, beschlossen wir, die Höhle zu erkunden. Wir hatten Grund, zu glauben, daß sich der bereits eingeschlagene Weg im Inneren fortsetzte. Wohin er führte, wußten allein die Götter, offenbar jedoch von diesem Tal des Grauens fort.

Beim Näherkommen stellten wir fest, daß ein gut begehbarer Tunnel in das feste Gestein gehauen worden war. Er war etwa zwanzig Fuß hoch, fünf Fuß breit und hatte eine gewölbte Decke. Da wir nichts hatten, um Licht zu machen, tasteten wir uns langsam durch die zunehmende Dunkelheit, wobei Tars Tarkas mit der einen und ich mit der anderen Wand in Fühlung blieb. Wir hielten uns bei den Händen, um nicht in verschiedene Abzweigungen zu geraten und getrennt zu werden oder uns in irgendeinem komplizierten Labyrinth zu verirren.

Wie weit wir uns in dieser Weise fortbewegt hatten, kann ich nicht sagen, doch bald kamen wir zu einer Wand, die uns den Weg versperrte. Es schien eher eine Zwischenwand zu sein als das Ende der Höhle, denn sie fühlte sich an wie sehr hartes Holz, nicht wie Felsgestein.

Vorsichtig tastete ich sie ab und fand meine Mühe belohnt, als ich den Knopf entdeckte, den man auf dem Mars statt einer Klinke an den Türen anbringt.

Ich drückte sanft darauf und spürte die Tür nun völlig zu meiner Befriedigung langsam nachgeben. Einen Moment später blickten wir in einen schwach erhellten Raum, der leer zu sein schien.

Ohne viel Federlesens stieß ich die Tür auf und trat ein, dicht gefolgt von dem riesigen Thark. Als wir einen Augenblick unschlüssig im Raum umherblickten, veranlaßte mich ein leises Geräusch im Hintergrund, mich schnell umzudrehen, und ich sah zu meinem Erstaunen, daß sich der Zugang mit einem scharfen Klicken wie von unsichtbarer Hand schloß.

Sofort sprang ich zurück und wollte die Tür wieder öffnen, denn irgendwie deutete die mysteriöse Bewegung und die drückende, fast greifbare Stille das namenlose Unheil an, das uns in dieser steinernen Kammer im Inneren der Goldenen Felsen zu erwarten schien.

Vergeblich griff ich nach dem abweisenden Portal, während meine Augen erfolglos nach einem Ebenbild des Knopfes Ausschau hielten, der uns Einlaß gestattet hatte.

Und dann ertönte an diesem trostlosen Ort ein grausames, höhnisches und donnerndes Gelächter aus unsichtbarer Kehle.

Die geheimnisvolle Kammer

Nachdem das Gelächter in der Felskammer verklungen war, standen Tars Tarkas und ich einige Augenblicke lauschend da. Doch kein weiterer Laut durchbrach die herrschende Stille, und nichts regte sich.

Dann lachte Tars Tarkas leise, wie es seine Leute in Gegenwart von etwas Schrecklichem oder Furchteinflößendem zu tun pflegen. Es ist kein hysterisches Lachen, sondern eher ein Ausdruck echter Freude über Dinge, die beim Erdenmenschen Haßgefühle oder Tränen erwecken.

Wie oft habe ich mit ansehen müssen, wie die Marsmenschen sich in unkontrollierbaren Heiterkeitsausbrüchen auf dem Boden wälzten, wenn Frauen und kleine Kinder bei dem höllischen Marsfest - den großen Spielen - voller Qualen mit dem Tode rangen.

Ich blickte zu dem Thark hoch, selbst ein Lächeln auf den Lippen, denn das war hier tatsächlich nötiger als ein zitterndes Kinn.

„Was meinst du? Wo zum Teufel sind wir?" fragte ich.

Er blickte mich überrascht an und fragte: „Du willst wissen, wo wir sind? John Carter, soll das heißen, daß du nicht weißt, wo du bist?"

„Ich nehme an, auf Barsoom. Doch bis auf dich und die großen weißen Affen gibt es nichts, weswegen ich zu dieser Annahme kommen sollte, denn das, was ich heute erlebt habe, entspricht überhaupt nicht der Vorstellung von meinem geliebten Barsoom, wie ich es zehn Jahre lang gekannt habe, und auch nicht von der Welt, in der ich geboren wurde. Nein, Tars Tarkas, ich habe keine Ahnung, wo wir sein könnten."

„Wo warst du, seit du vor Jahren die mächtigen Tore zur Atmosphärenfabrik geöffnet hast, als nach dem Tod des Verwalters die Maschinen still standen und ganz Barsoom zu ersticken drohte? Man hat deinen Körper nie gefunden, obwohl die Bewohner eines ganzen Planeten jahrelang nach dir gesucht haben und obwohl der Jeddak von Helium und seine Enkelin, deine Prinzessin, eine märchenhafte Belohnung ausgesetzt hatten, so daß sich sogar Prinzen königlichen Geblüts auf die Suche machten. Als alle Bemühungen, dich aufzufinden, fehlschlugen, kamen wir zu dem einzig möglichen Schluß - daß du dich auf die lange, letzte Wallfahrt entlang des geheimnisvollen Flusses Iss begeben hattest, um im Tal Dor am Ufer des

Verlorenen Meeres von Korus auf die schöne Dejah Thoris, deine Prinzessin, zu warten. Doch warum du dich dorthin begeben hattest, war allen ein Rätsel, denn deine Prinzessin war ja noch am Leben..."

„Gott sei Dank", unterbrach ich ihn. „Ich habe mich nicht getraut, dich danach zu fragen, denn ich fürchtete, daß die Rettung für sie zu spät kam. Als ich sie in jener längst vergangenen Nacht in den Palastgärten von Tardos Mors zurückließ, war sie sehr schwach. Sie war so kraftlos, daß ich kaum noch Hoffnung hatte, die Atmosphärenfabrik zu erreichen, bevor sie mich für immer verließ. Und sie ist am Leben?"

„Sie lebt, John Carter."

„Du hast mir nicht gesagt, wo wir sind", erinnerte ich ihn.

„Wir sind, wo ich dich zu finden hoffte, John Carter -, und noch jemanden. Vor vielen Jahren hast du die Geschichte über die Frau vernommen, die mir bewußt machte, daß grüne Marsmenschen zum Haß erzogen werden und mich zu lieben lehrte. Du weißt, welche grausamen Folterungen und welchen schrecklichen Tod sie von den Händen Tal Hajus' für diese Liebe erleiden mußte. Ich glaubte, sie erwarte mich bei dem Verlorenen Meer von Korus. Du weißt, daß es einem Mann von einer anderen Welt, nämlich dir, John Carter, überlassen wurde, diesen unbarmherzigen Thark zu lehren, was Freundschaft ist. Auch du, dachte ich, streiftest im Tal Dor, dem Tal der Sorglosigkeit, herum. Ihr wart jene beiden, um derentwillen ich das Ende der langen Pilgerfahrt kaum erwarten konnte, die ich eines Tages würde antreten müssen. Als jedoch die Zeit verging und wir noch immer nichts von dir gefunden hatten - denn Dejah Thoris hat sich immer einzureden versucht, daß du nur kurzzeitig zu deinem Heimatplaneten zurückgekehrt seist - gab ich schließlich meinem großen Verlangen nach und trat vor einem Monat die Reise an, deren Ende du am heutigen Tag miterlebt hast. Weißt du nun, wo du bist, John Carter?"

„Dann war es der Fluß Iss, der im Tal Dor in das Verlorene Meer von Korus mündet? fragte ich.

„Dies ist das Tal der Liebe, des Friedens und der Ruhe, wohin seit undenkbaren Zeiten jeder Barsoomier hofft, nach einem Leben voller Haß, Kampf und Blutvergießen pilgern zu können", entgegnete er. „Das, John Carter, ist das Paradies."

Seine Stimme klang kalt und ironisch, der bittere Tonfall widerspiegelte die schreckliche Enttäuschung, die er erlitten hatte. Eine solch entsetzliche Ernüchterung, das Zerbrechen lebenslang gehegter Hoffnungen und Sehnsüchte, ein solch jähes Entwurzeln uralter Traditionen hätte eine weitaus dramatischere Reaktion seitens des Thark entschuldigt.

Ich legte ihm die Hand auf die Schulter und sagte: „Es tut mir leid". Dem gab es nichts hinzuzufügen.

„John Carter, denk an die unzähligen Milliarden von Barsoomiern, die seit Ewigkeiten freiwillig die Reise entlang des grausamen Flusses antreten, nur um den unbarmherzigen, schrecklichen Kreaturen in die Klauen zu fallen, die uns heute angegriffen haben. Einer alten Legende nach soll einmal ein roter Mann vom Ufer des Verlorenen Meeres von Korus im Tal Dor zurückgekehrt und den Weg entlang des geheimnisvollen Flusses Iss zurückgegangen sein. Dem Bericht nach beging er Gotteslästerung, als er von entsetzlichen Untieren erzählte, die sich am Ufer des Verlorenen Meeres auf jeden Barsoomier stürzten und ihn verschlangen, sobald er am Ende seiner Reise angekommen war, dort, wo er gehofft hatte, Liebe, Frieden und Glückseligkeit zu finden. Unsere Vorfahren töteten den Gotteslästerer, denn der Tradition zufolge soll jeder sterben, der vom geheimnisvollen Fluß zurückkehrt. Doch nun wissen wir, daß es keine Blasphemie war, sondern die reine Wahrheit, und daß der Mann nur das schilderte, was er erlebt hatte. Was nützt es uns, John Carter, von hier zu fliehen, um dann als Gotteslästerer hingestellt zu werden? Wir stehen zwischen dem wilden Thoat mit der Gewißheit und dem tollwütigen Zitidar als Fakt - wir können keinem von beiden entkommen."

„Auf der Erde sagen wir dazu, wir befänden uns zwischen Scylla und Charybdis", entgegnete ich, wobei ich angesichts unserer Lage unwillkürlich lächeln mußte.

„Uns bleibt nichts anderes übrig, als die Dinge so zu nehmen, wie sie kommen. Zumindest haben wir die Gewißheit, zu wissen, daß derjenige, der uns einmal besiegt, mehr Verluste erleiden wird, als er sich vorstellen kann. Weißer Affe oder Pflanzenmensch, grüner oder roter Barsoomier, wer auch immer den letzten Tribut von uns verlangt, wird erfahren, daß es viele Menschenleben kostet, gleichzeitig John Carter, den Prinz des Hauses von Tardos Mors, und Tars Tarkas, den Jeddak von Thark, auszulöschen."

Sein düsterer Humor brachte mich zum Lachen. Er fiel in mein Gelächter ein, ließ jenes seltene Lachen ertönen, das ein Zeichen echten Vergnügens war, wodurch sich der wilde Anführer der Thark von den anderen Angehörigen seines Volkes auszeichnete.

„Aber nun zu dir, John Carter", rief er aus. „Wenn du nicht die ganzen Jahre hier gewesen bist, wo warst du dann, und wie kommt es, daß ich dich heute hier antreffe?"

„Ich war wieder auf der Erde", entgegnete ich. „Zehn lange Erdenjahre habe ich darum gebetet und gehofft, daß man mich eines Tages zu eurem finsteren, alten Planeten ruft, für den ich trotz seiner grausamen und schrecklichen Gepflogenheiten Liebe empfinde, mehr noch als für jene Welt, in der ich geboren wurde. Zehn Jahre führte ich ein Dasein voller Ungewißheit und quälender Zweifel, ob Dejah Thoris noch lebte. Schließlich fand ich zum ersten Mal in all diesen Jahren meine Gebete erhört und meinem Warten ein Ende gesetzt. Doch eine grausame Laune des Schicksals verschlägt mich auf einen winzigen Landstrich auf Barsoom, von wo es kein Entkommen zu geben scheint, und wenn, dann zu einem Preis, mit dem die letzte Hoffnung schwindet, meine Prinzessin in diesem Leben noch einmal zu Gesicht zu bekommen - denn du hast heute erlebt, mit welch bedauernswerter Sinnlosigkeit der Mensch sich nach einem Jenseits sehnt. Nur eine knappe halbe Stunde, bevor ich Zeuge deines Kampfes gegen die Pflanzenmenschen wurde, stand ich noch am mondbeschienenen Ufer eines breiten Flusses an der Ostküste eines der gesegnetsten Länder der Erde. Nun habe ich deine Frage erschöpfend beantwortet, mein Freund. Glaubst du mir?"

„Ja, obwohl ich es nicht so recht begreife", entgegnete Tars Tarkas.

Während unserer Unterhaltung hatte ich mir unsere Umgebung genauer angesehen. Das Gemach war vielleicht zweihundert Fuß lang und halb so breit. Gegenüber dem verhängnisvollen Portal befand sich eine weitere Tür in der Mitte der Wand.

Man hatte den Felsen innen ausgehöhlt, die Wände schimmerten zumeist matt golden im trüben Licht, das von einem winzigen Radiumleuchter von der Deckenmitte ausging und sich in der Unermeßlichkeit des Raumes verlor. Große Teile der goldenen Wände und der Decke bestanden aus glänzenden Rubin-, Smaragd- und Diamantblöcken. Der Boden schien aus einem anderen, sehr harten Material zu sein, er war abgewetzt und glatt wie Glas. Abgesehen von den beiden Türen konnte ich keinen anderen Zugang entdecken, und da ich eine der beiden versperrt wußte, trat ich auf die andere zu.

Als ich die Hand ausstreckte, um nach dem Knauf zu tasten, ertönte abermals das rohe und höhnische Gelächter, diesmal so dicht neben mir, daß ich unwillkürlich zurückschrak und mein großes Schwert fester packte.

Dann erklang aus der anderen Ecke des Raumes eine hohle Stimme: „Es gibt keine Hoffnung. Es gibt keine Hoffnung. Es gibt für die Toten keine Wiederkehr. Es gibt für die Toten keine Wiederkehr, denn es gibt keine Wiederauferstehung. Hoffet nicht, denn es gibt keine Hoffnung."

Sofort blickten wir zu der Stelle, von der die Stimme zu kommen schien, konnten jedoch niemanden sehen. Ich muß gestehen, daß mir kalte Schauer den Rücken hinunterliefen und sich mir jedes einzelne Härchen am Haaransatz aufrichtete, wie bei einem Hund, dem sich das Fell sträubt, wenn er des Nachts jene unheimlichen Dinge sieht, die dem Auge des Menschen verborgen bleiben.

Ich stürzte auf die klagende Stimme zu, doch sie war verstummt, bevor ich an der Wand angekommen war. Dann tönte es aus der anderen Ecke schrill und durchdringend: „Ihr Narren! Glaubet ihr, ihr könntet den ewigen Gesetzen von Leben und Tod trotzen? Wolltet ihr die geheimnisvolle Issus, die Göttin des Todes, um ihre rechtmäßigen Pflichten bringen? Hat ihr mächtiger Bote, der uralte Iss, euch nicht auf euer Geheiß mit bleiernen Armen zum Tal Dor getragen? Glaubtet ihr, Narren, daß Issus ihr Eigentum aufgeben will? Glaubtet ihr zu entkommen, wo dies in all den unzähligen Jahrhunderten nur einer einzigen Seele gelungen ist? Geht den Weg zurück, den ihr gekommen seid. Vertraut euch den barmherzigen Rachen der Kinder des Lebensbaumes oder den strahlenden Zähnen der großen weißen Affen an, denn dort wird euer Leid ein schnelles Ende finden. Versucht ihr jedoch weiter, das Labyrinth der Goldenen Felsen des Gebirges Otz zu durchstreifen und die Schutzwälle der unbezwinglichen Festungen der Heiligen Therns zu überwinden, wird euch der Tod in seiner schrecklichsten Form ereilen, ein derart entsetzlicher Tod, daß sogar die Heiligen Therns, für die sowohl das Leben als auch der Tod kein Geheimnis mehr bergen, Augen und Ohren verschließen, um seine Grausamkeit nicht mitansehen und die entsetzlichen Schreie seiner Opfer nicht hören zu müssen. Kehrt um, ihr Narren! Geht den Weg zurück, den ihr gekommen seid."

Ein weiteres Mal ließ sich das schreckliche Lachen vernehmen, diesmal kam es aus einer anderen Ecke.

„Höchst unheimlich", bemerkte ich.

„Was sollen wir tun?" fragte Tars Tarkas. „Wir können nicht mit der Luft kämpfen. Lieber kehre ich um und trete Feinden aus Fleisch und Blut gegenüber, gegen die ich die Klinge schwingen kann und bei denen ich weiß, daß es sie teuer zu stehen kommt, mich in das ewige Vergessen zu stoßen, das offenbar die schönste und wünschenswerteste Ewigkeit ist, auf die der Sterbliche zu hoffen wagt."

„Wenn es so ist, Tars Tarkas, wie du sagst, daß wir nicht mit der Luft kämpfen können, dann ist es andererseits auch unmöglich, von der leeren Luft angegriffen zu werden. Ich habe in meinem Leben Tausenden von starken Kriegern und gehärteten Klingen gegenübergestanden. So leicht bläst mich der Wind nicht um und dich auch nicht, Thark."

„Aber unsichtbare Stimmen können von unsichtbaren Kreaturen mit unsichtbaren Klingen stammen", entgegnete der grüne Krieger.

„Unsinn, Tars Tarkas", rief ich. „Diese Stimmen stammen von Sterblichen wie dir und mir. In ihren Adern fließt Blut, das sie genauso verlieren können wie wir unseres. Die Tatsache, daß sie sich uns nicht zeigen, ist für mich lediglich der beste Beweis, daß sie sterblich und schon gar nicht überragend mutig sind. Glaubst du, Tars Tarkas, daß John Carter beim ersten Schrei eines feigen Feindes Reißaus nimmt, der sich lieber versteckt hält und sich fürchtet, einer scharfen Klinge entgegenzutreten?"

Ich hatte laut gesprochen, um auch sicher zu gehen, daß unsere eventuellen Angreifer mich hörten, denn langsam wurde ich dieses nervenzermürbenden Theaters überdrüssig. Außerdem war mir eingefallen, daß man uns vielleicht nur einschüchtern wollte, um uns zurück ins Tal zu treiben, wo ein sicherer Tod unser harrte.

Lange Zeit war Stille. Plötzlich vernahm ich hinter mir ein leises Geräusch, fuhr herum und erblickte ein großes, vielfüßiges Banth, das sich unbemerkt von hinten angepirscht hatte.

Das Banth ist ein wildes Raubtier, das in den Anhöhen an den Küsten der toten Marsmeere haust. Wie fast alle Lebewesen vom Mars ist es bis auf eine dichte, borstige Mähne um den dicken Hals fast haarlos.

Der lange, biegsame Körper wird von zehn starken Beinen getragen, die riesigen Kiefer sind wie beim Calot, dem Marshund, mit mehreren Reihen langer, nadelspitzer Zähne ausgerüstet. Das Banth vermag das Maul bis weit hinter die winzigen Ohren aufzureißen. Die riesigen, hervorstehenden, grünen Augen verleihen dem bereits ohnehin grauenerregenden Anblick einen zusätzlichen Schrecken. Es kroch auf mich zu, peitschte dabei mit dem kräftigen Schwanz die gelben Flanken und stieß, als es sich entdeckt wußte, das beängstigende Gebrüll aus, mit dem es, bevor es zum Sprung ansetzt, sein Opfer für kurze Zeit zu lähmen pflegt.

Dann warf es sich mit dem riesenhaften Körper auf mich. Doch sein Geheul hatte keinerlei Wirkung, und so biß es in kalten Stahl anstelle in zartes Fleisch, nach welchem es die grausamen Kreatur gelüstete.

Den Bruchteil einer Sekund später zog ich meine Klinge aus dem stummen Herzen dieses großen Löwen von Barsoom. Als ich zu Tars Tarkas blickte, war ich überrascht, ihn ebenfalls einem solchen Banth gegenüberzusehen.

Er entledigte sich seines Angreifers ebenso schnell wie ich. Als ich mich einem Reflex folgend umsah, ging schon der nächste dieser grimmigen Marsbewohner zum Angriff über.

Von dem Moment an an sprang uns eine schreckliche Kreatur nach der anderen scheinbar aus der leeren Luft an. Dies dauerte eine reichliche Stunde.

Tars Tarkas war's zufrieden, denn hier hatte er einen greifbaren Gegner, den er mit seiner breiten Klinge dahinmetzeln konnte. Ich für meinen Teil fand diese Situation besser als den düsteren Prophezeiungen eines Spukgespenstes zu lauschen.

An unseren neuen Widersachern war nichts Übernatürliches, wie man an ihrem Wutgeheul erkennen konnte, wenn der scharfe Stahl sich in sie senkte, sowie an dem sehr realen Blut, das ihren verletzten Adern entströmte, wenn sie auf unprätentiöse Weise verendeten.

Ich stutzte, weil unsere neuen Angreifer nur von hinten auftauchten. Nicht eins der Biester entstammte dem Nichts vor uns. Keine Sekunde ließ ich mich täuschen, da mein gesunder Menschenverstand mir sagte, daß sie durch einen verborgenen rückwärtigen Eingang zu uns kommen mußten.

Unter den Ornamenten von Tars Tarkas' Lederzeug, dem einzigen Kleidungsstück, das die Marsmenschen abgesehen von Seidenumhängen und Pelzüberwürfen tragen, um sich nach Einbruch der Dunkelheit vor der Kälte zu schützen, befand sich ein handgroßer Spiegel, der auf seinem breiten Rücken hing.

Als er gerade vor einem just zu Boden gegangenen Widersacher stand und ihn betrachtete, fiel mein Blick zufällig auf diesen Spiegel, dessen glänzende Oberfläche mir etwas zeigte, das mich flüstern ließ: „Tars Tarkas, bleibe so stehen! Rühr dich nicht!"

Ohne nach dem Grund zu fragen, stand er wie versteinert, so daß ich die merkwürdige Szene verfolgen konnte, die wichtig für unser weiteres Los war.

Ich sah, wie sich ein Stück der Wand hinter mir bewegte. Es war eine Drehtür, mit deren Bewegung sich gleichzeitig ein Stück des Bodens verschob. Man stelle sie sich so vor wie eine kreisrunde Scheibe, in deren Mitte man senkrecht eine Karte setzt. Die Karte stand für den Teil der Wand, der sich gedreht hatte, die Scheibe für das Stück des Bodens. Beide waren genau an das angrenzende Wand- und Bodenstück eingepaßt, so daß im vorherrschenden Dämmerlicht nicht das geringste zu erkennen gewesen war.

Als die Drehung halb vollzogen war, erblickten wir ein großes Banth, das auf dem Teil der uns zuvor abgewandten Seite saß. Als sich die Tür schloß, befand sich die Kreatur bei uns im Raum - das Prinzip war sehr einfach.

Doch was mich am meisten interessierte, war das, was ich durch die Öffnung sehen konnte, die während der Drehung entstand. Ich erblickte einen großen, hell beleuchteten Raum, in dem mehrere Männer und Frauen an der Wand angekettet waren. Davor saß ein bösartig aussehender Mann, der weder die Hautfarbe der roten noch der grünen Marsmenschen hatte, sondern weiß war wie ich. Seinen Kopf bedeckte eine Fülle wallenden, gelblichen Haares. Offenbar gab er die Befehle und steuerte die Bewegungen der Geheimtür.

Die Gefangenen hinter ihm waren rote Marsmenschen. Neben diesen waren mehrere der wilden Biester angekettet, wie man sie zu uns geschickt hatte, und weitere, nicht minder wild dreinblickende Kreaturen.

Als ich mich dann meinem Gefährten zuwandte, war mir wesentlich leichter.

„Sieh zur Wand dir gegenüber, Tars Tarkas", sagte ich. „Die Biester werden durch Geheimtüren auf uns losgelassen." Ich stand ganz dicht bei ihm, damit unsere Peiniger nicht wußten, daß sie durchschaut waren.

So lange wir beide auf die Drehtür blickten, wurden keine weiteren Angriffe auf uns unternommen. Daraus schloß ich wiederum, daß die Zugänge irgendein Guckloch besaßen und man uns von außen beobachten konnte.

Schließlich kam mir eine Idee. Ich bewegte mich rückwärts auf Tars Tarkas zu und unterbreitete ihm leise mein Vorhaben, ließ dabei jedoch die Wand keine Minute aus den Augen.

Der große Thark gab ein zustimmendes Grunzen von sich und begann wie geplant, sich rückwärts der Wand zu nähern, die ich im Blick hatte, während ich kurz vor ihm langsam auf sie zuschritt.

Zehn Fuß vor dem geheimen Zugang hieß ich meinen Gefährten stehenbleiben und auf das vereinbarte Zeichen warten. Nun drehte ich der Tür, durch die ich die unheilvoll brennenden Augen unseres eventuellen Henkers fast spüren konnte, den Rücken zu.

Schnell suchte ich den Spiegel auf Tars Tarkas' Rücken und beobachtete eine Sekunde später das Wandteil, das seine wilden Schrecken über uns entladen hatte.

Ich mußte nicht lange warten, denn gleich darauf setzte sich die goldene Fläche in Bewegung. Daraufhin gab ich Tars Tarkas das Signal und sprang zu dem Teil der Drehtür, der sich von uns fortbewegte. Der Thark fuhr ebenfalls herum, zur Öffnung, die durch die Drehung entstanden war.

Mit einem Satz befand ich mich im Nebenraum, dem Menschen gegenüber, dessen bösartige Miene ich zuvor gesehen hatte. Er war muskulös, ungefähr so groß wie ich und sah aus wie ein Mensch von der Erde.

An seiner Seite hingen ein langes Schwert, ein Kurzschwert, ein Dolch und eine der tödlichen Radiumpistolen, wie man sie auf dem Mars trägt.

Weil ich nur mit dem langen Schwert ausgerüstet war, hätte er mir entsprechend den Kampfesregeln und -gesetzen von Barsoom mit einer ähnlichen oder kleineren Waffe gegenübertreten müssen. Dies schien meinem Gegner jedoch nicht in den Sinn zu kommen, denn kaum stand ich neben ihm, hatte er schon seinen Revolver auf mich gerichtet. Mir blieb nur eines übrig: Ich stieß ihm die Waffe mit dem langen Schwert aus der Hand, bevor er feuern konnte.

Nun zog er sein langes Schwert, und wir begannen, in der gleichen Bewaffnung, erbarmungslos aufeinander einzuschlagen, wie ich es noch nie zuvor erlebt hatte.

Er war ein ausgezeichneter Schwertkämpfer und schien sehr geübt zu sein, während ich bis zu diesem Morgen über zehn Jahre kein Schwert mehr in der Hand hatte.

Dennoch fielen mir meine Kampfschritte ziemlich schnell wieder ein, so daß der Mann nach wenigen Minuten einsehen mußte, es doch mit einem gleichwertigen Gegner zu tun zu haben.

Er wurde rot vor Wut, als er feststellte, daß ich jeden seiner Hiebe parierte, während sein Gesicht und Körper mit einem Dutzend kleinerer Verletzungen übersät waren.

„Wer bist du, weißer Mann?" zischte er. „Daß du kein Barsoomier von draußen bist, erkennt man schon an deiner Hautfarbe. Und du bist nicht von uns."

Sein letzter Satz war beinahe eine Frage.

„Und wenn ich vom Tempel Issus komme?" entgegnete ich, auf eine wilde Vermutung setzend.

„Das Schicksal behüte!" rief er aus, und sein blutüberströmtes Gesicht wurde aschfahl.

Ich wußte nicht, was ich nun weiter sagen sollte, doch hob ich mir die Idee für die Zukunft auf, falls ich sie noch einmal brauchen sollte. Seiner Antwort nach war es durchaus möglich, daß es am Tempel Issus Menschen gab, die aussahen wie ich. Entweder der Mann fürchtete die Bewohner des Tempels, oder er hatte eine derartige Achtung vor ihnen, daß er den Zorn der Götter fürchtete, wenn er einen der Tempelbewohner verletzte oder kränkte.

Doch mein gegenwärtiger Umgang mit ihm war von anderer Natur und erforderte ein beträchtliches Abstraktionsvermögen. Es ging darum, ihm das Schwert zwischen die Rippen zu stoßen. Das gelang mir nach wenigen Sekunden und keinesfalls zu früh.

Schweigend hatten die angeketteten Gefangenen das Gefecht mitverfolgt. Es herrschte Totenstille, lediglich die aufeinandertreffenden Klingen, die leisen Schritte unserer nackten Füße und die wenigen Worte, die wir uns während des Zweikampfes durch die zusammengebissenen Zähne zuzischelten, waren zu hören.

Doch als mein Widersacher leblos zu Boden sackte, schrie eine der Gefangenen auf: „Dreh dich um! Hinter dir!" Als ich bei der ersten Silbe herumfuhr, sah ich mich einem zweiten Mann von der Rasse meines besiegten Gegners gegenüber.

Er hatte sich leise aus einem dunklen Gang an mich herangeschlichen und stand bereits mit erhobenem Schwert vor mir, als ich ihn erblickte. Tars Tarkas war nirgendwo zu sehen, und der Geheimgang in der Wand, durch den ich gekommen war, verschlossen.

Wie sehr wünschte ich ihn herbei! Seit vielen Stunden kämpfte ich nun schon ohne Pause. Ich hatte Erfahrungen und Abenteuer hinter mir, die jedem Mann die Lebenskraft aussaugen mußten. Außerdem hatte ich seit fast vierundzwanzig Stunden nicht geschlafen oder gegessen.

Ich war erschöpft und spürte zum ersten Mal seit Jahren Zweifel, ob ich es mit meinem Gegner aufnehmen konnte. Indes blieb mir nichts anderes übrig, als auf den Mann einzudringen, und das so schnell und energisch wie möglich. Meine einzige Rettung bestand darin, ihn durch die Heftigkeit meiner Attacke zur Strecke zu bringen. Sollte der Kampf länger dauern, war ich verloren.

Doch der Mann war offenbar anderer Meinung, denn er trat zurück, parierte meinen Schlag, wich aus, bis mich seine Bemühungen fast völlig zu Boden gebracht hatten.

Er war ein besserer Schwertkämpfer als mein vorheriger Gegner. Ich muß zugeben, daß er mich schön bei Atem hielt und am Ende kurz davor war, einen armseligen Narren aus mir zu machen und mich zu töten.

Ich spürte, wie ich immer schwächer wurde, bis schließlich die Dinge vor meinen Augen zu verschwimmen begannen und ich mehr schlafend als wach umherstolperte und taumelte. In diesem Augenblick spielte er mir den hübschen kleinen Streich, der mich fast das Leben kostete.

Er jagte mich umher, bis ich mit dem Rücken zum Leichnam seines Gefährten stand. Dann drang er so heftig auf mich ein, daß ich zurückweichen mußte, und als ich mit der Ferse an den Toten stieß, stolperte ich nach hinten.

Mit lautem Krachen schlug mein Kopf auf dem harten Boden auf. Das rettete mir das Leben, denn der Aufprall klärte mir den Kopf, und durch den Schmerz geriet ich so in Rage, daß ich in diesem Moment meinen Gegner mit bloßen Händen in Stücke hätte reißen können. Ich glaube, das wäre auch geschehen, hätte ich nicht mit der rechten Hand ein kaltes Stück Metall gestreift, als ich mich beim Aufstehen stützte.

Die Hand des Soldaten reagiert instinktiv, wenn sie mit einem Instrument des Kriegshandwerks in Kontakt kommt. Ohne hinzusehen oder nachdenken zu müssen, war mir augenblicklich klar, daß mir der Revolver des Toten zur Verfügung stand, den ich ihm aus der Hand gestoßen hatte und der nun auf dem Boden lag.

Die Spitze seines glänzenden Schwertes auf mein Herz gerichtet, sprang der Mann, der mich überlistet hatte, auf mich zu. Dabei kam aus seinem Mund das grausame und höhnische Gelächter, das ich bereits in dem Raum der Geheimnisse vernommen hatte.

Und so starb er auch, die dünnen Lippen gekräuselt in dem haßerfüllten Lachen, eine Kugel vom Revolver seines Gefährten im Herzen.

Er fiel mit voller Wucht auf mich, wobei mich der Griff des Schwertes am Kopf getroffen haben mußte, denn beim Aufprall seines Körpers verlor ich das Bewußtsein.

Thuvia

Kampfeslärm brachte mich in die Gegenwart zurück. Einen Augenblick lang wußte ich nicht, wo ich war und woher die Geräusche kamen, die mich wieder zu Bewußtsein kommen ließen. Dann vernahm ich hinter der kahlen Wand neben mir Schritte, grimmiges Knurren, metallisches Waffengeklirr und den schweren Atem eines Mannes.

Ich stand auf und sah mich schnell an diesem Ort um, wo man mir soeben einen solch herzlichen Empfang bereitet hatte. Die Gefangenen und die wilden Tiere, die an der gegenüberliegenden Wand angekettet waren, bedachten mich mit unterschiedlichen Blicken voller Neugier, Verdruß, Überraschung oder Hoffnung.

Letztere zeichnete sich deutlich auf dem hübschen und intelligenten Gesicht der jungen, roten Marsfrau ab, die mir mit ihrer Warnung das Leben gerettet hatte.

Gleich allen Angehörigen ihres bemerkenswerten Volkes war sie von vollendeter Schönheit. Diese hochentwickelte Rasse der Marsmenschen entspricht äußerlich in jeder Hinsicht dem Idealbild des Erdenmenschen, bis auf die Tatsache, daß ihre Haut hell kupferfarben ist. Da das Mädchen keinen Schmuck trug, vermochte ich ihr Alter nicht zu schätzen. Man konnte annehmen, daß es unter den gegebenen Umständen entweder eine Gefangene oder eine Sklavin war.

Nach einigen Sekunden dämmerte mir, was die Geräusche nebenan zu bedeuten hatten. Es war Tars Tarkas, der sich offenbar verzweifelt gegen wilde Tiere oder Männer zur Wehr setzte.

Mit einem ermutigenden Schrei warf ich mich mit meinem ganzen Gewicht gegen die Geheimtür, hätte mir indes genauso vornehmen können, die Felsen selbst einreißen zu wollen. Daraufhin versuchte ich, das Geheimnis des drehbaren Wandstückes herauszufinden. Doch meine Mühe blieb unbelohnt. Schon wollte ich das lange Schwert gegen das düstere Gold erheben, als mir die junge Gefangene zurief: „Schone dein Schwert, mächtiger Krieger, denn du wirst es noch für andere Zwecke brauchen - zerschmettere es nicht an diesem gefühllosen Metall, wo der Wissende durch eine leichte Berührung weitaus mehr auszurichten vermag."

„Dann kennst du das Geheimnis?" fragte ich.

„Ja, befreie mich, und ich verschaffe dir Zugang zu dem grauenhaften Nebenraum, so du es wünschst. Doch warum möchtest du erneut dem wilden Banth oder irgendeiner anderen zerstörungswütigen Kreatur entgegentreten, die sie in diese fürchterliche Falle gelassen haben?"

„Weil dort mein Freund mutterseelenallein um sein Leben kämpft", antwortete ich, während ich eilig den Leichnam des Hüters dieser düsteren Schreckenskammer nach dem Schlüsselbund abtastete und dies schließlich auch fand.

An dem ovalen Ring befanden sich viele Schlüssel, doch das hübsche Marsmädchen zeigte mir schnell denjenigen, mit dem sich das große Schloß an ihrer Taille öffnen ließ, und als sie frei war, eilte sie zu der geheimen Wandtafel.

Sie griff zu einem anderen Schlüssel, diesmal einem schlanken, nadelartigen Teil, das sie in ein beinahe unsichtbares Loch in der Wand schob. Sofort begann sich die Drehtür in Bewegung zu setzen, und das Bodenteil, auf dem ich stand, brachte mich zu Tars Tarkas in den Nebenraum.

Der große Thark lehnte mit dem Rücken in einer Ecke, während ihm gegenüber im Halbkreis ein halbes Dutzend riesiger Monster sprungbereit auf eine günstige Gelegenheit warteten. Ihre blutüberströmten Köpfe und Schultern erklärten ihre Vorsicht und legten Zeugnis von der Schwertkunst des grünen Kriegers ab, dessen glänzende Haut wiederum auf dieselbe stumme und beredte Weise von den ungestümen Angriffen berichtete, denen er bisher widerstanden hatte.

Scharfe Krallen und grausame Fänge hatten seine Arme, Beine und Brust buchstäblich in Streifen gerissen. Die unablässige Anstrengung und der Blutverlust hatten ihm jede Kraft genommen, und ich bezweifelte, daß er ohne Stütze noch aufrecht stehen konnte. Doch mit der seinem Volk eigenen Hartnäckigkeit und unendlichen Tapferkeit bot er noch immer den grausamen und unnachgiebigen Widersachern die Stirn - wie es das uralte Sprichwort seines Volkes sagte: „Laß einem Thark den Kopf und eine Hand, und noch ist sein Kampf nicht verloren."

Als er mich sah, verzog sich sein grausamer Mund zu einem grausamen Lächeln. Doch ob dies aus Erleichterung geschah oder ob ihn lediglich mein Zustand erheiterte - denn ich war blutüberströmt und sah übel zugerichtet aus - weiß ich nicht.

Ich wollte ihm gerade mit dem scharfen Schwert zu Hilfe eilen, als sich mir eine leichte Hand auf die Schulter legte. Ich wandte mich um und stellte zu meiner Überraschung fest, daß die junge Frau mir gefolgt war.

„Warte, überlaß sie mir", flüsterte sie, schob mich beiseite und trat wehrlos und unbewaffnet auf die knurrenden Banths zu.

Als sie dicht vor ihnen stand, sprach sie mit leiser, doch gebieterischer Stimme ein einziges Marswort. Blitzschnell fuhren die großen Biester zu ihr herum, und ich sah das Mädchen bereits in Stücke gerissen, da krochen sie auf sie zu, wie Welpen in Erwartung einer verdienten Bestrafung.

Erneut redete sie, doch so leise, daß ich die Worte nicht verstehen konnte. Daraufhin begab sie sich zur anderen Seite des Raumes, wobei sich die sechs riesigen Monster an ihre Fersen hefteten. Dann schickte sie einen nach dem anderen durch die Geheimtür in den Nebenraum, und als der letzte aus der Kammer verschwunden war, in der wir vor Staunen starr dastanden, lächelte sie uns an und verließ uns ebenfalls.

Einen Augenblick herrschte Stille. Dann sagte Tars Tarkas: „Nachdem du durch die Geheimtür gesprungen bist, habe ich den Kampf hinter der Wand mit angehört. Doch ich begann mir erst Sorgen um dich zu machen, als ich den Schuß vernahm. Ich war mir sicher, daß es auf ganz Barsoom niemanden gibt, der deiner blanken Klinge entgegentritt und am Leben bleibt, doch bei dem Knall verlor ich die Hoffnung, da ich wußte, daß du keine Schußwaffe bei dir trugst. Was ist geschehen?"

Nachdem ich ihm alles erzählt hatte, suchten wir gemeinsam nach dem unsichtbaren Wandteil, durch das ich soeben in die Felskammer gelangt war und durch das das Mädchen ihre wilden Gefährten geführt hatte.

Zu unserer Enttäuschung war das Geheimschloß trotz aller Bemühungen nicht aufzufinden. Wir fühlten, daß sich uns, waren wir erst einmal diesen Wänden entkommen, mit Sicherheit ein Weg in die Außenwelt eröffnen würde, zumindest konnten wir darauf hoffen.

Die Tatsache, daß die Gefangenen angekettet waren, deutete auf einen Fluchtweg von diesem unsäglichen Ort, wo die schrecklichen Kreaturen hausten.

Immer wieder gingen wir von einer Tür zur anderen, von der abweisenden, goldenen Wandfläche auf der einen Seite der Kammer zum Gegenstück auf der anderen Seite, das ebenso uneinnehmbar aussah.

Wir hatten schon beinahe alle Hoffnung aufgegeben, als sich eine der Drehtüren plötzlich lautlos in Bewegung setzte und die junge Frau, die die Banths hinweggeführt hatte, wieder bei uns stand.

„Wer seid ihr?" fragte sie. „Was ist euer Auftrag, daß ihr die Kühnheit besitzt, aus dem Tal Dor fliehen zu wollen, vor dem Tod, den ihr gewählt habt?"

„Ich habe den Tod nicht gewählt, Mädchen", entgegnete ich. „Ich bin kein Barsoomier, auch habe ich noch nicht die freiwillige Pilgerfahrt entlang des Flusses Iss angetreten. Mein Freund ist der Jeddak der Thark, und obwohl er noch nicht den Wunsch ausgesprochen hat, zu den Lebenden zurückzukehren, werde ich das Lügengespinst zerschlagen, das ihn zu diesem entsetzlichen Ort lockte. Ich stamme aus einer anderen Welt. Mein Name ist John Carter, ich bin der Prinz des Hauses von Tardos Mors, dem Jeddak von Helium. Vielleicht habt ihr in dieser Hölle auch schon von mir gehört."

Sie erwiderte lächelnd: „Ja. Nichts von dem, was in der Außenwelt vor sich geht, bleibt hier unbekannt. Man hat mir vor vielen Jahren von euch erzählt. Die Therns fragten sich oft, wohin ihr geflohen seid, da ihr weder die Wallfahrt auf euch genommen habt noch auf Barsoom gefunden wurdet."

„Sag mir, wer bist du, und warum bist du eine Gefangene, wenn du über die wilden Tiere dieses Ortes zu befehlen vermagst?" fragte ich. „Eine solche Vertrautheit und Autorität geht weit über das hinaus, was von einem Gefangenen oder Sklaven erwartet wird."

„Ich bin Sklavin", erzählte sie. „Seit fünfzehn Jahren werde ich an diesem schrecklichen Ort gefangen gehalten. Da man meiner nun überdrüssig geworden ist und sich vor der Macht fürchtet, die mir meine Kenntnisse über die hiesigen Gepflogenheiten verliehen haben, verurteilte man mich erst vor kurzem zum Tode."

Sie erschauderte.

„Wie solltest du sterben?" fragte ich.

„Die Heiligen Therns essen Menschenfleisch", antwortete sie. „Doch nur das Fleisch von jenen, die unter den Lippen eines Pflanzenmenschen verendet sind - Fleisch, dem der verunreinigende Lebenssaft ausgesaugt wurde. Dieses grausame Ende hatte man mir zugedacht. Es sollte schon in wenigen Stunden geschehen, hätte eure Ankunft ihre Pläne nicht durchkreuzt."

„Waren es dann die Heiligen Therns, die John Carters Hand zu spüren bekamen?" fragte ich.

„Oh nein, jene, die ihr besiegtet, waren niedere Therns, doch diese sind nicht minder grausam und hassenswert. Die Heiligen Therns leben auf den äußeren Abhängen dieser düsteren Berge, der weiten Welt zugewandt, von der sie sich ihre Opfer holen. Gänge eines Labyrinths verbinden die luxuriösen Paläste der Heiligen Therns mit diesen Höhlen. Hier sind die niederen Therns anzutreffen, wenn sie ihren zahlreichen Pflichten nachgehen, ebenso Horden von Sklaven, Gefangenen und wilden Tieren, jenen finsteren Bewohnern dieser Welt, die keine Sonne kennen. In einem riesigen Netzwerk von Gängen und zahllosen Kammern hausen Männer, Frauen und Tiere, die in dieser düsteren und grauenvollen Unterwelt geboren wurden und niemals ans Tageslicht kamen - und es auch nie tun werden. Sie müssen den Geboten der Therns Folge leisten, die sich die Sklaven zu ihrem Vergnügen und als Diener halten. Immer wieder treibt es einen der unglückseligen Pilger vom kalten Iss auf die stille See hinaus, er entkommt den Pflanzenmenschen und den großen weißen Affen, die den Tempel von Issus bewachen, und gerät in die Klauen der erbarmungslosen Therns. Andere erleiden das Mißgeschick, einem der Heiligen Therns ins Auge zu fallen, wenn er zufällig auf dem Balkon über dem Fluß Wache hält, der, aus dem Inneren des Gebirges kommend, sich seinen Weg durch die goldenen Felsen in das Verlorene Meer von Korus bahnt. So erging es mir. Der Sitte nach sind alle, die im Tal Dor ankommen, rechtmäßige Beute der Pflanzenmenschen und der Affen, während Waffen und Schmuck den Therns zustehen. Entkommt jedoch einer den schrecklichen Einwohnern des Tales für nur einige Stunden, können die Therns ihr Recht auf ihn geltend machen. Und immer wieder tritt ein Heiliger Thern, der sich auf Wache befindet, das Recht der unwissenden Kreaturen mit Füßen, und nimmt sich, falls er etwas Begehrenswertes sieht, seinen Teil auf unlautere Weise, wenn er es nicht mit ehrlichen Methoden bekommen kann. Gelegentlich soll ein Opfer des barsoomischen Aberglaubens den zahllosen Angreifern, die dem Armen von dem Moment an zusetzen, an dem er aus dem unterirdischen Gang auftaucht, durch den der Iss tausend Meilen bis zu seiner Mündung im Tal Dor fließt, entkommen und bis zu den Mauern des Tempels von Issus gelangen. Doch welches Schicksal einen dort erwartet, wissen nicht einmal die Heiligen Therns, denn jene, die hinter diese vergoldeten Mauern gelangten, sind niemals zurückgekehrt, um die Geheimnisse zu lüften, die sich seit Anbeginn der Zeiten dahinter verbergen. Der Tempel von Issus bedeutet den Therns das, was sich die Menschen der Außenwelt unter dem Tal Dor vorstellen. Es ist der letzte Hafen des Friedens, der Ruhe und Glückseligkeit, wohin sie sich nach diesem Leben auf den Weg machen und wo sie sich für alle Ewigkeit den fleischlichen Freuden hingeben, die auf diese Rasse geistiger Größen und moralischer Zwerge größte Anziehungskraft ausüben."

„So ist der Tempel von Issus ein Paradies im Paradies", sagte ich. „Hoffen wir, daß es den Therns dort ebenso ergeht, wie sie es hier anderen ergehen lassen."

„Wer weiß?" murmelte das Mädchen.

„Nach dem, was du erzählt hast, sind die Therns nicht weniger sterblich als wir. Und doch habe ich die Menschen von Barsoom von ihnen nur mit äußerster Ehrfurcht und Verehrung sprechen hören, so, wie man sich nur über die Götter selbst äußert."

„Die Therns sind sterblich", entgegnete sie. „Sie gehen an denselben Dingen zugrunde wie ihr und ich. Jene, die ihre Lebensspanne von eintausend Jahren ausschöpfen, treten dem Brauch nach den Weg in die Glückseligkeit an und begeben sich in den langen Tunnel, der nach Issus führt. Diejenigen, die eher sterben, sollen den Rest ihrer Zeit im Geist eines Pflanzenmenschen verbringen. Aus diesem Grund werden die Pflanzenmenschen von den Therns als heilig angesehen, da diese glauben, daß jede der schrecklichen Kreaturen in ihrem vorherigen Leben ein Thern war."

„Und wenn ein Pflanzenmensch stirbt?" fragte ich.

„Stirbt er vor Ablauf der tausend Jahre von der Geburt des Therns an gerechnet, dessen unsterbliche Seele in ihm wohnt, wandert diese in einen großen, weißen Affen. Doch stirbt dieser auch nur kurz vor der Stunde, in der die tausend Jahre zu Ende gehen, ist die Seele für immer verloren und wandert in den Rumpf eines der schleimigen, fürchterlichen, zappelnden Silians, von denen es in dem stillen Meer zu Tausenden wimmelt, wenn die Sonne untergegangen ist, die Monde über den Himmel ziehen und seltsame Gestalten durch das Tal Dor streifen."

„Demnach haben wir heute mehrere Heilige Therns zu den Silians gesandt", sagte Tars Tarkas lachend.

„Und um so fürchterlicher wird euer Tod sein, wenn er kommt", entgegnete das Mädchen. „Und er wird kommen - ihm entgeht ihr nicht."

„Vor Jahrhunderten hat es einer geschafft", erinnerte ich sie. „Und was einmal gelungen ist, kann auch ein weiteres Mal gelingen."

„Es ist sinnlos, es überhaupt zu versuchen", antwortete sie mutlos.

„Aber versuchen werden wir es, und wenn du möchtest, kannst du mit uns kommen", rief ich.

„Um von meinen Leuten getötet zu werden und mit meinem Andenken Schmach und Schande über meine Familie und meine Nation zu bringen? Ein Prinz des Hauses von Tardos Mors sollte Klügeres tun als einen solchen Vorschlag unterbreiten!"

Tars Tarkas sagte nichts zu alledem, doch ich spürte seinen Blick und wußte, daß er auf meine Antwort wartete wie der Angeklagte, dem der Vorsitzende der Geschworenen das Urteil verliest.

Was ich dem Mädchen zu tun riet, würde auch unsere Zukunft besiegeln, denn wenn ich mich dem unvermeidlichen Urteil jahrhundertealten Aberglaubens beugte, müßten wir alle bleiben und irgendeinem fürchterlichen Schicksal an diesem Ort des Schreckens und der Grausamkeit entgegentreten.

„Wir haben das Recht zu fliehen, wenn es möglich ist", entgegnete ich. „Gelingt es uns, widerspricht das nicht unseren Moralvorstellungen, denn wir wissen, daß das sagenhafte Leben voller Liebe und Frieden im gesegneten Tal Dor schändlicher Betrug ist. Wir wissen, das Tal ist nicht heilig, und auch die Heiligen Therns sind nur grausame und herzlose Sterbliche, die nicht mehr über das wirkliche Leben danach wissen als wir. Es ist nicht nur unser Recht, alles Erdenkliche zu unternehmen, um zu fliehen - es ist eine ernste Pflicht, vor der wir nicht zurückschrecken sollten, auch wenn wir wissen, daß wir von unserem Volk nur beschimpft und gequält werden, sobald wir zu ihm zurückkehren. Nur so erfahren die anderen draußen die Wahrheit, und obwohl die Wahrscheinlichkeit, daß man unserer Schilderung Glauben schenkt, äußerst gering ist - dafür bürge ich, denn die Sterblichen sind in den unmöglichsten Aberglauben vernarrt - wären wir erbärmliche Feiglinge, wenn wir uns vor dieser einfachen Pflicht drückten. Auch besteht die Möglichkeit, daß, wenn mehrere die Wahrheit der schwerwiegenden Aussage bezeugen, man unsere Erklärungen annimmt, und zumindest der Kompromiß erwirkt werden kann, eine Forschungsexpedition zu diesem schrecklichen Hohn auf das Eden auszusenden."

Sowohl das Mädchen als auch der Krieger standen eine Zeitlang still da und dachten nach. Schließlich brach sie das Schweigen und sagte:

„Noch nie habe ich die Angelegenheit in diesem Licht betrachtet. Ich würde wirklich tausendmal mein Leben dafür geben, um nur einer einzigen Seele dieses schreckliche Dasein zu ersparen, das ich an diesem grauenvollen Ort geführt habe. Ihr habt recht. Ich gehe mit euch, so weit wir kommen. Dennoch zweifle ich, daß uns die Flucht von hier gelingt."

Mit einem fragenden Blick wandte ich mich an den Thark.

„Zu den Toren von Issus, auf den Grund von Korus, in das Eis im Norden oder im Süden, wohin John Carter geht, soll auch Tars Tarkas gehen. Ich habe gesprochen", entgegnete der grüne Krieger.

„Dann kommt", rief ich. „Wir müssen uns auf den Weg machen, denn zu keiner Zeit sind wir weiter von der Rettung entfernt als jetzt, wo wir uns im Inneren des Berges befinden, innerhalb der vier Wände dieser Todeszelle."

„Folgt mir", sagte das Mädchen. „Doch glaubt nicht, daß ihr einen schlimmeren Ort finden könnt als hier im Reich der Therns."

Mit diesen Worten öffnete sie die Geheimtür, die uns von dem Zimmer trennte, in dem ich zu ihr gestoßen war. Ein weiteres Mal schlüpften wir hindurch zu den anderen Gefangenen.

Insgesamt waren es zehn rote Marsmenschen, Männer und Frauen. Nachdem wir ihnen unseren Plan kurz dargelegt hatten, beschlossen sie, sich uns anzuschließen, obwohl ihnen anzusehen war, daß sie fürchteten, ihr Schicksal herauszufordern und dem uralten Brauch zuwiderzuhandeln, auch wenn jedem auf grauenvolle Weise der Irrtum des Glaubens verdeutlicht worden war.

Bald hatte Thuvia, das Mädchen, das ich zuerst befreit hatte, die Ketten der anderen gelöst. Tars Tarkas und ich nahmen den beiden toten Therns die Waffen ab: Schwerter, Dolche sowie zwei Revolver jenes seltsamen, gefährlichen Waffentyps, wie ihn die roten Marsmenschen herstellen.

Wir verteilten alles unter unserem Gefolge, wobei zwei der Frauen, darunter Thuvia, die Schußwaffen erhielten.

Mit ihr an der Spitze machten wir uns zügig und leise auf den Weg durch eine Vielzahl von Gängen, durchquerten große, von Menschenhand im Erz geschaffene Hallen, folgten den Windungen der teilweise steil ansteigenden Korridore und versteckten uns, sobald wir Schritte vernahmen, an dunklen, abgelegenen Plätzen und Winkeln. Als erstes wollte Thuvia uns zu einem entfernten Speicher bringen, in dem reichlich Waffen und Munition zu finden waren. Von dort ginge es zum Felsgipfel, wo viel Verstand und Kampfkraft gefragt waren, durch die Festung der Heiligen Therns zur Außenwelt zu gelangen.

„Und sogar dann erreicht uns noch der Arm des Heiligen Thern. Er langt bis zu jedem Volk auf Barsoom. Seine geheimen Tempel liegen im Herzen jeder Gemeinschaft verborgen. Wohin auch immer wir gehen, falls uns die Flucht gelingt, werden wir feststellen müssen, daß uns die Kunde von unserem Kommen vorausgeeilt ist und der Tod unserer harrt, bevor wir die Luft mit unseren Gotteslästerungen beschmutzen können", sagte Thuvia.

Ohne ernsthafte Unterbrechung marschierten wir etwa eine Stunde. Thuvia hatte mir gerade zugeflüstert, daß wir uns dem ersten Ziel näherten, und wir wollten soeben eine große Kammer betreten, als wir auf einen Mann stießen, offensichtlich einen Thern.

Zusätzlich zum Lederzeug und dem juwelenbesetzten Schmuck trug er einen breiten Stirnreif, in dessen Mitte ein riesiger Stein eingefaßt war, dessen exakten Gegenpart ich vor fast zwanzig Jahren auf der Brust des kleinen, alten Mannes in der Atmosphärenfabrik gesehen hatte.

Dieser Edelstein von Barsoom ist unbezahlbar. Es hieß, es gäbe nur zwei davon, und diese beiden wurden als Zeichen ihres Standes und ihrer Position von den zwei alten Männern getragen, denen die Wartung der großen Maschinen oblag, die die künstliche Atmosphäre aus der Atmosphärenfabrik in alle Gebiete auf dem Mars pumpten. Mein Wissen um das Geheimnis der riesigen Portale hatte mich damals in die Lage versetzt, eine ganze Welt vor dem Ersticken zu retten.

Der Stein, den der Thern uns gegenüber trug, war von derselben Größe wie jener, den ich zuvor gesehen hatte, vielleicht von einem Zoll Durchmesser. Er strahlte in neun verschiedenen Farben: Den sieben Grundfarben, wie sie ein Prisma auf der Erde wirft, und zwei weiteren Strahlen, die bei uns auf der Erde unbekannt sind und deren atemberaubende Schönheit man mit Worten nicht beschreiben kann.

Als uns der Thern erblickte, verengten sich seine Augen zu zwei tückischen Schlitzen.

„Halt!" schrie er. „Was soll das bedeuten, Thuvia?"

Als Antwort hob das Mädchen den Revolver und feuerte. Lautlos sank er zu Boden, tot.

„Scheusal!" fauchte sie. „Nach all diesen Jahren habe ich mich endlich gerächt."

Dann wandte sie sich zu mir, offensichtlich mit einigen erklärenden Worten auf den Lippen, doch als sie mich ansah, riß sie plötzlich die Augen auf und trat mit einem kleinen Aufschrei auf mich zu.

„Oh Prinz, das Schicksal meint es in der Tat gut mit uns. Der Weg ist noch mühsam, doch durch diesen Nichtswürdigen hier können wir in die Außenwelt gelangen. Fällt euch nicht auf, wie sehr ihr diesem Heiligen Thern ähnelt?"

Der Mann war tatsächlich von meiner Statur, auch unterschieden sich Augen und Gesichtszüge nicht sehr von den meinigen. Doch hatte er eine Masse von gelben, wallenden Locken auf dem Kopf, wie jene, die ich getötet hatte, dagegen habe ich kurzes, schwarzes Haar.

„Was nützt die Ähnlichkeit?" fragte ich Thuvia. „Willst du, daß ich mich mit meinem kurzen, schwarzen Haar als gelbhaarigen Priester dieses teuflischen Kultes ausgebe?"

Sie lächelte, trat als Antwort auf ihr Opfer zu, kniete nieder, löste den goldenen Stirnreif und zog zu meiner grenzenlosen Überraschung den ganzen Schopf mit einemmal vom Kopf des Toten.

Dann erhob sie sich wieder, stülpte mir die gelbe Perücke über und legte mir den goldenen Stirnreif mit dem prächtigen Stein um.

„Nun legt seine Ausrüstung an, Prinz", sagte sie. „Ihr werdet euch überall im Königreich der Therns frei bewegen können, denn Sator Throg war ein Heiliger Thern des Zehnten Kreises, er hatte Macht unter seinen Leuten."

Als ich mich bückte, um zu tun, wie mir geheißen, bemerkte ich, daß auf seinem Kopf nicht ein Haar wuchs.

„Sie sind alle von Geburt an so", erklärte mir Thuvia, als sie mein Erstaunen bemerkte. „Die Rasse, der sie entstammen, verfügte über eine reichhaltige Fülle goldenen Haares, doch nun sind sie schon seit vielen Jahrhunderten völlig kahl. Die Perücke wurde dennoch zu einem Bestandteil ihrer Ausrüstung, der so wichtig ist, daß es als tiefste Schande gilt, wenn ein Thern in der Öffentlichkeit ohne sie erscheint."

Sekunden später trug ich die Kleidung eines Heiligen Therns.

Auf Thuvias Vorschlag nahmen zwei der vormaligen Gefangenen den Toten auf die Schultern, und wir setzten den Weg zum Lagerraum fort, wo wir schließlich ohne weitere Zwischenfälle ankamen. Hier verschafften uns die Schlüssel, die Thuvia dem toten Thern in der Gefängniskammer abgenommen hatte, geschwind Einlaß. Ebenso schnell hatten wir uns mit Waffen und Munition eingedeckt.

Inzwischen war ich derartig erschöpft, daß ich keinen weiteren Schritt tun konnte. Ich warf mich auf den Boden, empfahl Tars Tarkas, es mir gleichzutun, und hieß zwei der Freigelassenen aufmerksam Wache halten.

Augenblicklich war ich eingeschlafen.

Gefahrvolle Wege

Wie lange ich auf dem Boden des Lagerraumes schlief, weiß ich nicht, aber es müssen mehrere Stunden gewesen sein.

Plötzlich wurde ich durch Schreie geweckt. Ich hatte kaum die Augen geöffnet und war wieder soweit zu mir gekommen, um zu wissen, wo ich war, als eine Salve Schüsse peitschte, deren ohrenbetäubender Widerhall durch die unterirdischen Gänge getragen wurde.

Sofort war ich auf den Beinen. Ein Dutzend niedere Therns griffen uns von einem riesigen Portal aus an, das sich gegenüber unserem Eingang auf der anderen Seite des Speichers befand. Um mich herum lagen die leblosen Körper meiner Begleiter, mit Ausnahme von Thuvia und Tars Tarkas, die ebenfalls auf dem Boden geschlafen hatten und so dem Mündungsfeuer entgangen waren.

Als ich stand, senkten die Therns die teuflischen Gewehre, ihre verzerrten Gesichter zeigten Verdruß, Bestürzung und Unentschlossenheit.

Sofort ergriff ich die Gelegenheit und brüllte mit wütender und verärgerter Stimme: „Was soll das bedeuten? Soll Sator Throg von seinen eigenen Untertanen ermordet werden?"

„Habt Erbarmen, o Herr der Zehnten Folge!" rief einer von ihnen, während die anderen in den Eingang zurückwichen, als wollten sie sich unbemerkt der Gegenwart des mächtigen Mannes entziehen.

„Fragt sie, was sie hier wollen", flüsterte mir Thuvia zu, die neben mir stand.

„Was sucht ihr hier?" rief ich.

„Zwei Eindringlinge aus der Außenwelt befinden sich im Reich der Therns auf freiem Fuße. Der Vater der Therns hat uns befohlen, nach ihnen zu suchen. Einer von ihnen war weiß mit schwarzem Haar, bei dem anderen handelt es sich um einen riesigen grünen Krieger." Bei diesen Worten warf der Mann einen mißtrauischen Blick auf Tars Tarkas.

„Hier ist einer von ihnen", sagte Thuvia und wies auf den Thark. „Wenn ihr euch den Toten neben der Tür anseht, habt ihr auch den anderen. Es blieb Sator Throg und seinen armen Sklaven überlassen, zu tun, wozu die niederen Therns der Wache nicht in der Lage waren

- wir haben einen getötet und den anderen gefangen genommen, denn das hatte Sator Throg uns freigestellt. Und nun kamt ihr und habt in eurer Dummheit alle außer uns umgebracht, und beinahe hättet ihr auch den mächtigen Sator Throg getötet."

Die Männer sahen sehr verlegen und erschrocken aus.

„Sollten sie nicht die Toten den Pflanzenmenschen vorwerfen und dann in ihre Unterkünfte zurückkehren, Mächtiger?" wandte sich Thuvia an mich.

„Ja, tut, wie euch Thuvia geheißen", sagte ich.

Als die Männer die Toten aufhoben, bemerkte ich, daß einer, der sich zum wirklichen Sator Throg gebeugt hatte, stutzte, als er dessen ihm zugewandtes Gesicht von nahem sah, und mir einen verstohlenen Blick aus den Augenwinkeln zuwarf.

Ich hätte schwören können, daß er die Wahrheit ahnte, doch aus seinem Schweigen schloß ich, daß es nur ein Verdacht war, den er nicht laut zu äußern wagte.

Als er den Toten hinaustrug, blickte er noch einmal prüfend zu mir, dann wieder auf den kahlen, glänzenden Schädel des Mannes in seinen Armen. Als letztes sah ich ihn von der Seite, als er, ein schlaues, triumphierendes Lächeln auf den Lippen, den Raum verließ.

Nur Tars Tarkas, Thuvia und ich blieben zurück. Die verhängnisvolle Treffsicherheit der Therns hatte unsere Gefährten der winzigen Chance beraubt, die gefahrvolle Freiheit der Welt draußen wiederzuerlangen.

Sobald der letzte aus der grausamen Prozession verschwunden war, drängte uns das Mädchen, weiterzugehen.

Auch ihr war die zweifelnde Haltung des Therns aufgefallen, der Sator Throg fortgetragen hatte.

„Das bedeutet für uns nichts Gutes, o Prinz", sagte sie. „Denn auch wenn dieser Mann nicht gewagt hat, dich des Betruges zu beschuldigen, gibt es über ihm jemanden, der mächtig genug ist, eine genauere Untersuchung zu verlangen, und diese, Prinz, wäre in der Tat verhängnisvoll."

Ich zuckte die Schultern. Offenbar schien am Ende unsers Leidenswegs in jedem Fall der Tod zu warten. Durch den Schlaf hatte ich mich erholt, doch fühlte ich mich wegen des Blutverlustes noch immer schwach. Meine Wunden schmerzten. Nirgendwo konnte ich auf medizinische Hilfe hoffen. Wie sehnte ich die fast wundersamen Heilkräfte der Salben und Elixiere der grünen Marsfrauen herbei!

Binnen einer Stunde hätten sie mir wieder zu neuen Kräften verholfen.

Ich war entmutigt. Nie zuvor hatte mich angesichts von Gefahr eine solche Hoffnungslosigkeit befallen. Da blies mir ein zufälliger Luftzug eine der langen, gelben Locken des Heiligen Therns ins Gesicht. Konnten sie mir nicht noch immer den Weg in die Freiheit bahnen? Vielleicht gelang uns noch rechtzeitig die Flucht, bevor der Alarm ausgerufen wurde? Zumindest sollten wir es versuchen.

„Was wird der Mann als erstes tun, Thuvia?" fragte ich. „Wann werden sie unsretwegen zurückkehren?"

„Er wird schnurstracks zum Vater der Therns gehen, dem alten Matai Shang. Vielleicht muß er noch um eine Audienz bitten, doch da er unter den niederen Therns einen hohen Rang innehat, nämlich den eines Thorians, wird Matai Shang ihn nicht lange warten lassen. Wenn der Vater der Therns seiner Geschichte Glauben schenkt, wird es in den Gängen und Gemächern, den Höfen und Gärten binnen einer Stunde von Suchtrupps wimmeln."

„Was wir tun können, muß also innerhalb einer Stunde geschehen. Welches ist der beste, kürzeste Weg aus dieser göttlichen Unterwelt?"

„Der Weg direkt zum Felsgipfel, Prinz", entgegnete sie. „Weiter durch die Gärten zu den Innenhöfen. Dann müssen wir mitten durch die Tempel der Therns, um zum Außenhof zu gelangen. Dann kommen die Schutzwälle - oh, Prinz, es ist hoffnungslos. Nicht einmal zehntausend Kriegern würde es gelingen, von diesem schrecklichen Ort zu entkommen. Seit Anbeginn der Zeit haben die Therns ihre Festung Stück für Stück, Stein für Stein ausgebaut. Eine ununterbrochene Linie unbezwingbarer Befestigungen verläuft entlang der äußeren Abhänge des Gebirges Otz. In den Tempeln hinter den Schutzwällen warten eine Million kampfbereiter Krieger. Die Höfe und Gärten sind voller Sklaven, Frauen und Kinder. Niemand könnte auch nur einen Schritt tun, ohne entdeckt zu werden."

„Da uns nichts anderes übrigbleibt, Thuvia, warum läßt du dich über die Schwierigkeiten aus? Wir müssen uns ihnen stellen."

„Sollten wir es nicht besser im Dunkeln versuchen?" fragte Tars Tarkas. „Bei Tage scheinen wir nicht die geringste Chance zu haben."

„Nachts wäre sie etwas größer, doch sogar dann werden die Schutzwälle scharf bewacht, möglicherweise sogar schärfer als tagsüber. Trotzdem sind weniger Leute in den Höfen und Gärten unterwegs", sagte Thuvia.

„Wie spät ist es?" fragte ich.

„Es war Mitternacht, als du mich von den Fesseln befreitest", sagte Thuvia. „Zwei Stunden später kamen wir am Speicher an. Dort habt ihr vierzehn Stunden geschlafen. Jetzt muß fast Sonnenuntergang sein. Kommt, wir gehen zu dem nächsten Fenster im Felsen, dann wissen wir es genau."

Mit diesen Worten führte sie uns durch die Windungen der Gänge, bis wir nach einem plötzlichen Knick vor einer Öffnung standen, von wo man das Tal Dor überblicken konnte.

Gerade versank die Sonne, eine riesige rote Kugel, rechts von uns hinter der westlichen Gebirgskette Otz. Ein Stück unter uns hielt der Heilige Thern auf seinem kleinen Balkon Wache. In Erwartung der nahenden Kälte, die bei Sonnenuntergang ebenso plötzlich hereinbricht wie die Dunkelheit, hatte er seine scharlachfarbene Dienstrobe fest um sich gezogen. Die Atmosphäre auf dem Mars ist so dünn, daß sie nur sehr wenig Sonnenwärme aufnimmt. Tagsüber ist es immer äußerst heiß, des Nachts extrem kalt. Außerdem bricht oder streut die dünne Atmosphäre die Sonnenstrahlen nicht, wie es auf der Erde der Fall ist. Auf dem Mars gibt es keine Dämmerung. Versinkt der große Ball am Horizont, ist die Wirkung exakt dieselbe, als lösche man die einzige Lampe in einem Raum. Vom hellsten Licht taucht man ohne Warnung in tiefste Finsternis. Dann gehen die Monde auf, die rätselhaften Zaubermonde vom Mars, die, riesigen Meteoren gleich, flach über den Planeten streifen.

Die untergehende Sonne erhellte das Ostufer von Korus, den scharlachfarbenen Rasen und den prächtigen Wald. Unter den Bäumen weideten mehrere Herden von Pflanzenmenschen. Die Erwachsenen standen aufrecht auf den Zehenspitzen und pflückten mit den mächtigen Schwänzen und Krallen jedes erreichbare Blatt und jeden Zweig ab. Nun verstand ich auch die geometrische Form der Bäume, die mich zu dem Irrtum verleitet hatte, der Hain, in dem ich aufwachte, läge im Gebiet eines zivilisierten Volkes.

Unsere Blicke wanderten schließlich zum brausenden Iss, der aus dem Felsen unter uns strömte. Bald tauchte aus dem Berginnern ein Boot auf, beladen mit verlorenen Seelen der Außenwelt. Es waren ein Dutzend, alle von ihnen entstammten dem hochentwickelten und gebildeten Volk der roten Marsmenschen, die auf dem Mars die Vorherrschaft besitzen.

Die Augen des Herolds fielen auf die zum Untergang verurteilte Gruppe im selben Moment wie unsere. Er hob den Kopf, lehnte sich weit über die flache Brüstung seines schwindelerregenden Ausgucks und gab das schrille, unheimliche Geheul von sich, das die Bewohner dieses höllischen Ortes zum Angriff rief.

Einen Augenblick lang hielten die Biester im Hain mit hoch erhobenen Ohren inne, dann strömten sie zum Ufer des Flusses, die Entfernung mit großen, linkischen Sprüngen hinter sich bringend.

Die Gruppe war an Land gegangen und stand auf dem Rasen, als die schrecklichen Horden auftauchten. Die Menschen unternahmen den kurzen und sinnlosen Versuch, sich zu verteidigen. Dann herrschte Stille, als die riesigen, abstoßenden Gestalten sich auf ihre Opfer warfen und bis zu zwanzig gierige Mäuler an das Fleisch ihrer Beute setzten.

Angewidert wandte ich mich ab.

„Ihr Teil ist bald vorüber", sagte Thuvia. „Die großen weißen Affen bekommen das Fleisch, sobald die Pflanzenmenschen das Blut aus den Arterien gesogen haben. Seht, dort sind sie schon."

Als ich in die Richtung blickte, in die das Mädchen wies, sah ich ein Dutzend der großen, weißen Monster aus dem Tal zum Flußufer stürmen. Dann ging die Sonne unter, und eine fast greifbare Dunkelheit senkte sich über uns.

Thuvia verlor keine Zeit und führte uns wieder zu dem Gang, der sich, hier und da abknickend, durch die Felsen in Richtung Oberfläche tausend Fuß weiter oben wand.

Zweimal stießen wir auf große, knurrende Banths, die im Labyrinth umherwanderten, doch ein jedes Mal genügte ein leiser Befehl Thuvias, und die Tiere wichen mürrisch beiseite.

„Wenn du all unsere Hindernisse so leicht aus dem Weg räumen kannst wie diese grimmigen Tiere, sehe ich keine Schwierigkeiten für unser Weiterkommen", sagte ich lächelnd zu dem Mädchen. „Wie machst du das?"

Sie lachte, erschauderte dann jedoch und erzählte: „Ich weiß nicht genau. Als ich hier ankam, zog ich mir Sator Throgs Unwillen zu, indem ich ihn zurückwies. Er befahl, mich in eine der großen Gruben in den Innenhöfen zu werfen, wo es von Banths nur so wimmelt. In meiner Heimat war ich das Befehlen gewöhnt. Etwas in meiner Stimme, ich weiß nicht was, schüchterte die Biester ein, als sie auf mich zusprangen und mich angreifen wollten. Statt mich in Stücke zu reißen, wie es Sator Throg gewollt hatte, krochen sie vor meine Füße. Der Anblick amüsierte Sator Throg und seine Freunde derart, daß sie mich behielten, um die schrecklichen Kreaturen zu erziehen und abzurichten. Ich kenne sie alle mit Namen. Viele von ihnen streifen in diesen unteren Regionen umher. Sie sind Aasfresser, und da viele Gefangene hier in ihren Ketten verenden, lösen die Banths das Problem der Entsorgung, zumindest in dieser Hinsicht. Man hält sie in Gruben in den Gärten und Tempeln oben. Die Therns haben Angst vor ihnen und wagen sich ihretwegen selten unter die Erde, wenn nicht ihre Pflichten es erforderlich machen."

Bei dem, was Thuvia gerade sagte, kam mir eine Idee.

„Warum nehmen wir nicht mehrere Banths und lassen sie vor uns frei, sobald wir oben angekommen sind?" fragte ich.

„Das würde die Feinde sicher von uns ablenken", entgegnete Thuvia lachend und begann mit leiser, singender Stimme, fast einem Schnurren, etwas zu rufen. Sie fuhr damit fort, als wir uns mühsam unseren Weg durch das Labyrinth unterirdischer Gänge und Gewölbe bahnten.

Bald war hinter uns ein leises, gedämpftes Tapsen zu vernehmen, und als ich mich umdrehte, erblickte ich ein Paar großer, grüner Augen in der Dunkelheit schimmern. Aus einem abzweigenden Gang kroch verstohlen eine gekrümmte, gelbbraune Gestalt auf uns zu.

Leises Brummen und böses Knurren drang von jeder Seite an unsere Ohren, und während wir weitereilten, leistete ein Banth nach dem anderen dem Ruf seiner Herrin Folge.

Zu jedem der Ankömmlinge sagte sie etwas. Wie wohlerzogene Terrier liefen sie neben uns die Gänge entlang, doch entgingen mir weder die schäumenden Lefzen noch der hungrige Ausdruck, mit dem sie Tars Tarkas und mich bedachten.

Bald hatten sich etwa fünfzig der Biester zu uns gesellt. Zwei hatten Thuvia in die Mitte genommen, als seien sie Wachposten. Hin und wieder spürte ich an meinen nackten Armen und Beinen die glatten Flanken von anderen Banths. Es war eine seltsame Prozession: Eine fast geräuschlose Kolonne, die sich auf nackten, menschlichen Füßen und gepolsterten Tatzen vorwärtsbewegte; die goldenen, mit wertvollen Steinen gesprenkelten Wände; das trübe Licht der winzigen Radiumkugeln, die sich in Abständen an der Decke befanden;

die riesigen, bemähnten Raubtiere, die sich leise knurrend um uns scharten; der mächtige, grüne Krieger, der uns alle hoch überragte; ich selbst, gekrönt mit dem unbezahlbaren Kopfschmuck eines Heiligen Therns, und - an der Spitze des Zuges - das wunderschöne Mädchen Thuvia.

Das sollte mir noch lange in Erinnerung bleiben.

Bald kamen wir zu einem großen Gewölbe, in dem es wesentlich heller war als in den Gängen. Thuvia hieß uns stehenbleiben, stahl sich leise zum Eingang und warf einen Blick hinein. Dann winkte sie uns, ihr zu folgen.

In dem Raum wimmelte es von allen möglichen seltsamen Geschöpfen, die in dieser Unterwelt zu Hause waren: Eine zusammengewürfelten Masse von Bastarden - die Nachkömmlinge der Gefangenen von der Außenwelt, roten und grünen Marsmenschen und weißen Therns.

Die ständige Gefangenschaft unter der Erde hatte ihrer Haut ein sonderbares Aussehen verliehen. Sie wirkten mehr tot als lebendig. Viele waren mißgestaltet, andere verkrüppelt, die meisten blind, so erklärte mir Thuvia.

Wie sie ausgestreckt auf dem Boden umherlagen, teilweise übereinander, dann wieder in bunten Haufen, fühlte ich mich unvermittelt an die grotesken Illustrationen von Dantes Inferno erinnert. Welcher Vergleich hätte sich hier mehr aufgedrängt? War es nicht tatsächlich die wahre Hölle, in der verlorene Seelen, tot und verdammt, ein Dasein jenseits aller Hoffnung fristeten?

Vorsichtig bahnten wir uns einen Weg durch die Massen. Die großen Banths schnupperten gierig angesichts der unwiderstehlichen Beute, die in verlockendem Überfluß wehrlos vor ihnen ausgebreitet lag.

Oft kamen wir an Eingängen anderer Gewölbe vorbei, die ähnlich bevölkert waren; zwei weitere von ihnen mußten wir durchqueren. In einigen Gewölben stießen wir auf angekettete Gefangene und Tiere.

„Warum gibt es hier keine Therns?" wollte ich von Thuvia wissen.

„Sie begeben sich selten des Nachts in die Unterwelt, denn dann streifen die großen Banths auf Suche nach Beute durch die dunklen Korridore. Die Therns fürchten die schrecklichen Bewohner dieser grausamen und hoffnungslosen Welt, die sie zu ihren Füßen genährt und gezüchtet haben. Manchmal wenden sich Gefangene gegen die Therns und überwältigen sie. Der Thern weiß nie, in welchem dunklen Schatten ein Mörder seiner harrt. Tagsüber ist es anders. Dann passieren Wachen die Gänge und Gewölbe, Sklaven aus den Tempeln oben kommen zu Hunderten zu den Getreidespeichern und Lagerhallen. Alles ist mit Leben erfüllt. Ihr habt das nicht gesehen, denn ich habe euch nicht durch die bevölkerten Gänge geführt, sondern außen entlang. Sogar jetzt könnten wir einem Thern begegnen. Gelegentlich halten sie es für notwendig, nach Sonnenuntergang noch einmal herzukommen. Deswegen war ich so vorsichtig."

Indes gelangten wir unentdeckt zu den oberen Gängen, wo uns Thuvia auf einmal am Beginn eines kurzen, steilen Anstiegs stehenbleiben hieß.

„Über uns befindet sich der Zugang zu den inneren Gärten. Bis hierhin habe ich uns gebracht. Auf den nächsten vier Meilen zu den äußeren Schußwällen lauern zahlreiche Gefahren auf uns. Wachen kontrollieren die Höfe, Tempel und Gärten. Jeder Zoll der Schutzwälle selbst wird beobachtet."

Ich verstand nicht, wieso ein Ort derart scharf bewacht werden mußte, den so viele Geheimnisse und abergläubische Vorstellungen umgaben, daß sich keine Seele von Barsoom in seine Nähe getraut hätte, selbst wenn sie den genauen Standort gewußt hätte. Ich fragte Thuvia, welche Feinde die Therns in ihren undurchdringlichen Festungen fürchten konnten.

Thuvia öffnete gerade die Tür, vor der wir standen und entgegnete: „Sie fürchten die schwarzen Piraten von Barsoom, mein Prinz, vor denen uns unsere Ahnen beschützen mögen."

Die Tür schwang auf, der Duft von Pflanzen liebkoste mich, und die kühle Nachtluft blies mir von der Seite ins Gesicht. Die großen Banths witterten die unbekannten Gerüche, stürmten schwungvoll und leise knurrend an uns vorbei und schwärmten unter dem fahlen Licht des ersten Mondes von Barsoom im Garten aus.

Plötzlich erhob sich von den Tempeldächern ein Alarmschrei, der von anderen aufgenommen, nach Osten und Westen, von den Tempeln zum Hof und zum Schutzwall weitergetragen wurde, bis nur noch sein schwaches Echo in der Ferne zu vernehmen war.

Das lange Schwert des großen Thark fuhr aus der Scheide, Thuvia erschauderte und wich an meine Seite.

Die schwarzen Piraten von Barsoom

„Was ist?" fragte ich das Mädchen.

Als Antwort wies sie zum Himmel.

Ich sah nach oben und erblickte Schatten, die in rasendem Tempo hoch über Tempel, Hof und Garten kreisten.

Fast im selben Moment blitzte oben Mündungsfeuer auf. Die seltsamen Flugkörper gaben donnernde Schüsse ab, die vom Tempel und Festungswall lautstark erwidert wurden.

„Die schwarzen Piraten von Barsoom, mein Prinz", sagte Thuvia.

In großen Kreisen fegten die Flugzeuge der Plünderer über den Verteidigungstruppen der Therns hinweg und gingen zusehends tiefer.

Eine Salve nach der anderen gaben sie in Richtung der Tempelwachen ab, die ihrerseits durch die dünne Luft in Richtung der blitzschnellen, nicht greifbaren Flieger feuerten.

Als die Piraten ihre Höhe immer weiter verringerten, strömte eine Armee der Therns aus den Tempeln in die Gärten und Höfe.

Ihr Auftauchen rief etwa zwanzig Flieger aus allen Richtungen herbei.

Die Therns gaben mit Gewehren, auf die Schilde gestützt, Feuer, doch die schrecklichen schwarzen Flugzeuge kamen unaufhaltsam näher. Die meisten waren kleine Flieger für zwei, drei Leute. Es gab wenige größere, doch diese blieben hoch oben in der Luft und ließen aus dem Kielschacht Bomben auf den Tempel fallen.

Schließlich gingen die Piraten, offenbar einem Befehl folgend, mit einemmal in unserer unmittelbaren Nachbarschaft inmitten der Soldaten der Therns nieder, ohne sich von ihnen beeindrucken zu lassen.

Die Mannschaften warteten kaum darauf, daß ihre Flugzeuge aufsetzten, sondern sprangen von teuflischer Wut beseelt zwischen die Therns. Nie zuvor hatte ich ein solches Gemetzel miterlebt. Ich hatte immer geglaubt, die grünen Marsmenschen seien die grausamsten Krieger im ganzen Universum, doch die Unbändigkeit, mit der die schwarzen Piraten sich auf ihre Widersacher warfen, ging über alles hinaus, was ich bisher gesehen hatte.

Im hellen Schein der beiden herrlichen Monde konnte man das

Geschehen deutlich mitverfolgen. Die hellhaarigen, weißhäutigen Therns kämpften mit dem Mut der Verzweiflung gegen ihre ebenholzfarbenen Feinde.

Hier trampelte ein kämpfendes Knäuel auf einem prächtigen Pimalienbeet herum, dort fand der Krummdolch eines Schwarzen das Herz eines Therns und ließ den Gegner tot am Fuße einer schönen Statue aus leuchtendem Rubin zurück. Drüben preßten ein Dutzend Therns einen Piraten auf eine Bank aus Smaragd, deren schillernde Oberfläche ein mit Diamanten geschaffenes Muster von fremdartiger, barsoomischer Schönheit zeigte

Ein Stück seitwärts standen Thuvia, der Thark und ich. Das Kampfgeschehen war noch nicht zu uns vorgedrungen, doch die Kämpfer kamen von Zeit zu Zeit nahe genug, daß wir ihre Gesichter erkennen konnten.

Die schwarzen Piraten interessierten mich brennend. Bei meinem früheren Aufenthalt auf dem Mars hatte ich Gerüchte über sie vernommen, die nicht viel mehr als Legenden waren. Doch hatte ich sie weder je zu Gesicht bekommen noch mit jemandem gesprochen, der sie schon einmal gesehen hatte.

Im allgemeinen hieß es, daß sie auf dem kleineren Mond lebten, von wo sie in längeren Abständen Barsoom Besuche abstatteten. Wo immer sie sich blicken ließen, vollbrachten sie die fürchterlichsten Verbrechen, beim Abzug nahmen sie Schußwaffen und Munition sowie junge Frauen als Gefangene mit sich. Gerüchten zufolge opferten sie ihre Beute einem finsteren Gott in einer blutigen Zeremonie, die damit endete, daß sie die Unglücklichen verzehrten.

Ich konnte sie gut in Augenschein nehmen, denn das Scharmützel brachte gelegentlich den einen oder anderen in meine unmittelbare Nähe. Sie waren äußerst ansehnliche, hochgewachsene Männer, vielleicht mehr als sechs Fuß groß, mit markanten Gesichtszügen und tiefliegenden, großen Augen. Soweit ich das bei Mondlicht erkennen konnte, war die Iris tiefschwarz und der Augapfel selbst von klarem Weiß. Vom Körperbau schienen sie sich in keiner Weise von den Therns, den roten Menschen oder mir zu unterscheiden. Lediglich ihre Hautfarbe war anders; sie schimmerte ebenholzfarben, und so seltsam es aus dem Mund eines Südstaatlers klingen mag, trug sie zu seiner prachtvollen Schönheit mehr bei als daß sie ihr Abbruch tat.

Doch auch wenn ihre Gestalt göttlich war - ihre Seele war offensichtlich das ganze Gegenteil. Nie zuvor erlebte ich einen solch bösartigen Blutrausch, wie ihn diese Teufel aus dem All im wilden Kampf mit den Therns zur Schau stellten.

Überall im Garten standen ihre unheilbringenden Flugzeuge, die die Therns zu meinem Erstaunen jedoch nicht anrührten. Hin und wieder stürmte ein schwarzer Krieger mit einer jungen Frau auf den Armen aus einem nahen Tempel zu seinem Flieger, während jene seiner Kameraden, die gerade in der Nähe kämpften, seinen Rückzug deckten.

Die Therns neben ihnen eilten dem Mädchen zu Hilfe und wurden einen Augenblick später in einen turbulenten Strudel brüllender Scheusale gezogen, welche sich wie leibhaftige Teufel gebärdeten, nach ihnen ausholten und traten.

Doch immer, schien es, siegten die schwarzen Piraten von Barsoom, und das Mädchen, das den Kampf auf wundervolle Weise unverletzt überstanden hatte, wurde an Deck eines schnellen Fliegers in die Finsternis getragen.

Kampfeslärm drang aus allen Richtungen mit unverminderter Heftigkeit zu uns. Thuvia erzählte mir, daß die schwarzen Piraten normalerweise das ganze Reich der Therns auf einmal angriffen, das sich wie ein Band an den äußeren Abhängen des Gebirges Otz mit dem in der Mitte gelegenen Tal Dor, entlangzog.

Als sich die Krieger für einen Moment von uns fortbewegten, wandte sich Thuvia an mich: „Versteht ihr nun, mein Prinz, warum eine Million Krieger das Gebiet der Heiligen Therns Tag und Nacht bewachen? Das, was ihr jetzt seht, ist nur eine Wiederholung dessen, was ich während der fünfzehn Jahre, die ich hier schon gefangen bin, an die zwanzig Mal miterlebt habe. Seit undenklichen Zeiten plündern die schwarzen Piraten von Barsoom die Heiligen Therns aus. Und doch gehen sie mit ihren Expeditionen niemals bis zum Äußersten, wie man leicht annehmen könnte, und löschen die Therns endgültig aus, wie es für sie ein Leichtes wäre. Es scheint, als nutzten sie dieses Volk nur zum Vergnügen, stillten an ihm ihre unbändige Lust aufs Kämpfen und trieben von ihm einen Zoll in Form von Waffen, Munition und Gefangenen ein."

„Warum springen sie nicht einfach in die Flugzeuge und zerstören sie?" fragte ich. „Das würde den Angriffen bald ein Ende bereiten. Zumindest wären die Schwarzen dann kaum so kühn. Schau hin, sie lassen die Flieger völlig unbeobachtet, als stünden sie sicher in den Flugzeughallen zu Hause."

„Die Therns trauen sich das nicht. Einmal, vor Jahrhunderten, haben sie es gewagt, doch am nächsten Abend und den ganzen folgenden Monat lang kreisten große, schwarze Kriegsschiffe über dem Gebirge Otz, warfen Tonnen von Bomben über den Tempeln, Gärten, Höfen ab, bis jeder noch überlebende Thern in die unterirdischen Gänge geflüchtet war. Die Therns wissen, daß sie überhaupt nur mit Duldung der schwarzen Menschen leben. Jenes eine Mal wären sie beinahe ausgelöscht worden, so riskieren sie es kein weiteres Mal."

Als sie verstummte, nahm die Auseinandersetzung eine neue Wendung. Die Urheber überraschten sowohl die Therns als auch die Piraten. Der Kampfeslärm, das Geschrei der Krieger, die Schüsse und die Explosionen der Bomben hatten die großen Banths, die wir in den Garten gelassen hatten, zunächst eingeschüchtert.

Doch nun schien der andauernde Lärm sie wütend gemacht zu haben. Der frische Blutgeruch mußte ein übriges getan haben, denn plötzlich schoß eine riesige Gestalt aus einem niedrigen Busch mitten zwischen die kämpfenden Menschenmassen. Voll tierischer Wut stieß das Banth einen furchteinflößenden Schrei aus, als es warmes Fleisch unter den mächtigen Krallen spürte.

Als wäre sein Gebrüll das Signal für die anderen, warf sich die gesamte Meute zwischen die Kämpfenden. Augenblicklich brach Panik aus. Thern und schwarzer Mensch wandten sich vereint gegen den gemeinsamen Feind, denn die Banths machten zwischen ihnen keine Unterschiede.

Die grauenvollen Biester warfen einhundert Mann allein durch die Masse ihrer großen Leiber zu Boden, als sie sich in das Getümmel stürzten. Sie sprangen umher, mähten die Krieger mit den kraftvollen Pranken nieder, wandten sich einen Augenblick dem Opfer zu und zerrissen es mit den fürchterlichen Zähnen.

Trotz ihrer Schrecken war die Szene faszinierend, doch fiel mir ein, daß wir mit der Verfolgung der Schlacht wertvolle Zeit vergeudeten, die sich unserer Flucht zum Vorteil erweisen konnte.

Die Therns hatten mit ihren schrecklichen Gegnern so zu tun, daß, wenn zu irgendeinem Zeitpunkt überhaupt, die Flucht nun vergleichsweise einfach sein sollte. Ich wandte mich um und suchte nach einem Weg durch die streitenden Horden. Vielleicht stellten wir beim Erreichen der Schutzwälle fest, daß die Piraten die Stärke der Wachposten verringert und uns den Weg nach draußen geöffnet hatten.

Als mein Blick im Garten umherstreifte und auf die Hunderte Flugzeuge fiel, die unbeobachtet um uns herumstanden, wußte ich schlagartig den einfachsten Weg in die Freiheit. Warum war mir das nicht früher eingefallen! Ich war gründlich mit der Funktionsweise eines jeden Flugzeugtyps von Barsoom vertraut. Neun Jahre lang flog und kämpfte ich für die Luftwaffe von Helium. Ich war in einem winzigen, einsitzigen Aufklärungsflugzeug über den Himmel gerast und hatte das größte Schlachtschiff befehligt, das die dünne Luft des untergehenden Mars jemals getragen hatte.

Denken heißt für mich handeln. Ich packte Thuvia beim Arm und flüsterte Tars Tarkas zu, er solle mir folgen. Schnell huschten wir auf einen kleinen Flieger zu, der am weitesten vom Schlachtfeld entfernt stand. Eine Sekunde später kauerten wir auf dem winzigen Deck. Meine Hand lag am Starthebel. Ich drückte mit dem Daumen auf den Knopf, der den Antriebsstrahl reguliert, jene hervorragende Entdeckung der Marsmenschen, die es ihnen ermöglicht, die dünne Atmosphäre ihres Planeten in riesigen Luftschiffen zu durchfliegen, gegen die die großen Flugzeuge unserer Luftwaffe auf der Erde bedauernswert unbedeutend aussehen.

Das Flugzeug schwankte sanft, erhob sich jedoch nicht. Da drang ein Warnschrei zu uns. Ich wandte mich um und erblickte ein Dutzend Piraten, die sich aus dem Handgemenge gelöst hatten und auf uns zustürmten. Wir waren entdeckt worden. Mit wütendem Geschrei setzten die Bösewichter auf uns zu. Fiebrig drückte ich ohne Unterlaß auf den kleinen Knopf, der uns in die Lüfte hätte schleudern müssen, doch das Fahrzeug rührte sich nicht. Schließlich fiel mir auch der Grund dafür ein.

Wir waren an einen Zweisitzer geraten. Seine Strahlentanks waren nur mit soviel Abstoßenergie ausgerüstet, um zwei gewöhnliche Männer zu befördern. Das Gewicht des Thark wurde uns zum Verhängnis.

Inzwischen waren die Schwarzen fast bei uns. Wir durften keinen Augenblick durch Zögern oder Unsicherheit verlieren.

Ich drückte den Knopf weit hinein und machte ihn fest. Dann schaltete ich den Hebel auf Höchstgeschwindigkeit, schlüpfte, als die Piraten sich brüllend auf uns warfen, von Deck und stellte mich, das lange Schwert gezogen, dem Angriff.

Im selben Augenblick hörte ich hinter mir ein Mädchen aufschreien, und einen Moment später - die Schwarzen fielen bereits über mich her - vernahm ich hoch über meinem Kopf leise Thuvias Stimme: „Mein Prinz, o mein Prinz. Lieber bliebe ich und stürbe -" Doch der Rest ging im Angriffslärm unter.

Dennoch wußte ich, daß die List funktioniert hatte, Thuvia und Tars Tarkas zumindest vorübergehend in Sicherheit waren und das Mittel zur Flucht in ihren Händen lag.

Einen Moment schien es, als könne ich dem Ansturm der unzähligen Angreifer unmöglich widerstehen. Doch wieder, wie schon so oft zuvor, wenn ich es auf diesem Planeten mit einer überwältigenden Übermacht zu tun hatte, stellte ich fest, daß meine irdischen Kräfte so weit über jene meiner Gegner hinweggingen, daß die Übermacht weniger groß war als im ersten Moment befürchtet.

Meine glühende Klinge webte ein Netz des Todes um mich. Einen Augenblick kamen die Schwarzen sehr dicht an mich heran, um mich mit ihren kürzeren Schwertern zu erreichen. Doch bald wichen sie zurück, und auf dem Gesicht eines jeden zeigte sich deutlich jene Hochachtung, die sie meiner Schwertkunst entgegenzubringen so plötzlich gelernt hatten.

Trotzdem war mir klar, daß es bei dieser Übermacht nur Minuten dauern würde, bis sie mich überwältigten oder ich mich nicht mehr würde verteidigen können. Vielleicht ging ich vor ihnen zu Boden und trat meinem sicheren Ende entgegen. Ich erschauderte bei dem Gedanken, hier an diesem schrecklichen Ort zu sterben, ohne daß Dejah Thoris je davon erfuhr. Ein Tod von den Händen namenloser Schwarzer in den Gärten der grausamen Therns.

Dann kam der alte Elan in mir wieder auf. Das Blut meiner kriegerischen Vorfahren aus Virginia pulsierte heiß in meinen Adern. Unbezähmbarer Blutdurst und Kampfesfreude gewannen in mir erneut die Oberhand. Das Kampfeslächeln, das Tausende meiner Gegner verblüfft hatte, trat auf meine Lippen. Ich schenkte dem Tod keinen weiteren Gedanken und fiel mit einer Wut über meine Feinde her, daß jene, die entkommen konnten, dies bis zu ihrer letzten Stunde nicht vergessen werden.

Ich war mir dessen bewußt, daß die anderen meinen unmittelbaren Widersachern zu Hilfe eilen würden, und so dachte ich während des Kampfes fieberhaft über einen Fluchtweg nach.

Er bot sich mir völlig unerwartet und kam aus der schwarzen Nacht hinter mir. Ich hatte gerade einen Hünen entwaffnet, der mir verzweifelt Widerstand geleistet hatte, und die Schwarzen hielten just einen Augenblick zum Atemholen inne.

Wenn sie mich auch mit bösen, wütenden Blicken bedachten, zeigte sich in ihrer Haltung ein Hauch von Respekt.

„Thern", sagt einer. „Du kämpfst wie ein Dator. Nichtsdestoweniger wärest du wegen deines verachtungswürdigen, gelben Haares und deiner weißen Haut eine Zierde für den Erstgeborenen von Barsoom."

„Ich bin kein Thern", erwiderte ich. Schon wollte ich erklären, daß ich aus einer anderen Welt stammte, um eine Art Waffenstillstand mit diesen Menschen zu vereinbaren und gemeinsam mit ihnen gegen die Therns zu kämpfen. Vielleicht halfen sie mir dann auch, meine Freiheit wiederzuerlangen. Doch gerade in dem Moment versetzte mir ein schwerer Gegenstand einen mächtigen Schlag zwischen die Schultern und warf mich fast um.

Als ich mich nach diesem neuen Angreifer umwandte, flog ein Gegenstand über meiner Schulter hinweg und schlug einen meiner Gegner mitten ins Gesicht, so daß er bewußtlos auf den Rasen sank. Im selben Augenblick sah ich, worum es sich bei dem Ding handelte, das uns getroffen hatte: Um den Schleppanker eines ziemlich großen Luftschiffes, eines Kreuzers mit vielleicht zehn Mann Besatzung.

Langsam segelte das Flugzeug reichlich fünfzig Fuß über uns hinweg. Nun offenbarte sich die Gelegenheit, die es mir bot. Das Luftschiff stieg allmählich auf, der Anker befand sich nun hinter meinen Gegnern, einige Fuß über ihren Köpfen.

Mit einem Satz, bei dem sie erstaunt Mund und Augen aufrissen, sprang ich über den Feinden hinweg. Ein zweiter Satz brachte mich genau in Höhe des nun zusehends verschwindenden Ankers.

Doch ich hatte Erfolg, konnte ihn mit einer Hand packen, so daß er mich durch das Geäst der höheren Bäume im Garten zog, während meine vorherigen Widersacher unten in Geschrei und Geheul ausbrachen.

Bald drehte das Schiff gen Westen und schwenkte dann anmutig in Richtung Süden. Im nächsten Moment wurde ich über die Gipfel der Goldenen Felsen und über das Tal Dor hinweggetragen, wo sechstausend Fuß unter mir das Verlorene Meer von Korus im Mondlicht schimmerte.

Vorsichtig zog ich mich auf den Arm des Ankers und setzte mich auf. Ich wollte wissen, ob das Schiff nicht vielleicht zufällig menschenleer war. Das war zu hoffen. Oder es gehörte einem freundlich gesonnenen Volk und war nur durch ein Mißgeschick den Therns oder Piraten in die Hände gefallen. Die Tatsache, daß es sich vom Schauplatz des Kampfes zurückzog, unterstützte diese Theorie.

Doch ich entschloß mich, das genau herauszufinden, und zwar sofort. So begann ich langsam und mit größter Vorsicht, die Ankerkette hochzuklettern.

Ich tastete nach der Reling des Schiffes und legte schließlich die Hand darauf, als sich ein grimmiges, schwarzes Gesicht über die Seitenwand schob und mich voll triumphierenden Hasses anblickte.

Eine hübsche Göttin

Einen Augenblick blieben der schwarze Pirat und ich regungslos und starrten Auge in Auge. Dann zogen sich die hübschen Lippen über mir in einem bösen Lächeln auseinander, als sich eine ebenholzfarbene Hand langsam über den Rand schob und mir die kalte, hohle Mündung eines Revolvers mitten auf die Stirn setzte.

Im selben Moment, in dem meine freie Hand den schwarzen Hals packte, der sich gerade in Reichweite befand, bewegte sich der ebenholzfarbene Finger am Abzug. Mit halberstickter Stimme zischte der Pirat: „Stirb, verfluchter Thern", denn meine Finger drückten ihm die Luft ab. Der Hahn fiel mit einem sinnlosen Klicken auf eine leere Kammer.

Bevor er wieder feuern konnte, hatte ich ihn soweit über den Rand gezogen, daß er gezwungen war, die Waffe fallenzulassen und sich mit beiden Händen festzuhalten.

Wegen meines Griffes konnte er nicht schreien, so rangen wir miteinander in eisiger Stille: Er, um sich aus meiner Umklammerung zu lösen, ich, um ihn über die Reling in den Tod zu reißen.

Sein Gesicht nahm bereits eine bläuliche Färbung an, und die Augen traten aus den Höhlen. Offenbar wurde ihm klar, daß er sterben mußte, wenn er nicht den stählernen Griff lösen konnte, der das Leben aus ihm preßte. Mit letzter Kraft warf er sich zurück in Richtung Deck, ließ dabei die Reling los und versuchte verzweifelt mit beiden Händen, meine Finger von seiner Gurgel zu bekommen.

Auf diese kurze Sekunde hatte ich gewartet. Mit einem Ruck zog ich ihn von Deck. Dabei hätte er mich beinahe mitgerissen und mit sich in die Untiefen des Meeres gezogen, denn der Halt mit nur einer freien Hand an der Ankerkette war sehr unsicher.

Dennoch ließ ich nicht los, denn ich wußte, daß, wenn ihm beim Sturz in den Tod in das stille Meer auch nur ein einziger Schrei über die Lippen kam, die anderen von oben zu seiner Rache herbeieilen würden.

So hielt ich ihn verbissen fest, drückte und drückte, während er sich verzweifelt wand und mich dabei immer weiter nach unten zum Ende der Ketten zog.

Schrittweise wurden seine Zuckungen krampfhaft und ebbten zusehends ab, bis sie schließlich ganz aufhörten. Dann erst ließ ich ihn los, und in Sekundenschnelle hatte ihn die Finsternis unten verschluckt.

Erneut kletterte ich zur Reling des Schiffes. Diesmal gelang es mir, einen Blick an Deck zu werfen und die gegenwärtige Situation sorgfältig in Augenschein zu nehmen, um zu wissen, womit ich rechnen mußte.

Der erste Mond war bereits hinter dem Horizont verschwunden, doch der klare Schein des zweiten Satelliten erhellte das Deck des Kreuzers und hob die Umrisse von sechs, acht Schläfern scharf hervor, die an Deck lagen.

Am Fuße eines Schnellfeuergewehres kauerte ein junges, hellhäutiges Mädchen, das man zuverlässig gefesselt hatte. Sie blickte mit vor Entsetzen weit aufgerissenen Augen zu mir und ließ mich, als ich über der Reling auftauchte, keinen Moment aus den Augen.

Als sie den geheimnisvollen Edelstein in der Mitte meines gestohlenen Kopfschmuckes entdeckte, trat unbeschreibliche Erleichterung in ihr Gesicht. Schweigend warnte sie mich mit einem Blick vor den Schlafenden um sie herum.

Lautlos zog ich mich an Deck. Mit einem Nicken bat mich das Mädchen zu sich. Als ich mich zu ihr neigte, flüsterte sie mir zu, ich möge sie doch befreien.

„Ich kann dir helfen, und du wirst jede erdenkliche Hilfe brauchen, wenn sie aufwachen", sagte sie.

„Einige von ihnen werden in Korus aufwachen", entgegnete ich lächelnd.

Sie verstand die Bedeutung meiner Worte; und das unbarmherzige Lächeln, mit dem sie meine Bemerkung erwiderte, erschreckte mich. Grausamkeit in einem brutalen Gesicht erstaunt einen nicht weiter. Sieht man sie hingegen auf dem Antlitz einer Göttin, deren feingemeißelte Züge mehr zur Darstellung von Liebe und Schönheit geschaffen sind, empfindet man das als entsetzlich.

Ich tat, wie mir geheißen, und befreite sie. Dann wandte ich mich einer unangenehmen Aufgabe zu. Jetzt war nicht der Zeitpunkt für verfeinerte Gefühle wie Gewissensbisse oder Ritterlichkeit, die diese grausamen Teufel weder zu schätzen noch zu erwidern wußten.

Leise schlich ich zu dem nächsten Schläfer. Erwachend befand er sich bereits auf der Reise zu Korus' Busen. Sein gellender Schrei, als er begriff, verhallte in den schwarzen Tiefen.

Der zweite schlug bei meiner Berührung die Augen auf, und

obwohl es mir gelang, ihn von Deck des Kreuzers zu schleudern, brachte sein wilder Alarmschrei alle übrigen Piraten auf die Beine. Es waren fünf.

Als sie aufsprangen, ertönten mehrere abgehackte Schüsse aus dem Revolver des Mädchens, und einer sank für immer darnieder.

Die anderen stürmten mit gezogenen Schwertern wutschnaubend auf mich zu. Offensichtlich wagte das Mädchen nicht, zu schießen, um mich nicht zu verletzen, doch ich sah, wie sie sich leise wie eine Katze neben die Angreifer schlich. Diese waren nun auf mir.

Einige Minuten lang wurde ich in den heftigsten Kampf verwickelt, den ich jemals erlebt hatte. Das Deck war zu klein, als daß man irgendwohin hätte ausweichen können. So hieß es, den Boden zu verteidigen, auf dem man stand, auszuteilen und einzustecken. Zuerst steckte ich beträchtlich mehr ein, als ich austeilte, doch bald konnte ich einen der Schwarzen überwältigen und hatte die Befriedigung, ihn auf Deck zusammenbrechen zu sehen.

Die anderen verdoppelten ihre Bemühungen. Der Zusammenstoß unserer Klingen erzeugte einen schrecklichen Krach, der in der stillen Nacht meilenweit zu hören gewesen sein mußte. Funken sprangen, als Stahl auf Stahl traf. Dann war ein dumpfes und gräßliches Geräusch zu vernehmen, als die scharfe Klinge meines Marsschwertes durch einen Schulterknochen ging.

Nun standen mir noch drei gegenüber, doch das Mädchen arbeitete sich zu einer Stelle vor, die ihr es erlauben würde, die Anzahl der Gegner um mindestens einen zu reduzieren. Dann spielte sich alles in einer solch erstaunlichen Schnelligkeit ab, daß ich sogar jetzt noch nicht alles verstehen kann.

In der offenkundigen Absicht, mich die wenigen Schritte zurückzudrängen, die mich vom Sturz ins Nichts trennten, warfen sich die drei auf mich. Im selben Moment, als das Mädchen feuerte, vollführten meine Arm zwei Bewegungen. Ein Mann sank mit einem Kopfschuß zu Boden, ein Schwert flog klappernd über das Deck und rutschte über den Rand - ich hatte einen meiner Gegner entwaffnet - und dem dritten stieß ich die Klinge bis zum Heft in die Brust, so daß sie auf der anderen Seite drei Fuß heraustrat. Er sank zu Boden und riß mein Schwert mit sich.

Da ich mich somit selbst entwaffnet hatte, stand ich nun mit bloßen Händen dem letzten gegenüber, dessen eigenes Schwert irgendwo tausend Fuß unter uns auf dem Grund des Verlorenen Meeres lag.

Die neuen Bedingungen schienen meinen Widersacher zu erfreuen, denn er entblößte mit zufriedenem Lächeln die strahlenden Zähne, während er ohne jede Waffe auf mich zustürmte. Seine kräftigen, runden Muskeln unter der glatten, schwarzen Haut gaben ihm offensichtlich die Gewißheit, daß ich für ihn leichte Beute sein würde und der Anstrengung nicht wert, den Dolch aus seiner Ausrüstung zu ziehen.

Ich ließ ihn dicht an mich herankommen. Dann duckte ich mich unter den ausgestreckten Armen und wich nach rechts aus. Ich drehte mich um meine Achse, holte Schwung und versetzte ihm mit der rechten einen schrecklichen Schlag gegen den Unterkiefer, so daß er auf der Stelle wie ein gefällter Ochse zu Boden sank.

Ein leises, silbernes Lachen erklang hinter mir.

„Du bist kein Thern", sagte meine Gefährtin mit holder Stimme. „Trotz all der goldenen Locken und der Ausrüstung von Sator Throg. Auf ganz Barsoom hat niemals jemand gelebt, der so kämpfen konnte wie du in dieser Nacht. Wer bist du?"

„Ich bin John Carter, Prinz des Hauses von Tardos Mors, dem Jeddak von Helium", entgegnete ich. „Und wem hatte ich die Ehre zu Diensten sein zu dürfen?"

Sie zögerte einen Moment, bevor sie antwortete, und fragte schließlich: „Du bist kein Thern. Bist du ein Feind der Therns?"

„Anderthalb Tage halte ich mich nun schon im Land der Therns auf. Seitdem befindet sich mein Leben in ständiger Gefahr. Man hat mich belästigt und verfolgt. Bewaffnete Männer und wilde Tiere wurden auf mich angesetzt. Ich hatte zuvor keinen Streit mit den Therns. Erstaunt es dich, wenn ich ihnen nun keine allzu große Zuneigung entgegenbringe? Mehr habe ich nicht zu sagen."

Sie sah mich einige Minuten aufmerksam an, bevor sie etwas erwiderte. Es schien, als versuche sie mit diesem langen, prüfenden Blick in meinem Innern zu lesen, um meinen Charakter und meine Wertvorstellungen einzuschätzen.

Offenbar befriedigten sie die Resultate.

„Ich bin Phaidor, die Tochter von Matai Shang, dem Heiligen Hekkador der Heiligen Therns, dem Vater der Therns, Herr des Lebens und Todes auf Barsoom, Bruder von Issus, Prinzessin des Ewigen Lebens."

In diesem Augenblick bemerkte ich, daß der Schwarze, den ich mit meiner Faust zu Boden gebracht hatte, kurz davor war, wieder zu sich zu kommen. Ich sprang zu ihm, entledigte ihn seiner Ausrüstung, band ihm die Hände fest auf dem Rücken und fesselte ihn an das Untergestell eines schweren Geschützes, nachdem ich seine Füße auf ähnliche Weise gebunden hatte.

„Warum nicht den einfacheren Weg?" fragte Phaidor.

„Ich verstehe nicht. Welchen 'einfacheren' Weg?" erwiderte ich.

Sie zuckte leicht die hübschen Schultern und vollführte mit den Händen eine Geste, als würfe sie etwas über Bord.

„Ich bin kein Mörder, sondern töte nur in Notwehr", sagte ich.

Sie musterte mich eingehend, runzelte die göttlichen Brauen und schüttelte den Kopf. Das ging offensichtlich über ihr Vorstellungsvermögen hinaus.

Genauso wenig war meine Dejah Thoris in der Lage gewesen, unseren ihr dumm und gefährlich erscheinenden Umgang mit Feinden zu verstehen. Auf Barsoom gewährt man weder Gnade, ebensowenig wird sie einem gewährt. Jeder Tote bedeutet, daß es für die anderen mehr von den schwindenden Ressourcen dieses untergehenden Planeten aufzuteilen gibt.

Doch hier schien es einen kleinen Unterschied zu geben, in der Art, in der das Mädchen die Vernichtung eines Feindes sah, und dem mitfühlenden Bedauern, das meine Prinzessin gegenüber dieser bitteren Notwendigkeit empfand.

Ich denke, Phaidor ging es mehr um die Spannung, die ihr das Schauspiel geboten hätte, als um den Fakt, daß wegen meiner Entscheidung ein Feind am Leben blieb, der uns zu einer Bedrohung werden konnte.

Der Mann war nun wieder voll bei Bewußtsein und musterte uns aufmerksam von Deck aus, wo er gefesselt dalag. Er war ansehnlich und kräftig, mit wohlgeformten Gliedmaßen, einem intelligenten, feingemeißelten Gesicht, dessen erlesene Züge sogar Adonis vor Neid zum Erblassen gebracht hätten.

Das Luftschiff war führerlos langsam über das Tal gedriftet, doch nun dachte ich, daß es an der Zeit war, das Steuer zu übernehmen und den Kurs zu bestimmen. Ich konnte nur ungefähr sagen, in welchem Teil vom Mars das Tal Dor lag: Weit südlich vom Äquator. Das wurde am Stand der Sterne deutlich. Doch reichten meine astronomischen Kenntnisse vom Mars nur für eine grobe Schätzung, ohne die genauen Karten und empfindlichen Instrumente, mit denen ich als Offizier der Luftwaffe von Helium früher die Positionen der von mir geführten Luftschiffe hatte genau bestimmen können. Da ein nördlicher Kurs mich am ehesten in die dichter besiedelten Gebiete des Planeten bringen würde, entschied ich mich für diese Richtung. Anmutig schwang der Richtungsanzeiger unter meiner Hand herum. Ein Druck auf den Knopf, der die Antriebsstrahlen steuert, beförderte uns nach oben in die Lüfte.

Den Schalthebel für die Geschwindigkeit am Anschlag, rasten wir gen Norden und erhoben uns immer weiter über das schreckliche Tal des Todes.

Als wir in schwindelerregender Höhe über dem schmalen Landstrich der Therns hinwegflogen, legte das Aufblitzen von Explosionen weit unter uns auf stumme Weise von der unbändigen Schlacht Zeugnis ab, die entlang der grausamen Grenze noch immer tobte. Kein Laut war von unten zu vernehmen, denn bis in diese Schicht der Atmosphäre drang kein Geräusch durch, alles wurde bereits von der dünnen Luftschicht unter uns zerstreut.

Es wurde schrecklich kalt, und das Atmen wurde immer schwerer. Das Mädchen, Phaidor, und der schwarze Pirat blickten mich unablässig an. Schließlich sprach das Mädchen.

„In dieser Höhe kommt die Bewußtlosigkeit schnell. Wenn ihr uns nicht alle umbringen wollt, müßt ihr hinuntergehen, und zwar schnell", sagte sie ruhig.

In ihrer Stimme war keine Furcht. Es war, als sagte jemand: „Du solltest besser einen Schirm mitnehmen. Es wird regnen."

Ich ging schnell tiefer, und das nicht zu früh. Das Mädchen war bereits ohnmächtig geworden.

Auch der Schwarze war bewußtlos, während ich meine Sinne nur dank schieren Willens beibehielt. Derjenige, auf dessen Schultern die gesamte Verantwortung liegt, hält wahrscheinlich das meiste aus.

Wir schwebten flach über dem Vorgebirge von Otz hinweg. Es war verhältnismäßig warm, und für unsere gequälten Lungen gab es genügend Luft, so daß ich nicht überrascht war, zuerst den Schwarzen und einen Augenblick später auch das Mädchen die Augen öffnen zu sehen.

„Das war knapp", sagte sie.

„Dennoch hat es mich zwei Dinge gelehrt", entgegnete ich.

„Welche?"

„Daß sogar Phaidor, die Tochter des Herren des Lebens und Todes, sterblich ist", sagte ich lächelnd.

„Nur in Issus gibt es Unsterblichkeit. Und Issus steht allein der Rasse der Therns zu. Demzufolge bin ich unsterblich", erwiderte sie.

Ich bemerkte, wie bei ihren Worten ein flüchtiges Lächeln über das Gesicht des Schwarzen ging. Damals verstand ich nicht, warum. Später sollte es mir und auch ihr auf die entsetzlichste Weise klar werden.

„Wenn die zweite Erkenntnis zu ebenso falschen Schlußfolgerungen führt wie die erste, bist du nur um ein weniges klüger als zuvor", fuhr sie fort.

„Die zweite Erkenntnis ist, daß unser dunkler Freund hier nicht vom ersten Mond stammt - er war kurz davor, einige tausend Fuß über Barsoom zu sterben. Hätten wir noch weitere fünftausend Meilen zwischen Thuria und dem Planeten zurückgelegt, wäre er nur noch das gefrorene Abbild eines Mannes gewesen", entgegnete ich.

Sichtlich erstaunt blickte Phaidor zu dem Schwarzen und fragte: „Wenn du nicht von Thuria bist, woher kommst du dann?"

Er zuckte die Schultern, blickte woandershin und schwieg.

Entschieden stampfte das Mädchen mit dem kleinen Fuß auf.

„Die Tochter von Matai Shang ist es nicht gewohnt, daß ihre Fragen unbeantwortet bleiben", sagte sie. „Ein niederes Wesen sollte sich geehrt fühlen, daß ein Mitglied der heiligen Rasse, das geboren wurde, um das ewige Leben zu erlangen, sich überhaupt dazu herabläßt, es zu bemerken."

Wieder zeigte der Schwarze sein böses, wissendes Lächeln.

„Üblicherweise erteilt Xador, Dator der Erstgeborenen von Barsoom, Befehle und nimmt nicht welche entgegen", sagte der Pirat schließlich. Dann wandte er sich an mich: „Was gedenkt ihr, mit mir zu tun?"

„Ich beabsichtige, euch beide mit nach Helium zu nehmen", erwiderte ich. „Euch wird nichts Böses geschehen. Ihr werdet sehen, daß die roten Menschen von Helium ein freundliches und edelmütiges Volk sind. Doch wenn sie mir zuhören, wird keiner mehr die freiwillige Pilgerfahrt entlang des Flusses Iss antreten, und die unmögliche Hoffnung, die sie seit Jahrhunderten in sich tragen, wird in tausend Stücke zerbrechen."

„Seid ihr aus Helium?" fragte er.

„Ich bin ein Prinz des Hauses von Tardos Mors, dem Jeddak von Helium. Doch stamme ich nicht von Barsoom, sondern aus einer anderen Welt", antwortete ich.

Xodar blickte mich eine Zeitlang aufmerksam an und sagte schließlich: „Ich kann sehr wohl glauben, daß ihr nicht aus Barsoom kommt. Niemand von dieser Welt hätte allein acht der Erstgeborenen besiegen können. Wie kommt es jedoch, daß ihr das goldene Haar und den edelsteinbesetzten Stirnreif eines Heiligen Therns tragt?" Er betonte das Wort 'heilig' leicht ironisch.

„Das habe ich ganz vergessen. Sie sind Beutestücke aus einem Kampf", entgegnete ich und zog mir mit einem Griff die Perücke vom Kopf.

Als der Schwarze mein kurzgeschnittenes, schwarzes Haar erblickte, riß er die Augen vor Erstaunen weit auf. Offenbar hatte er den kahlen Schädel eines Therns erwartet.

„Ihr stammt wirklich aus einer anderen Welt", sagte er mit einem Hauch Ehrfurcht in der Stimme. „Mit der Haut eines Therns, dem schwarzen Haar eines Erstgeborenen und den Muskeln von einem Dutzend Dators ist es nicht einmal für Xodar eine Schande, eure Überlegenheit anzuerkennen. Eine Sache, die er niemals tun würde, wäret ihr von Barsoom", fügte er hinzu.

„Du bist mir ein bißchen zu schnell, mein Freund", unterbrach ich ihn. „Ich verstehe, daß dein Name Xodar ist, doch wer, um Himmels Willen, sind die Erstgeborenen, was ist ein Dator, und warum könntest du, wenn dich ein Barsoomier besiegte, seine Überlegenheit nicht anerkennen?"

„Die Erstgeborenen von Barsoom sind das Volk der schwarzen Männer, in dem ich den Rang eines Dator bekleide, oder, wie die niederen Barsoomier sagen würden, den eines Prinzen. Meine Rasse ist die älteste des Planeten. Unsere Abstammung läßt sich ohne Unterbrechung direkt bis zum Baum des Lebens zurückverfolgen, der vor dreiundzwanzig Millionen Jahren in der Mitte des Tales Dor blühte", erklärte er.

„Unzählige Jahrhunderte machten die Früchte dieses Baumes eine Evolution durch und entwickelten sich von einer reinen Pflanze zu einer Kombination von Pflanze und Tier. In den ersten Stadien vermochten die Früchte lediglich unabhängige Muskelbewegungen auszuführen, während der Stengel mit dem Elterngewächs verbunden blieb. Später bildete sich in der Frucht das Hirn heraus, so daß sie, während sie an ihren langen Stengeln hingen, wie individuelle Wesen denken und sich bewegen konnten.

Mit Entwicklung der Empfindungen kam es zu deren Vergleich.

Ansichten wurden aufgestellt und miteinander verglichen - so entfalteten sich auf Barsoom der Verstand und die Fähigkeit zu denken.

Jahrhunderte vergingen. Viele Lebensformen an dem Baum kamen und gingen, doch noch immer waren sie durch verschieden lange Stengel mit dem elterlichen Gewächs verbunden. Schließlich bestand die Frucht des Baumes in winzigen Pflanzenmenschen, wie wir sie nun in solch riesigen Ausmaßen im Tal Dor reproduziert sehen. Sie hingen noch immer an den Ästen und Zweigen des Baumes, an Stengeln, die aus der Mitte ihrer Köpfe wuchsen.

Die Knospen, aus denen die Pflanzenmenschen schlüpften, ähnelten großen Nüssen von einem Fuß Durchmesser, die durch doppelte Trennwände in vier Abschnitte geteilt wurden. In einem davon wuchs der Pflanzenmensch, im nächsten ein sechzehnfüßiger Wurm, im dritten der Vorfahr des weißen Affen und im vierten der schwarze Urmensch von Barsoom.

Als die Knospe aufbrach, blieb der Pflanzenmensch am Stengel hängen, doch die drei anderen Teile fielen zu Boden, wo die Befreiungsversuche ihrer Bewohner sie in alle Richtungen hüpfen ließen.

Als die Zeit verging, war die Oberfläche von ganz Barsoom von diesen eingekapselten Geschöpfen bedeckt. Unzählige Jahrhunderte führten sie ihre langen Leben in den harten Schalen, hüpften und sprangen auf dem ganzen Planeten umher, stürzten in Flüsse, Seen und Meere, um sich noch weiter über diese neue Welt auszubreiten.

Milliarden von ihnen starben, bis der erste schwarze Mensch seine Gefängniswände durchbrach und das Tageslicht erblickte. Die Neugierde ließ ihn die anderen Schalen öffnen, und so begann sich Barsoom zu bevölkern.

Das reine Blut dieses ersten schwarzen Menschen entging der Vermischung mit dem Blut anderer Kreaturen und blieb in jener Rasse erhalten, der ich angehöre. Aus dem sechzehnfüßigen Wurm, dem ersten Affen und abtrünnigen Schwarzen entwickelten sich jedoch alle anderen Tierarten, die heute auf Barsoom anzutreffen sind.

Die Therns sind nur Nachfahren des echten weißen Affen der Vorzeit, ein Ergebnis jahrhundertelanger Entwicklung." Bei diesen Worten zeigte er ein böses Lächeln. „Sie sind noch immer eine niedere Ordnung. Es gibt lediglich eine Rasse von reinen und unsterblichen Menschen auf Barsoom - die der schwarzen Menschen.

Der Baum des Lebens ist tot, doch bevor er einging, lernten die Pflanzenmenschen sich von ihm zu lösen und streifen nun mit den anderen Kindern der ersten Eltern durch ganz Barsoom.

Ihre Zweigeschlechtlichkeit erlaubt ihnen, sich wie richtige Pflanzen zu vermehren. In jeder anderen Hinsicht haben sie sich jedoch in all den Jahrhunderten ihres Daseins wenig verändert. Ihre Handlungen und Bewegungen werden größtenteils vom Instinkt bestimmt, weniger vom Verstand, da das Hirn eines Pflanzenmenschen nur ein weniges größer ist als die Kuppe eures kleinsten Fingers. Sie ernähren sich von Pflanzen und dem Blut von Tieren. Ihr Hirn reicht gerade dafür aus, ihre Bewegungen in Richtung der Nahrung zu steuern und das Signal zur Nahrungsaufnahme zu verstehen, das ihnen von den Augen und Ohren zugetragen wird. Da sie über keinen Selbsterhaltungstrieb verfügen, haben sie keine Angst vor Gefahr. Deswegen sind sie im Kampf solch schreckliche Gegner."

Mich wunderte, warum der schwarze Mann sich vor seinen Feinden derart ausführlich über die Entstehung des Lebens auf Barsoom ausließ. Es war ein seltsam unpassender Moment, daß ein stolzer Angehöriger einer stolzen Rasse mit seinem Widersacher eine solch alltägliche Unterhaltung führen sollte. Besonders angesichts der Tatsache, daß der Schwarze noch immer sorgfältig gefesselt an Deck lag.

Den Bruchteil einer Sekunde schweifte sein Blick hinter mich und erklärte mir sein Motiv, meine Aufmerksamkeit auf diese wirklich fesselnde Geschichte zu lenken.

Er lag vor mir, einige Schritte vor den Schalthebeln, wo ich noch immer stand, und sah beim Reden in Richtung Heck. Am Ende seiner Beschreibung der Pflanzenmenschen bemerkte ich, daß seine Augen für kurze Zeit hinter mich starrten. Auch war der schnelle, triumphierende Schimmer untrüglich, der in diesen dunklen Augen für einen Moment aufleuchtete.

Kurz zuvor hatte ich die Geschwindigkeit verringert, denn wir hatten das Tal Dor viele Meilen hinter uns gelassen, und ich fühlte mich recht sicher. Ahnungsvoll warf ich einen Blick hinter mich, und das, was ich zu Gesicht bekam, nahm mir mit einem Schlag die erst kürzlich erwachte Hoffnung.

Ein großes Schlachtschiff, still und düster durch die dunkle Nacht segelnd, ragte dicht hinter unserem Heck auf.

Die Tiefen von Omean

Nun verstand ich, warum der schwarze Pirat mich mit seiner seltsamen Erzählung zu fesseln versucht hatte. Seit Meilen hatte er gespürt, daß Beistand nahe war, und hätte ihn nicht sein Blick verraten, wäre das Kriegsschiff im nächsten Augenblick über uns gewesen, die Mannschaft, die sich zweifellos bereits mittels ihrer Ausrüstung vom Kiel hinabließ, wäre über unser Deck geschwärmt und hätte meiner neu erwachten Hoffnung auf ein Entkommen ein jähes Ende gesetzt.

Ich war ein zu alter Hase im Luftkrieg, als daß mir nicht ein passendes Manöver eingefallen wäre. Ich drehte die Maschinen zurück und ließ gleichzeitig das kleine Flugzeug mit einemmal hundert Fuß nach unten gehen.

Als das Kriegsschiff über meinem Kopf hinwegraste, konnte ich an seinem Kiel Gestalten erkennen. Nun stieg ich im steilen Winkel auf, den Schalthebel für die Geschwindigkeit am Anschlag.

Wie der Pfeil einer Armbrust schnellte mein kühnes Flugzeug, die stählerne Nase voran, direkt auf die surrenden Propeller des Riesen über uns zu. Gelang es mir, diese auch nur zu streifen, wäre der riesige Koloß für Stunden manövrierunfähig, und die Flucht läge wieder im Bereich des Möglichen.

Im selben Augenblick ging die Sonne über dem Horizont auf und eröffnete mir den Blick auf hundert grimmige, schwarze Gesichter, die über das Vorschiff des Kreuzers zu uns hinabschauten.

Als sie uns sahen, erhob sich wütendes Geschrei aus hundert Kehlen. Brüllend wurden Befehle erteilt. Doch es war zu spät, um die riesigen Propeller zu retten, und mit einem Krachen rammten wir sie.

Zeitgleich mit dem Aufprall drehte ich die Maschine zurück, doch mein Bug hatte sich in der Öffnung verkeilt, die er ins Heck des Kriegsschiffes gerissen hatte. Nur eine Sekunde hingen wir fest, bevor wir uns losmachen konnten, doch diese Sekunde genügte, und auf unserem Deck wimmelte es von den schwarzen Teufeln.

Zu einem Kampf kam es nicht. Zunächst, weil es keinen Platz dafür gab. Sie befanden sich einfach in der Überzahl. Als schließlich von allen Seiten Schwerter auf mich gerichtet waren, hielt Xodar seine Leute zurück.

"Bindet sie, doch verletzt sie nicht", befahl er.

Einige Piraten hatten Xodar bereits von seinen Fesseln befreit. Er kümmerte sich nun persönlich darum, daß ich entwaffnet und gut gefesselt wurde. Zumindest glaubte er, daß die Stricke sicher seien. Bei einem Marsbewohner wäre das auch der Fall gewesen, doch angesichts der dünnen Stränge, die meine Hände zusammenhielten, mußte ich einfach lachen. Wenn die Zeit gekommen war, würde ich sie zerreißen wie Bindfäden.

Nachdem sie auch das Mädchen gefesselt hatten, banden sie uns aneinander. In der Zwischenzeit hatten sie unser Luftschiff längsseits an das beschädigte Kriegsschiff gebracht, und bald führte man uns an dessen Deck.

Reichlich tausend schwarze Männer bildeten die Mannschaft des großen Zerstörers. Die Decks waren überfüllt, da alle, soweit es die Disziplin erlaubte, einen Blick auf die Gefangenen werfen wollten.

Die Schönheit des Mädchens war Anlaß für viele brutale Bemerkungen und vulgäre Gesten. Es war offensichtlich, daß diese Menschen, die sich für vollkommen hielten, den roten Menschen von Barsoom hinsichtlich ihrer Manieren und ihres Edelmutes bei weitem unterlegen waren.

Mein kurzes schwarzes Haar und meine thernartige Hautfarbe wurden reichhaltig kommentiert. Als Xodar seinen Edelleuten von meinen kämpferischen Fähigkeiten und meiner seltsamen Herkunft berichtete, scharten sie sich mit unzähligen Fragen um mich.

Die Tatsache, daß ich die Ausrüstung und das Metall eines Therns trug, den ein Mitglied meiner Gruppe getötet hatte, überzeugte sie, daß ich ein Widersacher ihrer Erzfeinde war. Damit stieg ich offenbar in ihrer Wertschätzung.

Die Schwarzen waren ausnahmslos ansehnliche und gutgebaute Männer. Die Offiziere fielen durch die unglaubliche Pracht ihrer glänzenden Ausrüstung auf. Oftmals strotzte diese nur so von Gold, Platin, Silber und wertvollen Steinen, und das Leder darunter war gar nicht mehr zu sehen.

So bestand die Ausrüstung des befehlshabenden Offiziers ausschließlich aus Diamanten. Gegen die tiefschwarze Haut gleißten diese besonders hell. Die ganze Szene war bezaubernd: Die wohlgestalteten Männer; die übermäßige Pracht der Rüstungen; das schimmernde Skeelholz des Decks; das wundervoll marmorierte Sorapusholz der Kabinen, die auf kunstvolle Weise mit unschätzbar wertvollen Juwelen und kostbaren Edelmetallen verziert waren; die polierten goldenen Geländer und das glänzende Metall der Schußwaffen.

Man brachte Phaidor und mich unter Deck und warf uns, noch immer gefesselt, in eine kleine Kabine mit nur einem Bullauge. Als unsere Bewacher uns verließen, verriegelten sie hinter sich die Tür.

Wir hörten die Männer, die an den zerbrochenen Propellern arbeiteten, und konnten vom Bullauge aus verfolgen, wie das Schiff langsam vor sich hin gen Süden driftetete.

Eine Zeitlang sprach keiner von uns beiden. Jeder hing seinen eigenen Gedanken nach. Mich für meinen Teil beschäftigte, was wohl aus Tars Tarkas und dem Mädchen Thuvia geworden sein mochte.

Sogar, wenn es ihnen gelang, den Verfolgern zu entgehen, würden sie letzlich entweder den roten oder grünen Menschen in die Hände fallen, und als Flüchtlinge aus dem Tal Dor hatten sie nur wenig anderes zu erwarten als einen schnellen und schrecklichen Tod.

Wie sehr wünschte ich, daß ich sie hätte begleiten können. Mir schien, daß es mir schon gelungen wäre, den intelligenten roten Menschen von Barsoom eindringlich den gemeinen Betrug klarzumachen, der sich hinter dem grausamen und unsinnigen Aberglauben verbarg.

Tardos Mors würde mir glauben, davon war ich überzeugt. Und ich kannte ihn gut genug, um zu wissen, daß er den Mut besaß, entsprechend seiner Überzeugung zu handeln. Dejah Thoris würde mir ebenfalls glauben, da hatte ich nicht die geringsten Zweifel. Dann gab es noch Tausend von roten und grünen Kriegern, mit denen ich befreundet war und von denen ich wußte, daß sie um meinetwillen die ewige Verdammnis auf sich nehmen würden. Gleich Tars Tarkas würden sie mir folgen, wohin ich sie auch führte.

Die einzige Gefahr bestand darin, daß ich, wenn ich überhaupt jemals den schwarzen Piraten entkam, feindlich gesonnenen roten oder grünen Menschen in die Hände fiel. Sie würden kurzen Prozeß mit mir machen.

Doch diesbezüglich mußte ich mir im Moment wenig Sorgen machen, denn die Wahrscheinlichkeit, daß ich den Schwarzen jemals entkam, war äußerst gering.

Man hatte das Mädchen und mich so aneinander gefesselt, daß wir uns nur ungefähr drei oder vier Fuß voneinander fortbewegen konnten. Nachdem wir in das Abteil gekommen waren, hatten wir uns auf eine niedrige Bank aus Sorapusholz gesetzt, das einzige Möbelstück im Raum, das unter dem Bullauge stand. Der Boden, die Decke und die Wände bestanden aus einer Legierung aus Siliziumkarbid und Aluminium, einem leichten, undurchdringlichen Material, das bei der Konstruktion der Kriegsschiffe auf dem Mars in großem Maße Verwendung findet.

Während ich so dasaß und über die Zukunft nachdachte, hielt ich den Blick auf das Bullauge gerichtet, das sich in Augenhöhe befand. Plötzlich sah ich zu Phaidor. Sie schaute mich mit einem seltsamen Ausdruck an, den ich auf ihrem Antlitz noch nie gesehen hatte. In diesem Augenblick war sie sehr schön.

Sofort schlug sie die weißen Lider nieder, und ich glaubte eine leichte Röte wahrzunehmen, die ihre Wangen färbte. Offenbar ist es ihr peinlich, dabei ertappt worden zu sein, ein niederes Geschöpf so anzustarren, dachte ich.

"Findest du das Studium der niederen Geschöpfe interessant?" fragte ich lachend.

Mit einem nervösen, doch erleichterten kurzen Lachen blickte sie wieder auf und entgegnete: "Oh, sehr, besonders, wenn sie ein solch erlesenes Profil besitzen."

Nun hätte eigentlich ich erröten müssen, doch tat ich es nicht. Ich spürte, daß sie sich über mich lustig machte, und da ich eine Seele bewundere, die noch auf dem Weg in den Tod zu scherzen vermag, fiel ich in ihr Gelächter ein.

"Weißt du, wohin es geht?" fragte sie.

"Ich kann mir vorstellen, daß wir das Geheimnis des ewigen Lebens im Jenseits kennenlernen kennenlernen", entgegnete ich.

"Mir steht ein schlimmeres Schicksal bevor als jenes", sagte sie leicht erschaudernd.

"Was meinst du?"

"Ich kann es nur ahnen, da keine Frau des Thernvolkes von all den Millionen, die von den schwarzen Piraten im Laufe der seit Jahrhunderten andauernden Überfälle auf unsere Gebiete geraubt worden sind, je zurückgekehrt ist und davon berichtet hat, wie es ihr ergangen ist", erwiderte sie. "Da sie niemals einen Mann gefangennehmen, kann man annehmen, daß das Schicksal der geraubten Mädchen schlimmer als der Tod ist."

"Ist das nicht eine gerechte Strafe?" kam ich nicht umhin zu fragen.

"Was meinst du damit?"

"Verfahren nicht die Therns selbst mit den armen Geschöpfen ebenso, die freiwillig die Pilgerfahrt entlang des Flusses der Geheimnisse antreten? Diente nicht Thuvia fünfzehn Jahre lang als Spielzeug und Sklavin? Ist es nicht mehr als gerecht, daß du genauso leidest, wie du andere hast leiden lassen?"

"Du verstehst nicht", entgegnete sie. "Wir Therns sind ein heiliges Volk. Es ist einer niederen Kreatur eine Ehre, bei uns Sklave zu sein. Wenn wir nicht gelegentlich einige der armen Geschöpfe retteten, die sich unsinnigerweise von einem unerforschten Fluß zu einem unbekannten Ende treiben lassen, würden sie alle den Pflanzenmenschen und den Affen in die Hände fallen."

"Doch versucht ihr nicht mit allen Mitteln, den Aberglauben bei den Bewohnern der Außenwelt noch zu fördern?" argumentierte ich. "Das ist die gemeinste eurer Handlungen. Kannst du mir sagen, warum ihr diesen grausamen Betrug noch unterstützt?"

"Alles Leben auf Barsoom wird nur um der heiligen Rasse der Therns willen geschaffen", sagte sie. "Wie sonst könnten wir leben, wenn die Außenwelt uns nicht Arbeitskräfte und Nahrung zur Verfügung stellte? Glaubst du, ein Thern würde sich selbst dadurch erniedrigen, zu arbeiten?"

"Ist es dann wahr, daß ihr Menschenfleisch eßt?" fragte ich entsetzt.

Voll Mitleid ob meiner Unwissenheit blickte sie mich an.

"Natürlich essen wir das Fleisch der niederen Ordnungen. Ihr nicht auch?"

"Das Fleisch von Tieren wohl, doch nicht das des Menschen", entgegnete ich.

"Wie der Mensch das Fleisch von Tieren essen kann, so können Götter Menschenfleisch essen. Die Heiligen Therns sind die Götter von Barsoom."

Ich war angewidert, und ich glaube, ich zeigte das auch.

"Jetzt bist du noch ein Ungläubiger", fuhr sie sanft fort, "doch wenn es uns gelingen sollte, uns aus den Klauen der schwarzen Piraten zu befreien und zurück an den Hof von Matai Shang zu kommen, denke ich, werden wir ein Argument finden, dich von dem Irrtum deines Denkens zu überzeugen. Und -" Sie zögerte. "Vielleicht finden wir einen Weg, dich als einen von uns zu behalten."

Wieder senkte sie den Blick, und eine leichte Röte überzog ihre Wangen. Ich verstand den Grund dafür nicht, auch in der nächsten Zeit nicht. Dejah Thoris pflegte zu sagen, daß ich in mancher Hinsicht ein echter Einfaltspinsel bin, und ich nehme an, sie hatte recht damit.

"Ich fürchte, ich werde deinem Vater seine Gastfreundschaft schlecht vergelten", antwortete ich. "Das erste, was ich als Thern tun würde, ist, eine bewaffnete Wache an der Mündung des Flusses Iss zu postieren, um die armen betrogenen Pilger zurück zur Außenwelt zu geleiten. Auch würde ich mein Leben der Ausrottung der schrecklichen Pflanzenmenschen und ihrer grauenerregenden Gefährten widmen, den großen weißen Affen."

Von echtem Entsetzen gepackt, blickte sie mich an.

"Nein, nein, du darfst solche unerhörten Gotteslästerungen nicht äußern - so etwas darfst du nicht einmal denken. Sollten sie, falls wir je in die Tempel der Therns zurückkehren, jemals dahinterkommen, daß du derart fürchterliche Gedanken hegst, würden sie dich auf grauenvolle Weise sterben lassen. Nicht einmal mein - " Erneut errötete sie, und sprach dann weiter. "Nicht einmal ich könnte dich retten."

Ich sagte nichts mehr. Offenbar war es sinnlos. Sie war dem Aberglauben noch mehr verfallen als die Marsmenschen der Außenwelt. Deren Kult bestand in der wunderschönen Hoffnung, ein Leben im Jenseits voller Liebe, Frieden und Glückseligkeit zu führen. Die Therns beteten die entsetzlichen Pflanzenmenschen und die Affen an, oder zumindest verehrten sie diese, da sie die Seelen ihrer eigenen Toten beherbergten.

An dieser Stelle öffnete sich die Tür unseres Gefängnisses, und Xodar trat ein.

Er lächelte mich freundlich an, und dabei zeigte sein Gesichtsausdruck Güte - alles andere als Grausamkeit und Rachsucht.

"Da du sowieso nicht fliehen kannst, sehe ich keine Notwendigkeit, dich unter Deck gefesselt zu halten", sagte er. "Ich werde deine Fesseln durchschneiden, und du kannst mit nach oben kommen. Du wirst etwas sehr Interessantes miterleben, und da du niemals zur Außenwelt zurückkehrst, kann es nicht schaden. Du wirst etwas zu Gesicht bekommen, von dessen Existenz nur die Erstgeborenen und ihre Sklaven wissen - den unterirdischen Eingang ins Heilige Land, dem wirklichen Paradies von Barsoom. Es wird eine ausgezeichnete Lehrstunde für diese Tochter der Therns sein", fügte er hinzu. "Sie wird den Tempel von Issus erblicken, und vielleicht auch wird Issus sie in ihre Arme schließen."

Phaidor reckte das Kinn nach oben.

"Was für eine Gotteslästerung ist das, Hund von einem Piraten?"

rief sie. "Issus würde eure gesamte Brut auslöschen, wenn ihr jemals ihrem Tempel zu nahe kämet."

"Dann hast du noch viel zu lernen, Thern", entgegnete Xodar mit einem häßlichen Lächeln. "Auch beneide ich dich nicht um die Art und Weise, wie du es lernen wirst."

Als wir oben anlangten, sah ich zu meiner Überraschung, daß das Luftschiff eine riesige Einöde von Eis und Schnee überquerte. Soweit das Auge blicken konnte, war nirgendwo etwas anderes zu sehen.

Dafür konnte es nur eine Lösung geben: Wir befanden uns über dem Gletscher am Südpol. Auf dem Mars gibt es nur an den Polen Eis und Schnee. Unter uns war kein Leben auszumachen. Offenbar befanden wir uns sogar für die großen Pelztiere zu weit südlich, die die Marsmenschen so gern jagen.

Xodar stand neben mir, als ich über die Reling des Schiffes blickte.

"Auf welchem Kurs befinden wir uns?" fragte ich ihn.

"Südsüdwest", entgegnete er. "Du wirst direkt das Tal Otz sehen, wir werden einige hundert Meilen an ihm entlangfliegen."

"Das Tal Otz!" rief ich aus. "Aber - liegt dort nicht das Land der Therns, von denen ich gerade erst entkommen bin?"

"Ja, du hast in der letzten Nacht dieses Eisland überquert, als wir dir hinterhergejagt sind. Das Tal Otz liegt in einer riesigen Senke am Südpol, tausend Fuß tiefer als das übrige Land, es ähnelt einem gigantischen, runden Kessel. Einige hundert Meilen von seinem nördlichen Rand erhebt sich das Gebirge Otz, das das Tal Dor einschließt. In dessen Mitte wiederum liegt das Verlorene Meer Korus. Am Ufer dieses Meeres steht der Goldene Tempel von Issus, im Land der Erstgeborenen. Dorthin führt uns unser Weg."

Als ich umherblickte, begann mir zu dämmern, warum in all den Jahrhunderten nur einem einzigen die Flucht aus dem Tal Dor gelungen war. Eher fand ich es erstaunlich, daß überhaupt jemand Erfolg dabei haben konnte. Es war unmöglich, dieses gefrorene, windgepeitschte, riesige Ödland allein und zu Fuß zu überqueren.

"Nur mit einem Flugzeug konnte man ein solches Unternehmen wagen", führte ich meine Gedanken laut zuende.

"So ist auch jener einzige den Therns vor langen, langen Zeiten entkommen. Niemandem außer ihm gelang jemals die Flucht aus dem Reich der Erstgeborenen", sagte Xodar, mit einem Hauch von Stolz in der Stimme.

Inzwischen hatten wir den südlichsten Ausläufer der mächtigen

Eisdecke erreicht. Sie endete jählings an einem tausend Fuß hohen Eiswall, dem sich flaches Land anschloß. Dort erhoben sich hier und da niedrige Hügel, man sah Baumgruppen sowie winzige Flüsse, die sich am Fuße der Eisbarriere durch Schmelzwasser gebildet hatten.

Einmal überquerten wir eine tiefe Gebirgsspalte, sie führte von der nun nördlich gelegenen Eiswand quer durch das Tal. Man konnte nicht sehen, wo sie schließlich endete. "Das ist der Fluß Iss", erklärte Xodar. "Er fließt unter der Eisdecke und tief unter dem Tal Otz entlang, hier jedoch liegt das Flußbett offen."

Bald darauf entdeckte ich etwas - ich hielt es für ein Dorf. Ich wies darauf und fragte Xodar, was es sei. ·

"Es ist ein Dorf von verlorenen Seelen", entgegnete er lachend. "Dieser Streifen zwischen der Eisgrenze und dem Gebirge gilt als neutraler Boden. Einige Pilger brechen die freiwillige Wallfahrt entlang des Iss ab, erklimmen die furchteinflößenden Hänge der Schlucht unter uns und bleiben dann hier. Auch flieht ab und zu ein Sklave von den Therns hierher. Man bemüht sich nicht, diese Flüchtlinge wieder einzufangen, da es aus diesem äußeren Tal kein Entkommen gibt. Außerdem fürchten die Therns die Kreuzer der Erstgeborenen, die das Gebiet überwachen, viel zu sehr, als daß sie sich aus ihrem Land wagen. Auch wir lassen die armseligen Bewohner dieses äußeren Tales in Ruhe, denn sie haben nichts, was wir brauchen, auch sind sie zahlenmäßig nicht stark genug, um uns ein interessantes Gefecht zu liefern - so kümmern wir uns nicht um sie. Von diesen Dörfern gibt es mehrere, doch ist ihre Zahl in den vielen Jahren nur wenig angewachsen, da sie sich ständig bekriegen."

Nun schlugen wir einen nordnordwestlichen Kurs ein und verließen das Tal der verlorenen Seelen. Bald darauf entdeckte ich auf der Steuerbordseite einen schwarzen Berg, der aus der trostlosen Eiswüste aufragte. Er war nicht hoch und, soweit ich das sehen konnte, oben abgeflacht.

Xodar hatte uns allein gelassen, da er an Bord einer Pflicht nachzugehen hatte. Phaidor und ich standen an der Reling. Das Mädchen hatte kein Wort gesprochen, seit man uns an Deck gebracht hatte.

"Ist das wahr, was er mir erzählt hat?" fragte ich sie.

"Teilweise ja", entgegnete sie. "Das von dem äußeren Tal ist wahr, doch was er hinsichtlich des Tempels von Issus gesagt hat, daß dieser sich in der Mitte seines Landes befindet, stimmt nicht. Falls es stimmte - ", sie zögerte. "Oh, es kann nicht stimmen, nein. Denn wenn, dann hätte sich mein Volk seit Jahrhunderten in die Hände seiner grausamen Feinde begeben, um dort gefoltert zu werden und auf erniedrigende Weise umzukommen, als das wunderschöne Ewige Leben zu führen, von dem man uns zu glauben gelehrt hat, daß es uns bei Issus erwartet."

"So, wie die niederen Barsoomier der Außenwelt von euch in das schreckliche Tal Dor gelockt werden, kann es doch sein, daß die Erstgeborenen mit den Therns auf ähnlich entsetzliche Weise verfahren", erwiderte ich. "Es wäre eine finstere und grauenvolle Vergeltung, Phaidor, indes eine gerechte."

"Das kann ich nicht glauben", sagte sie.

"Wir werden sehen", antwortete ich. Dann schwiegen wir wieder, denn wir näherten uns zusehends dem schwarzen Berg, der auf irgendeine unklare Weise die Antwort auf unsere Fragen bereitzuhalten schien.

Als wir uns dem dunklen, stumpfen Kegel näherten, verminderte das Luftschiff die Geschwindigkeit, bis es sich kaum noch bewegte. Dann erklomm es den Gipfel, und ich sah, daß unter uns ein riesiger, runder Krater gähnte, dessen Grund in der vorherrschenden pechschwarzen Finsternis nicht mehr zu erkennen war.

Der Durchmesser dieser gigantischen Öffnung maß reichlich eintausend Fuß. Die Wände waren glatt und schienen aus einem schwarzen Basaltgestein zu bestehen.

Einen Augenblick lang verharrte das Luftschiff direkt über dem gähnenden Nichts und begann dann langsam in die schwarze Kluft hinabzutauchen. Immer tiefer ging es. Als uns die Dunkelheit aufgenommen hatte, wurden die Scheinwerfer eingeschaltet, und in deren trübem Schein sank das ungeheure Schlachtschiff immer weiter nach unten, offenbar in das Innere von Barsoom selbst.

Eine halbe Stunde lang ging es abwärts, dann endete der Schacht jählings in einem riesigen, unterirdischen Gewölbe. Unter uns hoben und senkten sich die Wogen eines verborgenen Meeres. Ein phosphoriszierendes Licht erhellte die Umgebung. Auf dem Meer wimmelte es von Schiffen. Hier und da tauchten kleine Inseln auf und bildeten einen Halt für die fremdartige und farblose Vegetation dieser seltsamen Welt.

Langsam und mit majestätischer Anmut sank das Kriegsschiff weiter nach unten, bis es schließlich auf dem Wasser aufsetzte. Während des Abstieges in den Krater waren die großen Propeller eingezogen und geborgen worden, an ihre Stelle waren die kleineren, indes leistungsstärkeren Wasserpropeller getreten. Als sie sich zu drehen begannen, nahm das Schiff seine Reise wieder auf. Es bewegte sich in diesem neuen Element ebenso lebhaft und sicher wie zuvor in der Luft.

Phaidor und ich waren sprachlos. Keiner von uns hatte je von der Existenz einer solchen Welt im Inneren von Barsoom gehört noch davon geträumt.

Fast alle Schiffe, die wir sahen, dienten kriegerischen Zwecken. Es gab einige wenige leichte Lastkähne, doch keines von den großen Handelsschiffen, wie sie zwischen den Städten der Außenwelt verkehren.

"Hier befindet sich der Hafen der Kriegsmarine der Erstgeborenen", ließ sich eine Stimme hinter uns vernehmen. Als wir uns umsahen, erblickten wir Xodar, der uns mit einem amüsierten Lächeln auf den Lippen beobachtete.

"Dieses Meer ist größer als Korus", fuhr er fort. "Es erhält das Wasser von dem kleineren Meer oben. Um zu verhindern, daß es über eine bestimmte Höhe ansteigt, haben wir vier große Pumpstationen, die das überschüssige Wasser zurück in die Speicher oben im Norden leiten, von denen die roten Menschen das Wasser zur Bewässerung der Ländereien beziehen."

Bei dieser Erklärung ging mir ein Licht auf. Die roten Menschen hatten es immer einem Wunder zugeschrieben, das die Wassermassen aus dem festen Gestein der Seitenwände ihrer Staubecken strömen ließ und den Vorrat an dem wertvollen Naß vergrößerte, das in der Außenwelt des Mars so knapp ist.

Nie vermochten ihre Weisen das Geheimnis zu ergründen, woher diese Unmassen an Wasser stammten. Im Laufe der Jahrhunderte hatten sie dann einfach begonnen, es als Selbstverständlichkeit zu akzeptieren und hatten aufgehört, nach den Ursachen zu forschen.

Wir kamen an mehreren Inseln vorbei, auf denen man seltsam geformte Rundbauten sehen konnte. Sie hatten offenbar keine Dächer, und dicke Gitter befanden sich vor den kleinen Fenstern, die die Wände in der Mitte zwischen Boden und Gebäudespitze durchbrachen. Dem Aussehen nach mußten es Gefängnisse sein: Bewaffnete Posten, die vor den Gebäuden auf flachen Bänken hockten, verliehen dieser Annahme weiteren Nachdruck.

Wenige dieser Inseln waren größer als ein Morgen Land, doch bald sichteten wir vor uns eine wesentlich größere. Dorthin sollte uns auch unsere Reise führen, und bald darauf wurde das große Schiff an einem steilen Ufer festgemacht.

Xodar hieß uns ihm folgen. Mit einem halben Dutzend Offiziere und Mannschaften gingen wir von Bord und näherten uns einem riesigen, ovalen Bauwerk einige hundert Yards vom Strand entfernt.

"Bald sollst du Issus sehen", sagte Xodar zu Phaidor. "Wir führen ihr die wenigen Gefangenen vor, die wir machten. Gelegentlich sucht sie sich einige von ihnen als Sklaven aus, um ihre Dienerschaft aufzufüllen. Niemand dient Issus länger als ein einziges Jahr." Auf den Lippen des Schwarzen zeigte sich ein böses Lächeln, das dieser einfachen Erklärung eine grausame und unheilvolle Bedeutung verlieh.

Obwohl sich Phaidor weigerte, zu glauben, daß Issus derartige Verbündete besaß, hatten sich ihrer Zweifel und Ängste bemächtigt. Sie klammerte sich fest an mich und war nicht länger die stolze Tochter der Herren des Lebens und Todes auf Barsoom, sondern ein junges und erschrecktes Mädchen, das sich in der Gewalt erbarmungsloser Feinde befand.

Das Gebäude, das wir nun betraten, war nicht überdacht. In der Mitte befand sich ein langes Wasserbecken, das wie im Schwimmbad in den Boden eingelassen worden war. Darin schwamm ein schwar-zer Gegenstand von merkwürdigem Aussehen. Ob es ein fremdartiges Monster war, das aus diesen unterirdischen Gewässern stammte, oder ein seltsames Floß, konnte ich nicht gleich erkennen.

Dennoch sollten wir das bald erfahren, denn als wir am Rand des Beckens neben dem Gegenstand standen, rief Xodar einige Worte in einer fremden Sprache. Augenblicklich öffnete sich oben eine Luke, und ein schwarzer Seemann sprang aus dem Inneren des seltsamen Gefährtes.

Xodar sprach den Matrosen an: "Übergib deinem Offizier Dator Xodars Befehle. Teile ihm mit, daß Dator Xodar mit Offizieren und Mannschaften zwei Gefangene begleitet, die in die Gärten von Issus beim Goldenen Tempel gebracht werden sollen."

"Gesegnet sei die Schale deines ersten Ahnen, edelster Dator", entgegnete der Mann. "Es soll genauso geschehen, wie du gesagt." Er hob beide Hände mit den Handflächen nach hinten über den Kopf, so wie sich alle Völker auf Barsoom zu begrüßen pflegen, und verschwand erneut im Inneren seines Schiffes.

Einen Augenblick später erschien ein Offizier in einer seinem

Range gemäßen prächtigen Ausrüstung an Deck und hieß Xodar auf das Schiff kommen. Wir kletterten hinter ihm an Bord und begaben uns nach unten.

Die Kajüte, in der wir uns wiederfanden, war so breit wie das Fahrzeug selbst und hatte zu beiden Seiten unterhalb des Wasserspiegels Bullaugen. Kaum waren alle unten, wurden einige Befehle gegeben, in deren Folge auch die Luke verschlossen und gesichert wurde, und das Boot begann unter dem rhythmischen Schnurren der Maschinen zu vibrieren.

"Wohin kann es in einem solch winzigen Wasserbecken gehen?" fragte Phaidor.

"Nicht nach oben", entgegnete ich. "Denn mir ist aufgefallen, daß das Gebäude anstelle eines Daches ein starkes Metallgitter hat."

"Wohin dann?" fragte sie wieder.

"Dem Aussehen des Fahrzeuges nach geht es abwärts", antwortete ich.

Phaidor erschauderte. Seit solch unzähligen Jahrhunderten kennen die Barsoomier die Marsmeere nur noch aus Überlieferungen, so daß sogar diese Tochter der Therns sich ebenso vor dem tiefen Wasser fürchtete wie alle anderen Marsmenschen, obwohl sie in Sichtweite des letzten Mars-Meeres geboren worden war.

Bald darauf spürten wir sehr deutlich, daß wir sanken. Schnell ging es immer weiter in die Tiefe. Nun konnten wir das Wasser an den Bullaugen rauschen hören, und im trüben Licht, das durch sie einfiel, konnte man deutlich sehen, wie sich Strudel bildeten.

Phaidor ergriff meinen Arm.

"Rette mich", flüsterte sie. "Rette mich, und jeder deiner Wünsche soll dir gewährt werden. Alles, was dir die Heiligen Therns zu geben vermögen, wird dein sein. Phaidor -" Hier stotterte sie ein bißchen, dann wurde sie sehr leise. "Phaidor ist bereits dein."

Mich ergriff Mitleid für das arme Kind, und ich legte meine Hand auf die ihre. Ich vermute, meine Motive wurden mißverstanden, denn nachdem sie sich mit einem kurzen Blick vergewissert hatte, daß wir allein waren, warf sie mir die Arme um den Hals und zog mein Gesicht an das ihre.

Issus, die Göttin des Ewigen Lebens

Die Liebeserklärung, die die Furcht dem Mädchen entlockt hatte, berührte mich zutiefst, beschämte mich jedoch gleichfalls, da ich spürte, daß ich Phaidor mit einem gedankenlosen Wort oder einer Handlung Grund gegeben hatte zu glauben, daß ihre Neigung erwidert wurde.

Ich hatte nie viel von einem Frauenhelden an mir, da ich mich mehr mit dem Kampfe und den artverwandten Künsten befaßt hatte, die sich meines Erachtens eines Mannes mehr schickten als das Anbeten eines parfümierten, ihm vier Nummern zu kleinen Handschuhs oder das Liebkosen einer welken Blume, deren Geruch bereits an Kohl zu erinnern begonnen hatte. So war ich ziemlich in Verlegenheit, was ich zu tun oder zu sagen hatte. Tausendmal lieber trat ich den wilden Horden der ausgetrockneten Meeresböden entgegen, als daß ich diesem wunderschönen jungen Mädchen in die Augen blickte und ihr das mitteilte, was ich ihr mitteilen mußte.

Doch blieb mir nichts anderes übrig, und so begann ich. Doch ich fürchte, offenbar sehr ungeschickt.

Sanft entzog ich mich ihrer Umarmung, nahm ihre Hände in die meinen, schilderte ihr die Geschichte von meiner Liebe zu Dejah Thoris und erzählte, daß ich von allen Frauen der beiden Welten, die ich in meinem langen Leben kennengelernt und bewundert hatte, allein sie liebte.

Die Geschichte schien ihr nicht zu gefallen. Wie eine Tigerin sprang sie heftig atmend auf. Ihr schönes Gesicht hatte sich verzerrt, es sprach von unbändiger Rachsucht. Ihre Augen brannten sich förmlich in die meinen.

"Du Hund! Du Hund von einem Gotteslästerer!" fauchte sie. "Glaubst du, daß Phaidor, die Tochter von Matai Shang, um etwas bittet? Sie befiehlt. Was bedeutet ihr deine unwesentliche Leidenschaft der Außenwelt für die nichtige Kreatur, die du in deinem anderen Leben gewählt hast? Phaidor hat dich mit ihrer Liebe ausgezeichnet, und du hast sie verschmäht. Nicht einmal mit einem zehntausendfachen, unvorstellbar greulichen Tod könntest du für die mir angetane Beleidigung büßen. Die Kreatur, die du Dejah Thoris

91

nennst, soll auf die allerschrecklichste Weise zugrunde gehen. Du hast ihren Untergang besiegelt. Und du selbst - du sollst der niedrigste Sklave in den Diensten der Göttin sein, die du zu beleidigen gewagt hast. Du sollst mit Qualen und Erniedrigungen überhäuft werden, bis du angekrochen kommst, um zu meinen Füßen um deinen Tod zu bitten. In meiner gepriesenen Gnade werde ich schließlich deine Bitten erhören und vom hohen Balkon der Goldenen Felsen die großen Affen dabei beobachten, wie sie dich in Stücke reißen."

Sie hatte alles durchlaufen. Das gesamte hübsche Programm von Anfang bis Ende. Es versetzte mich in Erstaunen, daß jemand von derart göttlicher Schönheit gleichzeitig so rachsüchtig sein konnte. Dennoch fiel mir ein, daß sie bei ihrem Rachefeldzug eine Kleinigkeit übersehen hatte, und so wies ich, ohne ihr absichtlich wehtun zu wollen, eher, um ihre Pläne in realistischere Bahnen zu lenken, auf das nächste Bullauge.

Offensichtlich hatte sie ihre Umgebung und die gegenwärtigen Umstände völlig vergessen, denn nach einem kurzen Blick auf die dunklen Strudel des Wassers sank sie auf der niedrigen Bank in sich zusammen, verbarg ihr Gesicht in den Armen und schluchzte eher wie ein sehr unglückliches, kleines Mädchen als eine stolze und übermächtige Göttin.

Immer tiefer ging es hinab, bis sich das dicke Glas der Bullaugen unter der Hitze des Wassers draußen spürbar erwärmte. Offenbar waren wir sehr weit ins Marsinnere vorgedrungen.

Mit einemmal hörte die Abwärtsbewegung auf, und ich konnte die Propeller am Heck hören, die durch das Wasser pfiffen und uns nun in hoher Geschwindigkeit vorantrieben. Es war hier unten sehr dunkel, doch in dem Licht, das aus unseren Bullaugen fiel, und im Widerschein des starken Suchlichtes am Bug unseres Unterseebootes konnten wir sehen, daß es durch eine enge, röhrenartige und felsige Passage ging.

Nach ein paar Minuten setzten die Propeller aus. Wir bremsten und begannen dann schnell wieder aufzusteigen. Bald wurde das Licht von außen stärker, und wir kamen zu einem Halt.

Xodar und seine Männer betraten die Kabine.

"Kommt", sagte er. Wir folgten ihm durch die Luke, die einer der Seeleute geöffnet hatte.

Wir befanden uns in einem kleinen, unterirdischen Gewölbe. In seiner Mitte lag das Becken, in dem unser Unterseeboot schwamm, von dem wie zuvor nur der schwarze Rücken zu sehen war.

Der Boden um den Beckenrand herum war eben, dann kamen die senkrechten Wände, die in einigen Fuß Höhe abknickten und sich oben in der Mitte trafen. Zahlreiche Eingänge führten in trüb beleuchtete Passagen.

Zu einem davon geleiteten uns unsere Bewacher, und nach einigen Schritten blieben wir vor einem Stahlkäfig am Boden eines Schachtes stehen, der nach oben führte, soweit das Auge blickte.

Der Käfig war einer jener Fahrstühle, wie ich sie anderswo auf Barsoom bereits gesehen hatte. Diese werden von riesigen Magneten angetrieben, die sich am oberen Ende des Schachtes befinden. Ein elektrisches Gerät reguliert die Stärke der erzeugten magnetischen Anziehungskraft und steuert die Geschwindigkeit des Fahrstuhls.

Diese können sich über lange Strecken hinweg in einer schwindelerregenden Geschwindigkeit bewegen, besonders, wenn es nach oben geht, da die dem Mars eigene geringe Schwerkraft der immensen magnetische Wirkung von oben wenig entgegenzusetzen hat.

Wir fuhren so schnell durch den langen Schacht, daß es schien, als habe sich die Tür des Fahrstuhles kaum hinter uns geschlossen, als das Tempo bereits wieder verlangsamt wurde und wir am Landepunkt oben ankamen.

Als wir aus dem kleinen Gebäude traten, in dem sich die Endstation des Fahrstuhles befand, sahen wir uns von einem zauberhaften Märchenland umgeben. Keine der Sprachen der Erde hätte Worte gefunden, der menschlichen Vorstellungskraft die prachtvolle Schönheit der Umgebung zu vermitteln.

Man könnte von dem scharlachfarbenen Rasen sprechen; den elfenbeinfarbenen Stämmen der mit strahlend purpurfarbenen Blüten geschmückten Bäume, zwischen denen sich Gehwege hindurchschlängelten, gepflastert mit zerstoßenen Rubinen, Smaragden, Türkis, sogar mit Diamanten selbst; und von einem prächtigen Tempel aus glänzendem, auf wundervolle Weise verziertem Gold. Doch mit welchen Worten sollte man die herrlichen Farben schildern, die den Augen des Erdenmenschen völlig fremd sind? Wessen Phantasie oder Geist vermag sich schon vorzustellen, auf welch sagenhafte Weise die unbekannten Strahlen funkeln, die von den tausend namenlosen Edelsteinen von Barsoom ausgingen?

Sogar mich, der ich seit vielen Jahren die überwältigende Schönheit des Palastes eines Jeddaks vom Mars gewohnt war, versetzte diese Pracht in Erstaunen.

Phaidor hatte die Augen vor Fassungslosigkeit weit aufgerissen.

"Der Tempel von Issus", flüsterte sie halb zu sich selbst.

Xodar beobachtete uns finster lächelnd, teilweise amüsiert, teilweise voll hämischer Schadenfreude.

In den Gärten wimmelte es von auffallend geschmückten schwarzen Männern und Frauen, darunter auch roten und weißen Frauen, die für sie jeden Dienst verrichteten. Die Städte der Außenwelt und die Tempel der Therns waren ihrer Prinzessinnen und Göttinnen beraubt worden, damit die Schwarzen ihre Sklaven hatten.

Durch dieses Treiben bewegten wir uns auf den Tempel zu. Am Haupteingang wurden wir von einer Kette bewaffneter Wachposten angehalten. Xodar wechselte einige Worte mit einem Offizier, der auf uns zukam und nach unserem Begehr fragte. Dann begaben sie sich gemeinsam für einige Zeit in den Tempel.

Sie kehrten zurück, um zu verkünden, daß Issus die Tochter von Matai Shang und das seltsame Geschöpf aus einer anderen Welt zu sehen wünsche, das einst ein Prinz von Helium gewesen war.

Langsam schritten wir durch endlose Korridore von unbeschreiblicher Schönheit, durch prachtvolle Räume und edle Hallen. Schließlich hieß man uns in einem geräumigen Gemach in der Mitte des Tempels stehenbleiben. Einer der Offiziere aus unserer Begleitung trat auf ein Portal am Ende des Saales zu. Hier mußte er ein bestimmtes Zeichen gegeben haben, denn augenblicklich öffnete sich die Tür und ein neuer, ebenfalls reichhaltig geschmückter Höfling erschien.

Dann führte man uns zu dem Portal und wies uns an, uns auf alle viere hinabzulassen, den Rücken dem Raum zugewandt, den wir nun betreten würden. Die Türflügel schwangen auf, und nachdem uns unter Androhung der Todesstrafe untersagt worden war, uns umzudrehen, hieß man uns rückwärts vor Issus kriechen.

Nie zuvor in meinem Leben hatte ich mich in einer so entwürdigenden Lage befunden. Nur meine Liebe für Dejah Thoris und die unverminderte Hoffnung auf ein Wiedersehen mit ihr hielten mich davon ab, aufzustehen und der Göttin der Erstgeborenen und meinem Tode entgegenzutreten und mich, wie es eines Gentlemans gebührt, den Feinden zu stellen und mein Blut mit dem ihrigen zu vermischen.

Nachdem wir auf diese beschämende Weise etwa einhundert Fuß

hinter uns gebracht hatten, hieß uns unsere Begleitung stehenbleiben.

"Befehlt ihnen aufzustehen", ließ sich eine Stimme hinter uns vernehmen. Eine dünne, zitternde Stimme, und dennoch eine, die offenbar schon seit vielen Jahren das Befehlen gewohnt war.

"Aufstehen, doch wendet eure Gesichter nicht Issus zu!"

"Die Frau sagt mir zu", war die dünne, zitternde Stimme nach kurzem Schweigen zu hören. "Sie wird mir die zustehende Zeit zu Diensten sein. Den Mann könnt ihr auf die Insel Shador bringen, die dem Nordufer des Meeres Omean gegenüberliegt. Die Frau möge sich umdrehen und zu Issus schauen, im Wissen, daß jene Kreaturen niederer Herkunft, die das heilige Traumbild ihres blendend schönen Antlitzes erblicken, nur noch ein einziges Jahr zu leben haben."

Ich sah Phaidor aus den Augenwinkeln an. Alle Farbe war aus ihrem Gesicht gewichen. Langsam, sehr langsam wandte sie sich um, wie von einer unsichtbaren und gleichsam unwiderstehlichen Kraft gezogen. Sie stand dicht neben mir, so daß ihr bloßer Arm den meinen berührte, als sie schließlich Issus, Göttin des Ewigen Lebens, anblickte.

Ich konnte ihr Gesicht nicht sehen, als ihre Blick zum ersten Mal auf die höchste Gottheit des Mars' fielen, doch ich spürte, wie ein Schauder durch den Arm neben mir ging.

Sie muß von wahrhaft blendendem Liebreiz sein, dachte ich, wenn sie in der Brust einer solch strahlenden Schönheit wie Phaidor, Tochter von Matai Shang, derartige Gefühle hervorruft.

"Die Frau soll hierbleiben. Bringt den Mann fort. Geht." So sprach Issus, und die schwere Hand des Offiziers legte sich auf meine Schulter. Ich folgte seinen Befehlen, ließ mich erneut auf alle viere nieder und kroch fort. Es war meine erste Audienz mit einem Gott, und auch wenn ich eine lächerliche Gestalt abgab, wie ich so auf allen vieren umherkroch, nehme ich mir die Freiheit zu sagen, daß ich nicht sonderlich beeindruckt war.

Kaum hatten wir den Raum verlassen, schlossen sich die Türen hinter uns, und man hieß mich aufstehen. Xodar gesellte sich zu mir, und wir begaben uns langsam zurück zu den Gärten.

"Du hast mich verschont, als du mir mein Leben mit Leichtigkeit hättest nehmen können", sagte er, nachdem wir eine Zeitlang geschwiegen hatten. "Ich würde dir helfen, wenn ich könnte. Ich könnte dir helfen, dein Leben hier erträglicher zu machen. Dennoch ist dein Schicksal endgültig. Es besteht keine Hoffnung mehr, daß du jemals in die Außenwelt zurückkehrst."

"Welches Schicksal erwartet mich hier?" fragte ich.

"Das hängt weitestgehend von Issus ab. Solange sie nicht nach dir schickt und dir ihr Gesicht enthüllt, kannst du jahrelang in einer so lockeren Form von Gefangenschaft leben, wie ich es es für dich einrichten kann."

"Warum sollte sie nach mir schicken?" fragte ich.

"Die Männer niederer Herkunft nutzt sie häufig auf verschiedene Weise zu ihrer Unterhaltung. Ein solcher Krieger, wie du es bist, böte beispielsweise eine Attraktion bei den monatlichen Riten des Tempels. In deren Verlauf läßt man Männer gegeneinander antreten oder gegen Tiere kämpfen, damit sich Issus amüsiert. Ferner dienen sie der Vervollständigung ihrer Speisekammer."

"Sie ißt Menschenfleisch?" fragte ich, jedoch nicht weiter entsetzt, denn aufgrund meiner kürzlich errungenen Kenntnisse über die heiligen Therns war ich in diesem noch unzugänglicheren Paradies auf alles vorbereitet, wo offenbar alles von einem einzigen, allmächtigen Herrscher befehligt wurde und wo engstirniger Fanatismus und Selbstverherrlichung im Laufe der Jahrhunderte alle großzügigen, menschlichen Instinkte ausgelöscht hatten, die dieses Volk einst besessen haben mochte.

Es war eine Nation, trunken von Macht und Erfolg, die auf die anderen Menschen vom Mars ebenso hinabsah wie wir auf die wilden Tiere von Wald und Feld. Warum sollten sie dann nicht das Fleisch der niederen Ordnungen essen, für deren Lebensweise und Eigenschaften sie ebensowenig Verständnis haben, wie uns auf der Erde die innersten Gedanken und Gefühle des Viehs zugänglich sind, das wir schlachten, um es auf unseren Tisch zu bringen.

"Sie ißt nur das Fleisch der Heiligen Therns und roten Barsoomier bester Herkunft. Das Fleisch der anderen wandert auf unseren Tisch. Die Tiere werden von den Sklaven gegessen. Sie ißt auch noch andere Leckerbissen."

Damals verstand ich nicht, daß diese Bemerkung noch eine spezielle Bedeutung hatte. Ich dachte, die Schilderung der Speisekarte von Issus hatte bereits den Gipfel des Makaberen erreicht. Mir war eben noch nicht klar, wohin uneingeschränkte Macht führt und welche Ausmaße Grausamkeit und Brutalität bei dem Betreffenden einnehmen können.

Wir hatten auf unserem Weg zum Garten bereits das letzte der zahlreichen Gemächer und Korridore erreicht, als uns ein Offizier
einholte.

"Issus möchte sich diesen Mann noch einmal ansehen. Das
Mädchen hat ihr erzählt, daß er von überwältigender Schönheit sei
und von solcher Stärke, daß er allein sieben Erstgeborene besiegte
und Xodar mit bloßen Händen überwältigte und mit dessen eigenem
Lederzeug fesselte", sagte er.

Xodar sah betroffen aus. Offensichtlich gefiel es ihm ganz und gar
nicht, daß Issus von seiner unrühmlichen Niederlage erfahren hatte.

Wortlos wandte er sich um, und ein weiteres Mal folgten wir dem
Offizier zum Portal des Audienzsaales von Issus, der Göttin des Ewigen Lebens.

Hier wiederholte sich die Zeremonie des Eintretens. Erneut befahl
mir Issus, mich zu erheben. Einige Minuten herrschte Totenstille. Die
Augen der Göttin taxierten mich.

Bald darauf brach die dünne, zitternde Stimme das Schweigen und
wiederholte in eintönigem Singsang die Worte, die seit vielen Jahrhunderten den Untergang von unzähligen Opfern besiegelt hatten:
"Der Mann möge sich umdrehen und zu Issus schauen, im Wissen,
daß jene Kreaturen niederer Herkunft, die das heilige Traumbild
ihres blendend schönen Antlitzes erblicken, nur noch ein einziges
Jahr zu leben haben."

Ich tat, wie mir geheißen, erwartete einen Anblick, wie ihn nur die
Enthüllung einer göttlichen Schönheit bieten mochte. Was ich sah,
war eine geschlossene Wand bewaffneter Soldaten zwischen mir und
einem Podium, auf dem eine große Bank aus mit Schnitzereien verziertem Sorapusholz stand. Eine schwarze Frau hockte darauf. Sie
war offenbar sehr alt. Nicht ein Haar bedeckte ihren runzligen Schädel. Mit Ausnahme zweier gelber Eckzähne war sie völlig zahnlos.
Zu beiden Seiten der dünnen, habichtartigen Nase glühten die tief in
die Höhlen gesunkenen Augen. Ihr Gesicht war millionenfach
gefurcht. Ebenso faltig und abstoßend war ihr Leib.

Ausgemergelte Arme und Beine an einem Rumpf, der ein höchst
mißgestalter Unterleib zu sein schien, vervollständigte das "heilige
Traumbild ihrer blendenden Schönheit".

Sie war von einigen Sklavinnen umgeben, unter ihnen, blaß und zitternd, Phaidor.

"Ist dies der Mann, der sieben Erstgeborene besiegte und mit bloßen Händen Dator Xodar in seinem eigenen Lederzeug fesselte?" fragte Issus.

"Ruhmvolles Traumbild göttlichen Liebreizes, so ist es", entgegnete der Offizier neben mir.

"Führt Dator Xodar hervor", befahl sie.

Xodar wurde aus dem Nebenraum herbeigebracht.

Issus starrte ihn mit einem unheilverkündenden Schimmer in den Augen an.

"Und so einer wie du ist ein Dator der Erstgeborenen?" kreischte sie. "Für die Schmach, die du über die unsterbliche Rasse gebracht hast, sollst du deiner Ränge enthoben werden und unter die niedrigsten der niedrigsten gestellt werden. Du sollst nicht länger ein Dator sein, sondern für immer und ewig ein Sklave der Sklaven, um Botengänge und Transportdienste für die niederen Kreaturen in den Gärten von Issus auszuführen. Feiglinge und Sklaven tragen keine Rüstungen."

Xodar stand steif und aufrecht da. Nicht ein Muskel bewegte sich, nicht eine Bewegung lief durch seinen athletischen Körper, als ein Soldat der Garde ihn unsanft der prächtigen Ausrüstung entledigte.

"Verschwinde!" schrie das aufgebrachte alte Weib. "Mir aus den Augen! Doch statt ein Sklave im Lichte der Gärten von Issus zu sein, sollst du diesem Sklaven, der dich besiegte, im Gefängnis auf der Insel Shador im Meer Omean dienen. Meine göttlichen Augen wollen ihn hier nicht mehr sehen, führt ihn fort!"

Langsam und mit hoch erhobenem Kopf wandte sich der stolze Xodar um und schritt aus dem Gemach. Issus erhob sich und schickte sich an, den Raum durch einen anderen Ausgang zu verlassen.

Sie wandte sich an mich und sagte: "Du sollst vorläufig nach Shador gebracht werden. Später wird sich Issus ansehen, wie du kämpfst. Geh!" Dann verschwand sie, begleitet von ihrem Gefolge. Nur Phaidor blieb etwas zurück, und als ich mich anschickte, meinen Bewachern zu folgen, lief sie mir hinterher.

"Oh, laß mich nicht an diesem schrecklichen Ort zurück!" bettelte sie. "Vergib mir die Dinge, die ich zu dir gesagt habe, mein Prinz. Ich habe sie nicht so gemeint. Nimm mich nur mit dir mit. Ich möchte die Gefangenschaft auf Shador mit dir teilen." Ihre Worte waren eine beinah zusammenhanglose Folge von Gedanken, so schnell sprach sie. "Du hast nicht verstanden, welche Ehre ich dir erwiesen habe. Unter den Therns gibt es keine Ehe oder ein Eheversprechen wie unter den niederen Kreaturen der Außenwelt. Wir hätten miteinander für immer in Liebe und Glückseligkeit leben können. Wir beide haben Issus' Antlitz gesehen und werden in einem Jahr sterben. Laß uns dieses Jahr zumindest gemeinsam verbringen, so glücklich, wie es den zum Untergang Verdammten noch möglich ist."

"Wenn es für mich schwierig war, dich zu verstehen, Phaidor", entgegnete ich, "warum kannst du dann nicht verstehen, daß es dir vielleicht ebenso schwerfällt, die Beweggründe, Bräuche und sozialen Regeln zu begreifen, die mich leiten? Ich möchte dich nicht verletzen oder die Ehre unterschätzen, die du mir erwiesen hast. Doch das, was du begehrst, wird nicht geschehen. Ungeachtet des unsinnigen Glaubens der Menschen von der Außenwelt, der Heiligen Therns oder der schwarzen Erstgeborenen bin ich nicht tot. Solange ich lebe, schlägt mein Herz nur für eine Frau - für die unvergleichliche Dejah Thoris, die Prinzessin von Helium. Wenn mich der Tod einholt, wird mein Herz aufhören zu schlagen. Doch was danach kommt, weiß ich nicht. Und darin bin ich genau so klug wie Matai Shang, Herr von Leben und Tod auf Barsoom, oder Issus, Göttin des Ewigen Lebens."

Phaidor stand einen Moment da und blickte mich aufmerksam an. Kein Ärger zeigte sich diesmal in ihren Augen, nur ein ergreifender Ausdruck von Hoffnungslosigkeit und Leid.

"Ich verstehe dich nicht", sagte sie, wandte sich um und schritt langsam auf die Tür zu, durch die Issus und ihr Gefolge den Raum verlassen hatten. Einen Augenblick später war sie verschwunden.

Die Gefängnisinsel Shador

In den äußeren Gärten, zu denen mich die Wache brachte, fand ich Xodar, umgeben von einer Schar schwarzer Edelleute, die ihn beschimpften und Unflat über ihm ausschütteten. Die Männer versetzten ihm Schläge ins Gesicht, und die Frauen spuckten ihn an.

Als ich erschien, richtete sich ihre Aufmerksamkeit auf mich.

"Ah", schrie einer. "Das also ist die Kreatur, die den großen Xodar mit bloßen Händen überwältigte. Laßt uns sehen, wie er das vollbracht hat."

"Er soll Thurid in Fesseln legen", schlug eine wunderschöne Frau vor. "Thurid ist ein berühmter Dator. Thurid soll diesem Hund zeigen, was es heißt, einem wirklichen Mann entgegenzutreten."

"Ja, Thurid! Thurid!" ertönten dutzende Stimmen.

"Da kommt er", rief ein anderer. Ich wandte mich in die Richtung, in die er wies, und erblickte einen riesigen Schwarzen, beladen mit prächtigen Verzierungen und Waffen, der sich uns mit vornehmen und protzigem Gebaren näherte.

"Was ist?" donnerte er. "Was wolltet ihr von Thurid?"

Schnell erklärte man es ihm.

Thurid blickte zu Xodar, die Augen zu zwei bösen Schlitzen verengt.

"Calot!" zischte er. "Ich habe schon immer gewußt, daß in deiner Brust das nichtswürdige Herz eines Soraks schlägt. Oft hast du mich im geheimen Rat von Issus ausgestochen, doch nun auf dem Feld der Ehre, wo sich Männer wahrhaft miteinander messen, hat dein niederträchtiges Herz aller Welt seine Schwächen kundgetan. Calot, ich verachte dich!" Mit diesen Worten schickte er sich an, Xodar einen Tritt zu versetzen.

Mein Blut raste. Seit Minuten war es in Wallung geraten, angesichts der unfairen Art und Weise, auf die sie mit ihrem einst machtvollen Kameraden umsprangen, nur weil er Issus' Gunst verloren hatte. Mir war Xodar gleichgültig, doch ertrage ich es nicht, mitanzusehen, wie jemand ungerecht behandelt und beschimpft wird. Dann sehe ich Rot, als hinge mir ein blutiger Nebel vor den Augen, ich lasse mich dann mehr vom Impuls des Augenblickes lenken und handle, wie ich es wahrscheinlich nach reichlicher Überlegung niemals tun würde.

Ich stand dicht neben Xodar, als Thurid mit dem Fuß zu einem gemeinen Tritt ausholte. Der erniedrigte Xodar stand regungslos wie eine Statue. Er war auf alle möglichen Beleidigungen und Beschimpfungen seitens seiner früheren Gefährten gefaßt und nahm sie in männlicher Ruhe und Gelassenheit hin.

Doch gleich Thurid holte auch ich Schwung und versetzte diesem einen schmerzhaften Tritt gegen das Schienbein, so daß Xodar diese zusätzliche Schande erspart blieb.

Einen Augenblick herrschte gespannte Stille, dann sprang mir Thurid mit wütendem Gebrüll an die Kehle, so, wie es Xodar an Deck des Kriegsschiffes getan hatte. Das Ergebnis war dasselbe. Ich duckte mich unter den ausgestreckten Armen, und als er an mir vorbeistürzte, verpaßte ich ihm mit der Rechten einen fürchterlichen Schlag gegen den Unterkiefer.

Der Hüne drehte sich wie ein Kreisel, die Knie gaben unter ihm nach, und er sank vor meinen Füßen zu Boden.

Die Schwarzen rissen die Augen vor Erstaunen weit auf und blickten erst auf die reglose Gestalt des stolzen Dotars, der im rubinroten Staub des Weges lag, dann auf mich, als hielten sie so etwas nicht für möglich.

"Ihr habt mich gebeten, Thurid zu fesseln. Schaut her!" rief ich, kniete neben dem Liegenden nieder, zog ihm die Lederausrüstung vom Leib und band dem Mann damit Arme und Beine, so daß er sich nicht hätte befreien können.

"Wie ihr mit Xodar verfahren seid, verfahrt nun auch mit Thurid. Bringt ihn zu Issus, gefesselt in seinem Lederzeug, damit sie mit eigenen Augen sieht, daß es unter euch jemanden gibt, der stärker ist als die Erstgeborenen."

"Wer bist du?" flüsterte die Frau, die als erste vorgeschlagen hatte, daß ich Thurid fesselte.

"Ich bin ein Bürger zweier Welten, Hauptmann John Carter von Virginia und Prinz des Hauses von Tardos Mors, dem Jeddak von Helium. Bringt diesen Mann zu eurer Göttin, wie ich gesagt habe, und berichtet ihr auch, daß es so, wie es Xodar und Thurid ergangen ist, den mächtigsten ihrer Dators ergehen wird. Mit bloßen Händen, mit dem langen Schwert oder dem Kurzschwert fordere ich die Elite ihrer Soldaten zum Zweikampf."

"Komm", sagte der Offizier, der mich nach Shador bringen sollte. "Ich habe meine Befehle, sie dulden keinen Aufschub. Xodar, auch für dich nicht."

Nur wenig Geringschätzung lag in dem Ton, in dem der Mann sowohl Xodar als auch mich ansprach. Es war offensichtlich, daß er den früheren Dator weniger verachtete, seit er miterlebt hatte, mit welcher Leichtigkeit ich mich des mächtigen Thurid entledigte.

Daß er mir mehr Achtung entgegenbrachte als einem Sklaven, zeigte sich darin, daß er fortan immer mit gezogenem Kurzschwert hinter mir stand oder ging.

Die Rückkehr zum Meer Omean verlief ohne Zwischenfälle. Der Fahrstuhl, der uns zuvor an die Oberfläche gebracht hatte, beförderte uns durch den gigantischen Schacht nach unten. Dann kletterten wir in das U-Boot, mit dem die lange Fahrt ins Marsinnere begann. Wir durchquerten den Tunnel und stiegen wieder zu dem Schwimmbecken auf, von wo aus wir zum ersten Mal die wundersame Reise von Omean zum Tempel von Issus angetreten hatten.

Von der Insel, auf der das Unterseeboot lag, begaben wir uns auf einem kleinen Kreuzer zur fernen Insel Shador. Dort fanden wir ein kleines Steingefängnis vor, das von einem halben Dutzend Schwarzer bewacht wurde. Man machte keine großen Umstände mit unserer Einkerkerung. Einer der Schwarzen öffnete mit einem großen Schlüssel die Gefängnistür, wir traten ein, die Tür schloß sich hinter uns, und das Schloß knirschte. Mit diesem Geräusch bemächtigte sich meiner wieder dasselbe schreckliche Gefühl der Hoffnungslosigkeit wie damals in der Kammer der Geheimnisse in den Goldenen Felsen unter den Gärten der Heiligen Therns.

Damals war Tars Tarkas bei mir gewesen, doch hier war ich, soweit es freundliche Gesellschaft betraf, völlig allein. Ich begann wieder, mir über das Schicksal des großen Thark und seiner schönen Gefährtin, dem Mädchen Thuvia, Gedanken zu machen. Sogar wenn sie durch irgendein Wunder entkommen waren und auf ein freundlich gesonnenes Volk gestoßen sind, das Gnade walten ließ, wie sehr durfte ich dann darauf hoffen, daß sie dieses davon zu überzeugen vermochten, auch mir zu Hilfe zu kommen? Und das würden die beiden mit Sicherheit wollen.

Hinsichtlich meines Verbleibs oder Schicksals konnten sie nicht einmal raten, denn keine Seele von ganz Barsoom würde sich auch nur vorstellen können, daß es einen solchen Ort wie diesen gab. Auch hätte es mir nicht viel genutzt, wenn sie gewußt hätten, wo man mich gefangen hielt, denn konnte ich darauf hoffen, daß es jemandem gab, der dieses verborgene Meer zu überqueren und der mächtigen Luftwaffe der Erstgeborenen zu trotzen vermochte? Nein. Mein Fall war hoffnungslos.

Gut, ich würde das Beste daraus machen. Ich erhob mich, fegte alle düsteren Gedanken beiseite, die sich meiner bemächtigen wollten. In der Absicht, das Gefängnis zu erkunden, blickte ich mich um.

Xodar saß mit gesenktem Kopf auf einer flachen Steinbank, die fast in der Mitte des Raumes stand. Er hatte kein Wort gesprochen, seit Issus ihn seiner Ränge enthoben hatte.

Das Gebäude war nicht überdacht und besaß eine Höhe von etwa dreißig Fuß. Ein Stück oberhalb von uns befanden sich einige kleine, stark vergitterte Fenster. Der Bau wurde durch zwanzig Fuß hohe Zwischenwände in mehrere Räume geteilt. Bei uns in der Zelle wohnte außer uns niemand, doch zwei Türen zu den Nebenräumen standen offen. Ich ging in den ersten von ihnen und fand ihn leer. So durchquerte ich einen Raum nach dem anderen, bis ich im letzten einen jungen roten Marsmenschen vorfand, der auf der Steinbank, dem einzigen Möbelstück jeder Zelle, lag und schlief.

Der Junge war offensichtlich der einzige Gefangene außer uns. Da er schlief, beugte ich mich über ihn und betrachtete ihn. Etwas in seinem Gesicht kam mir merkwürdig bekannt vor, und doch konnte ich ihn nirgendwo einordnen. Seine Gesichtszüge waren sehr regelmäßig und gleich den wohlgestalteten Gliedmaßen und dem Körper äußerst ansehnlich. Für einen roten Menschen hatte er eine sehr helle Hautfarbe, doch in jeder anderen Hinsicht schien er ein typischer Angehöriger dieses gutaussehenden Volkes zu sein.

Ich ließ ihn schlafen, denn Schlaf ist im Gefängnis ein solcher Segen, daß ich es schon miterlebt habe, wie sich Männer in wütende Ungeheuer verwandelten, wenn sie ein Mitgefangener auch nur einiger weniger wertvoller Minuten davon beraubte.

Ich kehrte in meine Zelle zurück und fand Xodar in derselben Haltung vor, in der ich ihn zurückgelassen hatte.

"Mann! Es wird dir nichts bringen, wenn du Trübsal bläst!" rief ich. "Es ist keine Schande, von John Carter besiegt zu werden. Du hast gesehen, mit welcher Leichtigkeit ich Thurid überwältigt habe. Du wußtest es vorher, als du an Deck des Kreuzers mich drei deiner Leute hast bezwingen sehen."

"Ich wünschte, du hättest mich gleich mit ihnen erledigt", sagte er.

"Komm, komm!" rief ich. "Noch gibt es Hoffnung. Wir beide sind am Leben und großartige Kämpfer. Warum sollten wir uns nicht die Freiheit erkämpfen?"

Er blickte mich erstaunt an und entgegnete: "Du weißt nicht, was du da sagst. Issus ist allmächtig. Sie hört jedes der Worte, die du aussprichst. Sie kennt deine Gedanken. Es ist bereits ein Frevel, im Traum daran zu denken, ihren Befehlen zuwiderzuhandeln."

"Unsinn, Xodar", rief ich ungeduldig aus.

Entsetzt sprang er auf.

"Der Fluch von Issus wird dich treffen", rief er. "Im nächsten Augenblick wirst du dafür bestraft werden und dich in schrecklichen Todesqualen krümmen."

"Glaubst du das, Xodar?" fragte ich.

"Natürlich, wer würde es wagen, daran zu zweifeln?"

"Ich zweifle daran, und alle weiteren Dinge stelle ich ganz und gar in Abrede", sagte ich. "Xodar, du sagst mir, daß sie sogar meine Gedanken kennt. Die roten Menschen verfügen über diese wundervolle Fähigkeit schon seit Jahrhunderten. Und sie vermögen noch etwas anderes zu tun. Sie können ihre Gedanken so verschließen, daß sie niemandem zugänglich sind. Ich habe das Lesen von Gedanken vor Jahren gelernt. Das andere hatte ich nicht erst zu lernen, da es auf ganz Barsoom niemanden gibt, der in die innersten Kammern meines Gehirns vordringen kann. Deine Göttin kann meine Gedanken nicht lesen und auch deine nicht, wenn sie dich nicht sieht. Sie kann es nur dann, wenn du ihr gegenüberstehst. Hätte sie meine lesen können, dann hätte ihr Stolz einen ziemlich ernsthaften Schaden genommen, fürchte ich, als ich ihrem Befehl Folge leistete und mich umwandte, um das heilige 'Traumbild ihrer blendenden Schönheit' in Augenschein zu nehmen."

"Was willst du damit sagen?" flüsterte er mit erschreckter Stimme, so leise, daß ich ihn kaum hören konnte.

"Ich meine, daß ich sie für die abstoßendste und gemeinhin entsetzlichste Kreatur halte, die mir jemals zu Gesicht gekommen ist."

Einen Augenblick lang sah er mich entsetzt an und sprang dann mit dem Schrei 'Gotteslästerer!' auf mich zu.

Ich wollte ihn nicht wieder schlagen, ferner war es unnötig, denn er war unbewaffnet und deswegen nicht weiter gefährlich für mich.

Als er kam, packte ich mit meiner Linken sein linkes Handgelenk, fuhr mit dem rechten Arm über seine linke Schulter, klemmte ihm den Ellenbogen unters Kinn und drückte ihn rückwärts über meinen Schenkel.

Dort hing er für einen Augenblick hilflos und starrte mich in ohnmächtiger Wut an.

"Xodar", sagte ich. "Laß uns Freunde sein. Wir müssen vielleicht hier in diesem winzigen Raum ein Jahr zusammen verbringen. Es tut mir leid, dich gekränkt zu haben, doch habe ich es mir nicht träumen lassen, daß jemand, mit dem Issus auf eine so grausame und ungerechte Weise verfahren ist, noch an ihre Göttlichkeit zu glauben vermag. Ich werde noch einige wenige Worte sagen, Xodar, ohne deine Gefühle weiter verletzen zu wollen, sondern damit du auch darüber nachdenkst, daß wir, solange wir leben, unser Schicksal in größerem Maße bestimmen als jeder Gott. Wie du siehst, hat Issus mich nicht tot zu Boden sinken lassen. Auch wird sie ihren treuen Xodar nicht aus den Klauen des Ungläubigen befreien, der ihre Schönheit geschmäht hat. Nein, Xodar, deine Issus ist eine sterbliche alte Frau. Bist du ihr einmal entkommen, kann sie dir nicht schaden. Mit deinem Wissen über dieses seltsame Land und meinen Kenntnissen von der Außenwelt sollten zwei solche Kämpfer, wie wir beide es sind, in der Lage sein, sich den Weg in die Freiheit zu bahnen. Auch wenn wir bei dem Versuch stürben, hätte man uns nicht in besserer Erinnerung, als verharrten wir in unterwürfiger Furcht, um von einer grausamen und ungerechten Tyrannin dahingeschlachtet zu werden - nenne sie Göttin oder Sterbliche, wie du willst."

Als ich geendet hatte, stellte ich Xodar auf die Füße und ließ ihn los. Er versuchte kein weiteres Mal, mich anzugreifen, und sagte kein Wort. Statt dessen ging er zur Bank, sank darnieder und blieb stundenlang, seinen Gedanken nachhängend, darauf sitzen.

Nach langer Zeit drang ein leises Geräusch von einer der Türen der Nebenräume zu mir. Ich blickte auf und sah den roten Marsjungen, der uns forschend anschaute.

"Kaor", rief ich den Gruß der roten Marsmenschen.

"Kaor", entgegnete er. "Was macht ihr hier?"

"Auf den Tod warten, nehme ich an", erwiderte ich mit einem gequälten Lächeln.

Auch er zeigte ein mutiges und gewinnendes Lächeln.

"Ich auch", sagte er. "Meiner kommt bald. Ich habe die blendende Schönheit von Issus schon vor fast einem Jahr erblickt. Wenn ich daran denke, erstaunt es mich immer wieder außerordentlich, daß ich nicht beim ersten Blick auf dieses entsetzliche Gesicht tot umgefallen bin. Und der Leib erst! Bei meinem ersten Ahnen, nie zuvor habe ich auf der ganzen Welt eine solche lächerliche Gestalt gesehen. Daß jemand so etwas mit 'Göttin des Ewigen Lebens', 'Göttin des Todes', 'Mutter des Nächsten Mondes' und mit fünfzig anderen gleichartig unmöglichen Titeln bezeichnen kann, geht über meinen Horizont."

"Wie bist du hierher gekommen?" fragte ich.

"Das ist sehr einfach. Ich befand mich mit einem einsitzigen Aufklärungsflugzeug weit im Süden, als mir die brilliante Idee kam, das Verlorene Meer Korus zu suchen, das sich dem Hörensagen nach in der Nähe des Südpoles befinden soll. Ich muß von meinem Vater eine unbändige Abenteuerlust geerbt haben sowie eine Leere an der Stelle, wo meine Respektgefühle sitzen sollen. Mir gelang es, bis zum Gebiet des ewigen Eises vorzudringen, als mein Propeller blockierte. Ich landete, um die Reparatur auszuführen. Bevor ich mich versah, war der Himmel schwarz von Fliegern, und Hunderte dieser teuflischen Erstgeborenen setzten neben mir auf. Die Schwerter gezückt, warfen sie sich auf mich, doch bevor ich unter ihnen zu Boden ging, bekamen sie den Stahl von meines Vaters Schwert zu spüren, und ich legte ein solches Zeugnis von mir ab, daß mein Vater hocherfreut gewesen wäre, wenn er es noch hätte miterleben können."

"Dein Vater ist tot?" fragte ich.

"Er starb, bevor die Schale zerbrach, um mich in eine Welt treten zu lassen, die sehr gut zu mir war. Doch abgesehen von dem Kummer, daß ich nie die Ehre hatte, meinen Vater kennenzulernen, war ich sehr glücklich. Das einzige, was mich jetzt bedrückt, ist, daß meine Mutter mich nun ebenso beweinen muß wie zuvor zehn lange Jahre meinen Vater."

"Wer war dein Vater?" fragte ich.

Er hub an, um zu antworten, als sich die Außentür unseres Gefängnisses öffnete, ein stämmiger Wachposten eintrat, ihm befahl, sich des Nachts in sein eigenes Quartier zu begeben, ihn in die entferntere Zelle brachte und hinter ihm die Tür versperrte.

"Es ist Issus' Wunsch, euch beide im selben Raum zu halten", sagte der Wachposten, als er wieder bei uns angelangt war. "Dieser feige Sklave von einem Sklaven soll dir zu Diensten sein", fügte er hinzu und wies mit einer Handbewegung auf Xodar. "Wenn er nicht gehorcht, sollst du ihn schlagen, bis er sich unterwirft. Issus wünscht, daß du ihn auf jede erdenkliche Weise beschämst und erniedrigst."

Mit diesen Worten verließ er uns.

Xodar saß noch immer da, die Hände vors Gesicht geschlagen.

Ich trat zu ihm und legte ihm die Hand auf die Schulter. "Xodar", sagte ich. "Du hast Issus' Befehle vernommen, doch du brauchst nicht zu fürchten, daß ich ihnen Folge leisten werde. Du bist ein mutiger Mann, Xodar. Du mußt selbst entscheiden, ob du verfolgt und erniedrigt werden willst, doch wenn ich du wäre, würde ich mich wieder als ein Mann erweisen und meinen Feinden entgegentreten."

"Ich habe sehr lange nachgedacht, John Carter", erwiderte er. "Über all jene neuen Gedanken, die du mir gegenüber vor einigen Stunden geäußert hast. Stück für Stück habe ich die Sachen, die du gesagt hast und die mir zuerst als Gotteslästerungen erschienen sind, mit den Dingen in Zusammenhang gebracht, die ich in meinem bisherigen Leben erlebt habe und über die ich nicht gewagt habe, nachzudenken, aus Angst, den Zorn von Issus auf mich zu ziehen. Ich glaube nun, daß sie eine Betrügerin ist, nicht weniger sterblich als du oder ich. Noch mehr bin ich bereit, zuzugeben, daß die Erstgeborenen nicht heiliger als die Heiligen Therns sind und auch daß die Heiligen Therns nicht heiliger als die roten Menschen sind. Unsere gesamte Religion beruht auf lügnerischem Aberglauben, den uns unsere Herrscher über Jahrhunderte hinweg einredeten, da es zu ihrem persönlichem Nutzen geschah und ihrer Macht förderlich war, wenn wir weiter an diesem Glauben festhielten. Ich bin bereit, mich von den Banden zu befreien, die mich festgehalten haben. Auch würde ich Issus selbst herausfordern. Doch was wird es uns bringen? Mögen die Erstgeborenen nun Götter oder Sterbliche sein, sie sind ein mächtiges Volk und haben uns so fest in ihrer Gewalt, daß unser Tod so gut wie sicher ist. Es gibt kein Entkommen."

"Mein Freund, ich habe mich in der Vergangenheit schon oft aus einer mißlichen Lage befreit", entgegnete ich. "Solange Leben in mir ist, werde ich den Gedanken nicht aufgeben, von der Insel Shador im Meer Omean zu fliehen."

"Wir können nicht einmal aus diesen vier Wänden entkommen", versuchte mich Xodar zu überzeugen. "Befühle dieses harte Material!" rief er und klopfte gegen das feste Felsgestein unseres Gefängnisses. "Sieh, diese glatte Oberfläche, niemand könnte daran nach oben klettern."

Ich lächelte.

"Das ist die geringste von unseren Sorgen, Xodar", entgegnete ich. "Ich bürge dafür, daß ich die Wand erklimmen und dich mit mir nehmen kann, wenn du mir mit deinem Wissen um die vorherrschenden

Gepflogenheiten verrätst, um welche Zeit es am günstigsten ist, und wenn du mich zu dem Schacht bringst, der von dem Gewölbe über dieser unergründlichen See zu dem Tageslicht und der reinen Luft Gottes führt."

"Nachts ist es am besten, dann bietet sich die einzige winzige Chance, die wir haben, denn dann schlafen die Menschen, und nur in den Ausgucken der Kriegsschiffe träumen einige Wachposten vor sich hin. Auf den Kreuzern und den kleineren Fahrzeugen bleibt niemand zurück. Die Posten auf den größeren Schiffen wachen über alles. Jetzt ist Nacht."

"Aber es ist doch gar nicht dunkel", rief ich aus. "Wie kann es denn Nacht sein?"

Lächelnd entgegnete er: "Du vergißt, daß wir uns weit unten befinden. Das Sonnenlicht dringt niemals bis hierhin vor. Es gibt keine Monde und Sterne, die sich auf der Oberfläche von Omean widerspiegeln. Das phosphoreszierende Licht, das du jetzt in diesem riesigen, unterirdische Gewölbe siehst, kommt aus den Felsen, die seine Kuppel bilden. Das Licht scheint immer über Omean, so wie die Wogen des Meeres immer gleich sind, so, wie du sie jetzt siehst - sie heben und senken sich ständig trotz Windstille. In einer bestimmten Stunde der Welt über uns legen sich die Menschen zur Ruhe, die hier ihren Pflichten nachgehen, doch das Licht bleibt immer dasselbe."

"Das wird uns die Flucht erschweren", sagte ich. Dann zuckte ich die Schultern, denn ist es nicht reizvoller, sich einer komplizierten Angelegenheit zu stellen?

"Laß uns heute nacht darüber schlafen. Wenn wir erwachen, fällt uns vielleicht etwas ein", sagte Xodar.

So legten wir uns auf dem harten Stein unseres Gefängnisses nieder und schliefen den Schlaf müder Männer.

Die Hölle bricht los

Früh am nächsten Morgen machten Xodar und ich uns wieder an unsere Fluchtpläne. Zuerst ließ ich ihn auf dem Steinfußboden unserer Gefängniszelle eine Karte von den Südregionen zeichnen, so genau, wie es uns mit den uns gegebenen Mitteln möglich war - mit einer Schnalle von meinem Lederzeug und der scharfen Kante des zauberhaften Edelsteines, den ich Sator Throg abgenommen hatte.

Mit ihrer Hilfe bestimmte ich grob, in welcher Richtung Helium lag und wie weit es von der Erdöffnung entfernt war, die zu Omean führte.

Dann hieß ich ihn Omean aufzeichnen, sowie die genaue Position von Shador und der Gewölbeöffnung, durch die man nach draußen gelangte.

Ich studierte diese Karten ausgiebig, bis sie sich meinem Gedächtnis unauslöschlich eingeprägt hatten. Von Xodar erfuhr ich, welche Pflichten die Wachen auf Shador erfüllen mußten und welche Gepflogenheiten herrschten. Offensichtlich hatte während der Schlafenszeit nur ein Mann Dienst. Seine Runde führte ihn in etwa einhundert Fuß Entfernung um das Gefängnisgebäude herum.

Die Wachposten bewegten sich nach Xodars Aussage mit schneckenartiger Geschwindigkeit, sie brauchten für eine einzige Runde etwa zehn Minuten. Das hieß, daß praktisch jede Seite des Gefängnisses für fünf Minuten unbewacht war, solange der Posten gemächlich auf der anderen Seite entlangschritt.

"All das, wonach du fragst, wird für uns sehr wichtig sein, sobald wir draußen sind. Doch keine deiner Fragen steht in irgendeinem Zusammenhang mit jenen Dingen, die für uns am dringendsten und wichtigsten sind."

"Wir kommen hier ohne Probleme heraus", entgegnete ich lachend. "Überlaß das nur mir."

"Wann geht es los?" fragte er .

"In der ersten Nacht, in der ein kleines Schiff in Ufernähe von Shador festmacht", entgegnete ich.

"Doch wie erfährst du, ob ein Schiff bei Shador vor Anker geht? Die Fenster sind zu weit oben für uns."

"Ach nein, Freund Xodar, sieh!"

Mit einem Satz sprang ich zu den Stangen des uns gegenüberliegenden Fensters empor und warf einen Blick nach draußen.

Einige kleine Schiffe und zwei große Kreuzer lagen in einhundert Yard Entfernung vor Shador.

"Heute nacht", dachte ich und wollte das schon Xodar gegenüber verlauten lassen, als sich völlig unerwartet die Gefängnistür öffnete und ein Wachposten eintrat.

Wenn er mich jetzt sah, dann hätten wir kaum noch Chancen auf ein Entkommen. Mir war klar, daß sie mich in Eisen legen würden, hätten sie auch nur die geringste Ahnung von den wundervollen Fähigkeiten, die mir meine irdischen Muskeln auf dem Mars verliehen.

Der Mann war eingetreten, stand mit dem Rücken zu mir und blickte zur Zellenmitte. Fünf Fuß über mir endete die Trennwand zur nächsten Zelle.

Es war die einzige Möglichkeit, der Entdeckung zu entgehen. Wenn sich der Mann umwandte, war ich verloren. Auch hätte ich mich nicht fallen lassen können, denn er stand so ungünstig, daß ich ihn beim Hinunterkommen gestreift hätte.

"Wo ist der weiße Mann?" schrie er Xodar an. "Issus befiehlt ihn zu sich." Er wollte sich schon umdrehen und nachsehen, ob ich mich in einem anderen Teil der Zelle aufhielt.

Ich zog mich am Eisengitter des Fensters hoch, bis ich auf dem Sims stand, ließ los und machte einen Satz in Richtung der Trennwand.

"Was war das?" bellte der Schwarze mit tiefer Stimme, als mein Metall dabei die Steinwand streifte. Dann ließ ich mich lautlos in der dahinterliegenden Zelle zu Boden fallen.

"Wo ist der weiße Sklave?" brüllte der Wachposten erneut.

"Das weiß ich nicht", entgegnete Xodar. "Er war eben noch hier, bis du eingetreten bist. Ich bin nicht sein Wachposten - such ihn selbst."

Der Schwarze brummte etwas Unverständliches, dann hörte ich, wie er eine der Türen zu den Zellen gegenüber öffnete. Ich lauschte aufmerksam, bis ich die Tür hinter ihm zufallen hörte. Dann sprang ich wieder auf die Zwischenwand und setzte in meiner eigenen Zelle neben dem erstaunten Xodar auf.

"Verstehst du nun, wie wir entkommen werden?" flüsterte ich.

"Ich sehe, wie es dir gelingen könnte", entgegnete er. "Doch mir ist nach wie vor schleierhaft, wie ich diese Wände überwinden soll. Keinesfalls kann ich darüberspringen."

Wir hörten, wie der Wachposten von Zelle zu Zelle schritt. Schließlich, als er seine Runde gemacht hatte, langte er wieder bei uns an. Als er mich sah, machte er Stielaugen.

"Bei der Schale meines ersten Ahnen!" donnerte er. "Wo hast du dich versteckt?"

"Ich bin hier, seit du mich gestern eingesperrt hast", entgegnete ich. "Ich war auch schon bei deinem Eintreten in diesem Raum. Du solltest mal deine Augen überprüfen lassen."

Mit wütender und gleichzeitig erleichterter Miene blickte er mich an.

"Komm", sagte er, "Issus befiehlt dich zu sich."

Er geleitete mich aus der Zelle, in der Xodar nun allein zurückblieb. Draußen warteten einige andere Wachposten. Bei ihnen befand sich der rote Marsjunge, der die andere Zelle auf Shador bewohnte.

Die Reise zum Tempel von Issus verlief ebenso wie am Vortag. Die Wachen hielten mich und den roten Jungen voneinander fern, so daß wir keine Gelegenheit hatten, die am Vorabend unterbrochene Unterhaltung fortzusetzen.

Das Gesicht des Jungen ließ mir keine Ruhe. Wo hatte ich ihn schon einmal gesehen? In jedem seiner Züge, seiner Haltung, seiner Art zu sprechen und seiner Gestik lag eine seltsame Vertrautheit. Ich hätte schwören können, daß ich ihn kannte, und dennoch wußte ich, daß ich ihn nie zuvor gesehen hatte.

Als wir in den Gärten von Issus ankamen, führte man uns diesmal nicht in Richtung des Tempels, sondern von ihm fort. Der Weg schlängelte sich durch die zauberhaften Parks in Richtung eines riesigen Walls, der einhundert Fuß in die Höhe ragte.

Durch ein massives Portal gelangte man zu einem kleinen Flachland, umgeben von denselben prächtigen Wäldern, wie ich sie am Fuße der goldenen Felsen gesehen hatte.

Unzählige Schwarze waren in derselben Richtung unterwegs, in der uns die Wachposten führten. Bei ihnen befanden sich auch meine alten Freunde: Die Pflanzenmenschen und die großen weißen Affen.

Die wilden Tiere bewegten sich mit der Menge als seien sie Schoßhündchen. Gerieten sie einem Schwarzen vor die Füße, stieß er sie unsanft beiseite oder versetzte ihnen mit dem flachen Teil des Schwertes einen Schlag, und eingeschüchtert krochen die Tiere weit weg.

Bald erreichten wir unser Ziel. Es war ein großes Amphitheater auf der anderen Seite des Feldes, etwa eine halbe Meile von den Gartenmauern entfernt.

Durch ein massives Rundtor strömten die Schwarzen zu ihren Plätzen, während unsere Wachposten uns zu einem kleineren Eingang am hinteren Teil des Bauwerkes brachten.

Wir gelangten zu einer Einhegung unterhalb der Zuschauerreihen, wo man viele andere Gefangene unter Bewachung zusammengepfercht hatte. Einige von ihnen waren in Eisen gelegt, doch die meisten schien bereits die Anwesenheit der Wachen zu sehr einzuschüchtern, als daß sie einen Fluchtversuch unternehmen würden.

Unterwegs hatte ich keine Möglichkeit gefunden, mich mit meinem Leidensgenossen zu unterhalten. Da wir uns nun jedoch sicher hinter Schloss und Riegel befanden, achteten die Wachen weniger auf uns, so daß ich mich dem roten Marsjungen nähern konnte, von dem ich mich auf so seltsame Weise angezogen fühlte.

"Was ist der Zweck dieser Versammlung?" fragte ich ihn. "Sollen wir hier zur Erbauung der Erstgeborenen kämpfen, oder steht uns etwas Schlimmeres bevor?"

"Das ist ein Teil der monatlichen Feierlichkeiten von Issus, bei dem die schwarzen Männer mit dem Blut der Menschen von der Außenwelt die Sünden von ihrer Seele waschen", entgegnete er. "Wird zufällig ein Schwarzer getötet, ist das für Issus ein Zeichen seiner Treulosigkeit ihr gegenüber - diese Sünde ist unverzeihlich. Überlebt er den Wettkampf, dann wird er von der Anklage freigesprochen, wegen der er zur 'Strafe der Riten', wie man das nennt, verurteilt worden ist. Es gibt verschiedene Formen des Kampfes. Einige von uns messen sich in der Gruppe mit einer gleichen oder doppelten Anzahl Schwarzer. Andere stellt man allein wilden Tieren oder einem berühmten schwarzen Krieger gegenüber."

"Und falls wir siegen, was kommt dann - läßt man uns dann frei?" fragte ich.

Er lachte und entgegnete dann: "Freiheit, fürwahr. Die einzige Freiheit für uns ist der Tod. Keiner, der das Gebiet der Erstgeborenen betritt, wird es jemals wieder verlassen. Erweisen wir uns als gute Kämpfer, erlaubt man uns, oft zu kämpfen. Wenn nicht - " Er zuckte die Schultern. "Früher oder später sterben wir in der Arena."

"Und hast du oft Kämpfe ausgetragen?" fragte ich.

"Sehr oft", erwiderte er. "Darin besteht meine einzige Freude. Seit fast einem Jahr habe ich bei den Feierlichkeiten von Issus einige Hundert der schwarzen Teufel bezwungen. Meine Mutter wäre äußerst stolz auf mich, wenn sie wüßte, wie sehr ich der kämpferischen Tradition meines Vaters verbunden bin."

"Dein Vater muß ein sehr bedeutender Krieger gewesen sein!" sagte ich. "Ich habe zu meiner Zeit fast alle Kämpfer auf Barsoom gekannt; zweifellos auch ihn. Wie ist sein Name?"

"Mein Vater war -"

"Kommt, Calots!" rief ein Wachposten mit rauher Stimme. "Auf das Schlachtfeld mit euch!" Unsanft stieß man uns den steil abfallenden Gang hinab zu den Räumen, die hinaus in die Arena führten.

Wie alle Amphitheater, die ich auf Barsoom gesehen hatte, war auch dieses in einer riesigen Bodensenke errichtet worden. Nur die oberste Sitzreihe befand sich über dem Erdboden, sie bildete die flache Eingrenzung des Amphitheaters. Die Arena selbst lag weit unten in der Tiefe.

Unmittelbar vor der untersten Sitzreihe, auf dem Boden der Arena selbst, standen mehrere Käfige, in die man uns nun trieb. Unglücklicherweise wurde ich hier wieder von meinem jungen Freund getrennt.

Direkt gegenüber meines Käfigs erblickte ich Issus' Thron. Darauf hockte die grausige Kreatur, umgeben von einhundert Sklavenmädchen in prächtigem, mit unzähligen Juwelen besetztem Staat. Das Podium, auf dem sie um die Göttin herum ruhten, war dick gepolstert mit Stoffen in vielen leuchtenden Farben und fremdartigen Mustern.

Zu allen vier Seiten des Throns sowie einige Fuß weiter unten standen schwer bewaffnete Soldaten Schulter an Schulter in drei undurchdringlichen Reihen. Vor ihnen befanden sich die hohen Würdenträger dieses Scheinparadieses - prunkvolle Schwarze, geschmückt mit wertvollen Steinen, auf der Stirn, eingesetzt in goldene Stirnreifen, die Insignien ihres Ranges.

Zu den Längsseiten des Throns, von ganz oben bis hinab zur Arena, wimmelte es von Menschen. Unter ihnen gab es ebenso viele Frauen wie Männer. Jeder von ihnen trug das wundervoll gearbeitete Lederzeug seines Standes oder Hauses. Jeder Schwarze hatte etwa ein bis drei Sklaven um sich, geraubt aus den Gefilden der Therns und der Außenwelt. Die Schwarzen sind alle "von adliger Abstammung", Bauern gibt es unter den Erstgeborenen nicht. Sogar der niedrigste Soldat ist ein Gott und hält Sklaven zu seinen Diensten.

Arbeit ist den Erstgeborenen fremd. Die Männer kämpfen - es gilt als ein heiliges Vorrecht und eine heilige Pflicht, für Issus zu kämpfen und zu sterben. Die Frauen rühren nicht den kleinsten Finger. Sklaven waschen sie, Sklaven kleiden sie an, Sklaven geben ihnen etwas zu essen. Einige von ihnen haben sogar Sklaven, die für sie reden, und ich habe eine Frau gesehen, die während der Feierlichkeiten mit geschlossenen Augen dasaß, während ihr ein Sklave jedes Ereignis schilderte, das in der Arena vor sich ging.

Das erste Ereignis des Tages war der 'Tribut für Issus'. Er kennzeichnete das Ende jener armen Unglückseligen, die das ruhmvolle Traumbild der Göttin vor einem Jahr erblickt hatten. Es waren ihrer zehn - prächtige Schönheiten, die von den stolzen Höfen mächtiger Jeddaks und aus den Tempeln der Heiligen Therns stammten. Ein ganzes Jahr lang hatten sie im Gefolge von Issus gedient, heute sollten sie den Preis für die Gnade, von der Göttin bevorzugt worden zu sein, mit ihren Leben bezahlen, und morgen würden sie die Tafeln der Hofbeamten schmücken.

Ein riesiger Schwarzer geleitete die jungen Frauen in die Arena. Sorgfältig nahm er jede von ihnen genau in Augenschein, befühlte ihre Gliedmaßen und stieß sie in die Rippen. Bald wählte er eine von ihnen aus und führte sie vor Issus' Thron. Er sprach einige Worte zu der Göttin, die ich nicht hören konnte. Issus nickte. Der Schwarze erhob als Zeichen eines Grußes die Hände weit über den Kopf, packte das Mädchen am Handgelenk und zerrte sie durch einen kleinen Gang unterhalb des Thrones aus der Arena.

"Issus wird heute abend gut speisen", sagte ein Gefangener neben mir.

"Was meinst du damit?" fragte ich.

"Daß es ihr Abendessen war, das der alte Thabis nun in die Küche bringt. Ist dir nicht aufgefallen, wie genau er sich jede ansah, um die drallste und zarteste aus der Gruppe auszuwählen?"

Brummend sandte ich einige Flüche in Richtung des Monsters, das uns gegenüber auf dem prächtigen Thron saß.

"Reg dich nicht auf", mahnte mich mein Begleiter. "Du wirst noch Schlimmeres zu Gesicht bekommen, wenn du nur einen Monat unter den Erstgeborenen zubringst."

Ich wandte mich rechtzeitig um, um mitanzusehen, wie das Tor eines Käfigs in unserer Nähe geöffnet wurde, aus dem drei monströse weiße Affen in die Arena sprangen. Erschreckt drängten sich die Mädchen aneinander und wichen in die Mitte des Feldes.

Eine kniete nieder, die Arme flehend in Richtung Issus ausgestreckt, doch die greuliche Gottheit lehnte sich nur weiter nach vorn, um das Kommende genauer verfolgen zu können. Schließlich machten die Affen das Knäuel der angsterfüllten Mädchen ausfindig, gerieten völlig außer sich und stürmten unter teuflischem Geschrei auf sie zu.

Eine irrsinnige Wut kam über mich. Die gemeine Grausamkeit einer machttrunkenen Kreatur, deren böses Hirn sich solche fürchterlichen Quälereien ausdachte, erzeugte in mir unbändigen Haß und rührte bis ins Innerste meines männlichen Ehrgefühls. Der blutrote Nebel, der den Tod meiner Feinde vorhersagte, stieg mir vor die Augen.

Die Wachposten lümmelten vor dem unverschlossenen Tor meines Käfigs herum. Wozu sollte man diese armen Opfer durch Riegel davon abhalten, in die Arena zu stürmen, die die Götter sowieso zu ihrem Hinrichtungsort bestimmt hatten!

Ein einziger Schlag sandte den Schwarzen bewußtlos zu Boden. Ich schnappte mir sein langes Schwert und sprang in die Arena. Die Affen waren schon fast bei den Mädchen angelangt, doch dank meiner irdischen Muskeln bedurfte es nur einiger großer Sprünge, und ich befand mich im Zentrum des sandbedeckten Kampfplatzes.

Einen Augenblick herrschte weit und breit Stille in dem großen Amphitheater. Dann erhob sich in den Käfigen der Verdammten wildes Geschrei. Mein langes Schwert schwirrte durch die Luft, und der kopflose Rumpf eines großen Affen stürzte ausgestreckt vor den Füßen der furchtsamen Mädchen in den Sand.

Die anderen Affen wandten sich nun mir zu. Als ich ihnen gegenüberstand, ließ sich aus dem Zuschauersaal dumpfes Gebrüll vernehmen, als Reaktion auf die anfeuernden Schreie aus den Käfigen. Aus dem Augenwinkel sah ich, wie etwa zwanzig Wachposten durch den glänzenden Sand auf mich zustürmten. Dann brach hinter ihnen eine Gestalt aus dem Käfig. Es war der Junge, dessen Persönlichkeit mich so gefesselt hatte.

Er blieb einen Moment mit erhobenem Schwert vor den Käfigen stehen.

"Kommt, Männer der Außenwelt!" rief er. "Laßt uns unserem Tod einen Sinn geben und an der Seite dieses unbekannten Kriegers diesen Tag des Tributs für Issus in eine Orgie der Rache verwandeln, über die man noch Jahrhunderte reden wird. Bei jeder Wiederholung der Feierlichkeiten von Issus werden die Schwarzen in Erinnerung daran eine weiße Haut bekommen. Folgt mir! Die Gestelle vor euren Käfigen sind voll von Klingen."

Ohne darauf zu warten, wie seine Aufforderung aufgenommen wurde, wandte er sich um und rannte auf mich zu. Aus jedem Käfig, in dem sich rote Menschen befanden, wurden seine Worte mit donnerndem Gebrüll beantwortet. Die allernächsten Wachposten gingen unter den heulenden Massen zu Boden, als die Gefangenen, beseelt von Mordgelüsten, ins Freie strömten.

Schnell wurden die Waffengestelle der Schwerter entledigt, mit denen die Gefangenen sich, sobald sie an der Reihe waren, vor Beginn des Kampfes bewaffnen hätten sollen. Eine Schar entschlossener Krieger eilte zu unserer Verstärkung herbei.

Die großen weißen Affen, so weit sie mich mit ihren fünfzehn Fuß auch überragten, hatten meinem Schwert nicht standgehalten. Die heranstürmenden Wachposten waren noch ein Stück von mir entfernt. Gleich hinter ihnen kam der Junge. In meinem Rücken hatte ich die jungen Mädchen, und da ich in ihrem Dienste kämpfte, blieb ich dort und wartete auf meinen unvermeidlichen Tod, fest entschlossen, trotz allem ein solches Zeugnis von mir abzulegen, daß man sich meiner im Land der Erstgeborenen noch lange entsinnen würde.

Mir fiel auf, mit welcher beeindruckenden Geschwindigkeit der junge rote Mann hinter den Wachposten hereilte. Nie zuvor hatte ich einen Marsmenschen eine Strecke so schnell zurücklegen sehen. Seine Sätze und Sprünge waren nur um ein unwesentliches kürzer als jene, die ich dank meiner irdischen Muskeln zu tun vermochte und die mir damals, als ich zum ersten Mal auf dem Mars ankam, den Ehrfurcht und Respekt der grünen Marsmenschen eingebracht hatten, denen ich an dem lang zurückliegenden Tag zuerst in die Hände gefallen war.

Die Wachposten waren noch nicht bei mir, da überraschte er sie schon. Als sie sich umwandten, im Glauben, von einem Dutzend angegriffen zu werden, so unbändig war sein Ansturm, stürzte ich mich von meiner Seite auf sie.

Im Eifer des folgenden Gefechtes hatte ich nur wenig Gelegenheit, mich um etwas anderes als meine unmittelbaren Widersacher zu kümmern. Hin und wieder jedoch sah ich flüchtig neben mir ein Schwert durch die Luft pfeifen und eine mit Leichtigkeit umherspringende, sehnige Gestalt, die mein Herz mit seltsamen Regungen und einen mächtigen, doch unerklärlichen Stolz erfüllte.

Das hübsche Gesicht des Jungen zeigte ein grimmiges Lächeln. Immer wieder warf er seinen jeweiligen Widersachern eine höhnische Bemerkung zu. In dieser und auch anderer Hinsicht war seine Art, zu kämpfen, gleich jener, die im Kampf seit je her für mich kennzeichnend gewesen war.

Vielleicht schloß ich den Jungen wegen dieser entfernten Ähnlichkeit ins Herz. Doch angesichts der fürchterlichen Verwüstung, die er mit dem Schwert unter den Schwarzen anrichtete, erfüllte mich größter Respekt.

Ich für meinen Teil kämpfte wie schon tausende Male zuvor - mal wich ich einem teuflischen Stoß aus, ein anderes Mal trat ich schnell vor, um die Spitze meines Schwertes dem Widersacher ins Herz zu stoßen und es das nächste Mal im Schlund eines seiner Kameraden zu vergraben.

Als es gerade besonders amüsant war, wurde ein großer Trupp aus Issus' Leibgarde in die Arena befohlen. Sie trafen mit wütendem Geschrei ein, während die bewaffneten Gefangenen von allen Seiten über sie herfielen.

Eine halbe Stunde lang schien es, als sei die Hölle los. Innerhalb der Arenawälle kämpften wir in einem verschlungenen Knäuel heulender, fluchender und blutbeschmierter Dämonen. Jede Sekunde blinkte das Schwert des jungen roten Marsmenschen neben mir auf.

Immer wieder forderte ich die Gefangenen auf, sich in einer lockeren Formation um uns zu scharen. Mit der Zeit hatte ich Erfolg, und wir kämpften beieinander, die zum Untergang verurteilten Mädchen in unserer Mitte.

Beide Seiten hatten Opfer zu beklagen, doch am meisten waren Issus' Garden in Mitleidenschaft gezogen worden. Ich konnte sehen, wie Boten durch die Zuschauertribünen eilten. Sobald sie vorbei waren, sprangen die Edelleute mit gezückten Schwertern in die Arena. Offensichtlich beabsichtigten sie uns durch ihre Übermacht zu besiegen.

Flüchtig bekam ich Issus zu sehen, die sich von ihrem Thron aus weit nach vorn lehnte. Ihr häßliches Antlitz war vor Wut und Haß entsetzlich verzerrt, ich glaubte aber, darin auch Angst erkennen zu können. Es war dieses Gesicht, das mich zu der folgenden Handlung inspirierte.

Schnell befahl ich fünfzig der Gefangenen, sich hinter uns zurückfallen zu lassen und um die Mädchen einen neuen Kreis zu schließen.

"Bleibt hier und beschützt sie, bis ich zurückkehre", lauteten meine Worte.

Dann wandte ich mich an jene, die den äußeren Ring bildeten, und schrie: "Nieder mit Issus!" Augenblicklich erhob sich von allen Seiten ein heiserer Schrei: "Zum Thron! Zum Thron!"

Wie ein Mann bewegte sich unsere unüberwindliche, kämpfende Schar über die Leichen und Verwundeten unserer Widersacher in Richtung des prachtvollen Thrones der Marsgottheit. Zu Hauf stürmten die tapfersten Krieger der Erstgeborenen aus dem Zuschauerraum herbei, um unseren Vormarsch zu stoppen, doch wir mähten sie darnieder wie Papiersoldaten.

"Einige von euch sollen sich zu den Sitzplätzen begeben!" schrie ich, als wir uns der Grenzwand zu den Zuschauerreihen näherten. "Den Thron können zehn Leute allein einnehmen!" Mir war nämlich aufgefallen, daß sich Issus' Leibgarde zum größten Teil dem Getümmel in der Arena widmete.

Die Gefangenen strömten nach links und rechts in Richtung der Zuschauerreihen, erklommen die niedrige Wand mit bluttriefenden Schwertern, kampfeslüstern angesichts ihrer Opfer, die zusammengedrängt auf sie warteten.

Im nächsten Augenblick war das ganze Amphitheater vom Geschrei der Sterbenden und Verwundeten erfüllt, gemischt mit Waffengeklirr und dem Triumphgeschrei der Sieger.

Seite an Seite neben dem jungen roten Marsmenschen und vielleicht einem Dutzend anderer kämpften wir uns zum Fuße des Thrones durch. Die übriggebliebenen Wachposten, denen sich hohe Würdenträger und die Edelleute der Erstgeborenen zugesellt hatten, warfen sich zwischen uns. Issus lehnte sich von ihrer geschnitzten Sorapusbank aus nach vorn, schrie einmal mit kreischend hoher Stimme ihren Leuten Befehle zu und sandte ein andermal schändliche Flüche in die Richtung jener, die ihre Göttin zu entweihen versuchten.

Die vor Angst zitternden Sklaven um sie herum erwarteten mit weit aufgerissenen Augen das Kommende und wußten nicht, ob sie für unseren Sieg oder unsere Niederlage beten sollten. Einige von ihnen, ohne Zweifel die stolzen Töchter der edelsten Krieger von Barsoom, ergriffen die Schwerter von den Gefallenen und fielen über die Garde von Issus her. Jedoch wurden sie schnell überwältigt und starben als ruhmvolle Märtyrerinnen in einem sinnlosen Kampf.

Unsere Männer kämpften tapfer, doch zu keinem Zeitpunkt, seit ich an jenem langen, heißen Nachmittag auf dem ausgetrockneten Meeresboden vor Thark neben Tars Tarkas gegen die Horden der Warhoon gekämpft hatte, sah ich je wieder zwei Männer mit solcher Unbändigkeit für ein hehres Ziel kämpfen wie den jungen roten Marsmenschen und mich an jenem Tag vor dem Thron von Issus, der Göttin des Todes und Ewigen Lebens.

Einen nach dem anderen streckten unsere Klingen zwischen uns und der mit Schnitzereien versehenen Bank aus Sorapusholz zu Boden. Sogleich schwärmten andere herbei, um die Lücke erneut zu füllen, doch Zoll für Zoll, Fuß für Fuß kamen wir unserem Ziel näher.

Bald wurde aus einem nahegelegenen Teil der Zuschauerreihen ein Ruf laut. "Erhebt euch, Sklaven! Erhebt euch, Sklaven!" Er schwoll an und verebbte wieder, schwoll immer weiter an und schallte schließlich in großen Wogen durch das ganze Amphitheater.

Einen Augenblick lang hielten wir inne, als hätten wir uns abgesprochen, um festzustellen, was dieses neue Element im Kampf bedeutete. Sofort war uns klar, was geschehen war. In allen Teilen des Bauwerkes nahmen die Sklavinnen, was ihnen zuerst in die Hände geriet, und fielen über ihre Herren her. Hier schnappte sich eine hübsche Sklavin den Dolch aus der Ausrüstung ihrer Herrin, fuhr damit nach oben - seine einst schimmernde Klinge rot von dem Blut der frühreren Besitzerin. Schwerter ragten aus den umherliegenden Leichen, sowie schwerer Schmuck, der als Waffe genutzt worden war - mit derartigen Gerätschaften übten diese hübschen Frauen nun die langersehnte Vergeltung, die sie allenfalls nur teilweise für die unaussprechlichen Grausamkeiten und Erniedrigungen entschädigen konnte, mit denen ihre schwarzen Herren sie überhäuft hatten. Und jene, die keine anderen Waffen fanden, kämpften mit ihren starken Fingern und glänzenden Zähnen.

Der Anblick bereitete einem gleichzeitig Schauder und Freude. Doch binnen einer Sekunde hatten wir wieder mit uns selbst zu tun, und nur der unaufhörliche Schlachtruf der Frauen "Erhebt euch, Sklaven! Erhebt euch, Sklaven!" erinnerte daran, daß sie noch immer kämpften.

Nur eine einzige, dünne Reihe trennte uns nun noch von Issus. Deren Gesicht war blau vor Angst. Schaum bedeckte ihre Lippen. Die Angst schien sie förmlich zu lähmen. Nur der Junge und ich kämpften noch. Alle anderen waren gefallen, und auch mich hätte beinah der gemeine Stoß eines langen Schwertes zu Boden gestreckt, wenn nicht eine Hand über die Schulter meines Gegners gelangt und ihn am Ellenbogen gepackt hätte, als die Klinge über mir herabging. Sofort sprang der Junge neben mich und rammte meinem Widersacher das Schwert in den Leib, bevor er noch einmal zustoßen konnte.

Auch dann war ich noch nicht gerettet, da mein Schwert im Brustknochen eines Dators der Erstgeborenen feststeckte. Als der Mann darniedersank, griff ich nach seinem Schwert und blickte über den Liegenden direkt in die Augen desjenigen, dessen schnelle Hand mich vor dem ersten Schwertstoß gerettet hatte - es war Phaidor, die Tochter von Matai Shang.

"Flieh, mein Prinz!" rief sie. "Es ist sinnlos, länger gegen sie zu kämpfen. Alle in der Arena sind tot. Von jenen, die den Thron angegriffen haben, lebt außer dir und dem Jungen keiner mehr. Nur bei den Zuschauerreihen sind einige deiner Kämpfer noch am Leben, doch auch sie und die Sklavinnen werden zusehends überwältigt. Hör doch! Der Kampfesruf der Sklavinnen ist kaum noch zu vernehmen, denn fast alle sind tot. Jedem von euch stehen im Lande der Erstgeborenen zehntausend Schwarze gegenüber. Versucht, ins freie Land und nach Korus durchzubrechen. Mit deinem mächtigen Schwert könnte es dir gelingen, zu den Goldenen Felsen und den Tempelgärten der Heiligen Therns vorzudringen. Berichte dort deine Geschichte meinem Vater, Matai Shang. Er wird dich schützen. Gemeinsam findet ihr bestimmt einen Weg, mich zu befreien. Flieh, solange es überhaupt noch möglich ist!"

Doch darin bestand nicht mein Auftrag, ferner sah ich nicht, welche Vorteile die grausame Gastfreundschaft der Heiligen Therns gegenüber jener der Erstgeborenen haben sollte.

"Nieder mit Issus!" rief ich, und erneut machten der Junge und ich uns an die Arbeit. Zwei Schwarze sanken von unseren Schwertern durchbohrt zu Boden, und wir standen Angesicht zu Angesicht Issus gegenüber. Als mein Schwert nach oben ging, um ihrer entsetzlichen Laufbahn ein Ende zu bereiten, verlor sie ihre Lähmung. Mit einem durchdringenden Schrei fuhr sie herum und wollte fliehen. Direkt hinter ihr gähnte mit einemmal ein schwarzes Loch im Boden des

Podiums. Sie sprang darauf zu, dicht gefolgt von mir und dem Jungen. Der Schrei alarmierte ihre Wache, die nun aus allen Richtungen auf uns zustürmte. Ein Schlag traf den Jungen am Kopf. Er stolperte und wäre gestürzt, wenn ich ihn nicht mit dem linken Arm aufgefangen hätte. Als ich mich wieder umwandte, sah ich mich einer wütenden Menge religiöser Fanatiker gegenüber, die angesichts des Angriffes auf ihre Göttin außer sich geraten waren, just in dem Moment, als Issus in den schwarzen Tiefen unter mir verschwand.

Zum Tode verurteilt

Einen Augenblick blieb ich stehen, bevor sie über mich herfielen, doch dann ließ mich ihr Ansturm ein, zwei Schritte zurückweichen. Mein Fuß tastete nach dem Boden, trat jedoch ins Leere. Ich befand mich an der Öffnung, in der Issus verschwunden war. Eine Sekunde lang hielt ich die Balance, dann zog es mich mit dem Jungen in den Armen rückwärts in den schwarzen Abgrund.

Wir landeten auf einer glatten Rinne und schossen nach unten. Die Klappe über uns schloß sich ebenso magisch, wie sie sich geöffnet hatte. Unversehrt gelangten wir in einem schwach beleuchteten Gemach tief unter der Arena an.

Das erste, was ich sah, als ich mich erhob, war die boshafte Miene von Issus, die mich durch die schweren Eisenstangen einer Gittertür auf der anderen Seite des Raumes anstarrte.

"Tollkühner Sterblicher!" kreischte sie. "Du sollst in dieser geheimen Zelle aufs schrecklichste für deine Gotteslästerungen bestraft werden. Hier sollst du allein dein Dasein neben dem verwesenden Leichnam deines Gefährten in der Dunkelheit fristen, bis du, durch Einsamkeit und Hunger wahnsinnig, dich von den Maden ernährst, die aus dem gekrochen kommen, was einst ein Mensch gewesen ist."

Das war alles. Im nächsten Augenblick war sie verschwunden, und das Halbdunkel des Raumes wich einer pechschwarzen Finsternis.

"Nette alte Dame", vernahm ich eine Stimme neben mir.

"Wer spricht da?" fragte ich.

"Ich, dein Gefährte, der an diesem Tag die Ehre hatte, Seite an Seite mit dem größten Krieger zu kämpfen, der mit seinem Metall je auf Barsoom gekämpft hat."

"Gott sei Dank, daß du nicht tot bist. Ich habe wegen dem schrecklichen Schlag, den man dir versetzt hat, schon das Schlimmste befürchtet", entgegnete ich.

"Er hat mich nur ohnmächtig gemacht", erwiderte er. "Es ist lediglich ein Kratzer."

"Vielleicht wäre der andere Fall besser gewesen", sagte ich. "Wir sitzen ganz schön in der Klemme und scheinen beste Aussichten zu haben, an Hunger und Durst zugrunde zu gehen."

"Wo sind wir?"

"Unter der Arena", entgegnete ich. "Wir sind in den Schacht

gestürzt, in den sich Issus rettete, als wir sie schon beinahe hatten."

Er lachte leise vor Freude und Erleichterung, tastete dann durch die pechschwarze Finsternis nach meiner Schulter und zog mich zu sich.

"Besser könnte es gar nicht sein", flüsterte er mir ins Ohr. "Auch die Geheimnisse von Issus haben Geheimnisse, von denen Issus nicht einmal träumt."

"Was meinst du?"

"Vor einem Jahr habe ich mit den anderen Sklaven hier am Ausbau dieser unterirdischen Gänge gearbeitet. Dabei stießen wir weiter unten auf ein uraltes System von Gängen und Gemächern, das seit Jahrhunderten fest verschlossen war. Die Schwarzen, die mit der Angelegenheit betraut worden waren, erforschten sie und nahmen einige von uns für eventuell anfallende Arbeiten mit. Ich kenne mich hier aus. Über Meilen hinweg führen Gänge unter den Gärten und sogar dem Tempel selbst entlang. Es gibt einen Weg nach unten, durch den man zu dem unterirdischen Wasserweg in Richtung Omean gelangt. Gelingt es uns, unentdeckt zum U-Boot zu kommen, könnten wir zum Meer fliehen, wo es viele Inseln gibt, die die Schwarzen niemals aufsuchen. Dort könnten wir eine Zeitlang leben, und wer weiß, vielleicht findet sich dort etwas, das uns auf der Flucht von Nutzen ist?"

Er hatte in leisem Flüsterton gesprochen, offenbar aus Furcht, daß man uns sogar hier noch belauschte, und so antwortete ich ebenso leise: "Bring mich zurück nach Shador, mein Freund. Xodar, der Schwarze ist noch dort. Wir wollten gemeinsam fliehen - ich kann ihn nicht im Stich lassen."

"Nein, man kann einen Freund nicht im Stich lassen; dann heißt es schon lieber die Gefangenschaft in Kauf nehmen", entgegnete der Junge.

Er begann, den Boden der dunklen Kammer nach der Luke abzutasten, durch die man zu den darunter gelegenen Gängen gelangte. Schließlich rief er mich durch ein leises 'S-s-st' zu sich. Ich kroch seiner Stimme hinterher. Er kniete am Rand einer Öffnung.

"Hier geht es ungefähr zehn Fuß nach unten. Laß dich an den Händen hinunter, dann landest du unversehrt auf einem glatten, weichen Sandboden."

Lautlos ließ ich mich von der finsteren Zelle über mir in die Dunkelheit unter mir hinab. Es war so düster, daß man die Hand nicht vor Augen sehen konnte. Ich kann mich nicht entsinnen, je zuvor ein solche Finsternis erlebt zu haben wie in den Katakomben von Issus.

Einen Augenblick hing ich in der Luft. Das merkwürdige Gefühl, das man bei einem derartigen Unterfangen bekommt, ist ziemlich schwer zu beschreiben. Wenn sich unter den Füßen nur leere Luft befindet und man aufgrund der Dunkelheit den Boden nicht erkennen kann, dann ergreift einen so etwas wie Panik bei dem Gedanken, loszulassen und den Sprung in die unbekannte Tiefe zu wagen.

Obwohl der Junge mir mitgeteilt hatte, daß es nur zehn Fuß bis nach unten waren, schauderte mir ebenso, als hinge ich über einem unendlichen Abgrund. Dann ließ ich los und landete vier Fuß weiter unten auf einem weichen Sandkissen.

Der Junge folgte mir.

"Heb mich auf deine Schultern, ich werde die Klappe zurückschieben", sagte er.

Gesagt - getan. Nun nahm er meine Hand und ging sehr langsam voran, tastete unsere Umgebung ab und blieb häufig stehen, um sich zu vergewissern, daß wir nicht aus Versehen in einen falschen Gang gerieten.

Schließlich schlugen wir einen steil abfallenden Weg ein.

"Bald wird es heller. In den unteren Schichten gibt es dieselben phosphoreszierenden Gesteinsbrocken wie in Omean", sagte er.

Niemals werde ich den Marsch durch die Katakomben von Issus vergessen. Auch wenn er ohne Zwischenfälle verlief, war er für mich abenteuerlich und spannend, ich glaube, größtenteils wegen der unbekannten Geschichte dieser lang vergessenen Gänge. Jene Dinge, die ich aufgrund der pechschwarzen Finsternis nicht zu sehen bekam, können nicht halb so schön gewesen sein wie das, was mir meine Phantasie zeigte, in der die einstigen Bewohner dieser sterbenden Welt wieder auferstanden. Viele Rätsel waren mit ihnen verbunden. Vor meinem geistigen Auge sah ich die Mühen, Intrigen und Grausamkeiten, unter denen sie sich auf das letzte Gefecht mit den heranstürmenden Horden der ausgetrockneten Meere vorbereiteten, von denen sie schließlich Schritt für Schritt in den entlegensten Teil der Welt zurückgetrieben wurden, wo sie sich hinter einer undurchdringlichen Mauer von Aberglauben verschanzten.

Neben den grünen Marsmenschen hatte es auf Barsoom drei große Völkergruppen gegeben: Schwarze, weiße und gelbe Menschen. Als der Wasservorrat des Planeten zur Neige ging und die Meere zusehends austrockneten, schwanden auch alle anderen Ressourcen, so daß das Leben auf dem Planeten zu einem ständigen Kampf ums Überleben wurde.

Die verschiedenen Rassen hatten sich über Jahrhunderte hinweg bekriegt, und die drei höherentwickelten Völker hätten die grünen Wilden der Meere mit Leichtigkeit besiegt, doch nun, da sie aufgrund der zurückweichenden Gewässer dazu gezwungen waren, die mit Festungswällen umgebenen Städte für immer zu verlassen und ein mehr oder weniger nomadenartiges Leben zu führen, in dessen Verlaufe sie sich in mehrere kleinere Gemeinschaften teilten, fielen sie bald den wilden Horden der grünen Marsmenschen zum Opfer. Das Ergebnis war eine teilweise Verschmelzung der schwarzen, weißen und gelben Menschen, den Vorfahren des edlen Volkes der roten Menschen.

Ich war immer der Annahme gewesen, daß alle Spuren der ursprünglichen Rassen von der Marsoberfläche verschwunden waren, doch hatte ich in den vergangenen vier Tagen sowohl die weißen als auch die schwarzen Menschen in großer Anzahl kennengelernt. Vielleicht lebten dann auch in irgendeinem entlegenen Landstrich des Planeten auch noch Angehörige der uralten Rasse der gelben Menschen?

Meinen Träumereien wurde von einem leisen Ausruf des Jungen ein Ende gesetzt.

"Endlich, der helle Weg", rief er. Als ich aufblickte, sah ich weit vor uns ein schwaches Strahlen.

Beim Näherkommen wurde das Licht stärker, bis wir uns schließlich in gut beleuchteten Gängen wiederfanden. Von da an kamen wir schnell voran und standen plötzlich am Ende eines Ganges vor dem Wasserbecken mit dem U-Boot.

Das Fahrzeug befand sich am Liegeplatz, die Einstiegsluke geöffnet. Der Junge legte den Finger an die Lippen, tippte bedeutungsvoll an sein Schwert und kroch lautlos auf das Gefährt zu. Ich folgte ihm dicht auf den Fersen.

Leise kletterten wir auf das menschenleere Deck und krochen auf allen vieren in Richtung der Luke. Ein kurzer Blick nach unten zeigte uns, daß weit und breit kein Wachposten zu sehen war. Schnell und lautlos wie Katzen ließen wir uns in den Hauptraum des Unterseebootes fallen. Selbst hier befand sich keine Menschenseele. Schnell schlossen und sicherten wir die Luke.

Der Junge trat in den Steuerraum, drückte auf einen Knopf, und das

Boot tauchte senkrecht durch das strudelnde Wasser in Richtung Grund. Auch dann ließen sich keine eiligen Schritte vernehmen, wie wir es eigentlich erwartet hatten. Während der Junge zurückblieb, um das Boot zu steuern, schlich ich auf der Suche nach Mitgliedern der Besatzung von Kabine zu Kabine. Ohne Ergebnis. Das Boot war menschenleer. Ein solches Glück schien fast unglaublich.

Als ich in den Steuerraum zurückkehrte, um meinem Gefährten die gute Neuigkeit mitzuteilen, reichte er mir ein Blatt Papier mit den Worten: "Das erklärt die Abwesenheit der Mannschaft ."

Es war eine Funknachricht an den Kapitän des Unterseebootes:

'Die Sklaven haben sich gegen uns erhoben. Kommt mit allen Männern, die ihr habt und die ihr unterwegs sammeln könnt. Es ist zu spät, um von Omean Hilfe anzufordern. Sie richten im Amphitheater ein Massaker an. Issus ist in Gefahr! Beeilt euch!

Zithad'

"Zithad ist Dator der Garden von Issus", erklärte der Junge. "Wir haben ihnen einen tüchtigen Schrecken eingejagt - den werden sie nicht so schnell vergessen."

"Hoffen wir, daß das der Anfang vom Ende von Issus ist", sagte ich.

"Das weiß nur unser erster Ahne", entgegnete er.

Unbehelligt erreichten wir die Anlegestelle in Omean. Hier erwogen wir, ob es ratsam war, das Gefährt nach unserem Verlassen zu versenken. Schließlich entschieden wir uns jedoch dagegen, da dies unserem Entkommen auch nicht weiter nützen würde. Falls man uns sah, würden genügend Schwarze aus Omean unsere Flucht zu vereiteln suchen, und es spielte dann keine weitere Rolle, wieviel dann noch aus den Tempeln und Gärten von Issus hinzukommen würden.

Wir befanden uns nun in der Verlegenheit, an den Wachposten vorbei zu müssen, die die Insel, auf der sich die Anlegestelle befand, überwachten. Schließlich fiel mir etwas ein.

"Wie sind Name und Titel des diensthabenden Offiziers dieser Wachen?" fragte ich den Jungen.

"Ein Mann namens Torith hatte Dienst, als wir an diesem Morgen hier eintrafen", entgegnete er.

"Gut. Und wie heißt der Kapitän des Unterseebootes?"

"Yersted."

Ich fand eine leere Depesche in der Kajüte und schrieb darauf folgenden Befehl:

'Dator Torith: Bring diese beiden Sklaven sofort nach Shador zurück!

Yersted'

"Damit wird der Rückweg einfacher", sagte ich lächelnd, als ich dem Jungen den gefälschten Befehl überreichte. "Komm, wir werden sehen, wie es funktioniert."

"Aber unsere Schwerter!"rief er aus. "Wie sollen wir erklären, daß wir bewaffnet sind?"

"Da wir das nicht erklären können, sollten wir sie hinter uns zurücklassen", erwiderte ich.

"Ist es nicht zu vermessen, uns allein und unbewaffnet wieder in die Hände der Erstgeborenen zu begeben?"

"Es ist der einzige Weg", antwortete ich. "Du kannst mir glauben, daß ich einen Weg aus dem Gefängnis von Shador finde, und ich denke, wenn wir erst einmal draußen sind, werden wir uns mühelos wieder bewaffnen können, in diesem Land, in dem es von bewaffneten Männern nur so wimmelt."

"Wie du meinst", entgegnete er mit einem Achselzucken. "Du hast mein vollstes Vertrauen, ich würde niemand anderem folgen. Komm, laß uns ausprobieren, ob deine List funktioniert."

Die Schwerter hinter uns zurücklassend, kletterten wir unerschrocken aus der Luke des Bootes und schritten zum Hauptausgang, wo ein Posten stand und wo sich das Gemach des Dators der Wachmannschaft befand.

Bei unserem Anblick sprangen die Wachposten überrascht auf und hießen uns, die Gewehre auf uns gerichtet, stehenbleiben. Ich hielt einem von ihnen die Botschaft entgegen. Er nahm sie, sah, an wen sie gerichtet war, wandte sich um und überreichte sie Torith, der aus seinem Gemach kam, um nach dem Grund des Tumults zu sehen.

Der Schwarze las den Befehl und sah uns einen Augenblick in offenkundigem Argwohn an.

"Wo ist Dator Yersted?" fragte er. Ich bekam einen Heidenschreck und schalt mich innerlich einen Dummkopf, das Unterseeboot nicht versenkt zu haben. Das hätte die Lüge bekräftigt, die ich auf den Lippen hatte.

"Sein Befehl lautete, sofort wieder zur Anlegestelle des Tempels zurückzukehren", entgegnete ich.

Torith machte einen halben Schritt in Richtung des Eingangs zur Anlegestelle, als ob er sich von der Wahrheit meiner Geschichte vergewissern wollte. Einen Augenblick lang hing alles am seidenen Faden, denn hätte er gesehen, daß das leere Unterseeboot noch an seiner Stelle lag, wäre die ganze Lügengeschichte aufgeflogen, die ich ausgeheckt hatte. Offenbar gelangte er jedoch schließlich zu der Überzeugung, daß der Befehl echt war. In der Tat bestand wenig Grund zum Zweifel, da er es nie für möglich halten würde, daß zwei Sklaven sich freiwillig auf solche Weise in die Gefangenschaft begeben würden. Der Plan gelang aufgrund seiner Aberwitzigkeit.

"Wart ihr an dem Sklavenaufstand beteiligt?" fragte Torith. "Wir haben lediglich kümmerliche Berichte über ein solches Ereignis erhalten."

"Alle waren beteiligt", entgegnete ich. "Doch ist nur wenig herausgekommen. Die Wachen waren in der Übermacht und haben die Mehrheit von uns getötet."

Diese Antwort schien ihn zufriedenzustellen. "Bringt sie auf Shador", befahl er einem seiner Untergebenen. Wir begaben uns an Deck eines kleinen Bootes bei der Insel und legten nach wenigen Minuten in Richtung Shador ab. Hier geleitete man uns in unsere jeweiligen Zellen zurück, mich zu Xodar, und den Jungen in die seine, die Türen wurden verriegelt und wieder waren wir Gefangene der Erstgeborenen.

Der Aufbruch in die Freiheit

Xodar lauschte mir voll ungläubigen Staunens, als ich ihm von den Vorfällen bei den Feierlichkeiten von Issus in der Arena berichtete. Auch wenn er bereits seine Zweifel hinsichtlich des heiligen Wesens von Issus' geäußert hatte, konnte er es offensichtlich noch immer nicht so richtig fassen, daß man sie mit dem Schwert in der Hand bedrohen konnte, ohne von ihrem alleinigen Gotteszorn in tausend Stücke gerissen zu werden.

"Das ist der endgültige Beweis", sagte er schließlich. "Mehr bedarf es nicht, um in mir den letzten Rest meiner abergläubischen Vorstellungen und des Glaubens von der Göttlichkeit Issus' zu zerstören. Sie ist nur eine boshafte, alte Frau, die seit Jahrhunderten ihre starke Macht mißbraucht und in ihrem eigenen Volk sowie bei allen Bewohnern von Barsoom durch ihre Machenschaften einen unsinnigen Glauben nährt."

"Dennoch ist sie hier noch immer allmächtig. So sollten wir bei der ersten besten Gelegenheit, die uns geeignet erscheint, die Flucht ergreifen", entgegnete ich.

"Ich hoffe, du findest einen geeigneten Moment", sagte er lachend, "denn ich kann mich nicht an einen einzigen Augenblick in meinem ganzen Leben erinnern, in dem den Erstgeborenen ein Gefangener hätte entkommen können."

"Heute ist der Zeitpunkt genau so günstig wie an jedem anderen Tag", erwiderte ich.

"Bald ist Nacht. Wie kann ich dir bei dem Unternehmen behilflich sein?" fragte Xodar.

"Kannst du schwimmen?" fragte ich.

"Kein schleimiger Silian aus den Tiefen von Korus fühlt sich mehr im Wasser zu Hause als Xodar", antwortete er.

"Gut. Der rote Mensch kann es aller Wahrscheinlichkeit nach nicht, da es in all ihren Gebieten kaum genug Wasser gibt, um es mit dem winzigsten Boot zu befahren", sagte ich. "Demzufolge wird ihn einer von uns durchs Meer zu dem Fahrzeug bringen müssen, das wir uns ausgesucht haben. Ich hatte gehofft, die gesamte Entfernung unter Wasser hinter uns zu bringen, doch ich fürchte, mit dem roten Jungen geht das nicht. Sogar die Allermutigsten von ihnen bekommen es bei dem bloßen Gedanken an tiefes Wasser mit der Angst, da es Jahrhunderte her ist, daß einer ihrer Vorfahren einen See, Fluß oder ein Meer zu Gesicht bekommen hat."

"Der rote Junge wird uns begleiten?" fragte Xodar.

"Ja."

"Das ist gut. Drei Schwerter sind besser als zwei. Besonders, wenn der dritte so stark ist wie dieser Geselle. Ich habe ihm viele Male in der Arena bei den Feierlichkeiten von Issus beim Kampf zugeschaut. Bis ich euch kämpfen sah, hatte ich es nie zuvor erlebt, daß jemand sogar gegenüber einer großen Übermacht siegreich sein kann. Man könnte denken, ihr beide seid Meister und Lehrling oder Vater und Sohn. Selbst äußerlich besteht zwischen euch eine Ähnlichkeit. Besonders deutlich tritt diese beim Kampf zutage - ihr habt dasselbe grausame Lächeln auf den Lippen, in jeder eurer Bewegungen und in eurem Mienenspiel zeigt sich dieselbe unerträgliche Verachtung für euren Widersacher."

"Sei es, wie es sei, Xodar, er kämpft großartig. Ich denke, wir werden zu dritt schwer zu besiegen sein, und wäre mein Freund, Tars Tarkas, der Jeddak von Thark, noch bei uns, könnten wir uns von einem zum anderen Ende von Barsoom durchkämpfen, und wenn die ganze Welt gegen uns ist."

"Das wird eintreten, sobald sie herausfinden, woher du kommst", sagte Xodar. "Auch das ist ein Teil des Aberglaubens, den Issus den Menschen mit Erfolg eingeredet hat. Dazu bedient sie sich der Heiligen Therns, die wie die Barsoomier der Außenwelt von ihrem wahrem Wesen nicht die geringste Ahnung haben. Die Therns erhalten ihre Erlässe auf einem seltsamen, mit Blut beschriebenen Pergament. Die armen, betrogenen Narren denken dann, daß ihnen von irgendeiner übernatürlichen Kraft die Offenbarungen einer Gottheit zugetragen werden, da sie diese Botschaften auf ihren bewachten Altaren vorfinden, zu denen niemand unbemerkt vordringen könnte. Ich selbst habe jahrelang diese Nachrichten von Issus hingebracht. Ein langer Tunnel führt vom Tempel von Issus zum Haupttempel von Matai Shang. Er wurde vor Jahrhunderten von den Sklaven der Erstgeborenen unter äußerster Geheimhaltung gegraben, so daß kein Thern jemals von seiner Existenz erfuhr.

Die Therns für ihren Teil besitzen überall in der zivilisierten Welt Tempel. Ihre Priester, die kein Mensch je zu Gesicht bekommt, verbreiten die Lehre vom geheimnisvollen Fluß Iss, dem Tal Dor und dem Verlorenen Meer Korus, um die armen, irregeleiteten Geschöpfe dazu zu bringen, freiwillig die Pilgerfahrt anzutreten, die den Reichtum der Heiligen Therns mehrt und die Anzahl ihrer Sklaven vergrößert. So besteht die Aufgabe der Therns hauptsächlich darin, die Schätze einzusammeln und Arbeitskräfte zu besorgen, die die Erstgeborenen ihnen dann je nach Bedarf wieder entreißen. Gelegentlich führen die Erstgeborenen selbst Überfälle auf die Außenwelt durch. Dabei rauben sie viele Frauen aus den Palästen der roten Menschen und nehmen die neuesten Kriegsschiffe sowie die ausgebildeten Mechaniker mit, die diese Schiffe gebaut haben, um das, was sie selbst nicht erfinden können, zu kopieren. Wir sind ein unproduktives Volk und sind auch noch stolz darauf. Es ist für einen Erstgeborenen ein Verbrechen, zu arbeiten oder etwas zu erfinden. Das steht den niederen Kreaturen zu, die lediglich deswegen existieren, damit die Erstgeborenen ein langes Leben von Luxus und Müßiggang führen können. Bei uns zählt nur das Kämpfen, ohne dies gäbe es mehr Erstgeborene, als alle anderen Geschöpfe auf Barsoom unterstützen könnten, denn soweit ich weiß, stirbt niemand von uns eines natürlichen Todes. Unsere Frauen würden ewig leben, wenn wir ihrer nicht mit der Zeit überdrüssig würden und uns ihrer entledigten, damit sie für andere Platz machen. Issus allein ist vor dem Tod gefeit. Sie lebt schon seit unzähligen Jahrhunderten."

"Würden nicht die anderen Barsoomier ewig leben, wenn es nicht die Mär von der freiwilligen Pilgerfahrt gäbe, die sie in ihrem tausendsten Lebensjahr oder schon vorher an den Busen des Flusses Iss zieht?" fragte ich ihn.

"Daran bestehen meines Erachtens keine Zweifel. Ich denke, sie gehören derselben Rasse an wie die Erstgeborenen, und ich hoffe, noch lange genug zu leben, um im Kampf für sie jene Sünden wieder gutzumachen, die ich an ihnen als unwissender Anhänger einer seit Generationen weitergegebenen Irrlehre begangen habe."

Als er verstummte, drang ein unheimlicher Schrei über das Meer Omean zu uns. Ich hatte ihn schon am vorigen Abend zur selben Zeit gehört und wußte, daß er das Ende des Tages verkündete, zu dem die Menschen von Omean ihre Seidentücher an den Decks der Kriegsschiffe und Kreuzer ausbreiteten und in den traumlosen Schlaf vom Mars fielen.

Unser Wachposten trat ein, um uns ein letztes Mal zu kontrollieren, bevor auf der Welt oben ein neuer Tag anbrach. Schnell war seine

Pflicht erfüllt, und die schweren Gefängnistüren schlossen sich wieder hinter ihm - wir waren allein in der Nacht.

Ich gab ihm Zeit, zu seinem Quartier zurückzukehren, denn das würde er nach Xodars Ansicht aller Wahrscheinlichkeit nach tun, sprang zum Fenstergitter hoch und blickte auf das nahegelegene Wasser. Ein Stück vor der Insel, vielleicht eine Viertelmeile vom Strand entfernt, lag ein riesiges Kriegsschiff. Zwischen ihm und dem Ufer ankerten noch viele kleine Kreuzer und einsitzige Aufklärer. Nur auf dem Kriegsschiff befand sich ein Wachposten. Ich konnte ihn deutlich zwischen den Aufbauten des Schiffes erkennen, und als ich ihn beobachtete, sah ich, wie er seine Bettücher auf dem winzigen Flecken seiner Stellung ausbreitete und sich bald darauf auf seinem Lager ausstreckte. Tatsächlich nahm man es auf Omean mit der Disziplin nicht so genau. Doch darüber muß man sich nicht wundern, denn niemand auf Barsoom wußte von der Existenz einer solchen Flotte, von den Erstgeborenen oder dem Meer Omean. Warum sollten sie dann eine Wache aufstellen?

Bald ließ ich mich wieder zu Xodar hinunter und schilderte ihm, welche unterschiedlichen Fahrzeuge ich gesehen hatte.

"Eines davon ist mein persönliches Eigentum. Es kann fünf Mann tragen und ist eines der schnellsten Flugboote, die es so gibt. Könnten wir uns an sein Deck begeben, so würde man sich unseres Wettrennes um die Freiheit zumindest noch lange entsinnen." Dann beschrieb er mir die Ausstattung, die Maschinen und alles, dem das Fahrzeug seine Eigenschaften zu verdanken hatte.

Bei seiner Beschreibung erkannte ich eine Schaltweise, die mich Kantos Kan gelehrt hatte, als wir unter falschem Namen in der Marine und Luftwaffe von Zodanga unter Sab Than, seinem Prinzen, gedient hatten. Mit einemmal war mir klar, daß die Erstgeborenen dieses Schiff aus Helium gestohlen hatten, denn nur deren Fahrzeuge werden auf diese Weise in Gang gesetzt. Ebenso wußte ich, daß Xodar die Wahrheit sagte, als er die Geschwindigkeit seines kleinen Fliegers pries, denn keines der Flugzeuge, die die dünnen Lüfte vom Mars durchqueren, kann auch nur annähernd die Geschwindigkeit der Maschinen von Helium erreichen.

Wir beschlossen, mindestens eine Stunde zu warten, bis alle Nachzügler ihre seidenen Nachtlager aufgesucht hatten. In der Zwischenzeit würde ich den roten Jungen in unsere Zelle holen, um dann zügig in die Freiheit aufbrechen zu können.

Ich sprang nach oben und zog mich auf die Trennwand. Sie war oben glatt und ungefähr einen Fuß breit. Darauf lief ich entlang, bis ich die Zelle des Jungen erreichte. Ich sah ihn auf seiner Bank sitzen, er hatte sich zurückgelehnt und blickte nach oben in die schimmernde Kuppel über Omean. Als er mich auf der Trennwand über sich entlangbalancieren sah, riß er vor Erstaunen die Augen auf. Dann breitete sich ein verstehendes und anerkennendes Grinsen über seinem Gesicht aus.

Als ich mich bückte, um zu ihm auf den Boden zu springen, hieß er mich warten, trat an mich heran und flüsterte: "Reich mir deine Hand, ich komme fast allein auf diese Wand. Ich habe es oft versucht, und jeden Tag springe ich ein bißchen höher. Eines Tages sollte es mir gelingen."

Ich legte mich auf den Bauch und hielt ihm meine Hand entgegen. Mit einem kleinen Anlauf von der Mitte der Zelle sprang er, so daß ich seine ausgestreckte Hand fassen konnte. Dann zog ich ihn neben mich auf die Wand.

"Du bist der erste Springer, den ich bei den roten Menschen auf Barsoom kennenlerne", sagte ich.

Er lächelte. "Daran ist nicht Außergewöhnliches. Wenn wir mehr Zeit haben, erzähle ich dir, wie es dazu kommt."

Gemeinsam kehrten wir zu Xodars Zelle zurück, ließen uns zu ihm hinab, um uns zu unterhalten, bis die Stunde verstrichen war.

Dort schmiedeten wir die Pläne für unsere unmittelbare Zukunft und gelobten uns durch einen feierlichen Eid, im Kampf unsere Leben füreinander zu geben, welche Feinde uns auch immer gegenübertraten, denn ich wußte, daß, auch wenn wir den Erstgeborenen entkommen sollten, wir noch eine ganze Welt gegen uns hatten - die Macht religiösen Aberglaubens kennt keine Grenzen.

Es wurde beschlossen, daß ich das Fahrzeug steuern würde, wenn wir erst einmal an Bord waren, und daß wir, sollte es uns gelingen, in die Außenwelt zu gelangen, ohne Halt bis Helium weiterfliegen würden.

"Warum Helium?" fragte der rote Junge.

"Ich bin ein Prinz von Helium", entgegnete ich.

Er blickte mich eigentümlich an, sagte jedoch nichts weiter dazu. Damals fragte ich mich, was sein Gesichtsausdruck zu bedeuten hatte, doch angesichts dringenderer Dinge vergaß ich es bald und hatte auch später keine Gelegenheit dazu, darüber nachzudenken.

"Kommt", sagte ich schließlich. "Jetzt ist der günstigste Zeitpunkt gekommen."

Im nächsten Augenblick hockten der Junge und ich auf der Trennwand. Ich schnallte mein Lederzeug auf und knüpfte daraus einen langen Riemen, den ich dem wartenden Xodar hinunterließ. Er packte das Ende und saß bald neben uns.

"Wie einfach", lachte er.

"Der Rest sollte sogar noch einfacher sein", erwiderte ich. Als nächstes zog ich mich an der Außenwand des Gefängnisses hoch, um einen Blick nach draußen zu werfen und festzustellen, wo sich der Wachposten im Moment gerade aufhielt. Nach etwa fünf Minuten kam er in Sicht, wie er in schneckenartigem Tempo seine Runde um das Bauwerk zog.

Ich wartete, bis er hinter dem Gebäude abgebogen war und die Stelle nicht mehr sehen konnte, an der wir den Ausbruch wagen wollten. Kaum war seine Gestalt verschwunden, griff ich Xodar und zog ihn zu mir auf die Mauer hoch. Dann ließ ich ihn mit Hilfe des Ledergurtes schnell auf die andere Seite hinab. Dann packte der Junge den Gurt und gesellte sich zu Xodar.

Entsprechend unserer Übereinkunft warteten sie nicht auf mich, sondern begaben sich langsam in Richtung des Wassers, ein Weg von etwa einhundert Yard, der an dem Wachgebäude voll mit schlafenden Soldaten vorbeiführte.

Sie hatten kaum zwölf Schritte getan, als auch ich mich zum Boden hinabließ und ihnen im gemächlichen Tempo folgte. Als ich an dem Wachhaus vorbeikam, dachte ich an all die scharfen Klingen, die sich darin befanden, und blieb stehen, denn wenn jemals Männer Schwerter brauchten, waren es meine Gefährten und ich bei diesem gefahrvollen Unternehmen, das wir in Angriff genommen hatten.

Ich blickte zu Xodar und dem Jungen und sah, daß sie über den Rand des Kais geschlüpft waren. Wie abgemacht, sollten sie im Wasser auf mich warten und sich an den Metallringen festhalten, mit denen das betonartige Material in Höhe des Wasserspiegels beschlagen war, so daß sich nur ihre Gesichter über Wasser befanden.

Die Versuchung mit den Schwertern im Wachhaus war stark, und ich zögerte einen Augenblick, halb geneigt, es zu riskieren und die wenigen Waffen, die wir benötigten, mitzunehmen. In dieser Hinsicht bestätigte sich das Wort, daß ein Zweifler unbeständig ist auf allen seinen Wegen, denn im nächsten Augenblick kroch ich vorsichtig auf die Tür des Wachhauses zu.

Sanft schob ich sie einen Spaltbreit auf und sah ein Dutzend Schwarze, die in tiefem Schlummer auf ihren Seidentüchern ausgestreckt dalagen. Auf der anderen Seite des Raumes befand sich ein Waffenregal mit den Schwertern und Feuerwaffen der Männer. Behutsam stieß ich die Tür weit genug auf, um mich durchzulassen. Eine Türangel gab ein verärgertes Stöhnen von sich. Einer der Männer regte sich, und mein Herz setzte einen Moment aus. Ich verfluchte mich für meine Dummheit, auf diese Weise unsere Flucht zu gefährden, doch nun mußte ich den einmal betretenen Weg zuende gehen.

Mit der Schnelligkeit und Lautlosigkeit eines Tigers setzte ich zu dem Soldaten, der sich bewegt hatte. Meine Hände schwebten über ihm, bereit, ihm an die Kehle zu fahren, sobald er die Augen aufschlug. Das Warten kam meinen angespannten Nerven wie eine Ewigkeit vor. Schließlich drehte sich der Mann auf die Seite und nahm die gleichmäßigen Atemzüge eines tief Schlafenden wieder auf.

Vorsichtig tastete ich mich zwischen den Soldaten entlang und über sie hinweg, bis ich am Waffenregal auf der anderen Seite angekommen war. Hier wandte ich mich um und warf einen Blick auf die Schläfer. Niemand regte sich. Ihr regelmäßiger Atem hob und senkte sich in einem beruhigendem Rhythmus. Es war meinen Ohren die süßeste Musik, die ich jemals vernommen hatte.

Behutsam nahm ich eines der langen Schwerter aus dem Regal. Mit einem Geräusch, als wenn man Gußeisen mit einer großen Raspel bearbeitet, stieß die Scheide gegen die Halterung, als ich die Hand zurückzog. Schon sah ich alle Wachposten aufspringen und mich angreifen. Doch nichts geschah.

Mit dem zweiten Schwert hatte ich mehr Glück, doch das dritte klirrte mit schrecklichem Getöse in der Scheide. Ich wußte, daß es mindestens einige der Männer aufwecken würde, und wollte schon ihrem Angriff durch einen schnellen Sprung zur Tür zuvorkommen, als sich zu meinem äußersten Erstaunen wieder keiner der Schwarzen bewegte. Entweder sie waren begnadet tiefe Schläfer, oder der von mir verursachte Lärm war in Wirklichkeit viel leiser, als er mir vorgekommen war.

Ich wollte gerade das Regal verlassen, als mein Blick auf die

Revolver fiel. Mir war klar, daß ich nicht mehr als einen mitnehmen konnte, da ich bereits zu schwer beladen war, um mich lautlos und schnell bewegen zu können. Als ich einen von ihnen aus seiner Halterung holte, sah ich zum ersten Mal, daß sich neben dem Regal ein offenes Fenster befand. Es bot einen ausgezeichneten Fluchtweg, denn es blickte direkt auf das Dock, und das Wasser war keine zwanzig Fuß von mir entfernt.

Als ich mir bereits gratulierte, öffnete sich die Tür mir gegenüber, und in ihr stand der Offizier der Wache und blickte mir geradewegs in die Augen. Offensichtlich erfaßte er die Lage mit einem Blick und schätzte auch ihre Ernsthaftigkeit ebenso schnell ein wie ich, denn unsere Revolver fuhren gleichzeitig nach oben, und es gab nur einen Knall, als wir gleichzeitig am Abzug drückten und die Geschosse explodierten.

Ich spürte den Luftzug, als die Kugel an meinem Ohr vorbeipfiff, und sah meinen Gegner zu Boden gehen. Wo ich ihn getroffen hatte, oder ob ich ihn gar tötete, weiß ich nicht, denn kaum begann er zu taumeln, hechtete ich durch das Fenster hinter mir. In der nächsten Sekunde schlossen sich die Wogen von Omean über meinem Kopf, und wir drei strebten auf den kleinen Flieger einhundert Yards vor uns zu.

Xodar trug den Jungen und ich die drei langen Schwerter. Den Revolver hatte ich fallengelassen, und obwohl wir beide gute Schwimmer waren, schien mir, als kämen wir kaum voran. Ich schwamm unter Wasser, doch Xodar mußte oft nach oben, um den Jungen Luft holen zu lassen. Es war ein Wunder, daß wir nicht eher entdeckt wurden, als es schließlich der Fall war.

Tatsächlich sah uns die Wache des Kriegsschiffes, durch die Schüsse alarmiert, erst als wir uns bereits an Bord befanden. Dann gab man vom Gewehr am Bug des Schiffes Warnschüsse ab, deren tiefes Dröhnen mit ohrenbetäubender Lautstärke im felsigen Himmelsgewölbe von Omean widerhallte.

Augenblicklich waren Tausende auf den Beinen. Auf den Decks unzähliger riesiger Fahrzeuge wimmelte es von Kriegern, denn ein Alarm war auf Omean eine nicht alltägliche Angelegenheit.

Wir machten bereits Fahrt, als der Widerhall der ersten Schüsse verklungen war, und stiegen in der nächsten Sekunde schnell vom Meer auf. Ich lag in voller Länge auf Deck, die Schalthebel und Steuerknöpfe vor mir. Xodar und der Junge hatten sich bäuchlings hinter mir ausgestreckt, um der Luft so wenig Widerstand wie möglich zu bieten.

"Geh weit nach oben", flüsterte Xodar. "Sie trauen sich nicht, ihre schweren Geschütze in Richtung der Kuppel abzufeuern, da ihre eigenen Schiffe sonst von den herabfallenden Bruchstücken getroffen werden. Vor Gewehrfeuer schützen uns dann unsere Kielplatten, wenn wir hoch genug sind."

Ich tat wie mir geheißen. Unter uns konnte ich sehen, wie sich die Männer zu Hunderten in das Wasser warfen, um sich an Deck der kleinen Kreuzer und einsitzigen Fahrzeuge zu begeben, die um die großen Schiffe herum vertäut waren. Die größeren Fahrzeuge machten schon Fahrt, sie folgten uns schnell, ohne jedoch von der Wasseroberfläche aufzusteigen.

"Ein Stück zu deiner Rechten", rief Xodar. Auf Omean gibt es keine Kompaßeinteilung, denn es kann nur nach Norden gehen.

Unter uns war ein ohrenbetäubendes Höllenspektakel ausgebrochen. Gewehrschüsse ertönten, Offiziere erteilten schreiend Befehle, Männer im Wasser und auf den Decks der unzähligen Boote brüllten einander Anweisungen zu, während all das vom Schwirren unzähliger Propeller durchdrungen wurde, die Luft und Wasser aufwirbelten.

Ich hatte nicht gewagt, den Hebel für die Geschwindigkeit weiter nach oben zu stellen, in der Befürchtung, die Mündung des Schachtes zu verpassen, der Omean mit der Außenwelt verband. Doch nichtsdestoweniger hatten wir ein Tempo eingeschlagen, von dem ich zweifle, daß es auf der windstillen See schon einmal erreicht worden ist.

Die kleineren Flieger begannen sich in unsere Richtung zu erheben, als Xodar rief: "Der Schacht! Der Schacht! Direkt vor uns!" Ich erblickte die schwarze Öffnung, die sich mit einemmal in der schimmernden Kuppel dieser Unterwelt auftat.

Ein Kreuzer mit zehn Mann Besatzung erhob sich direkt vor uns, um unsere Flucht zu verhindern. Nur dieses einzige Gefährt stand uns im Weg, doch bei seiner Geschwindigkeit hätte es sich ohne Schwierigkeiten rechtzeitig zwischen uns und den Schacht begeben und unsere Pläne durchkreuzen können.

Im Winkel von fünfundvierzig Grad stieg es vor uns auf, mit der offenkundigen Absicht, uns mit Enterhaken von oben abzukämmen, während es langsam über unserem Deck hinwegflog.

Wir hatten nur eine winzige Chance, und auf diese setzte ich. Es hatte keinen Zweck, zu versuchen, über dem Schiff hinwegzugehen, denn das hätte es ihnen ermöglicht, uns gegen das felsige Gewölbe zu drängen, und diesem waren wir schon nahe genug. Beim Versuch, unter ihnen hinwegzutauchen, wären wir ihnen vollkommen ausgeliefert gewesen, und genau dorthin wollten sie uns haben. Von allen Seiten schwirrten Hunderte von Fliegern auf uns zu. Die Alternative barg lauter Risiken in sich - eigentlich stellte sie selbst ein einziges Risiko dar, doch bot sie auch eine geringe Chance auf Erfolg.

Als wir dem Kreuzer näherkamen, tat ich, als wolle ich über ihm hinweggehen, damit er, in der Absicht, mich weiter nach oben zu drängen, einen steileren Winkel einschlug. Es gelang. Als wir den Kreuzer fast vor uns hatten, schrie ich meinen Begleitern zu, sich festzuhalten, schlug Höchstgeschwindigkeit ein, richtete die Nase wieder nach unten, bis wir uns erneut in der Horizontalen befanden und in halsbrecherischem Tempo auf den Kiel des Kreuzers zusteuerten.

Dem Kapitän wird mein Vorhaben in diesem Moment klargeworden sein, doch es war zu spät. Kurz vor dem Aufprall zog ich die Nase nach oben, und mit einem splitternden Ruck kam es zur Kollision. Was ich gehofft hatte, trat nun ein. Der Kreuzer, der bereits einen gefährlichen Winkel eingenommen hatte, wurde durch den Aufprall meines kleineren Fahrzeuges rückwärts um die eigene Achse geschleudert. Zappelnd und schreiend stürzten die Mannschaftsmitglieder ins tiefe Wasser, während der Kreuzer, dessen Propeller noch immer wie irrsinnig kreiselten, ihnen kopfüber binnen kürzester Zeit auf den Meeresgrund von Omean folgte.

Durch den Zusammenprall zerbrach unser stählerner Bug, und trotz all unserer Bemühungen fegte es uns beinahe vom Deck. Schließlich landeten wir als wild um sich greifender Haufen am Heck unseres Fliegers, wo es Xodar und mir gelang, an der Reling Halt zu finden. Der Junge wäre jedoch über Bord gegangen, hätte ich ihn nicht glücklicherweise im letzten Moment am Fußgelenk zu fassen bekommen.

Ungesteuert tanzte unser Schiff wild umher und kam den Felsen über uns immer näher. Jedoch befand ich mich nach einer Schrecksekunde, als die Felsen keine fünfzig Fuß mehr von uns entfernt waren, wieder an den Steuerhebeln, richtete die Nase des Schiffes ein weiteres Mal in die Horizontale und steuerte erneut in Richtung der schwarzen Mündung des Schachtes.

Durch den Zusammenstoß hatte sich unser Vorsprung verkleinert, und Hunderte der schnellen Aufklärer waren uns schon sehr nahe gekommen. Xodar hatte mir gesagt, daß, wenn wir uns während des Aufstiegs nur die Auftriebsstrahlen einsetzen würden, unsere Feinde die größten Chancen hatten uns einzuholen, da unsere Propeller dann stillstanden und unsere Verfolger eine höhere Geschwindigkeit als wir zu erreichen vermochten. Die schnelleren Flieger werden selten mit großen Speichern für Auftriebsstrahlen ausgerüstet, weil deren zusätzliches Gewicht die Geschwindigkeit beeinträchtigt.

Viele Boote befanden sich in unserer Nähe, so war es fast sicher, daß wir bald eingeholt und kurz darauf gefangen genommen oder getötet wurden.

Für mich gibt es immer einen Weg, um auf die andere Seite einer Barriere zu gelangen. Kommt man nicht darüber, darunter hindurch oder daran vorbei, besteht nur eine Möglichkeit: Man muß mitten hindurch. Ich konnte mich der Tatsache nicht entziehen, daß viele der Boote wegen ihres größeren Auftriebes schneller aufzusteigen vermochten als wir. Nichtsdestoweniger war ich jedoch entschlossen, die Außenwelt weit vor ihnen zu erreichen oder bei dem Versuch auf eine von mir gewählte Art zugrundezugehen.

"Zurück!" rief Xodar hinter mir. "Um der Liebe unseres ersten Ahnen willen, zurück. Wir sind am Schacht!"

"Festhalten!" rief ich als Antwort. "Greif dir den Jungen, und haltet euch fest - wir gehen schnurstracks den Schacht nach oben."

Die Worte waren kaum ausgesprochen, als wir unter die pechschwarze Öffnung fegten. Ich richtete die Nase des Fahrzeugs scharf nach oben, stellte die Geschwindigkeit auf die höchste Stufe, hielt mich mit der einen Hand an einer Deckstütze fest, griff mit der anderen ans Steuerrad, klammerte mich verbissen daran und schrieb meine Seele bereits ihrem Schöpfer zu.

Ich vernahm einen kurzen und überraschten Ausruf von Xodar, daraufhin grimmiges Gelächter. Auch der Junge lachte und machte eine Bemerkung, jedoch drang sie nicht bis zu mir, da man bei dem irrsinnigen Tempo sein eigenes Wort nicht verstehen konnte.

In der Hoffnung, Sterne zu erblicken, nach denen ich unseren Kurs bestimmen und das Fahrzeug, das uns in rasendem Tempo mitten durch den Schacht trug, ausrichten konnte, sah ich über mich. Streiften wir bei dieser Geschwindigkeit eine Seite, so hätte das zweifellos unseren sofortigen Tod zur Folge. Doch kein Stern zeigte sich - vor uns herrschte eine undurchdringliche Finsternis.

Dann schaute ich unter mich und sah einen zusehends kleiner werdenden Lichtkreis: Der Eingang zu dem durch phosphoreszierende Strahlen erhellten Gewölbe über Omean. Daran orientierte ich mich, versuchte, das Lichtpünktchen direkt unter mir zu halten. Bestenfalls war es nur ein dünner Faden, der uns vor dem Untergang bewahrte, und ich glaube, in dieser Nacht mehr durch Intuition und blindes Vertrauen geleitet worden zu sein als durch Können und Verstand.

Der Aufstieg im Schacht war von kurzer Dauer. Wahrscheinlich rettete uns gerade das enorme Tempo, und offensichtlich hatten wir die richtige Richtung eingeschlagen, denn wir waren so schnell wieder draußen, daß wir keine Zeit mehr fanden, den Kurs zu ändern. Omean liegt vielleicht zwei Meilen unter der Marsoberfläche. Wir mußten uns mit einer Geschwindigkeit von ungefähr zweihundert Meilen in der Stunde bewegt haben - Marsflugzeuge sind schnell - so daß wir allerhöchstens nicht länger als vierzig Sekunden im Schacht zugebracht haben mußten.

Erst einige Sekunden nach Verlassen des Schachtes wurde mir bewußt, das Unmögliche vollbracht zu haben. Um uns herum herrschte pechschwarze Finsternis. Weder Mond noch Sterne waren zu sehen. Nie zuvor hatte ich so etwas auf dem Mars erlebt, und einen Augenblick lang war ich verwirrt. Dann fiel mir es mir wie Schuppen von den Augen. Am Südpol herrschte Sommer. Die Eisdecke schmolz, und Wolken, jene Wettererscheinungen, die in den meisten Gebieten vom Mars unbekannt sind, verdeckten in diesem Teil des Planeten das Himmelslicht.

Das war in der Tat Glück für uns, und ich verstand schnell, welche Vorteile wir Flüchtlinge daraus ziehen konnten. Ich hielt die Nase des Flugzeuges im steilen Winkel nach oben und raste auf den undurchdringlichen Vorhang zu, in den die Natur diese sterbende Welt gehüllt hatte, um uns vor unseren feindlichen Verfolgern zu verbergen.

Ohne die Geschwindigkeit zu verringern, drangen wir in den kalten, feuchten Nebel ein und tauchten einen Augenblick später in das herrliche Licht der beiden Monde und einer Million Sterne. Ich brachte das Flugzeug in die Horizontale und schlug die Nordrichtung ein. Unsere Feinde waren eine gute halbe Stunde hinter uns, ohne eine Ahnung von unserem Verbleib zu haben. Wir hatten das Wunder vollbracht und waren unversehrt tausend Gefahren entronnen - wir waren aus dem Land der Erstgeborenen geflohen. Keinem anderen Gefangenen war dies in all den Jahrhunderten von Barsoom gelungen, und nun, wenn ich daran zurückdachte, schien es überhaupt nicht so schwierig gewesen zu sein.

Über die Schulter hinweg tat ich meine Ansicht Xodar kund.

"Es ist ein Wunder, und dennoch hätte es kein anderer als John Carter vollbringen können", entgegnete er.

Als der Junge diese Worte vernahm, sprang er auf und rief: "John Carter! John Carter! Wie denn, Mann, John Carter, der Prinz von Helium, ist seit Jahren tot. Ich bin sein Sohn."

Die Augen im Dunkeln

Mein Sohn! Ich glaubte, nicht richtig gehört zu haben. Langsam erhob ich mich und trat auf den hübschen Jungen zu. Jetzt, da ich ihn mir genauer anschaute, wurde mir klar, warum mich sein Gesicht und seine Persönlichkeit so sehr fasziniert hatten. In den regelmäßigen Gesichtszügen lag viel von der unbeschreiblichen Schönheit seiner Mutter, doch war es eine ausgesprochen männliche Schönheit, und sowohl die grauen Augen als auch ihren Ausdruck hatte er von mir.

Der Junge stand vor mir, gleichzeitig Hoffnung und Zweifel in seinem Blick.

"Erzähl mir von deiner Mutter", sagte ich. "Erzähl mir alles, was in den Jahren geschehen ist, in denen mich ein erbarmungsloses Schicksal ihrer teuren Gesellschaft beraubt hat."

Mit einem Freudenschrei sprang er auf mich zu und fiel mir um den Hals. Einen kurzen Moment, als ich meinen Jungen in den Armen hielt, stiegen Tränen in meine Augen, und ich hätte wie ein sentimentaler Narr losgeschluchzt - doch darüber empfinde ich weder Bedauern noch Scham. Ein langes Leben hat mich gelehrt, daß ein Mann, wenn es Frauen und Kinder betrifft, Schwäche zeigen und dennoch auf den ernsteren Pfaden des Lebens alles andere als ein Schwächling sein kann.

"Deine Haltung, dein Auftreten, die Unbändigkeit, mit der du das Schwert handhabst, sind so, wie sie mir meine Mutter tausendemale beschrieben hat - doch trotz solcher Beweise erschien mir die Wahrheit unglaublich, so sehr ich es mir auch gewünscht habe. Weißt du, welche Sache mich mehr überzeugt hat als alles andere?"

"Was denn, mein Junge?" fragte ich.

"Deine ersten Worte - sie betrafen meine Mutter. Niemand anders als jener Mann, der sie so liebte, wie es nach ihren Worten mein Vater tat, hätte zuallererst an sie gedacht."

"In all den vielen Jahren kann ich mich kaum eines Augenblickes entsinnen, an dem ich ihr strahlendes, schönes Antlitz nicht vor Augen hatte. Erzähle mir von ihr."

"Jene, die sie schon länger kennen, sagen, daß sie sich nicht geändert hat, sondern lediglich noch schöner geworden ist - wenn das noch geht. Nur, wenn sie sich allein wähnt, wird ihr Gesicht sehr traurig und, oh, so sehnsüchtig. Sie denkt immer an dich, meinen

Vater, und ganz Helium trauert mit ihr und um sie. Das Volk ihres Großvaters liebt sie. Auch dich liebte es, und es betet dein Andenken als Retter von Barsoom förmlich an. Jedes Jahr, wenn sich der Tag jährt, an dem du über eine beinahe sterbende Welt gestürmt bist, um mit Hilfe des Geheimnisses, das du herausgefunden hattest, das schreckliche Portal zu öffnen, hinter dem sich seit unzähligen Millionen von Jahren die riesige Lebensmaschine befindet, wird um deiner Ehre willen ein großes Fest abgehalten. Doch in die Danksagung mischen sich auch Tränen - Tränen aufrichtiger Trauer, da jener, dem wir das Glück zu verdanken haben, nicht unter uns weilt, um die Lebensfreude mit uns zu teilen. Auf ganz Barsoom gibt es keinen angeseheneren Namen als John Carter."

"Und welchen Namen hat dir deine Mutter gegeben, mein Junge?" fragte ich.

"Das Volk von Helium bat darum, mich nach meinem Vater zu benennen, doch meine Mutter wollte das nicht, da sie mit ihm bereits einen Namen für mich ausgesucht hatte, und da dein Wunsch vor allen anderen respektiert werden mußte. So nannte sie mich, wie du dir es wünschtest, in einer Kombination von ihrem und deinem Namen - Carthoris."

Xodar hatte während unserer Unterhaltung das Steuer übernommen und rief mich nun zu sich.

"Unseren Bug zieht es ziemlich stark nach unten, John Carter", sagte er. "Solange wir uns steil nach oben bewegten, machte sich das nicht bemerkbar. Doch jetzt, da ich die Maschine in der Waagerechten zu halten versuche, ist es anders. Durch den Zusammenprall hat einer der vorderen Speicher der Auftriebsstrahlen am Bug Leck geschlagen."

Er hatte recht. Als ich den Schaden genauer untersuchte, fand ich ihn viel ernster als erwartet. Der steile Winkel, in dem wir den Bug zu halten gezwungen waren, um vorwärtszukommen, behinderte jedoch nicht nur unser Vorankommen aufs äußerste. Bei der Schnelligkeit, in der wir aus den vorderen Speichern Auftriebsstrahlen verloren, war es nur eine Frage von wenigen Stunden, bis wir kieloben hilflos vor uns dahintreiben würden.

Wir hatten unsere Geschwindigkeit leicht verringert, sobald wir uns einigermaßen in Sicherheit gewähnt hatten. Nun jedoch griff ich erneut ans Ruder und ging aufs Ganze, so daß wir wieder in einem schrecklichen Tempo gen Norden rasten. In der Zwischenzeit werkelten Carthoris und Xodar an dem großen Riß im Bug herum, im sinnlosen Versuch, dem Ausströmen der Strahlen Einhalt zu gebieten.

Es war noch dunkel, als wir die Nordgrenze der Eisdecke und des Wolkengebietes überflogen. Unter uns eröffnete sich eine typische Marslandschaft: Der hüglige, ockerfarbene Grund eines längst ausgetrockneten Meeres, umgeben von flachen Anhöhen; hier und da die düsteren, stillen und ausgestorbenen Städte der Vergangenheit; hoch aufragende und mächtige Bauwerke, in denen allein die jahrhundertealten Erinnerungen an ein einst machtvolles Volk und die großen weißen Affen von Barsoom noch am Leben waren.

Es wurde zusehends schwieriger, das kleine Gefährt waagerecht zu halten. Der Bug sank immer weiter nach unten, bis es sich als notwendig erwies, die Maschine zu stoppen, um unserer Reise nicht mit einem Sturzflug zu Boden ein Ende zu setzen.

Als die Sonne aufging, und das Licht des neuen Tages die nächtliche Finsternis vertrieb, tat unser Fahrzeug einen letzten, vereinzelten Hüpfer, legte sich halb auf die Seite und zog mit erschreckend geneigtem Deck einen großen Kreis, wobei sich der Bug mit jeder Sekunde weiter gen Boden neigte.

Wir klammerten uns an Geländer und Deckstütze. Als wir das Ende kommen sahen, hakten wir uns schließlich mit Hilfe der Schnallen unserer Lederausrüstungen an den Ringen der Flanken fest. Im nächsten Moment stellte sich das Deck quer, wir hingen in unserem Ledergeschirr, und unsere Füße baumelten tausend Yard über dem Boden.

Ich befand mich ziemlich nahe an den Steuergeräten, so griff ich nach dem Hebel, der die Auftriebsstrahlen reguliert. Das Boot gehorchte der Berührung, und sehr sanft begannen wir, in Richtung Boden zu sinken.

Nach einer reichlichen halben Stunde setzten wir auf. Nördlich von uns erhob sich ein ziemlich hoher Gebirgszug. Wir beschlossen, uns dorthin zu begeben, da sich dort mehr Möglichkeiten des Versteckens vor Verfolgern boten, die es unserer Überzeugung nach durchaus hierher verschlagen konnte.

Eine Stunde später befanden wir uns in den ausgehöhlten Schluchten zwischen den Bergen, umgeben von den wunderschönen Blütengewächsen, die in den unfruchtbaren Ödländern auf Barsoom beheimatet sind. Wir stießen auf unzählige milchgebende Büsche -

jene seltsame Pflanze, die den wilden Horden der grünen Menschen reichhaltig Speis und Trank spendet. Es war tatsächlich ein Segen für uns, denn wir waren schon am Verhungern.

Unter einem dieser Büsche, der ein perfektes Versteck vor umherstreifenden Luftaufklärern darstellte, legten wir uns zum Schlafen nieder - für mich das erste Mal seit Stunden. Mein fünfter Tag auf Barsoom war angebrochen, seit ich von meiner Hütte am Fluß Hudson nach Dor versetzt worden war, dem Tal voller Schönheit und voller Schrecken. Seitdem hatte ich nur zweimal geschlafen, auch wenn, in der Lagerhalle der Therns, dabei gar einmal rund um die Uhr.

Es war heller Nachmittag, als ich dadurch geweckt wurde, daß jemand meine Hand ergriff und sie mit Küssen bedeckte. Ich schreckte hoch, schlug die Augen auf und blickte in das wunderschöne Gesicht Thuvias.

"Mein Prinz, mein Prinz!" rief sie vor Glück völlig außer sich. "Du bist's, dessen Tod ich schon beweint habe. Meine Ahnen waren gut zu mir, ich habe nicht umsonst gelebt."

Die Stimme des Mädchens weckte auch Xodar und Carthoris. Der Junge blickte die Frau überrascht an, doch sie schien die anderen überhaupt nicht zu bemerken. Sie hätte mich umarmt und mit Liebkosungen überhäuft, hätte ich mich nicht sanft, doch entschieden von ihr gelöst.

"Komm, komm Thuvia", sagte ich beschwichtigend. "Die Gefahren und Schwierigkeiten, die du durchgemacht hast, haben dich zermürbt. Du vergißt dich, und du vergißt auch, daß ich der Ehemann der Prinzessin von Helium bin."

"Ich vergesse nichts, mein Prinz", erwiderte sie. "Du hast kein Wort der Liebe zu mir gesagt, auch erwarte ich nicht, daß du es jemals tun wirst. Ich möchte nicht die Stelle von Dejah Thoris einnehmen. Mein sehnlichster Wunsch ist, dir für immer als Sklavin zu dienen. Um eine größere Gnade kann ich nicht bitten, eine größere Ehre könnte mir nicht zuteil werden, und auf mehr Glück wage ich nicht zu hoffen."

Wie schon an früherer Stelle gesagt, bin ich kein Frauenheld, und ich muß zugeben, daß ich mich selten so unwohl in meiner Haut gefühlt und in einer solchen Verlegenheit befunden habe wie in diesem Moment. Obwohl ich den Brauch auf dem Mars kannte, der es einem Mann erlaubte, Sklavinnen zu haben, da seine hohe und ritterliche Würde einer jeden Frau seines Hauses ausreichend Schutz bot, hatte ich mir als Bedienstete bisher nur Männer ausgewählt.

"Wenn ich je nach Helium zurückkehre, Thuvia, sollst du mich begleiten, doch als mir Gleichgestellte und nicht als Sklavin. Du wirst dort viele hübsche, junge Edelleute kennenlernen, die Issus persönlich entgegentreten würden, um eines Lächelns von dir willen, und wir werden dich binnen kürzester Zeit mit einem von ihnen verheiratet sehen. Vergiß deine kindliche, auf Dankbarkeit beruhende Zuneigung, die du in deiner Unschuld für Liebe hältst. Ich möchte lieber deine Freundschaft, Thuvia."

"Du bist mein Herr, es soll so sein, wie du sagst", entgegnete sie, doch war auch Traurigkeit in ihrer Stimme.

"Wie kommst du hierher, Thuvia? Und wo ist Tars Tarkas?" frage ich.

"Ich fürchte, der große Thark ist tot", erwiderte sie traurig. "Er war ein großer Kämpfer, doch eine Übermacht grüner Krieger von einem anderen Stamm überwältigte ihn. Als letztes sah ich, wie sie ihn verwundet und blutend in das Zentrum der verlassenen Stadt schleppten, von wo sie zum Angriff auf uns losgezogen sind."

"Und du bist dir demzufolge nicht sicher, ob er tot ist?" fragte ich. "Wo liegt die Stadt, von der du sprichst?"

"Sie liegt direkt hinter diesem Gebirgszug. Aufgrund unserer geringen Navigationskenntnisse konnten wir mit dem Flugzeug, in dem du so edelmütig um unser Entkommen willen deinen Platz opfertest, nicht viel ausrichten. Ungefähr zwei Tage lang trieben wir ziellos umher. Dann beschlossen wir, das Fahrzeug zu verlassen und uns zu Fuß auf den Weg zur nächsten Wasserstraße zu machen. Gestern überquerten wir diese Berge und erreichten die dahinterliegende Stadt. Wir bewegten uns gerade durch ihre Straßen auf den Zentralplatz zu, als wir an einer Kreuzung einen Trupp grüner Krieger auf uns zukommen sahen. Sie erblickten Tars Tarkas, der voranging, doch nicht mich. Der Thark sprang zurück neben mich und schob mich in einen nahen Eingang, wo ich mich nach seinen Worten verstecken sollte, bis sich eine Fluchtgelegenheit ergab, um mich dann, wenn möglich, nach Helium zu begeben.

'Es wird für mich kein Entkommen geben, denn dies sind die Warhoon vom Süden. Wenn sie mein Metall sehen, ist das mein Tod', sagte er. Dann trat er ihnen entgegen. Ach, mein Prinz, es war ein solcher Kampf! Eine ganze Stunde warfen sie sich auf ihn, bis die toten

Warhoon haufenweise dalagen, wo er gestanden hatte. Doch schließlich überwältigten sie ihn, indem die hinten Stehenden die vordersten auf ihn zuschoben, bis er das Schwert nicht mehr zu schwingen vermochte. Dann stolperte er und ging zu Boden, und sie fegten über ihn hinweg wie eine Woge. Als sie ihn Richtung Stadtzentrum fortschleppten, war er tot, glaube ich, denn er bewegte sich nicht."

"Bevor wir weitergehen, müssen wir das genau wissen", sagte ich. "Ich kann Tars Tarkas nicht lebend unter den Warhoon zurücklassen. Heute abend werde ich mich in die Stadt begeben und mich davon überzeugen."

"Und ich komme mit", sagte Carthoris.

"Ich auch", sagte Xodar.

"Keiner von euch wird das tun. Das ist eine Angelegenheit, die ein stilles und überlegtes Hervorgehen erfordert und keine Kraft. Einem Mann allein kann es gelingen, während mehrere ein Unheil anrichten können. Ich mache mich allein auf den Weg. Wenn ich eure Hilfe brauche, komme ich zurück."

Ihnen gefiel das nicht, doch beide waren gute Soldaten, und es war abgemacht, daß ich befehlen sollte. Die Sonne stand bereits niedrig, so hatte ich nicht lange zu warten, bis uns die jäh einbrechende Dunkelheit von Barsoom einhüllte.

Nachdem ich Xodar und Carthoris einige letzte Anweisungen erteilt hatte, für den Fall, daß ich nicht zurückkehrte, verabschiedete ich mich von ihnen und machte mich im schnellen Laufschritt in Richtung der Stadt auf den Weg.

Als ich die Berge verließ, wanderte der erste Marsmond unaufhaltsam über dem Himmel dahin und verwandelte mit seinen hellen Strahlen die unverdorbene Pracht der alten Metropole in gleißendes Silber. Man hatte die Stadt auf sanften Hügeln erbaut, deren Anhöhen in der fernen Vergangenheit am Meer geendet hatten. Aus diesem Grunde hatte ich keinerlei Schwierigkeiten, unbemerkt die Straßen zu betreten.

Die grünen Horden, die in diesen verlassenen Städten halt machen, besetzen selten mehr als einige wenige Viertel in der unmittelbaren Umgebung des Zentralplatzes. Da sie immer über die ausgetrockneten Meeresböden kommen und gehen, ist es eine vergleichsweise ungefährliche Angelegenheit, den Fuß von der Hügelseite aus in die Stadt zu setzen.

Unterwegs hielt ich mich im dunklen Schatten der Gebäude. Bei

Kreuzungen blieb ich einen Augenblick stehen, um mich zu vergewissern, daß niemand in Sicht war, bevor ich dann schnell in den Schatten auf der gegenüberliegenden Seite sprang. So gelangte ich unbemerkt in die Nähe des Zentralplatzes. Als ich in die bewohnten Gegenden gelangte, teilte mir das Schreien und Brummen der Thoats und Zitidars, die in den hohen Innenhöfen der Viertel eingepfercht waren, mit, daß es zu den Kriegerunterkünften nicht mehr weit war.

Als ich diese altbekannten Geräusche vernahm, die so typisch für den Alltag der grünen Marsmenschen sind, durchfuhr mich ein freudiger Schauer. So könnte man sich fühlen, wenn man nach langer Abwesenheit wieder nach Hause zurückkehrt. Inmitten solcher Laute hatte ich in den jahrhundertealten Marmorhallen der toten Stadt Korad um die unvergleichliche Dejah Thoris geworben.

Als ich im Schatten der abgewandten Ecke des ersten von den Horden bewohnten Viertels stand, sah ich aus mehreren Gebäuden Krieger strömen. Alle begaben sich in dieselbe Richtung, zu einem großen Gebäude, das sich direkt auf dem Platz befand. Da ich die Bräuche der grünen Marsmenschen kannte, wußte ich, daß dies entweder die Unterkunft des Anführers war oder das Audienzzimmer, wo der Jeddak seine Jeds und niederen Befehlshaber empfing. In jedem Falle war offensichtlich etwas im Gange, das mit der kürzlichen Gefangennahme von Tars Tarkas im Zusammenhang stehen konnte.

Um zu diesem Gebäude zu gelangen - und ich spürte die Notwendigkeit dazu sehr deutlich - mußte ich an einem ganzen Viertel vorbei, über eine breite Promenade sowie einen Teil des Platzes hinweg. Den Tiergeräuschen nach, die aus den Innenhöfen zu mir drangen, hielten sich viele Leute in den Gebäuden in meiner Nähe auf - offenbar gar einige Gemeinschaften der südlichen Horden der Warhoon.

Allein an all diesen unbemerkt vorbeizugelangen, war eine schwierige Angelegenheit. Doch wollte ich den großen Thark finden und befreien, hatte ich sogar noch schrecklichere Hindernisse zu überwinden, bevor mir der Erfolg sicher sein konnte. Ich war von Süden her in die Stadt gekommen und stand nun vor der Kreuzung, an der sich die Straße, auf der ich gekommen war, und die letzte Promenade vor dem Platz trafen. Die nach Süden blickenden Gebäude dieses Viertels schienen unbewohnt, da ich kein Licht sehen konnte, und so beschloß ich, durch eines davon den Innenhof zu betreten.

Nichts gebot meinem Vorwärtskommen durch das verlassene Bauwerk Einhalt, welches ich gewählt hatte, und unbemerkt erreichte ich den Innenhof in der Nähe des Ostflügels. Im Hof selbst streifte rastlos eine große Herde von Thoats und Zitidars umher, stutzte das ockerfarbene Moosgewächs, das es fast in allen unbebauten Gegenden auf dem Mars gibt. Der Wind kam von Nordwesten, so daß nur geringe Gefahr bestand, daß mich die wilden Tiere witterten. In diesem Fall wäre ihr Geschrei und Brummen derartig angeschwollen, daß es die Krieger in den Gebäuden auf die Beine gebracht hätte.

Ich kroch unter den hervorstehenden Balkons des ersten Stockwerkes an der Ostwand entlang, hielt mich fortwährend im tiefen Schatten, bis ich am anderen Ende des Hofes angekommen war und hinter den Häusern an der Nordseite stand. Die untersten drei Stockwerke waren beleuchtet, doch darüber war alles dunkel.

Es war völlig ausgeschlossen, mich durch die beleuchteten Räume zu begeben, da es darin zweifellos von grünen Männern und Frauen wimmelte. Der einzig mögliche Weg führte durch die oberen Geschosse, und um in diese zu gelangen, mußte ich die Wand erklimmen. Es war nicht weiter schwierig, den Balkon im ersten Stockwerk zu erreichen - ein Satz, und ich hing an seinem Steingeländer. Im nächsten Augenblick zog ich mich auf den Balkon.

Hier sah ich durch die geöffneten Fenster, daß sich die grünen Menschen auf ihren Seidentüchern und Fellen ausgestreckt hatten, gelegentlich einen einsilbigen Grunzer ausstoßend, der in Verbindung mit ihren erstaunlichen telepathischen Fähigkeiten ihren kommunikativen Bedürfnissen vollkommen Genüge tut. Als ich ein Stück nähertrat, um ihren Worten zu lauschen, kam ein Krieger aus dem dahinterliegenden Saal in den Raum.

"Komm, Tan Gama", rief er. "Wir sollen den Thark zu Kab Kadja führen. Bring noch jemanden mit."

Der Angesprochene erhob sich, nickte einem Mann zu, der in seiner Nähe hockte, und zu dritt wandten sie sich um und verließen den Raum.

Wenn ich ihnen nun folgte, dann mußte sich doch eine Gelegenheit finden, Tars Tarkas sofort zu befreien. Zumindest aber würde ich wissen, wo sich sein Gefängnis befand.

Zu meiner Rechten erblickte ich eine Tür. Dahinter lag ein unbeleuchteter Saal, und einer augenblicklichen Regung folgend trat ich ein. Der Saal war breit und führte direkt zur Vorderseite des Gebäudes. Zu beiden Seiten der Halle befanden sich die Eingänge in die verschiedenen Räume.

Ich hatte meinen Fuß kaum hineingesetzt, als ich am anderen Ende die Krieger erblickte - jene, die ich soeben den Nebenraum hatte verlassen sehen. Sie verschwanden rechts hinter einer Wegbiegung. Schnell eilte ich ihnen durch den Saal hinterher. Ich bemühte mich nicht, meine Schritte zu dämpfen, da ich spürte, daß das Schicksal mir hold gewesen war, mir eine solche Gelegenheit zu bieten, und diese konnte ich mir jetzt nicht entgehen lassen.

Am anderen Saalende angekommen, stieß ich auf eine Wendeltreppe, die die Stockwerke miteinander verband. Offenbar hatten die drei die Halle über diese Treppe verlassen. Ich war mir aufgrund meiner Kenntnisse von diesen uralten Bauwerken sowie meiner Vertrautheit mit den Methoden der Warhoon sicher, daß sie sich nach unten und nicht nach oben begeben hatten.

Einst war ich selbst ein Gefangener der grausamen nördlichen Horden der Warhoon gewesen, und noch immer sind die Erinnerungen an den unterirdischen Kerker, in dem man mich gefangen hielt, in mir lebendig. Meiner Überzeugung nach befand sich Tars Tarkas in den dunklen Kellergewölben eines Gebäudes in unserer Nähe, und in dieser Richtung würde ich eine Spur der drei Krieger wiederfinden, die mich zu seiner Zelle führte.

Ich irrte mich nicht. Am Treppenabsatz, oder besser gesagt, ein Stockwerk weiter unten, sah ich, daß der Treppenschacht in die Kellergewölbe führte. Als ich hinabblickte, zeigte mir ein flackernder Fackelschein, wo sich die drei befanden, denen ich auf den Fersen war.

Sie begaben sich direkt in die Kellergewölbe unter dem Gebäude. In sicherer Entfernung folgte ich dem flackernden Lichtschein. Es ging durch ein Labyrinth von sich windenden, unbeleuchteten Gängen, so daß nur der unsichere Lichtschein der Fackel blieb, die sie bei sich trugen. Wir hatten vielleicht einhundert Yards hinter uns gebracht, als die Gruppe mit einemmal in einen Eingang zu ihrer Rechten trat. Ich stürmte hinterher, so schnell es in der Dunkelheit ging, bis ich dort angelangt war, wo sie abgebogen waren. Durch eine geöffnete Tür beobachtete ich, wie sie die Ketten lösten, die den großen Thark, Tars Tarkas, an der Wand festhielten.

Unsanft stießen sie ihn zwischen sich und verließen die Zelle sofort wieder, eigentlich so schnell, daß ich beinahe entdeckt worden wäre.

Doch gelang es mir, den Gang einfach weiter hinunterzulaufen, so daß ich mich außerhalb des trüben Lichtkegels der Fackel befand, als sie aus der Zelle traten.

Ich hatte logischerweise angenommen, daß sie mit Tars Tarkas auf demselben Weg zurückkehren würden, den sie gekommen waren. Zu meinem Verdruß jedoch bogen sie in meine Richtung, und mir blieb nichts anderes übrig, ihnen weit genug vorauszueilen, um nicht vom Schein ihrer Fackel eingeholt zu werden. Auch wagte ich nicht, mich in einem der zahlreichen abgehenden, dunklen Gänge zu verbergen, da ich nicht wußte, wo sie hinwollten. Ich fürchtete, mich dabei just in jenen Gang zu begeben, in den sie im nächsten Augenblick einbogen.

Beim Durchqueren dieser dunklen Gänge konnte man sich keineswegs sicher fühlen. Ich wußte nicht, ob ich in meiner Hast nicht im nächsten Augenblick kopfüber in irgendeine schreckliche Grube stürzte oder gar einer der gespenstischen Kreaturen in die Arme lief, die in der Unterwelt der verlassenen Städte des sterbenden Mars zu Hause waren. Nur der schwache Lichtschein von der Fackel der Männer hinter mir drang zu mir - gerade genug, um zu sehen, wohin der Weg führte, und zu verhindern, daß ich gegen eine Wand lief, sobald er abknickte.

Bald kam ich zu einer Kreuzung, von der fünf Wege ausgingen. Ich hatte in einem von ihnen schon ein Stück hinter mich gebracht, als plötzlich der Lichtschein der Fackel verschwand. Ich blieb stehen und horchte in Richtung der kleinen Gruppe hinter mir, doch es herrschte Totenstille.

Schnell wurde mir klar, daß die Krieger mit dem Gefangenen einen der anderen Wege eingeschlagen hatten, und mit beträchtlicher Erleichterung eilte ich zurück, um die viel sichere und wünschenswertere Stellung hinter ihnen einzunehmen. Die Rückweg verlief dennoch viel langsamer, denn es war so finster, daß man die Hand vor den Augen nicht mehr sehen konnte.

Es erwies sich als notwendig, mit der Hand die Wand und mit dem Fuß den Boden vor sich abzutasten, um nicht die Stelle zu verpassen, von der fünf Wege abgegangen waren. Nach einer anscheinenden Ewigkeit langte ich endlich an meinem Ziel an. Ich erkannte es, als ich mich an den einzelnen Zugängen entlangtastete und fünf davon zählte. Dennoch war in keinem von ihnen auch nur der geringste Lichtschimmer auszumachen.

Ich lauschte aufmerksam, doch die grünen Menschen gingen barfuß, und ihre lautlosen Schritte erzeugten in den Gewölben keinen Widerhall, an dem man sich orientieren hätte können. Doch bald glaubte ich, weit vor mir im mittleren Gang das Klirren der Waffen zu vernehmen. Ich stürzte auf der Suche nach dem Lichtschein hinterher und blieb gelegentlich stehen, um festzustellen, ob sich das Geräusch wiederholte. Aber schnell mußte ich mir eingestehen, daß ich einem Irrtum erlegen war, da meine Bemühungen nur durch Dunkelheit und Stille belohnt wurden.

Erneut ging ich zur der Wegkreuzung zurück, als ich mich zu meiner Überraschung an einem Platz wiederfand, von dem drei Wege abgingen. Durch einen jeden von diesen mochte ich in meiner durch den falschen Hinweis verurschten Hast gekommen sein. Das war eine schöne Bescherung! Wieder an der Stelle mit den fünf Abzweigungen angelangt, hätte ich begründet darauf hoffen können, daß die Krieger mit Tars Tarkas zurückkehrten. Meine Kenntnisse ihrer Bräuchen sagten mir, daß man ihn wahrscheinlich nur zum Audienzzimmer geleitete, um dort das Urteil über ihn zu fällen. Ich zweifelte nicht im geringsten daran, daß sie sich einen solch tapferen Krieger, wie es der große Thark war, aufheben würden, da er eine seltene Attraktion bei den Großen Spielen darstellte.

Doch solange ich mich nicht dorthin zurückfand, bestanden ausgezeichnete Chancen, daß ich tagelang durch die fürchterliche Finsternis irrte, bis mich schließlich Hunger und Durst besiegten, und ich zum Sterben darniedersank, oder - was war das?

Ein leises Schlurfen war hinter mir zu hören, und als ich einen kurzen Blick hinter mich warf, gefror mir das Blut in den Adern. Nicht aus Angst vor einer gegenwärtigen Gefahr, sondern mehr wegen der furchteinflößenden Erinnerungen an damals, als ich neben dem Leichnam des Mannes, den ich in den Kerkern der Warhoon getötet hatte, fast den Verstand verlor. Funkelnde Augen hatten mich aus der Dunkelheit angestarrt und das Ding, das einst ein Mann gewesen war, von mir fortgeschleppt. Ich hatte gehört, wie sie ihn über den Gefängnisboden zu ihrem schrecklichen Festmahl schleiften.

Und nun blickte ich in diesen schwarzen Gewölben der anderen Warhoon in dieselben feurigen Augen, die in der schrecklichen Finsternis loderten, ohne daß man dahinter irgendeine Tiergestalt erkennen konnte. Ich denke, die schlimmsten Eigenschaften dieser furchteinflößenden Kreaturen bestehen in ihrer Lautlosigkeit und der

Tatsache, daß man sie nie zu Gesicht bekommt. Man sieht nur diese unheilvollen Augen, die einen, ohne zu blinzeln, aus dem dunklen Nichts anstarren.

Ich packte mein langes Schwert fester, wich rückwärts den Korridor entlang vor dem Wesen zurück, das mich beobachtete. Doch mit jedem Schritt, den ich tat, bewegten sich auch die Augen lautlos auf mich zu. Nicht einmal ein Atmen war zu hören, nur gelegentlich das schlurfende Geräusch, auf das ich als erstes aufmerksam geworden war, das sich so anhörte, als zerre man einen toten Ast auf dem Boden entlang.

Ich ging immer weiter zurück, doch konnte ich meinem unheilvollem Verfolger nicht entkommen. Plötzlich vernahm ich das Schlurfen zu meiner Rechten, wandte den Kopf und erblickte ein weiteres Augenpaar, das sich mir offensichtlich von einem abzweigenden Gang aus näherte. Als ich wieder meinen langsamen Rückzug aufnahm, ließ sich das Geräusch hinter mir vernehmen, und bevor ich mich umwenden konnte, hörte ich es ein weiteres Mal, diesmal zu meiner Linken.

Die Kreaturen waren überall. Sie hatten mich an der Kreuzung zweier Gänge eingekreist. Der Rückzug war mir in alle Richtungen versperrt, solange ich nicht eines der Biester angriff. In diesem Fall, daran zweifelte ich nicht im geringsten, würden mich die anderen dann von hinten anspringen. Ich hatte nicht einmal die geringste Ahnung von der Größe oder der Gestalt der unheimlichen Kreaturen. Sie waren von stattlichen Ausmaßen, das schloß ich aus der Tatsache, daß sich ihre Augen mit den meinen in einer Höhe befanden.

Warum erscheinen uns in der Finsternis alle Gefahren größer? Tagsüber hätte ich selbst das große Banth angegriffen, wäre es nötig gewesen, doch von der in diesen stillen Kellergewölben vorherrschenden Dunkelheit eingeschüchtert, zuckte ich selbst vor einem Augenpaar zurück.

Bald sah ich, daß mir die Angelegenheit in Kürze entgleiten würde, denn die Augen zu meiner Rechten kamen langsam näher, ebenso die zu meiner Linken, jene hinter und vor mir. Schrittweise schlossen sie sich um mich - doch noch immer herrschte die schreckliche Stille.

Die Zeit schleppte sich dahin wie Stunden, und fortwährend kamen mir die Augen näher. Ich fühlte, wie mich der Schrecken langsam in den Wahnsinn trieb. Um einem plötzlichen Angriff von hinten zuvorzukommen, hatte ich mich ständig gedreht und war nun ziemlich zermürbt. Schließlich hielt ich es nicht länger aus, griff mit neuer Kraft an mein langes Schwert, wandte mich blitzschnell um und sprang auf einen meiner Peiniger zu.

Ich war schon fast bei ihm, als er vor mir zurückwich. Ein Geräusch hinter mir hieß mich rechtzeitig herumfahren, um mich drei Augenpaaren gegenüberzusehen, die auf mich zukamen. Mit einem Wutschrei trat ich den drei feigen Kreaturen entgegen, doch ihrem Gefährten gleich wichen auch sie vor mir zurück. Ein erneuter Blick über die Schulter zeigte mir, daß sich mir die zuerst erspähten Augen wieder näherten. Wieder griff ich an, nur um sie vor mir zurückweichen zu sehen und zu spüren, wie sich die anderen drei von hinten an mich heranpirschten.

So fuhren wir fort, wobei die Augen letztendlich immer näher als zuvor an mich herankamen, bis ich dachte, bei dieser schrecklichen, nervenaufreibenden Tortur den Verstand zu verlieren. Es war offensichtlich, daß sie darauf lauerten, mir auf den Rücken zu springen, und ebenso sicher würde das nicht mehr lange auf sich warten lassen, denn ich hielt der Marter des ständigen Angriffs und Gegenangriffs nicht unendliche Zeit stand. Schon fühlte ich, wie ich durch die andauernde geistige und physische Anspannung zusehends schwächer wurde.

Plötzlich sah ich aus dem Augenwinkel ein einzelnes Augenpaar von hinten auf mich zukommen. Als ich mich umwandte und dem Angriff stellen wollte, stürzten sich die drei Kreaturen von der anderen Seite auf mich. Ich beschloß jedoch, das einzelne Augenpaar zu verfolgen, bis ich schließlich einem der Biester den Garaus gemacht und nur noch einen Angriff von einer Seite zu gewärtigen hatte.

Im Gang herrschte Totenstille, ich hörte nur meinen eigenen Atem, doch wußte ich, daß die drei unheimlichen Kreaturen fast bei mir waren. Die Augen vor mir wichen jetzt langsamer zurück, ich war bereits auf Schwertlänge auf sie herangekommen. Ich erhob den Arm, um den befreienden Schlag auszuführen, und spürte im selben Moment einen schweren Körper auf meinem Rücken. Ein kaltes, feuchtes, schleimiges Etwas klammerte sich an mein Genick. Ich geriet ins Stolpern und ging zu Boden.

Flucht und Verfolgung

Ich mußte ohnmächtig gewesen sein, wenn auch nur einige Sekunden, denn als nächstes wurde ich mir bewußt, daß es um mich herum zusehends heller wurde und die Augen verschwunden waren.

Ich war unversehrt, mit Ausnahme einer kleinen Schramme auf der Stirn, die ich mir beim Sturz auf den Steinfußboden zugezogen hatte.

Sofort sprang ich auf, um die Herkunft des Lichtes festzustellen. Es stammte von einer Fackel in der Hand von einem von vier grünen Männern, die schnellen Schrittes den Gang hinunter auf mich zukamen. Sie hatten mich noch nicht gesehen, und so verlor ich keine Zeit und schlüpfte in den ersten Gang, der in meiner Nähe abzweigte. Diesmal jedoch entfernte ich mich nicht weiter vom Hauptkorridor, da ich auf diese Weise schon Tars Tarkas und seine Wachposten verloren hatte.

Die Männer kamen bald an die Kreuzung, in deren Nähe ich mich an die Wand preßte. Als sie vorbei waren, atmete ich erleichtert auf. Sie hatten mich nicht bemerkt, und das Beste von allem war, daß es eben jene Krieger waren, denen ich in die Kellergewölbe gefolgt war. Es waren Tars Tarkas und seine drei Bewacher.

Ich schloß mich der Gruppe an, und kurz darauf gelangten wir zu der Zelle, in der der große Thark zuvor angekettet gewesen war. Zwei der Wachposten blieben draußen stehen, während der Mann mit den Schlüsseln den Thark hineinbrachte, um ihn erneut in Ketten zu legen. Die beiden anderen begannen langsam den Gang in Richtung der Wendeltreppe entlangzuschlendern, die zu den Obergeschossen führte, und im nächsten Augenblick waren sie hinter einer Wegbiegung verschwunden.

Die Fackel steckte in einer Halterung neben der Tür, so daß sie sowohl den Gang als auch die Zelle erhellte. Als ich die beiden Krieger verschwinden sah, trat ich mit einem klar umrissenen Plan im Kopf auf den Zelleneingang zu.

Während ich den Gedanken verabscheute, meine Absicht in die Tat umzusetzen, schien es keine Alternative zu geben, wenn der Thark und ich zusammen zu unserem kleinen Lager in den Bergen zurückkehren wollten.

Ich drückte mich an die Wand und näherte mich dem Eingang der Zelle, wo ich, das lange Schwert mit beiden Händen hoch erhoben, stehenblieb, um es mit einem schnellen Schlag auf dem Schädel des Wächters niedergehen zu lassen, sobald er auftauchte.

Ich möchte nicht weiter darauf eingehen, was folgte, als ich die Schritte des Mannes im Eingang vernahm. Es genügt, zu sagen, daß nach ein bis zwei Minuten Tars Tarkas im Metall eines Anführers der Warhoon den Gang zur Wendeltreppe entlangeilte, sich den Weg mit der Fackel der Warhoon leuchtend. Ein dutzend Schritte hinter ihm folgte John Carter, der Prinz von Helium.

Die beiden Begleiter des Mannes, der nun neben der Tür der einstigen Zelle von Tars Tarkas lag, waren gerade dabei, die Treppe hochzusteigen, als der Thark in Sicht kam.

"Warum kommst du jetzt erst, Tan Gama?" rief einer der Männer.

"Ich hatte Schwierigkeiten mit dem Schloß", entgegnete Tars Tarkas. "Und jetzt sehe ich gerade, daß ich mein Kurzschwert in des Tharks Zelle vergessen habe. Geht weiter, ich kehre um und hole es."

"Wie du willst, Tan Gama", erwiderte derjenige, der zuvor gesprochen hatte. "Wir sehen uns ja gleich oben."

"Natürlich", antwortete Tars Tarkas, wandte sich um, als wolle er sich zurück zur Zelle begeben, wartete jedoch nur, bis die beiden eine Etage weiter oben verschwunden waren. Dann gesellte ich mich zu ihm, wir löschten die Fackel und schlichen die Wendeltreppe hinauf.

Im untersten Stockwerk stellten wir fest, daß der Flur nicht direkt bis zum Innenhof durchging, sondern daß wir, um zu diesem zu gelangen, einen Raum voll mit grünen Menschen durchqueren mußten. Uns blieb nur eines übrig, und zwar uns eine Etage weiter nach oben zu begeben und durch den Saal zu gehen, den ich zuvor durchquert hatte.

Vorsichtig stiegen wir die Treppe hinauf. Von weiter oben drang Gesprächslärm zu uns, doch der Saal war noch immer unbeleuchtet, und niemand war zu sehen, als wir schließlich oben angekommen waren. Wir schlichen durch die lange Halle und erreichten schließlich unentdeckt den Balkon, von dem man den Innenhof überblicken konnte.

Zu unserer Rechten befand sich das Fenster, durch das ich Tan Gama und die anderen Krieger beobachtet hatte, als sie früher am Abend zu Tars Tarkas Zelle aufgebrochen waren. Tan Gamas Gefährten waren eingetroffen, und wir konnten nun einen Teil ihres Gespräches mitverfolgen.

"Weswegen braucht Tan Gama so lange?" fragte einer.

"Er braucht doch sicher nicht die ganze Zeit dafür, sein Kurzschwert aus der Zelle des Thark zu holen", sagte ein anderer.

"Sein Kurzschwert?" fragte eine Frau. "Was meinst du damit?"

"Tan Gama vergaß sein Kurzschwert in der Zelle des Thark und verließ uns an der Treppe, um noch einmal zurückzugehen und es zu holen."

"Tan Gama hat heute abend gar kein Kurzschwert getragen, es wurde heute beim Kampf mit dem Thark zerbrochen. Tan Gama hat es mir gegeben, damit ich es repariere. Seht, hier ist es", sagte die Frau und zog Tan Gamas Kurzschwert unter ihren seidenen Bettüchern und Fellen hervor.

Die Krieger sprangen auf.

"Hier stimmt etwas nicht!" rief einer.

"Das habe ich mir schon gedacht, als er uns an der Treppe verließ", sagte ein anderer. "Mir schien, als klänge seine Stimme merkwürdig."

"Kommt, schnell in die Gewölbe!"

Mehr mußten wir nicht hören. Ich knüpfte meine Ausrüstung zu einer langen Schlinge zusammen, ließ Tars Tarkas daran in den Hof hinunter und stand einen Moment später neben ihm.

Wir hatten nur wenige Worte gewechselt, seit ich Tan Gama an der Zellentür niedergeschlagen und im Fackelschein den Ausdruck äußerster Verblüffung auf dem Gesicht des großen Thark gesehen hatte.

"Bis jetzt sollte ich eigentlich gelernt haben, mich bei John Carter über nichts mehr zu wundern", waren seine Worte gewesen. Das war alles. Er brauchte mir nicht zu sagen, wie sehr er die Freundschaft schätzte, wegen der ich mein Leben für seine Befreiung aufs Spiel setzte, auch mußte er mir nicht mitteilen, daß er sich freute, mich zu sehen.

Dieser grimmige, grüne Krieger hatte mich als erster begrüßt, an jenem Tag, der nun zwanzig Jahre zurückliegt, als er Zeuge meiner Ankunft auf dem Mars wurde. Er war, sich von seinem Thoat tief herabbeugend, mit gesenktem Speer und finsterem Haß im Herzen auf mich zugestürmt, als ich auf dem ausgetrockneten Meeresgrund hinter Korad neben der Brutstation seiner Horde stand. Und nun hatte ich unter den Bewohnern der beiden Welten keinen besseren Freund als Tars Tarkas, Jeddak der Thark.

Im Hof wichen wir für einen Augenblick in den Schatten unterhalb der Balkone, um unser weiteres Vorgehen zu besprechen.

"Jetzt sind wir fünf in der Gruppe, Tars Tarkas", sagte ich. "Thuvia, Xodar, Carthoris und wir beide. Folglich brauchen wir fünf Thoats."

"Carthoris! Dein Sohn?" rief er.

"Ja, ich habe ihn im Gefängnis auf Shador getroffen, im Meer Omean, im Land der Erstgeborenen."

"Ich kenne keine dieser Orte, John Carter. Sind sie auf Barsoom?"

"Darauf und darunter, mein Freund. Doch warte, bis wir von hier weg sind, und du wirst die merkwürdigste Geschichte hören, die einem Barsoomier der Außenwelt jemals zu Ohren gekommen ist. Aber erst brauchen wir einige Thoats, damit wir uns schon ein gutes Stück im Norden befinden, ehe diese Gesellen entdecken, wie wir sie an der Nase herumgeführt haben."

Unentdeckt erreichten wir das große Tor auf der anderen Hofseite, durch das wir die Thoats führen mußten, um zur Straße zu kommen. Es ist keine einfache Sache, fünf dieser großen Raubtiere in den Griff zu bekommen, die vom Wesen her ebenso wild und unbändig sind wie ihre Herren und die allein durch Grausamkeit und brutale Gewalt bezwungen werden können.

Als wir uns ihnen näherten, witterten sie unseren unbekannten Geruch und umkreisten uns mit wütendem Gekreisch. Die langen, kräftigen Hälse nach oben gereckt, befanden sich ihre großen, klaffenden Mäuler weit über unseren Köpfen. Sie sehen bereits furchteinflößend aus, doch wenn sie aufgebracht sind, werden sie diesem gefährlichen Aussehen gerecht. Das Thoat mißt bis zur Schulter reichlich zehn Fuß. Seine glänzende, unbehaarte Haut besitzt an den Flanken und auf dem Rücken die Farbe dunklen Schiefers. Die Haut wird entlang der acht Beine immer heller, bis sie bei den riesigen, gepolsterten und nagellosen Füßen in ein strahlendes Gelb übergeht. Der Bauch ist reinweiß. Ein breiter, flacher Schwanz, der an der Spitze dicker ist als am Ansatz, vervollständigt das Bild dieses unbändigen Reittieres der wilden grünen Marsmenschen - ein Kriegsroß, das zu diesem Kriegsvolk paßt.

Da die Thoats ausschließlich durch Telepathie geführt werden, braucht man weder Zaum noch Zügel. Unser Ziel war nun, zwei ausfindig zu machen, die unseren stummen Befehlen Folge leisteten. Als die Tiere sich um uns scharten, gelang es uns, sie soweit zu bändigen, daß sie nicht vereint gegen uns anstürmten, doch wenn ihr

Gekreisch noch länger anhielt, würde es mit Sicherheit Krieger in den Hof holen, die die Ursache des Lärmes herausfinden wollten.

Schließlich gelang es mir, mich einem der großen Tiere von der Seite zu nähern, und bevor es wußte, was ich im Schilde führte, saß ich sicher auf seinem glänzenden Rücken. Kurz darauf hatte auch Tars Tarkas eines der Tiere eingefangen und war aufgesessen. Wir nahmen noch drei oder vier von ihnen zwischen uns und trieben sie auf das große Tor zu.

Tars Tarkas ritt voran, stützte sich auf die Klinke und stieß die Torflügel auf, während ich die unberittenen Thoats davon abhielt, zurück zur Herde durchzubrechen. Dann ritten wir auf den gestohlenen Reittieren hinaus auf die Straße und stoben, ohne das Tor hinter uns zu verschließen, in Richtung der südlichen Stadtgrenze davon.

Bis dahin war unsere Flucht beinahe wundervoll verlaufen, und unser Glück verließ uns auch nicht, denn wir passierten die Randgebiete der verlassenen Stadt und erreichten unser Lager, ohne etwas zu hören, das auf Verfolger hinwies.

Hier unterrichtete wie abgesprochen ein leises Pfeifen den übrigen Teil unserer Gruppe von unserer Rückkehr. Die drei ließen keine Freudenbekundung aus.

Wir hielten uns nur wenig damit auf, über unsere Abenteuer zu berichten. Tars Tarkas und Carthoris tauschten die würdevollen Begrüßungen aus, wie sie auf Barsoom üblich sind, doch mein Gefühl sagte mir, daß der Thark meinen Jungen liebte und daß Carthoris seine Zuneigung erwiderte.

Xodar und der grüne Jeddak wurden einander auf die herkömmliche Weise vorgestellt. Dann hoben wir Thuvia auf das am wenigsten widerspenstige Thoat, Xodar und Carthoris schwangen sich auf die anderen, und im schnellen Schritt brachen wir nach Osten auf. Wir streiften den äußeren Zipfel der Stadt, bogen anschließend nach Norden und stürmten unter den prächtigen Strahlen der beiden Monde lautlos über den Grund des toten Meeres, fort von den Warhoon und den Erstgeborenen, doch welche neuen Gefahren und Abenteuer unserer harrten, wußten wir nicht.

Gegen Mittag des nächsten Tages machten wir halt, damit wir und die Tiere sich ausruhen konnten. Wir fesselten die Thoats so an den Füßen, daß sie sich langsam umherbewegen und von den ockerfarbenen, moosartigen Pflanzen fressen konnten, die ihnen unterwegs sowohl als Nahrung als auch als Flüssigkeit dient. Thuvia erklärte sich freiwillig bereit, Wache zu halten, während der Rest von uns eine Stunde lang schlief.

Mir schien, ich hätte die Augen kaum zugetan, als ich ihre Hand auf der Schulter spürte und ihre sanfte Stimme vernahm, die vor einer neuen Gefahr warnte.

"Steh auf, mein Prinz", flüsterte sie. "Hinter uns ist etwas, das so aussieht wie eine große Gruppe von Verfolgern."

Das Mädchen stand auf und wies in die Richtung, aus der wir gekommen waren. Als ich mich erhob und hinblickte, glaubte auch ich fern am Horizont eine dünne, schwarze Linie zu erkennen. Ich weckte die anderen. Tars Tarkas, der uns alle mit seiner riesigen Gestalt überragte, konnte am weitesten sehen.

"Es ist eine große Reiterarmee", sagte er. "Sie bewegen sich in sehr schnellem Tempo."

Wir hatten keine Zeit zu verlieren, sprangen zu den Thoats, banden sie los und saßen auf. Dann wandten wir uns ein weiteres Mal gen Norden und nahmen die Flucht wieder auf, so schnell es unser langsamstes Tier vermochte.

Den Rest des Tages und die ganze Nacht hindurch stürmten wir über das ockerfarbene Ödland, wobei unsere Verfolger zusehends aufholten. Langsam, aber sicher wurde der Abstand zwischen uns immer kleiner. Kurz vor Einbruch der Dunkelheit waren sie nahe genug herangekommen, daß wir eindeutig grüne Marsmenschen erkennen konnten, und die ganze Nacht war das Klirren ihrer Ausrüstung deutlich zu vernehmen.

Als am zweiten Tag unserer Flucht die Sonne aufging, eröffnete sie uns keine halbe Meile hinter uns den Blick auf unsere Verfolger. Als sie uns sahen, wurde ein teuflisches Triumphgeschrei in ihren Reihen laut.

Einige Meilen vor uns erhob sich eine Gebirgskette - das andere Ufer des ausgetrockneten Meeres, das wir durchquert hatten. Gelang es uns, diese Berge zu erreichen, vergrößerten sich unsere Chancen zu entkommen deutlich. Doch Thuvias Tier zeigte bereits Anzeichen von Erschöpfung, obwohl es die leichteste Last getragen hatte. Ich ritt gerade neben ihr, als mit einemmal ihr Tier stolperte und gegen meines taumelte. Mir war klar, daß es zu Boden gehen würde, und so riß ich das Mädchen von dem Rücken des Thoats und setzte es hinter mich, wo es sich an mir festhielt.

Diese doppelte Last war für mein bereits überfordertes Tier zu viel, und unser Vorankommen wurde äußerst beeinträchtigt, denn die anderen wollten nicht schneller reiten, als es den langsamsten von uns möglich war. In unserer kleinen Gruppe gab es nicht einen, der den anderen im Stich lassen würde, und doch waren wir von verschiedenen Ländern, Farben, Rassen und Religionen - und einer sogar von einer anderen Welt.

Wir hatten die Berge schon vor uns, doch die Warhoon holten derart zügig auf, daß wir alle Hoffnung aufgegeben hatten, die Anhöhen rechtzeitig zu erreichen. Thuvia und ich ritten als letzte, denn unser Tier blieb immer weiter zurück. Plötzlich spürte ich die warmen Lippen des Mädchens auf meiner Schulter. "Um deinetwillen, o mein Prinz", murmelte sie, löste die Arme von meiner Taille und war verschwunden.

Ich wandte mich um und sah, daß sie absichtlich vom Thoat gesprungen war, eben jenen grausamen Teufeln in den Weg, die uns auf den Fersen waren, da sie glaubte, daß das Tier mich, um ihre Last erleichtert, in Sicherheit bringen könnte. Das arme Kind! Sie sollte John Carter besser kennen.

Ich wandte mein Thoat, drängte es in ihre Richtung, in der Hoffnung, sie rechtzeitig zu erreichen, um sie wieder zur Flucht zu bewegen. Carthoris mußte zur selben Zeit hinter sich geblickt und die Situation erfaßt haben, denn als ich bei Thuvia anlangte, war er ebenfalls zur Stelle, sprang von seinem Tier, warf sie darüber, wandte den Kopf des Thoats erneut in Richtung der Hügel und versetzte ihm mit der flachen Seite des Schwertes einen scharfen Hieb gegen die Flanke. Dann versuchte er dasselbe mit meinem Tier zu tun.

Das ritterliche, aufopferungsvolle Vorgehen des mutigen Jungen erfüllte mich mit Stolz, und es kümmerte mich nicht, daß wir dadurch die letzte winzigste Chance auf ein Entkommen verspiel hatten. Die Warhoon waren nun fast bei uns. Tars Tarkas und Xodar hatten unsere Abwesenheit bemerkt und sprengten zu unserer Unterstützung herbei. Alles wies darauf hin, daß meine zweite Reise nach Barsoom ein glänzendes Ende nehmen würde. Ich haßte es, zu sterben, ohne meine göttliche Prinzessin gesehen und sie noch einmal in den Armen gehalten zu haben. Doch wenn das das Schicksal nicht wollte, würde ich zumindest alles hinnehmen, was da kommen sollte. So konnte ich in den wenigen Minuten, die mir noch zustanden, bevor ich den letzten unbekannten Weg antrat, zumindest in dem von mir gewählten Beruf ein solches Zeugnis von mir ablegen, daß es den

Warhoon des Südens in den nächsten zwanzig Generationen nicht an Stoff zur Diskussion mangeln würde.

Da Carthoris nicht wieder aufgesessen war, glitt ich von meinem eigenen Tier und nahm meinen Platz neben ihm ein, um dem Angriff der heulenden Teufel entgegenzutreten. Einen Augenblick später gesellten sich Tars Tarkas und Xodar zu beiden Seiten zu uns, ließen ihre Thoats ebenfalls laufen, damit wir alle auf demselben Boden standen.

Die Warhoon waren auf etwa einhundert Yards an uns herangekommen, als oben und hinter uns ein laute Detonation ertönte und im selben Moment eine Granate in den voranstürmenden Reihen explodierte. Augenblicklich herrschte Chaos. Hunderte sanken zu Boden. Reiterlose Thoats sprengten zwischen den Toten und Verwundeten umher. Abgeworfene Krieger wurden in dem vorherrschenden Durcheinander niedergetrampelt. Alles, was in den Reihen der grünen Marsmenschen an eine Marschordnung erinnerte, war vergessen, und als sie nach oben blickten, um festzustellen, wer der unerwartete Angreifer war, wurde die Unordnung zum Rückzug und der Rückzug zur wilden Panik. Im nächsten Augenblick stürmten sie davon, ebenso unbändig, wie sie zuvor auf uns zugerast waren.

Wir wandten uns in die Richtung, aus der der erste Schuß gekommen war und sahen ein großes Kriegsschiff, das gerade die Gipfel der nächsten Anhöhen passierte und majestätisch durch die Luft schwebte. In diesem Moment ließ sich das Geschütz am Bug wieder vernehmen, und eine weitere Granate explodierte in den Reihen der fliehenden Warhoon.

Als das Schiff näherkam, konnte ich einen wilden Schrei des Stolzes nicht unterdrücken, denn auf dem Bug erblickte ich das Zeichen von Helium.

In Haft

Während Carthoris, Xodar, Tars Tarkas und ich zu dem prächtigen Fahrzeug blickten, das uns soviel bedeutete, sahen wir ein zweites und dann ein drittes über den Anhöhen auftauchen und anmutig dem Schwesternschiff hinterhersegeln.

Dann hoben zwanzig einsitzige Aufklärungsflugzeuge vom oberen Deck des ersten Fahrzeuges ab, zogen einen kurzen, eleganten Bogen und setzten einen Augenblick später in unserer Nähe auf.

Gleich darauf waren wir von der bewaffneten Schiffsbesatzung umgeben. Ein Offizier trat auf uns zu und wollte einige Worte an uns richten, als sein Blick auf Carthoris fiel. Mit einem freudigen, überraschten Ausruf sprang er vor, legte dem Jungen die Hand auf die Schulter und begrüßte ihn mit Namen.

"Carthoris, mein Prinz. Kaor! Kaor!" rief er. "Hor Vastus heißt den Sohn von Dejah Thoris, der Prinzessin von Helium, und ihrem Gatten, John Carter, willkommen. Wo bist du gewesen, o mein Prinz? Ganz Helium trägt Trauer. Schreckliches Unheil ist der mächtigen Nation deines Urgroßvaters seit jenem verhängnisvollen Tag widerfahren, an dem du aus unserer Mitte gerissen wurdest."

"Gräm dich nicht, mein guter Hor Vastus", rief Carthoris, "denn ich kehre nicht allein zurück, um das Herz meiner Mutter zu trösten sowie die Herzen meines geliebten Volkes. Mit mir kommt jemand, den ganz Barsoom innig geliebt hat - sein größter Krieger und Retter - John Carter, Prinz von Helium."

Hor Vastus wandte sich in die Richtung, in die Carthoris wies, und war wie vom Donner gerührt, als er mich sah.

"John Carter!" rief er, und dann trat plötzlich ein verstörter Blick in seine Augen. "Mein Prinz", begann er, "wo bist du - " Dann stockte er, doch ich kannte die Frage, die er nicht auszusprechen wagte. Der rechtschaffene Mann wollte mich nicht dazu zwingen, die schreckliche Wahrheit zu enthüllen, und zwar daß ich vom Busen des Flusses Iss, dem Fluß der Geheimnisse, dem Ufer des Verlorenen Meeres Korus und aus dem Tal Dor zurückgekehrt war.

"Ah, mein Prinz", fuhr er fort, als sei nichts gewesen, "es genügt, daß ihr zurück seid. Erweist Hor Vastus die hohe Ehre, als erster sein Schwert zu euren Füßen niederlegen zu dürfen." Mit diesen Worten schnallte er das Schwert samt Hülle ab und warf mir beides vor Füße.

Wären dem Leser die Bräuche und das Wesen der roten Marsmenschen bekannt, wüßte er diese einfache Geste und ihre tiefere Bedeutung für mich und alle Anwesenden richtig einzuschätzen. Sie drückte soviel aus wie: "Mein Schwert, mein Leib, meine Seele sind dein - dein Wille sei ihnen Befehl. Bis zum Tod und danach werde ich nur mit deinem Einverständnis handeln. Seiest du nun im Recht oder Unrecht - dein Wort soll meine einzige Wahrheit sein. Derjenige, der die Hand gegen dich erhebt, soll meinem Schwert Rede und Antwort stehen."

Einen solchen Treueschwur leistet gelegentlich ein Gefolge seinem aufgrund seines edlen Charakters und ritterlichen Auftretens abgöttisch geliebten Jeddak. Nie zuvor habe ich miterlebt, daß einem niederen Sterblichen diese hohe Ehre zuteil wurde. Darauf konnte ich nur auf eine Weise antworten. Ich bückte mich, hob das Schwert auf, führte das Heft an die Lippen, trat dann zu Hor Vastus und band ihm die Waffe eigenhändig wieder um.

"Hor Vastus", sagte ich und legte ihm die Hand auf die Schulter. "Du kennst am besten die Regungen deines Herzens. Ich bezweifle, daß ich dein Schwert brauche, doch laß dir von John Carter bei seiner heiligen Ehre versichern, daß er dich nie zu sich rufen wird, um dieses Schwert anders als im Kampf für Wahrheit, Gerechtigkeit und Gesetz zu erheben."

"Das wußte ich, mein Prinz, bevor ich meine geliebte Klinge vor deine Füße geworfen habe", entgegnete er.

Während unserer Unterhaltung hielten andere Flieger Kontakt zwischen Boden und Kriegsschiff. Bald wurde von oben ein größeres Boot losgeschickt, das vielleicht ein Dutzend Menschen an Bord nehmen konnte, es glitt in unserer Nähe sanft zu Boden. Gleich darauf sprang ein Offizier von Deck, trat auf Hor Vastus zu, entbot ihm seinen Gruß und sagte: "Kantos Kan wünscht, daß diese Gruppe, die wir befreit haben, sofort zu ihm an Deck der Xavarian gebracht wird."

Als wir auf das kleine Fahrzeug zutraten, blickte ich mich nach meinen Leuten um und bemerkte zum ersten Mal, daß Thuvia nicht dabei war. Eine Befragung ergab, daß sie niemand mehr gesehen hatte, seit Carthoris, um sie zu retten, ihr Thoat im wilden Galopp in Richtung Berge geschickt hatte.

Sofort sandte Hor Vastus ein Dutzend Luftaufklärer in alle Richtungen aus, um nach ihr zu suchen. Sie konnte nicht weit gekommen sein, seit wir sie zum letzten Mal gesehen hatten. Währenddessen begaben wir uns an Deck des Fahrzeuges, das uns holen sollte, und einen Augenblick später standen wir auf der Xavarian.

Als erster begrüßte mich Kantos Kan selbst. Mein alter Freund hatte es in der Luftwaffe von Helium zu den höchsten Ämtern gebracht, doch für mich war er noch immer derselbe mutige Gefährte, der mit mir die Entbehrungen im Kerker der Warhoon geteilt, die fürchterlichen Verbrechen bei den Großen Spielen miterlebt und sich später mit mir in der feindlichen Stadt Zodanga auf die gefahrvolle Suche nach Dejah Thoris gemacht hatte.

Damals war ich noch ein unbekannter Wanderer auf einem fremden Planeten gewesen und er ein einfacher Padwar der Luftwaffe von Helium. Heute war er der Befehlshaber vom heliumitischen Schrecken der Lüfte und ich Prinz des Hauses von Tardos Mors, dem Jeddak von Helium. Er fragte nicht, wo ich gewesen war. Wie Hor Vastus fürchtete auch er die Wahrheit und wollte nicht derjenige sein, der mich zu einem Geständnis zwang. Daß es eines Tages dazu kommen würde, wußte er, doch bis dahin schien er sich bereits damit zufrieden zu geben, zu wissen, daß ich wieder bei ihm war. Überschwenglich begrüßte er Carthoris und Tars Tarkas, fragte jedoch keinen von beiden, wo er gewesen war. Er konnte kaum von dem Jungen lassen.

"Du weißt nicht, John Carter, wie sehr ganz Helium deinen Sohn liebt. Es ist, als ob wir all die Liebe, die wir seinem edlen Vater und seiner armen Mutter entgegenbrachten, auf ihn konzentrierten. Als bekannt wurde, daß er vermißt wurde, brachen zehn Millionen Menschen in Tränen aus", sagte er zu mir.

"Was meinst du, Kantos Kan, mit 'seine arme Mutter'?" flüsterte ich, denn seine Worte verhießen nichts Gutes, und ich verstand nicht, was.

Er zog mich zur Seite und begann: "Seit Carthoris' Verschwinden vor einem Jahr trauerte und weinte Dejah Thoris um ihren Jungen. Als du vor einigen Jahren nicht von der Atmosphärenfabrik zurückkehrtest, linderten die Mutterpflichten ihr Leid, denn dein Sohn durchbrach in eben jener schicksalsschweren Nacht seine weiße Schale. Ganz Helium wußte, wie sehr sie litt, denn trauerte nicht ganz Helium um seinen Herren? Doch als der Junge verschwand, blieb der Prinzessin nichts mehr. Nachdem eine Expedition nach der anderen mit demselben traurigen Bericht zurückkehrte, nichts über seinen

Aufenthaltsort herausgefunden zu haben, wurde die Prinzessin immer schwermütiger, bis alle, die sie sahen, spürten, daß es nur noch eine Sache von Tagen sein konnte, bis sie sich zu den geliebten Angehörigen ins Tal Dor begab. Als letzten Ausweg übernahmen Mors Kajak, ihr Vater, und Tardos Mors, ihr Großvater, das Kommando über zwei riesige Expeditionen und segelten vor einem Monat fort, um jeden Zoll des Bodens auf der nördlichen Halbkugel von Barsoom abzusuchen. Seit zwei Wochen haben wir schon keine Nachricht von ihnen erhalten, aber es heißt, daß ihnen ein schreckliches Unglück zugestoßen sei und keiner überlebte. Ungefähr zu dieser Zeit erneuerte Zat Arrras seine Bemühungen um Dejah Thoris' Hand. Seit deinem Verschwinden war er hinter ihr her. Sie haßte und fürchtete ihn, doch da sowohl ihr Vater als auch ihr Großvater nicht da waren, besaß Zat Arrras sehr viel Macht, denn er ist noch immer Jed von Zodanga, wozu ihn Tardos Mors ernannte, nachdem du dieses ehrenvolle Amt ausgeschlagen hattest. Vor sechs Tagen hatte er mit ihr eine geheime Unterredung. Niemand weiß, was vorgefallen ist, doch am nächsten Tag war Dejah Thoris verschwunden, und mit ihr ein Dutzend von ihrer Leibgarde und von ihren Bediensteten, einschließlich Sola, der grünen Frau - Tars Tarkas' Tochter, wie du sicherlich noch weißt. Sie haben hinsichtlich ihrer Absichten keine Nachricht zurückgelassen, doch das ist immer bei denjenigen der Fall, die sich auf die freiwillige Pilgerfahrt begeben, von der niemand zurückkehrt. Wir müssen davon ausgehen, daß Dejah Thoris sich in die eisige Umarmung von Iss begeben hat, und daß ihre treuen Diener sich ihr angeschlossen haben. Zat Arrras hielt sich bei ihrem Verschwinden gerade in Helium auf. Er ist Befehlshaber dieser Flotte, die seitdem nach ihrem Verbleib forscht. Wir haben keine Spur von ihr gefunden, und ich fürchte, die Suche ist sinnlos."

Während unserer Unterhaltung waren Hor Vastus' Aufklärer wieder auf der Xavarian eingetroffen. Niemand hatte einen Hinweis auf Thuvias Verbleib entdeckt. Ich schwebte bereits wegen Dejah Thoris' Verschwinden in tausend Ängsten, und nun quälte mich auch noch die Sorge, was mit Thuvia geschehen war, die meines Erachtens aus einem achtenswerten Haus von Barsoom stammen mußte. Ich hatte mir vorgenommen, alles zu unternehmen, sie zu ihrem Volk zurückzubringen.

Ich wollte Kantos Kan gerade darum bitten, eine weitere Suche nach ihr anzustrengen, als ein Flugzeug vom Flaggschiff der Flotte auf der Xavarian mit einem Offizier an Bord eintraf, der eine Nachricht von Arrras für Kantos Kan hatte.

Mein Freund las die Depesche und wandte sich an mich.

"Zat Arrras befiehlt, die 'Gefangenen' zu ihm zu bringen. Es bleibt uns nichts anderes übrig. Er ist der oberste Befehlshaber auf Helium, doch entspräche es bei weitem mehr der Höflichkeit und dem guten Geschmack, wenn er hierher käme und den Retter von Barsoom mit den Ehren willkommen hieße, die diesem gebühren."

"Du weißt folglich sehr gut, mein Freund, daß Zat Arrras guten Grund hat, mich zu hassen", sagte ich lächelnd. "Nichts würde ihn mehr erfreuen, als mich zu erniedrigen und dann zu töten. Da er nun eine so ausgezeichnete Entschuldigung hat, laßt uns gehen und sehen, ob er den Mut hat, sie auszunutzen."

Wir riefen Carthoris, Tars Tarkas und Xodar herbei, begaben uns mit Kantos Kan und Zat Arrras' Offizier auf den kleinen Flieger und traten einen Augenblick später an Deck von Zat Arrras' Flaggschiff.

Als wir uns dem Jed von Zodanga näherten, ging nicht ein Zeichen des Grußes oder des Erkennens über sein Gesicht, nicht einmal Carthoris würdigte er eines freundlichen Wortes. Seine Haltung war kalt, hochmütig und abweisend.

"Kaor, Zat Arrras", grüßte ich, erhielt jedoch keine Antwort.

"Warum wurden diese Gefangenen nicht entwaffnet?" wandte er sich an Kantos Kan.

"Sie sind keine Gefangenen, Zat Arrras", entgegnete der Offizier. "Zwei von ihnen sind Angehörige der vornehmsten Familie von Helium. Tars Tarkas, Jeddak von Thark, ist der beste Verbündete und Freund von Tardos Mors. Der andere ist ein Freund und Begleiter des Prinzen von Helium - mehr brauche ich nicht zu wissen."

"Aber ich", erwiderte Zat Arrras scharf. "Von denjenigen, die die Pilgerfahrt auf sich genommen haben, möchte ich schon mehr hören als ihre Namen. Wo bist du gewesen, John Carter?"

"Ich komme geradewegs aus dem Tal Dor und aus dem Land der Erstgeborenen, Zat Arrras", entgegnete ich.

"Ah!" rief er in offenkundigem Triumph aus. "Du leugnest es demzufolge nicht einmal. Du hast dich der Umarmung von Iss entzogen?"

"Ich komme aus einem Land der falschen Hoffnungen, aus dem Tal der Qualen und des Todes. Gemeinsam mit meinen Gefährten bin ich den fürchterlichen Klauen verlogener Fanatiker entkommen. Ich bin nach Barsoom zurückgekehrt, dem ich ein stilles Dahingehen erspart habe, um es erneut zu retten, doch diesmal vor dem Tod in seiner schrecklichsten Form."

"Schweig, Gotteslästerer!" schrie Zat Arrras. "Du brauchst nicht zu hoffen, deinen feigen Kadaver durch scheußliche Lügen zu retten -" Doch er kam nicht weiter. Man nennt John Carter nicht so einfach 'Feigling' und 'Lügner', und das hätte Zat Arrras auch wissen müssen. Bevor mich jemand zurückhalten konnte, war ich bei ihm und hatte ihn an der Kehle gepackt.

"Ob ich nun aus dem Himmel oder aus der Hölle komme, Zat Arrras, du wirst feststellen, daß ich noch immer derselbe John Carter bin wie früher. Niemand hat je solche Dinge zu mir gesagt und ist am Leben geblieben - ohne sich zu entschuldigen." Damit begann ich ihn rückwärts über mein Knie zu beugen und meinen Würgegriff zu verstärken.

"Packt ihn!" schrie Zat Arrras, und ein Dutzend Offiziere sprangen nach vorn, um ihm zu Hilfe zu kommen.

Kantos Kan trat zu mir und flüsterte mir zu: "Gib nach, ich bitte dich. Es wird nur uns alle hineinziehen, denn ich kann nicht tatenlos mitansehen, wie diese Männer die Hände an dich legen. Meine Offiziere und Mannschaften werden sich hinter mich stellen, und dann kommt es zur Meuterei, die zu einer Revolution führen kann. Um Tardos Mors und Helium willen, gib nach!"

Bei seinen Worten ließ ich Zat Arrras los, wandte ihm den Rücken zu und schritt zur Reling des Schiffes.

"Komm, Kantos Kan", sagte ich. "Der Prinz von Helium möchte auf die Xavarian zurückkehren."

Niemand widersprach. Zat Arrras stand kreidebleich und zitternd inmitten seiner Offiziere. Einige von ihnen blickten ihn verachtungsvoll an und wandten sich mir zu, während ein Mann, der lange in den Diensten von Tardos Mors gestanden und sein Vertrauen besessen hatte, als ich an ihm vorbeiging, leise zu mir sagte: "Du kannst mein Metall zu dem deiner Krieger zählen, John Carter."

Ich dankte ihm und schritt weiter. Schweigend begaben wir uns an Bord des kleinen Fliegers und befanden uns kurz darauf wieder an Deck der Xavarian. Fünf Minuten später kam vom Flaggschiff der Befehl, nach Helium weiterzusegeln.

Unsere Reise dorthin verlief ereignislos. Carthoris und ich hingen düstersten Gedanken nach. Auch Kantos Kan war schwermütig, offenbar angesichts des kommenden Unglücks, das über Helium hereinbrechen würde, falls Zat Arrras versuchte, der jahrhundertealten Vorschrift zu folgen, nach der Flüchtige aus dem Tal Dor auf schrecklichste Weise zu Tode gebracht wurden. Tars Tarkas machte sich Sorgen um seine Tochter. Xodar allein war aller Sorgen ledig - einem Flüchtling und Verbrecher konnte es in Helium nicht schlechter ergehen als anderswo.

"Hoffen wir, daß wir zumindest mit bluttriefenden Klingen darniedergehen", sagte er. Es war ein einfacher Wunsch, und höchstwahrscheinlich auch einer, der berücksichtigt werden würde.

Ich glaubte festzustellen, daß sich die Offiziere der Xavarian in zwei Lager teilten. Da waren jene, die sich um Carthoris und mich scharten, wann immer sich Gelegenheit dazu ergab, während sich genauso viele von uns fernhielten. Zwar behandelten sie uns mit ausgesuchter Höflichkeit, doch offensichtlich hingen sie voller Aberglauben an der Lehre von Dor, Iss und Korus. Ich konnte es ihnen nicht verübeln, denn ich wußte, welch tiefen Halt eine Weltanschauung, wie lächerlich sie auch sein mochte, bei sonst sehr intelligenten Menschen finden kann.

Mit unserer Rückkehr aus Dor begingen wir Gotteslästerung. Indem wir unsere Abenteuer berichteten und die Fakten so darstellten, wie sie waren, mißachteten wir die Religion ihrer Vorväter. Wir waren Gotteslästerer - Ketzer und Lügner. Sogar jene, die noch aus persönlicher Liebe und Treue zu uns hielten, zweifelten an unserer Aufrichtigkeit. Es fällt den Menschen bereits schwer, eine neue Religion anstelle einer alten zu akzeptieren, unabhängig davon, wie verlockend die Versprechungen der neuen auch sein mögen. Doch sich von seiner Religion zu trennen, weil sie ein Lügenmärchen ist, ohne dafür einen Ersatz zu bekommen, kann man in der Tat kaum von einem Menschen verlangen.

Kantos Kan wollte nichts von unseren Erlebnissen bei den Therns und den Erstgeborenen wissen.

"Es reicht, daß ich mein Leben jetzt und später aufs Spiel setze, indem ich euch überhaupt unterstütze. Verlangt nicht, daß ich noch größere Sünden begehe, indem ich mir Dinge anhöre, die man mir gegenüber immer als übelste Ketzerei bezeichnet hat."

Ich wußte, daß früher oder später die Zeit kommen mußte, da sich unsere Freunde und Feinde öffentlich würden erklären müssen. In Helium würde es dann eine Anhörung geben, und falls bis dahin Tardos Mors nicht zurückgekehrt war, würde uns der Haß von Zat Arrras sehr schaden, fürchte ich, denn er repräsentierte die Regierung von Helium. Für einen seiner Gegner Partei zu ergreifen, kam dem Hochverrat gleich. Die Mehrheit der Truppen würde zweifellos der Führung ihrer Offiziere folgen. Ich wußte, daß die höchsten und mächtigsten Männer der Land- und Lufttruppen im Angesicht von Gott, Mensch oder Teufel zu John Carter halten würden.

Andererseits würde die Mehrheit des gemeinen Volkes zweifellos fordern, uns für die Gotteslästerung zu bestrafen. Von welchem Gesichtspunkt ich die Angelegenheit auch betrachtete, schienen unsere Aussichten betrüblich zu sein, doch mir wird jetzt bewußt, daß mich offenbar damals der Schmerz über Dejah Thoris' Verschwinden derart zermürbte, daß ich der schrecklichen Misere Heliums nur wenige Gedanken schenkte.

Tag und Nacht hatte ich ständig jene schrecklichen, alptraumhaften Szenen vor Augen, die meine Prinzessin gerade im jetzigen Augenblick erleben konnte - die fürchterlichen Pflanzenmenschen, die wilden weißen Affen. Zeitweise bedeckte ich das Gesicht mit den Händen, im sinnlosen Versuch, diese entsetzlichen Vorstellungen zu verdrängen.

Am Vormittag erreichten wir den meilenhohen, scharlachfarbenen Turm, durch den sich Großhelium von seiner Zwillingsstadt unterscheidet. Als wir in großen Kreisen auf die Docks der Kriegsmarine zusteuerten, sahen wir unten unzählige Menschen durch die Straßen strömen. Man hatte Helium durch einen Funkspruch von unserem Eintreffen informiert.

Man brachte uns vier, Carthoris, Tars Tarkas, Xodar und mich vom Deck der Xavarian mit einem kleineren Flugzeug in die Unterkünfte im Tempel der Vergeltung. Hier widerfährt sowohl dem Wohltäter als auch dem Übeltäter Gerechtigkeit nach Marsrecht. Hier wird der Held ausgezeichnet und der Verbrecher verurteilt. Man holte uns direkt von der Landeplattform auf dem Dach ins Tempelinnere, so daß wir an keinem Menschen vorbei mußten, wie es sonst üblich war. Immer hatte ich angesehene Gefangene oder zurückkehrende Wanderer von Rang zu Gesicht bekommen, die auf der breiten Promenade der Vorfahren vom Tor der Jeddaks zum Tempel der Vergeltung durch dichte Massen spottender oder aufmunternder Bürger geführt wurden.

Ich wußte, daß Zat Arrras es nicht wagte, die Leute so nahe an uns heranzulassen, da er fürchtete, ihre Liebe zu Carthoris und mir würde sie ihr abergläubisches Entsetzen über das Verbrechen, dessen wir angeklagt wurden, vergessen lassen. Welche Pläne er hatte, konnte ich nur ahnen, doch daß er nichts Gutes im Schilde führte, wurde daran deutlich, daß uns auf dem Flug zum Tempel der Vergeltung nur seine engsten Vertrauten begleiteten.

Man brachte uns in einem Raum auf der Südseite des Tempels unter, von dem man die Promenade der Vorfahren bis zum etwa fünf Meilen entfernten Tor der Jeddaks überblicken konnte. Die Menschen auf dem Vorplatz und im Umkreis von einer Meile hatten sich so dicht aneinander gedrängt, wie es nur möglich war. Sie benahmen sich sehr diszipliniert - es gab weder Spott noch Beifall, und viele von denen, die uns an den Fenstern über sich erblickten, schlugen die Hände vors Gesicht und weinten.

Spät am Nachmittag traf ein Bote von Zat Arrras ein, um uns mitzuteilen, daß eine Gruppe von unparteiischen Edelleuten zur ersten Zode[1] des Folgetages oder ungefähr 8 Uhr vierzig in der Frühe nach Erdenzeit, in der großen Halle des Tempels über uns richten würde.

[1] Wo immer John Carter auch die Zeit-, Gewichts-, Entfernungsmessung u. ä. vom Mars angewendet hat, habe ich sie so genau wie möglich in ihre irdische Entsprechung übertragen. Seine Niederschriften enthalten viele Tabellen vom Mars und eine Unmenge wissenschaftlicher Daten, doch während die Internationale Astronomische Gesellschaft gegenwärtig dabei ist, diese unzähligen, bemerkenswerten und wertvollen Informationen auszuwerten, einzuordnen und nachzuprüfen, habe ich gespürt, daß es die Geschichte von Hauptmann Carter nicht interessanter machen wird oder der Vergrößerung des menschlichen Wissensvorrates dient, wenn man sich diesbezüglich allzu strikt an das Original hält. Es könnte den Leser verwirren und seine Aufmerksamkeit von der Geschichte lenken. Jenen, die dennoch Interesse haben, möchte ich erklären, daß ein Tag auf dem Mars eine Kleinigkeit länger ist als 24 Stunden 37 Minuten (Erdenzeit). Diesen teilen die Marsmenschen in zehn gleiche Abschnitte, den Tag ungefähr um 6 Uhr beginnend. Die Zodes bestehen aus fünzig kürzeren Zeiträumen, von denen ein jeder aus zweihundet kurzen Zeitabschnitten besteht, ungefähr von der Dauer einer Erdensekunde. Der Zeitkalender auf Barsoom, wie unten zu finden, stellt nur einen Auszug der vollständigen Tabelle dar, wie sie in Hauptmann Carters Niederschriften erscheint.

Tabelle
200 Tals...................1 Xat
50 Xats...................1 Zode
10 Zodes...................1 Umdrehung des Mars um seine eigene Achse

Das Todesurteil

Einige Minuten vor der festgelegten Zeit erschien am folgenden Morgen eine mehrere Mann starke Wache von Zat Arrras' Offizieren bei unserer Unterkunft, um uns in die große Halle des Tempels zu geleiten.

In Zweierreihen betraten wir die Halle und schritten den sogenannten 'Gang der Hoffnung' entlang, auf das Podium in der Mitte des Saales zu. Vor und hinter uns marschierten bewaffnete Wachen, während vom Eingang bis zum Podium Soldaten aus Zodanga in drei dichten Reihen zu beiden Seiten des Ganges standen.

Als wir vor der Erhöhung angekommen waren, erblickte ich unsere Richter. Wie auf Barsoom Brauch, mußten es einunddreißig sein, Angehörige der Adelsklasse - denn Adlige standen vor Gericht - die per Los ausgewählt worden waren. Doch zu meinem Erstaunen sah ich nicht ein freundliches Gesicht unter ihnen. In Wirklichkeit stammten alle aus Zodanga, und meiner Person hatte Zodanga die Niederlage durch die Hände der grünen Marsmenschen sowie die da-rauffolgende Unterwerfung durch Helium zu verdanken. Somit konnte es für John Carter oder seinen Sohn kaum Gerechtigkeit geben, auch nicht für den großen Thark, der die Angehörigen der wilden Stämme befehligt hatte, die die breiten Promenaden von Zodanga verwüsteten und plünderten, in ihnen brandschatzten und mordeten.

Um uns herum war jeder Platz des riesigen Kolosseums besetzt. Alle Klassen, Altersgruppen und beide Geschlechter waren vertreten. Mit unserem Eintreten wurde das gedämpfte Brummen der Unterhaltungen zusehends leiser, bis wir vor dem Podest oder dem 'Thron der Gerechtigkeit' stehenblieben. Dann herrschte Totenstille unter den zehntausend Zuschauern.

Die Richter saßen am Rand des runden Podestes. Man hieß uns mit dem Rücken zu einer kleinen Erhöhung in seiner Mitte Platz nehmen, so daß wir sowohl den Richtern als auch den Zuschauern ins Gesicht blickten. Jeder würde auf die kleine Erhöhung treten, sobald sein Fall verhandelt wurde.

Zat Arrras hatte in dem goldenen Stuhl des vorsitzenden Richters Platz genommen. Als wir uns hingesetzt und unsere Wachen am Fuße der Podestes Aufstellung bezogen hatten, erhob er sich und rief mich auf.

"John Carter, nimm deinen Platz auf dem Podest der Wahrheit ein, damit über deine Handlungen unvoreingenommen geurteilt und deine Strafe festgelegt werden kann", sagte er mit lauter Stimme. Dann wandte er sich an die Zuschauer und schilderte meine Vergehen, von deren Schwere die Bestrafung abhing.

"So wisset, o Richter und Volk von Helium, daß John Carter, einst Prinz von Helium, nach seiner eigenen Aussage aus dem Tal Dor und sogar vom Tempel Issus selbst zurückgekehrt ist", sagte er. "In Gegenwart vieler Männer von Helium lästerte er den Heiligen Fluß Iss, das Tal Dor, das Verlorene Meer Korus, die Heiligen Therns selbst und sogar Issus, Göttin des Todes und Ewigen Lebens. Und wisset weiterhin, wie euch eure eigenen Augen mitteilen, die ihn hier auf dem Podest der Wahrheit erblicken, daß er wahrhaft von diesen heiligen Orten zurückgekehrt ist, unseren uralten Bräuchen zuwiderhandelnd, und somit gegen die Unverletzlichkeit unserer uralten Religion verstößt. Derjenige, der einst tot war, darf nicht wieder leben. Derjenige, der diesen Versuch unternimmt, muß für immer zum Schweigen gebracht werden. Richter, eure Pflicht liegt klar vor euch - kein Beweis kann diese Wahrheit widerlegen. Welche Strafe soll John Carter für die begangenen Handlungen zuteil werden?"

"Tod!" rief einer der Richter.

Und dann sprang ein Mann im Zuschauerraum auf, hob den Arm hoch und rief: "Gerechtigkeit! Gerechtigkeit! Gerechtigkeit!"

Es war Kantos Kan, und als alles zu ihm blickte, setzte er an den Soldaten Zodangas vorbei auf die Erhöhung.

"Welche Art von Rechtsprechung ist das?" rief er Zat Arrras zu. "Man hat den Angeklagten weder angehört, noch konnte er jemanden zu seiner Fürsprache herbeirufen. Im Namen des Volkes von Helium verlange ich, daß dem Prinzen von Helium eine gerechte und unparteiische Behandlung zuteil wird."

Es wurde laut in den Zuschauerreihen, dann hörte man: "Gerechtigkeit! Gerechtigkeit! Gerechtigkeit!" Zat Arrras wagte nicht, das zu ignorieren.

"So sprich!" herrschte er mich an. "Doch lästere nicht Dinge, die auf Barsoom heilig sind."

"Menschen von Helium", wandte ich mich an die Zuschauer, über die Köpfe meiner Richter hinweg. "Wie kann John Carter von den Menschen aus Zodanga Gerechtigkeit erwarten? Er kann es nicht, auch bittet er nicht darum. Es sind die Menschen aus Helium, denen er seinen Fall darlegt, doch auch von ihnen erfleht er keine Gnade. Er spricht nicht in seiner Sache - sondern in eurer, im Sinne eurer Frauen und Töchter oder eurer noch ungeborenen Frauen und Töchter. Es geht darum, ihnen die unsagbar abscheulichen Erniedrigungen zu ersparen, die vor meinen Augen den schönen Frauen von Barsoom angetan wurden, an jenem Ort, den die Menschen Tempel Issus nennen. Ich will sie vor der saugenden Umarmung der Pflanzenmenschen oder vor den Zähnen der großen weißen Affen von Dor bewahren, vor der grausamen Wollust der Heiligen Therns, vor all jenen Dingen, zu denen der kalte, tote Iss sie von ihren Heimen voll Liebe, Leben und Glückseligkeit fortträgt. Jeder der hier Anwesenden kennt die Geschichte von John Carter: Wie er von einer anderen Welt zu euch kam, Gefangener bei den grünen Menschen war, gequält und verfolgt wurde, bis er schließlich in die allerhöchsten Kreise von Barsoom aufstieg. Nie habt ihr erlebt, daß John Carter zu seinem Vorteil gelogen oder etwas geäußert hat, das den Menschen von Barsoom schadete, geschweige denn abfällig über ihre seltsame Religion urteilte, die er, ohne sie zu verstehen, akzeptierte. Es gibt weder hier noch sonstwo auf Barsoom einen Menschen, der sein Leben nicht jener meiner Handlungen verdankte, in der ich mich und die Glückseligkeit meiner Prinzessin opferte, damit ihr leben konntet. Und so, Menschen von Helium, glaube ich ein Recht darauf zu haben, daß man mich anhört, meinen Worten Glauben schenkt und mir gestattet, euch zu dienen und euch vor dem falschen Jenseits von Dor und Issus zu retten, so, wie ich euch an jenem anderen Tage vor dem Tode gerettet habe. Ihr Menschen aus Helium seid es, an die ich mich wende. Wenn ich geendet habe, sollen die Menschen von Zodanga ihren Willen haben. Zat Arrras hat mir mein Schwert genommen, so brauchen mich die Menschen von Zodanga nicht länger zu fürchten. Werdet ihr mich anhören?"

"Sprich, John Carter, Prinz von Helium", rief ein mächtiger Edelmann aus dem Zuschauerraum, und die Menge wiederholte seine Worte, bis das Gebäude unter ihren lärmvollen Bekundungen vibrierte.

Zat Arrras wußte Besseres als sich in die Gefühle einzumischen, die an jenem Tag im Tempel der Vergeltung geäußert wurden, und so redete ich zwei Stunden lang zu den Menschen von Helium.

Doch als ich geendet hatte, erhob sich Zat Arrras, wandte sich an die Richter und sagte leise: "Meine Edelleute, ihr habt John Carters

174

Verteidigungsrede vernommen, er hatte jede Möglichkeit, seine Unschuld zu beweisen, falls dies der Fall ist, doch statt dessen hat er die Zeit nur für weitere Gotteslästerungen verwendet. Wie, meine Herren, lautet euer Urteil?"

"Tod dem Gotteslästerer!" rief einer, sprang auf und im nächsten Augenblick waren ihm alle einunddreißig Richter gefolgt, die Schwerter erhoben als Zeichen ihrer Einstimmigkeit.

Wenn die Leute Zat Arrras' Anschuldigung nicht vernahmen, hörten sie mit Sicherheit das Urteil des Gerichtshofes. Das dumpfe Murmeln, das durch die vollgestopften Reihen des Kolosseums ging, wurde immer lauter, dann hob Kantos Kan, der noch immer bei mir auf dem Podest stand, die Hand und bat um Ruhe. Als die Lautstärke annehmbar geworden war, sprach er seine Leute mit kühler und eintöniger Stimme an.

"Ihr habt vernommen, welches Schicksal die Menschen von Zodanga dem edelsten Helden von Helium zugedacht haben. Die Menschen von Helium mögen sich dazu verpflichtet fühlen, dieses Urteil als endgültig anzuerkennen. Doch jeder Mann soll nach seinem Herzen handeln. Dies ist die Antwort Kantos Kans, Oberbefehlshaber der Marine von Helium, an Zat Arrras und seine Richter." Mit diesen Worten löste er sein Schwert und warf mir die Waffe vor die Füße.

Einen Augenblick später drängten sich Soldaten, Offiziere und Edelleute an den Soldaten von Zodanga vorbei und bahnten sich den Weg zum Thron der Gerechtigkeit. Einhundert Mann strömten auf das Podest, einhundert Klingen klirrten und klapperten zu meinen Füßen. Zat Arrras und seine Offiziere waren wütend, doch konnten sie nichts tun. Ich führte ein Schwert nach dem anderen an die Lippen und legte es seinem Besitzer wieder um.

"Kommt", sagte Kantos Kan. "Wir werden John Carter und seine Leute zu seinem Palast geleiten." Sie scharten sich um uns und wandten sich zu den Stufen, die zum Gang der Hoffnung hinunterführten.

"Halt!" rief Zat Arrras. "Soldaten von Helium, erlaubt keinem Gefangenen, den Thron der Gerechtigkeit zu verlassen."

Die Soldaten von Zodanga waren der einzige geordnete Trupp im Tempel, und das ließ Zat Arrras wohl glauben, daß seine Befehle befolgt werden würden. Doch ich bezweifle, daß er mit dem Widerstand gerechnet hatte, der sich in dem Moment zeigte, als die Soldaten auf den Thron zutraten.

In jedem Teil des Kolosseums blitzten Klingen auf, und aufgebrachte Männer stürmten auf die Zodanganer zu. Eine Stimme wurde laut: "Tardos Mors ist tot - tausend Jahre John Carter, dem Jeddak von Helium." Als ich das hörte und die bedrohliche Einstellung der Menschen von Helium zu den Soldaten von Zat Arrras sah, wußte ich, daß nur durch ein Wunder der Zusammenstoß vermieden werden konnte, der einen Bürgerkrieg zur Folge haben würde.

"Haltet ein!" rief ich und sprang wieder zum Podest der Wahrheit. "Kein Mann soll sich bewegen, bis ich geendet habe. Ein einziger Schwertstoß hier und heute kann Helium in einen bitteren und blutigen Krieg stürzen, dessen Ausgang niemand vorhersehen kann. Er wird Bruder gegen Bruder wenden und Vater gegen Sohn. Niemandes Leben ist dieses Opfer wert. Lieber möchte ich mich dem ungerechten Urteil von Zat Arrras beugen, als der Auslöser eines Bürgerkrieges in Helium zu sein. Laßt jeden von uns vorläufig ein Stück nachgeben, und die ganze Angelegenheit soll ruhen, bis Tardos Mors oder Mors Kajak, sein Sohn, zurückkehrt. Sollte keiner von ihnen am Ende des Jahres wieder da sein, so soll ein zweiter Prozeß abgehalten werden - dafür gibt es bereits einen Präzedenzfall." Dann wandte ich mich an Zat Arrras und sagte leise: "Wenn du nicht ein größerer Narr bist, als ich annehme, dann nutze die Chance, die ich dir hiermit biete, bevor es zu spät ist. Hat erst die Mehrheit das Schwert gegen deine Soldaten gezogen, kann kein Mensch auf Barsoom - nicht einmal Tardos Mors selbst - die Folgen abwenden. Was sagst du? Schnell!"

Der Jed vom zodanganischen Helium rief mit vor Zorn bebender Stimme der verärgerten Menge unter uns zu: "Haltet ein, Menschen von Helium. Das Gericht hat sein Urteil gesprochen, doch der Tag der Vollstreckung ist noch nicht festgesetzt. Ich, Zat Arrras, Jed von Zodanga, gewähre dem Gefangenen in Anerkennung seiner Verbindungen zum Königshaus und seiner bisherigen Verdienste für Helium und Barsoom eine Frist von einem Jahr oder bis zur Rückkehr von Mors Kajak oder Tardos Mors. Gebt Frieden und geht nach Hause! Geht!"

Keiner bewegte sich. Statt dessen standen alle in gespannter Stille da und blickten zu mir, als warteten sie auf das Zeichen zum Angriff.

"Räumt den Tempel", befahl Zat Arrras mit leiser Stimme einem seiner Offiziere.

Da ich die Dinge fürchtete, die dabei herauskommen mochten, wenn man diesen Befehl mit Gewalt durchsetzte, trat ich an den Rand des Podestes, wies auf das Hauptportal und bat alle, den Saal zu verlassen. Einmütig folgten alle meiner Bitte, wandten sich um und marschierten still und bedrohlich an den Soldaten von Zat Arrras, dem Jed von Zodanga, vorbei, der vor ohnmächtiger Wut finster dreinblickend dastand.

Kantos Kan und jene, die mir ihre Lehnstreue geschworen hatten, befanden sich noch immer neben mir auf dem Thron der Gerechtigkeit.

"Komm, wir begleiten dich zu deinem Palast, Prinz", sagte Kantos Kan zu mir. "Kommt, Carthoris und Xodar. Komm, Tars Tarkas." Mit einem hochmütigen Lächeln für Zat Arrras auf den schön geschwungenen Lippen wandte er sich um und schritt die Podeststufen hinab zum Gang der Hoffnung. Wir vier und unsere einhundert Getreuen folgten. Niemand versuchte uns zurückzuhalten, obwohl glühende Augen unseren Triumphzug durch den Tempel beobachteten.

Die Straßen waren voller Menschen, die uns jedoch einen Weg öffneten. Zahlreiche Schwerter wurden mir auf dem Marsch durch die Innenstadt von Helium bis zu meinem Palast am Stadtrand vor die Füße geworfen. Hier knieten meine alten Sklaven vor mir nieder und küßten mir die Hände, als ich sie begrüßte. Ihnen war gleich, wo ich gewesen war, Hauptsache, ich war zu ihnen zurückgekehrt.

"Ach, Herr, wäre nur unsere göttliche Prinzessin noch bei uns, dann wäre dies wirklich ein Tag."

Tränen stiegen mir in die Augen, so daß ich mich abwenden mußte, um meine Gefühle zu verbergen. Carthoris weinte in aller Öffentlichkeit, als ihn die Sklaven mit Bekundungen ihrer Zuneigung und Worten des Mitgefühles wegen unseres gemeinsamen Verlustes bedrängten. Nun erfuhr Tars Tarkas auch, daß seine Tochter, Sola, Dejah Thoris auf die lange Pilgerfahrt begleitet hatte. Ich hatte es nicht übers Herz gebracht, ihm Kantos Kans Bericht mitzuteilen. Gelassen wie die grünen Marsmenschen sind, zeigte er sein Leid nicht, und doch wußte ich, daß sein Kummer ebenso tief war wie der meinige. In deutlichem Unterschied zu seinem Volk waren in ihm die menschlichen Gefühle wie Liebe, Freundschaft und Nächstenliebe gut ausgeprägt.

Es war eine traurige und düstere Gesellschaft, die sich an diesem Tag beim Willkommensfest im großen Speisesaal des Palastes vom Prinz von Helium versammelt hatte. Wir waren über einhundert Personen, nicht mitgezählt die Mitglieder meines kleinen Hofes, denn

Dejah Thoris und ich hatten ein Haus geführt, wie es sich unseres königlichen Standes geziemte.

Die Tafel besaß entsprechend dem Brauch der roten Marsmenschen dreieckige Form, da wir in der Familie zu dritt waren. Carthoris und ich saßen in der Mitte unserer Tischseiten - in der Mitte der dritten Seite stand Dejah Thoris' hoher geschnitzter Stuhl, leer bis auf den prächtigen Hochzeitsstaat und die Juwelen, mit denen man ihn verziert hatte. Hinter ihm stand ein Sklave, wie in den Tagen, wenn seine Herrin ihren Platz an der Tafel eingenommen hatte, bereit, ihren Befehlen Folge zu leisten. Es war auf Barsoom so üblich, so erduldete ich diese Qual, obwohl es mir das Herz zerriß, den Platz still zu sehen, wo meine lachende und lebhafte Prinzessin sitzen und die große Halle mit ihrem ansteckenden Frohsinn erfüllen sollte.

Zu meiner rechten saß Kantos Kan, während rechts neben Dejah Thoris' leerem Platz Tars Tarkas auf einem riesigen Stuhl vor einem erhöhten Teil der Tafel saß, den ich vor Jahren entsprechend den Erfordernissen seiner riesigen Ausmaße hatte entwerfen lassen.

Auf dem Mars befindet sich der Ehrenplatz an einer Tafel immer zur Rechten der Gastgeberin, und diesen Platz hielt Dejah Thoris stets für den großen Thark reserviert, wenn er zu bestimmten Anlässen in Helium weilte.

Hor Vastus saß auf dem Ehrenplatz auf Carthoris' Tafelseite. Man unterhielt sich ein wenig über allgemeine Dinge. Es war eine stille und betrübte Gesellschaft. Ein jeder hing noch sehr in Gedanken Dejah Thoris nach, hinzu kamen die Sorge um Tardos Mors und Mors Kajak, sowohl Zweifel und Unsicherheit hinsichtlich der Zukunft von Helium, sollte es sich herausstellen, daß es für immer seines großen Jeddaks beraubt war.

Plötzlich vernahmen wir in der Ferne Geschrei, es klang, als ob mehrere Menschen zugleich die Stimme erhoben, doch ob aus Ärger oder Freude konnte man nicht feststellen. Der Aufruhr kam immer näher. Ein Sklave kam in den Essensaal gestürzt und rief, eine große Menschenmenge ströme durch die Palasttore. Ein zweiter folgte ihm auf den Fersen, abwechselnd lachend, dann wieder schreiend, als habe er den Verstand verloren.

"Dejah Thoris ist gefunden worden! Eine Nachricht von Dejah Thoris!" rief er.

Ich wartete nicht weiter. Die großen Fenster des Speisesaales blickten auf die Promenade zum Hauptportal - sie befanden sich auf der anderen Seite des Saales, dazwischen war nur der Tisch. Ich verschwendete keine Zeit damit, die Tafel zu umgehen - ein einziger Satz beförderte mich über Tisch und Gäste hinweg auf den Balkon. Dreißig Fuß weiter unten lag der scharlachfarbene Rasen. Hinten hatten sich viele Menschen um ein großes Thoat geschart, das einen Reiter in Richtung Palast trug. Ich sprang hinunter auf den Rasen und stürmte auf die Gruppe zu.

Beim Näherkommen erkannte ich in der Gestalt auf dem Thoat Sola.

"Wo ist die Prinzessin von Helium?" fragte ich.

Das grüne Mädchen glitt von seinem riesigen Reittier und kam auf mich zugerannt.

"O mein Prinz, mein Prinz!" rief sie. "Sie ist für immer verloren. In diesem Moment kann sie eine Gefangene auf dem ersten Mond sein. Die schwarzen Piraten von Barsoom haben sie geraubt."

Sola erzählt

Wieder im Palast, zog ich Sola zum Speisesaal, und nachdem sie ihren Vater in der Art und Weise der grünen Menschen begrüßt hatte, begann sie von der Pilgerfahrt und Gefangennahme von Dejah Thoris zu berichten.

"Vor sieben Tagen ertappte ich Dejah Thoris nach ihrer Audienz mit Zat Arrras mitten in der Nacht dabei, wie sie sich aus dem Palast stehlen wollte. Obwohl ich nicht wußte, wie ihr Gespräch mit Zat Arrras verlaufen war, ahnte ich, daß etwas vorgefallen war, das ihr große seelische Pein verschaffte, und als ich sie erblickte, mußte mir nicht gesagt werden, was sie vorhatte. Ich weckte schnell ein Dutzend ihrer treuesten Wachposten und legte ihnen meine Befürchtungen dar. Einmütig erklärten sich alle bereit, die geliebte Prinzessin auf ihrem Weg zu begleiten, auch wenn dieser zur Heiligen Iss oder ins Tal Dor führte. Ein kurzes Stück hinter dem Palast holten wir sie ein. Nur Woola, der treue Hund, war bei ihr. Als sie uns erblickte, wurde sie wütend und befahl uns, zum Palast zurückzukehren. Doch dieses eine Mal gehorchten wir nicht. Als sie sah, daß wir sie nicht allein auf die letzte Pilgerfahrt gehen lassen würden, brach sie in Tränen aus, umarmte uns, und gemeinsam marschierten wir durch die Nacht gen Süden. Am nächsten Tag stießen wir auf eine Herde von kleinen Thoats, saßen auf und kamen fortan schnell voran, so daß wir uns bereits tief im Süden befanden, als wir am Morgen des fünften Tages eine große, in nördlicher Richtung segelnde Kriegsflotte auf uns zukommen sahen. Sie erblickten uns, bevor wir uns verbergen konnten, und bald waren wir von einer Horde schwarzer Männer umzingelt. Die Soldaten der Prinzessin kämpften tapfer bis zuletzt, wurden jedoch schnell überwältigt. Nur Dejah Thoris und ich blieben am Leben. Als der Prinzessin klar wurde, daß sie den schwarzen Piraten in die Hände gefallen war, versuchte sie sich das Leben zu nehmen. Doch einer der Schwarzen entriß ihr den Dolch, und dann fesselten sie uns, so daß wir nicht einmal die Hände bewegen konnten. Nach unserer Gefangennahme setzte die Flotte ihren Weg nach Norden fort. Alles in allem waren es ungefähr zwanzig große Kriegsschiffe, abgesehen von einigen kleineren schnellen Kreuzern. An diesem Abend kehrte eines der kleineren Flugzeuge, das der Flotte weit vorausgeeilt war, mit einer Gefangenen zurück -

einer jungen roten Frau, die man in einem Gebirge aufgegriffen hatte, direkt vor der Nase einer aus drei Kriegsschiffen bestehenden Flotte roter Marsmenschen. Gesprächsfetzen, die wir aufschnappten, entnahmen wir, daß die schwarzen Piraten nach einer Gruppe von Flüchtlingen suchten, die ihnen einige Tage zuvor entwischt war. Daß die Gefangennahme der jungen roten Frau für sie wichtig war, sah man daran, daß der Flottenkapitän ein langes, ernstes Gespräch mit ihr führte. Später wurde sie gefesselt zu Dejah Thoris und mir in die Kabine gebracht. Die neue Gefangene war sehr hübsch. Sie erzählte Dejah Thoris, daß sie vor vielen Jahren die freiwillige Pilgerfahrt vom Hofe ihres Vaters, dem Jeddak von Ptarth, angetreten hatte. Sie hieß Thuvia und war die Prinzessin von Ptarth. Dann fragte sie Dejah Thoris nach ihrem Namen, und als sie diesen vernahm, kniete sie nieder, küßte Dejah Thoris' gefesselte Hände und erzählte ihr, daß sie noch an eben jenem Morgen mit John Carter, Prinz von Helium, und Carthoris, ihren Sohn, zusammen gewesen war.

Dejah Thoris glaubte ihr zuerst nicht, doch schließlich, als die junge Frau all die seltsamen Abenteuer geschildert hatte, die ihr zugestoßen waren, seit sie John Carter getroffen hatte, sowie die Dinge, die John Carter, Carthoris und Xodar von ihrem Aufenthalt im Land der Erstgeborenen berichtet hatten, wußte Dejah Thoris, daß es niemand anders sein konnte als der Prinz von Helium. 'Denn wer auf ganz Barsoom, wenn nicht John Carter, hätte all die Taten vollbringen können, von denen du erzählt hast', sagte sie. Und als Thuvia Dejah Thoris von ihrer Liebe für John Carter berichtet hatte, seiner Treue und Untergebenheit für die von ihm erwählte Prinzessin, brach Dejah Thoris zusammen und weinte - verfluchte Zat Arrras und das grausame Schicksal, das sie aus Helium vertrieben hatte.

'Ich nehme dir nicht übel, daß du ihn liebst, Thuvia', sagte sie. 'Dein aufrichtiges Bekenntnis zeigt mir, daß dein Gefühl für ihn rein und ehrlich ist.'

Die Flotte setzte den Weg nach Norden fort und kam fast bis Helium, doch letzte Nacht wurde den Piraten offensichtlich klar, daß John Carter ihnen tatsächlich entkommen war, und so gingen sie wieder auf Kurs nach Süden. Kurz danach betrat ein Wachposten unser Abteil und zerrte mich an Deck.

'Für eine grüne ist kein Platz im Land der Erstgeborenen', sagte er und versetzte mir bei diesen Worten einen fürchterlichen Stoß, der mich über Bord gehen ließ. Offensichtlich schien ihm das der einfachste Weg zu sein, das Fahrzeug von meiner Anwesenheit zu befreien und mich gleichzeitig zu töten. Doch das Schicksal meinte es gut mit mir, und wie durch ein Wunder überlebte ich, nur leicht verletzt. Das Schiff flog zu diesem Zeitpunkt sehr langsam, und als ich vom Deck in die Dunkelheit stürzte, erschauderte ich angesichts des schrecklichen Endes, das mir, so glaubte ich, bevorstand, denn den ganzen Tag hatte sich die Flotte in eintausend Fuß Höhe befunden. Doch zu meiner großen Überraschung landete ich keine zwanzig Fuß weiter unten auf einer weichen Pflanzendecke. Eigentlich hätte der Kiel des Schiffes zu dieser Zeit den Boden streifen müssen. Ich blieb die ganze Nacht dort liegen, wo ich aufgekommen war, und der nächste Morgen erklärte mir, welchem Glücksumstand ich mein Leben zu verdanken hatte. Bei Sonnenaufgang bot sich mir weit unten der Ausblick auf einen schier endlosen Meeresgrund. In der Ferne sah ich ein Gebirge. Ich befand mich auf dem höchsten Gipfel einer Gebirgskette. Die Flotte hatte den Bergkamm in der nächtlichen Finsternis beinahe gestreift, und in der kurzen Zeit, in der sie dicht darüber hinweggeflogen war, hatte der schwarze Wachposten mich hinausgeworfen, seines Glaubens in den Tod. Einige Meilen westlich von mir erblickte ich eine große Wasserstraße. Als ich sie erreichte, stellte ich zu meiner Freude fest, daß sie Helium gehörte. Hier beschaffte man mir ein Thoat - und den Rest kennt ihr."

Einige Minuten herrschte Stille. Dejah Thoris in den Händen der Erstgeborenen! Ich erschauderte bei dem Gedanken, doch plötzlich flackerte in mir wieder mein altes grenzenloses Selbstvertrauen auf. Ich sprang auf und gelobte mit entschlossener Haltung und erhobenem Schwert feierlich, mich auf den Weg zu meiner Prinzessin zu machen, sie zu befreien und zu rächen.

Einhundert Schwerter fuhren aus einhundert Scheiden, und einhundert Kriegsmänner sprangen zum Kopfende der Tafel und versprachen mir, mich mit ihrem Leben und Vermögen bei der Expedition zu unterstützen. Meine Pläne standen bereits fest. Ich dankte einem jeden meiner treuen Freunde, und zog mich, Carthoris leistete ihnen weiter Gesellschaft, mit Kantos Kan, Tars Tarkas, Xodar und Hor Vastus in mein Audienzzimmer zurück.

Hier besprachen wir bis tief in die Nacht die Einzelheiten unseres Vorgehens. Xodar war davon überzeugt, daß Issus sowohl Dejah Thoris als auch Thuvia für ein Jahr als Dienerinnen zu sich holen würde.

"So lange werden sie zumindest verhältnismäßig sicher sein, und wir wissen, wo wir nach ihnen suchen müssen", sagte er.

Die Einzelheiten der Ausrüstung der Flotte, mit der wir uns nach Omean begeben würden, wurden Kantos Kan und Xodar überlassen. Ersterer erklärte sich bereit, so schnell wie möglich solche Fahrzeuge, wie wir sie benötigten, ins Dock zu nehmen, wo Xodar ihre Ausrüstung mit Wasserpropellern leiten würde.

Jahrelang war der Schwarze dafür verantwortlich gewesen, die geraubten Fahrzeuge so umzubauen, daß sie Omean beschiffen konnten. Demzufolge war er bestens mit der Bauart der benötigten Propeller, der Unterkünfte und der zusätzlichen Getriebe vertraut.

Unsere Vorbereitungen würden schätzungsweise etwa sechs Monate in Anspruch nehmen, angesichts der Tatsache, daß das Projekt vor Zat Arrras absolut geheimgehalten werden mußte. Kantos Kan war überzeugt, daß der Ehrgeiz des Mannes erwacht war und er sich mit nichts Geringerem als dem Rang des Jeddaks von Helium zufrieden geben würde.

"Ich zweifle sogar daran, daß er Dejah Thoris' Rückkehr begrüßen würde, denn dann gäbe es jemanden, der dem Thron näher stünde als er. Wärest du und Carthoris ihm nicht mehr im Weg, so hielte ihn nur wenig davon ab, den Titel des Jeddaks anzunehmen, und du kannst davon ausgehen, daß ihr beide nicht sicher seid, so lange er hier an der Macht ist."

"Es gibt einen Weg, ihm einen Strich durch die Rechnung zu machen, und zwar einen endgültigen", rief Hor Vastus.

"Welchen?" fragte ich.

Er lächelte.

"Ich werde es hier nur flüstern, doch eines Tages werde ich es vom Dach des Tempels der Vergeltung den jubelnden Massen verkünden."

"Und was?" fragte Kantos Kan.

"John Carter, Jeddak von Helium", sagte Hor Vastus leise.

Die Augen meiner Freunde leuchteten auf, und ein freudiges und hoffnungsvolles Lächeln trat in ihre finsteren Gesichter. Sie blickten mich fragend an. Doch ich schüttelte den Kopf und sagte lächelnd: "Nein, meine Freunde, ich danke euch, doch es kann nicht sein. Zumindest noch nicht. Wenn wir erfahren, daß Tardos Mors und Mors Kajak nie wieder zurückkehren, werde ich, sollte ich hier sein, mich zu euch gesellen und dabei zusehen, wie das Volk von Helium von seinem Recht Gebrauch macht, seinen nächsten Jeddak zu wählen. Wen, das mag von der Treue meines Schwertes abhängen, doch werde ich diese Ehre nicht für mich suchen. Bis dahin ist Tardos Mors der Jeddak von Helium und Zat Arrras sein Vertreter."

"Wie du meinst, John Carter", sagte Hor Vastus, "Doch - was war das?" flüsterte er und wies auf das Fenster zum Garten.

Die Worte waren kaum aus seinem Munde, als er schon hinaus auf den Balkon eilte.

"Dort läuft er!" rief er aufgeregt. "Wachen! Dort unten! Wachen!"

Wir standen dicht hinter ihm und sahen einen Mann über ein kleines Rasenstück rennen und dahinter im Gebüsch verschwinden.

"Er war auf dem Balkon, als ich ihn erblickte. Schnell, hinterher!" rief Hor Vastus.

Wir stürmten in den Garten, doch obwohl wir die Anlage stundenlang mit der ganzen Wache absuchten, war keine Spur des nächtlichen Eindringlings zu finden.

"Was hältst du davon, Kantos Kan?" fragte Tars Tarkas.

"Ein Spion von Zat Arrras. Das war schon immer seine Art", entgegnete dieser.

"Dann wird er seinem Herren etwas sehr Interessantes zu berichten haben", lachte Hor Vastus.

"Ich hoffe, er hat nur unsere Anspielungen auf einen neuen Jeddak vernommen", sagte ich. "Sollte er unsere Pläne zur Befreiung Dejah Thoris' mitangehört haben, bedeutet das Bürgerkrieg, denn dann wird er versuchen, uns daran zu hindern, und das lasse ich mir nicht gefallen. Dabei würde ich mich gegen Tardos Mors selbst wenden, wenn das nötig wäre. Ich werde weitermachen, um meiner Prinzessin zu dienen. Nichts außer dem Tod soll mich davon abhalten. Sollte ich sterben, meine Freunde, schwört ihr mir, daß ihr die Suche nach ihr fortsetzt und sie unbeschadet an den Hof ihres Großvaters zurückbringt?"

Bei der Klinge seines Schwertes gelobte ein jeder, zu tun, wie ich gebeten.

Wir beschlossen, die Kriegsschiffe, die umgebaut werden sollten, nach Hastor zu beordern, einer heliumitischen Stadt weit im Südwesten. Kantos Kan glaubte, die dortigen Docks könnten sich zusätzlich zu ihrer üblichen Arbeit noch auf jeweils mindestens sechs Kriegsschiffe einstellen. Als oberster Befehlshaber der Marine war es ihm ein Leichtes, die Fahrzeuge dorthin zu befehlen und danach die umgebaute Flotte in abgelegenen Gebieten des Reiches vor Anker gehen zu lassen, bis wir bereit waren, sie zum Sturm auf Omean zusammenzurufen.

Es war spät am Abend, als sich unsere Versammlung auflöste, doch jedem der Männer waren fest umrissene Pflichten zugeteilt worden, und jede Einzelheit des Planes war geklärt.

Kantos Kan und Xodar sollten sich um den Umbau der Schiffe kümmern. Tars Tarkas wollte mit den Thark in Verbindung treten und herausfinden, wie das Volk seine Rückkehr aus Dor aufnahm. Waren sie dieser wohlgesonnen, sollte er sich augenblicklich nach Thark begeben und die Zeit nutzen, eine große Horde grüner Krieger zusammenzuziehen, die unserem Plan nach mit Transportflugzeugen direkt zum Tal Dor und dem Tempel Issus gebracht werden sollten, während die Flotte in Omean eindringen und die Fahrzeuge der Erstgeborenen zerstören sollte.

Auf Hor Vastus' Schultern ruhte die heikle Aufgabe, eine geheime Gruppe von Soldaten zu organisieren, die schwören mußten, John Carter zu folgen, wohin auch immer das sein mochte. Da wir schätzten, daß über eine Million Mann vonnöten waren, um die tausend großen Kriegsschiffe zu bemannen, die wir für Omean planten, die Transporflugzeuge für die grünen Menschen, als auch die Begleitschiffe, war es keine einfache Angelegenheit, die Hor Vastus zu bewältigen hatte.

Nach ihrem Aufbruch wünschte ich Carthoris eine gute Nacht, denn ich war sehr müde, begab mich in meine Gemächer, nahm ein Bad und legte mich auf meinen seidenen Schlaftüchern und Fellen zur ersten ruhigen Nacht seit meiner Rückkehr nach Barsoom nieder. Doch sogar jetzt sollte meine Hoffnung enttäuscht werden.

Wie lange ich schlief, weiß ich nicht. Unerwartet fand ich ein halbes Dutzend starke Männer über mir, ein Knebel steckte mir bereits im Mund. Einen Augenblick später hatten sie meine Arme und Beine gefesselt. Sie gingen so schnell und geschickt zu Werke, daß ich absolut nicht in der Lage war, mich zu befreien, als ich wieder bei vollem Bewußtsein war.

Nicht ein Wort fiel zwischen ihnen, und der Knebel hielt mich sehr wirkungsvoll vom Sprechen ab. Schweigend hoben sie mich auf und trugen mich hinaus. Als sie an dem Fenster vorbeikamen, durch das die hellen Strahlen des zweiten Mondes fielen, sah ich, daß jeder von ihnen das Gesicht mit Seidentüchern verhüllt hatte - ich erkannte nicht einen von ihnen.

Auf dem Korridor wandten sie sich dann in Richtung einer Geheimtür in der Wandtäfelung, von wo ein Gang zu den Gewölben unter dem Palast führte. Ich hatte meine Zweifel daran, daß irgendein Außenstehender von diesem Geheimgang wußte. Doch der Anführer der Gruppe zögerte nicht eine Sekunde. Er trat direkt auf die Täfelung zu, berührte den verborgenen Knopf, und als die Tür aufschwang, blieb er stehen und ließ erst seine Leute mit mir hineingehen. Dann folgte er uns, nachdem er die Geheimtür wieder hinter sich geschlossen hatte.

Es ging in Richtung der Gewölbe, durch sich windende Gänge, die ich selbst nie zuvor erforscht hatte, immer weiter, bis wir nach meiner Überzeugung das Palastgelände schon weit hinter uns gelassen haben mußten. Dann stieg der Weg wieder an.

Schließlich blieb die Gruppe vor einer weißen Wand stehen. Der Anführer klopfte mit dem Griff seines Schwertes dagegen - er tat drei kurze und deutliche Schläge, hielt dann inne, tat noch einmal drei weitere, wartete wieder und klopfte dann zweimal. Eine Sekunde später glitt die Wand nach innen, und ich wurde in ein hell erleuchtetes Gemach gestoßen, in dem drei reich geschmückte Männer saßen.

Einer von ihnen wandte sich um, ein böses Lächeln auf den dünnen, unbarmherzigen Lippen - es war Zat Arrras.

Bittere Verzweiflung

"Oh, welch günstigen Umständen verdanke ich das Vergnügen dieses unerwarteten Besuchs durch den Prinzen von Helium?" fragte Zat Arrras.

Noch während er dies sagte, entfernte eine meiner Wachen den Knebel aus meinem Mund, doch ich gab keine Antwort, sondern stand wortlos da und blickte den Jed von Zodanga ruhig an. Ich zweifle nicht, daß meine Miene die Verachtung widerspiegelte, die ich für diesen Mann empfand.

Die Augen der im Gemach Anwesenden hafteten zuerst auf mir und dann auf Zat Arrras, bis sich sein Gesicht schließlich vor Zorn langsam rötete.

"Ihr könnt gehen", sagte er zu denjenigen, die mich hergebracht hatten, und als nur noch seine zwei Kumpane und wir im Raum waren, redete er wieder mit mir. Seine Stimme klang eisig, er sprach sehr langsam und bedächtig und machte viele Pausen, als wähle er seine Worte sorgfältig.

"John Carter, nach dem Gewohnheitsrecht, nach dem Gesetz unserer Religion und gemäß dem Urteilsspruch eines unparteiischen Gerichtshofes bist du zum Tode verurteilt. Das Volk kann dich nicht retten - das steht allein mir zu. Du bist völlig in meiner Macht, und ich kann mit dir nach Gutdünken verfahren. Ich kann dich töten lassen oder freisprechen, und sollte ich es für gut befinden, dich zu töten, wäre auch niemand klüger.

Solltest du entsprechend den Bedingungen der Begnadigung ein Jahr lang frei in Helium umherspazieren, steht kaum zu befürchten, daß das Volk auf der Vollstreckung des gegen dich ausgesprochenen Urteils bestehen würde.

Binnen zwei Minuten kannst du ungehindert gehen, unter einer Bedingung. Tardos Mors wird nie nach Helium zurückkehren, ebensowenig Mors Kaja oder Dejah Thoris. Helium muß binnen eines Jahres einen neuen Jeddak wählen. Dann wäre Zat Arrras Jeddak von Helium. Sage mir, daß du meine Sache vertreten wirst. Das ist der Preis für deine Freiheit. Ich bin fertig."

Ich wußte, daß der grausame Zat Arrras durchaus fähig war, mich zu vernichten. War ich erst einmal tot, bestand wenig Anlaß zu zweifeln, daß er sehr leicht Jeddak von Helium werden würde. War ich auf freiem Fuß, konnte ich die Suche nach Dejah Thoris fortsetzen. Bei meinem Tod wären meine tapferen Gefährten nicht in der Lage, unsere Pläne auszuführen. Würde ich mich also weigern, seiner Forderung nachzukommen, stand zu erwarten, daß ich ihn nicht nur hinderte, Jeddak von Helium zu werden, sondern auch das Schicksal von Dejah Thoris besiegelte - indem ich sie durch meine Weigerung den Greueln der Arena von Issus überlieferte.

Ich zögerte einen Augenblick lang, aber nur einen Augenblick. Die stolze Tochter von eintausend Jeddaks würde den Tod einer so schimpflichen Allianz wie dieser hier vorziehen. Wie könnte John Carter da weniger für Helium tun, als seine Prinzessin tun würde?

Also sagte ich zu Zat Arrras: "Es kann zwischen einem Verräter an Helium und einem Prinzen des Hauses von Tardos Mors keinen Pakt geben. Ich glaube nicht, Zat Arrras, daß der große Jeddak tot ist."

Er zuckte die Schultern.

"Nicht mehr lange werden deine Ansichten selbst für dich von Interesse sein, John Carter, also mache das Beste daraus, solange du kannst. Zat Arrras wird dir gestatten, eine gebührende Zeit weiter über das großmütige Angebot nachzudenken, das er dir gemacht hat. Zu diesem Zweck wirst du heute nacht in die Stille und Finsternis der Gruben eintreten, wohl wissend, dieser Finsternis und dem Schweigen niemals zu entrinnen, sollte es dir nicht gelingen, innerhalb einer vernünftigen Zeitspanne in die Alternative einzuwilligen, die man dir bietet. Auch sollst du nicht erfahren, in welcher Minute die Hand mit dem scharfen Dolch durch die Finsternis und die Stille reichen wird, um dich der letzten Möglichkeit zu berauben, erneut die Wärme, Freiheit und Fröhlichkeit der Außenwelt zu erlangen."

Noch während dieser Worte klatschte Zat Arrras in die Hände. Die Wachen kehrten zurück.

Er wies mit einer Handbewegung auf mich.

"In die Gruben", sagte er. Das war alles. Vier Männer begleiteten mich aus dem Gemach und eskortierten mich beim Schein einer Radium-Handlampe, die ihnen den Weg beleuchtete, durch scheinbar endlose Tunnel hinab, immer weiter hinab unter die Stadt Helium.

Schließlich blieben sie in einer recht geräumigen Kammer stehen. In die Felsenwände ringsum waren Ringe eingelassen. Daran waren Ketten befestigt. An vielen davon hingen menschliche Skelette. Sie stießen eines davon beiseite, schlossen das riesige Vorhängeschloß auf, das die Kette um das festhielt, was einst ein Fußknöchel war, und ließen das Eisenband um mein Bein zuschnappen. Dann verließen sie mich, wobei sie die Lampe mitnahmen.

Pechschwarze Finsternis hüllte mich ein. Einige Minuten lang konnte ich noch das Waffengeklirr hören, dann wurde auch dies immer schwächer, bis die Stille ebenso vollkommen wie die Finsternis war. Ich war allein mit meinen gräßlichen Gefährten - den Gebeinen von Toten, deren Schicksal mir nur das Bevorstehende vor Augen führte.

Wie lange ich stand und in die Finsternis lauschte, weiß ich nicht, doch das Schweigen dauerte an, und schließlich sank ich auf den harten Boden meines Kerkers, lehnte den Kopf gegen die Steinwand und schlief ein.

Ich muß wohl einige Stunden geschlafen haben, denn als ich erwachte, sah ich einen jungen Mann vor mir stehen. In der einen Hand hielt er eine Lampe, in der anderen ein Gefäß, das eine haferschleimähnliche Substanz enthielt - die übliche Gefängniskost von Barsoom.

"Zat Arrras sendet dir Grüße und hat mir aufgetragen, dich in Kenntnis zu setzen, daß er nicht geneigt ist, das Angebot zurückzuziehen, welches er dir gemacht hat, obwohl er voll und ganz über die Verschwörung im Bilde ist, dich zum Jeddak von Helium zu machen. Willst du die Freiheit gewinnen, brauchst du mich nur zu bitten, Zat Arrras mitzuteilen, daß du die Bedingungen seines Vorschlags annimmst."

Ich schüttelte den Kopf. Der Jüngling sagte nichts mehr, und nachdem er das Essen neben mich auf den Boden gesetzt hatte, kehrte er auf den Korridor zurück und nahm die Lampe mit.

Viele Tage lang kam er nun täglich zweimal mit Essen in meine Zelle, und jedesmal überbrachte er dieselben Grüße von Zat Arrras. Ich bemühte mich lange, ihn in ein Gespräch über andere Dinge zu verwickeln, aber er wollte nicht reden, und so gab ich schließlich jeden Versuch auf.

Vier Monate zerbrach ich mir den Kopf, um eine Möglichkeit zu finden, Carthoris meinen Aufenthalt mitzuteilen. Monatelang kratzte ich an einem einzelnen Glied der massiven Kette, die mich hielt, in der Hoffnung, sie schließlich durchzusägen, so daß ich dem Jüngling durch die gewundenen Tunnel zu einem Punkt folgen konnte, wo ein Ausbruch in die Freiheit möglich war.

Ich gierte förmlich nach Nachrichten über das Vorankommen der

Expedition, die Dejah Thoris retten sollte. Mir war klar, daß Carthoris die Angelegenheit nicht fallen lassen würde, könnte er nach Belieben handeln, doch so weit ich wußte, war er vielleicht auch Gefangener in Zat Arrras' Gruben.

Ich wußte, daß Zat Arrras' Spion unser Gespräch über die Wahl eines neuen Jeddaks mitgehört hatte, und kaum ein halbes Dutzend Minuten vorher hatten wir die Einzelheiten des Plans zur Rettung von Dejah Thoris erörtert. So war durchaus damit zu rechnen, daß er auch darüber gut informiert war. Carthoris, Kantos Kan, Tars Tarkas, Hor Vastus und Xodar waren vielleicht schon Zat Arrras' Mördern zum Opfer gefallen oder seine Gefangenen.

Ich beschloß, zumindest noch einen Versuch zu unternehmen, um etwas in Erfahrung zu bringen. Zu diesem Zweck wendete ich eine bestimmte Strategie an, als der Jüngling wieder in meine Zelle kam. Ich hatte bemerkt, daß er ein hübscher Bursche und etwa so groß und so alt wie Carthoris war. Außerdem war mir aufgefallen, daß seine schäbige Kleidung im Widerspruch zu seiner erhabenen und stolzen Haltung stand.

Auf diese Beobachtungen gestützt, eröffnete ich bei seinem folgenden Besuch die Verhandlungen.

"Du bist während meiner Einkerkerung hier stets sehr freundlich zu mir gewesen", sagte ich zu ihm. "Da ich weiß, daß ich nur noch sehr kurze Zeit zu leben habe, wünsche ich, ehe es dazu zu spät ist, ein ausführliches Zeugnis meiner Wertschätzung für all das aufzusetzen, was du getan hast, um meine Gefangenschaft erträglich zu machen.

Du hast mir jeden Tag gewissenhaft mein Essen gebracht und darauf geachtet, daß es wohl zubereitet und ausreichend war. Nie hast du durch Wort oder Tat versucht, meine hilflose Lage auszunutzen, um mich zu beleidigen oder zu foltern. Du bist stets nur höflich und rücksichtsvoll gewesen. Dieses vor allem weckt bei mir ein Gefühl der Dankbarkeit und den Wunsch, dir zum Zeichen dafür ein geringes Geschenk zukommen zu lassen.

Im Wachraum meines Palastes sind viele schöne Ausrüstungsstücke. Geh hin und such dir einen Harnisch aus, der dir besonders gefällt - er soll dir gehören. Ich bitte nur, daß du ihn auch trägst, so daß ich weiß, daß meinem Wunsch Genüge getan wurde."

Die Augen des Jungen leuchteten vor Freude auf, als ich dies sagte, und ich sah ihn von seiner rostigen Rüstung auf meine prächtige blicken. Er blieb einen Moment nachdenklich stehen, ehe er etwas sagte, und in diesem kurzen Augenblick stockte mir beinahe das Herz - so viel hing für mich von seiner Antwort ab.

"Und ginge ich zum Palast des Prinzen von Helium mit einer solchen Forderung, so würden sie über mich lachen, mich dazu noch höchstwahrscheinlich kopfüber auf die Straße befördern. Nein, es kann nicht sein, obwohl ich dir für das Angebot danke. Außerdem, sollte Zat Arrras auch nur eine Ahnung davon bekommen, ich hätte eine solche Sache in Erwägung gezogen, würde er mir auf der Stelle das Herz aus dem Leib schneiden lassen."

"Dir muß daraus kein Schaden erwachsen, mein Junge", drängte ich. "Du kannst doch nachts mit einer Nachricht an Carthoris, meinem Sohn, zu meinem Palast gehen. Du darfst die Nachricht lesen, ehe du sie abgibst, damit du weißt, daß sie nichts enthält, was Zat Arrras schaden könnte. Mein Sohn wird verschwiegen sein, und so werden nur wir drei davon wissen. Es ist sehr einfach und eine so harmlose Sache, daß niemand sie verurteilen könnte."

Abermals stand er schweigend in tiefes Nachdenken versunken.

Dann wäre da auch noch das juwelenbesetzte Kurzschwert, das ich einem toten Nordjeddak abgenommen habe. Wenn du die Rüstung abholst, dann achte darauf, daß Carthoris es dir ebenfalls gibt. Damit und mit dem Harnisch, den du dir dort aussuchst, wirst du der am schmucksten ausgerüstete Krieger in ganz Zodanga sein.

Bring mir Schreibmaterial mit, wenn du das nächste Mal in meine Zelle kommst, und binnen weniger Stunden werden wir dich in einer Weise gekleidet sehen, die deiner Geburt und Haltung entspricht."

Noch immer in Gedanken und ohne zu antworten wandte er sich um und ging. Ich hatte keine Ahnung, wie er sich entscheiden würde, und saß deshalb stundenlang und grübelte über den Ausgang der Angelegenheit.

Erklärte er sich einverstanden, Carthoris eine Nachricht zukommen zu lassen, so bedeutete das für mich, daß Carthoris noch lebte und frei war. Kehrte er mit Rüstung und Schwert zurück, dann wußte ich, daß Carthoris meine Nachricht erhalten hatte und wußte, daß ich noch lebte. Daß der Überbringer der Nachricht ein Zodanganer war, genügte, um Carthoris klar zu machen, daß ich ein Gefangener von Zat Arrras war.

Mit einem Gefühl aufgeregte Erwartung, das ich kaum verbergen konnte, hörte ich, wie der Junge sich bei seinem nächsten routinemäßigen Besuch meiner Zelle näherte. Ich sagte außer meiner üblichen Begrüßung kein Wort weiter. Als er mein Essen neben mir auf den Fußboden setzte, legte er auch Schreibmaterial dazu.

Mein Herz hüpfte vor Freude. Ich hatte einen Punkt gewonnen. Einen Augenblick schaute ich in gespielter Überraschung auf das Material, tat aber sogleich so, als dämmere mir eine Erkenntnis, und nahm alles auf. Ich kritzelte eine kurze Notiz an Carthoris, er solle Parthak einen Harnisch seiner Wahl und das Kurzschwert aushändigen, welches ich beschrieb. Das war alles, und es bedeutete auch alles für mich und Carthoris.

Ich legte die Nachricht offen auf den Fußboden. Parthak hob sie auf und verließ mich wortlos.

Soweit ich es beurteilen konnte, war ich zu diesem Zeitpunkt dreihundert Tage in den Gruben. Sollte etwas geschehen, um Dejah Thoris zu retten, dann mußte es schnell getan werden, denn wenn sie nicht bereits tot war, stand ihr Ende gewiß bald bevor, denn diejenigen, die Issus erkor, lebten nur ein einziges Jahr.

Als ich das nächste Mal sich nähernde Schritte hörte, konnte ich es kaum erwarten, Parthak mit dem Harnisch und dem Schwert zu sehen, doch man stelle sich meinen Ingrimm und meine Enttäuschung vor, sofern man kann, als ich sah, daß der Überbringer meiner Nahrung nicht Parthak war.

"Was ist aus Parthak geworden?" fragte ich, doch der Bursche wollte nicht antworten, und kaum hatte er mein Essen abgesetzt, wandte er sich um und kehrte in die Welt dort oben zurück.

Tage kamen und gingen, und noch immer verrichtete mein neuer Kerkermeister seine Pflichten, ohne auch nur ein Wort mit mir zu reden, sei es als Antwort auf die einfachste Frage oder aus eigenem Antrieb.

Ich konnte über den Grund von Parthaks Entfernung nur Vermutungen anstellen, aber daß sie in irgendeiner Weise direkt mit der Nachricht in Verbindung stand, die ich ihm gegeben hatte, lag für mich auf der Hand. Nach all der Freude war ich nun nicht besser dran als zuvor, denn nun wußte ich nicht einmal, ob Carthoris lebte. Wollte Parthak in der Wertschätzung von Zat Arrras aufsteigen, hätte er mich genauso so handeln lassen, wie ich es tat, damit er meine Nachricht an seinen Herrn weiterleiten konnte zum Beweis seiner unbedingten Loyalität und Ergebenheit.

Dreißig Tage waren verstrichen, seit ich dem Jüngling die Nachricht übergeben hatte. Dreihundert und dreißig Tage waren seit meiner Einkerkerung vergangen. Wenn ich einigermaßen genau rechnete, blieben ganze dreißig Tage bis zu dem Zeitpunkt, da man Dejah Thoris für die Riten der Issus in die Arena beordern würde.

Als dieses entsetzliche Bild so lebhaft vor meinem geistigen Auge erstand, vergrub ich mein Gesicht in den Armen und konnte die Tränen nur mit größter Mühe unterdrücken, die mir trotzdem aus den Augen brachen. Sich vorzustellen, daß dieses schöne Geschöpf von den reißenden Fangzähnen der gräßlichen weißen Affen zerfleischt und zerrissen wurde! Es war undenkbar. Eine derartige Greueltat durfte nicht geschehen. Dennoch sagte mir mein Verstand, daß meine unvergleichliche Prinzessin binnen dreißig Tagen in der Arena der Erstgeborenen von diesen äußerst wilden Bestien zu Tode gebracht werden würde; daß ihr blutiger Leichnam durch den Schmutz und den Staub geschleift würde, bis schließlich ein Teil davon aufgehoben wurde, um den schwarzen Edlen an der Tafel als Nahrung zu dienen.

Ich glaube, ich hätte den Verstand verloren, hätte ich meinen Kerkermeister nicht kommen hören. Er lenkte meine Aufmerksamkeit von den entsetzlichen Vorstellungen ab, die mich beschäftigten. Nun keimte in mir ein neuer und grimmiger Entschluß auf. Ich würde einen übermenschlichen Versuch machen, zu fliehen, meinen Kerkermeister durch eine List töten und dem Schicksal vertrauen, daß es mich sicher in die Außenwelt geleitete.

Mit dem Gedanken kam der Wille zum Handeln. Ich warf mich dicht an der Wand in einer angespannten und verkrampften Haltung auf den Fußboden, als sei ich nach einem Kampf oder irgendwelchen Anfällen gestorben. Wenn er sich über mich beugen würde, brauchte ich ihn nur mit einer Hand an der Kehle zu packten und ihm mit dem losen Ende der Kette, das ich zu diesem Zweck fest in der rechten Hand hielt, einen heftigen Schlag zu versetzen.

Immer näher kam der dem Verhängnis geweihte Mann. Dann hörte ich ihn draußen stehenbleiben. Er murmelte etwas, dann trat er an meine Seite. Ich spürte, wie er neben mir niederkniete, und packte die Kette noch fester. Jetzt beugte er sich tief zu mir. Ich brauchte nur die Augen zu öffnen, seinen Hals zu suchen, ihn zu packen und im gleichen Augenblick mit einem furchtbaren Schlag ins Jenseits zu befördern.

Alles verlief, wie ich es geplant hatte. So kurz war die Zeitspanne zwischen dem Moment, da ich die Augen öffnete, und dem Fall der

Kette, daß ich sie gar nicht richtig erfaßte. Gleichwohl erkannte ich selbst in diesem Bruchteil einer Sekunde das Gesicht, das meinem so nahe war, als das meines Sohnes Carthoris.

Mein Gott! Welches grausames und böses Geschick hatte zu solch entsetzlichem Ende geführt! Welche heimtückische Kette von Umständen hatte meinen Jungen in dieser besonderen Minute unseres Lebens an meine Seite geführt, als ich ihn in Unkenntnis über seine Identität niederschlagen und töten konnte! Eine gnädige, doch säumige Vorsehung trübte mir die Sicht und den Verstand, als ich über dem leblosen Körper meines einzigen Sohnes in Ohnmacht sank.

Als ich das Bewußtsein wiedererlangte, spürte ich eine feste, kühle Hand auf meiner Stirn. Einen Moment hielt ich die Augen geschlossen im Bestreben, die losen Enden der langen Gedankenketten und Erinnerungen aufzugreifen, die immer wieder durch mein müdes und überanstrengtes Gehirn jagten.

Schließlich erfolgte die grausame Erinnerung an meine letzte bewußte Handlung, und nun wagte ich nicht, die Augen zu öffnen aus Angst vor dem Anblick, der sich mir dann an meiner Seite bieten würde. Ich fragte mich, wer mir wohl die Hand auf die Stirn legte. Carthoris mußte einen Gefährten bei sich gehabt haben, den ich nicht sah. Nun gut, ich mußte dem Unabwendbaren irgendwann ins Antlitz sehen, warum also nicht jetzt? Also schlug ich die Augen auf.

Carthoris beugte sich über mich. Er hatte eine große Beule an der Stirn, wo die Kette ihn getroffen hatte, doch er lebte, Gott sei Dank! Niemand war bei ihm. Ich streckte die Arme aus und zog meinen Jungen an mich, und wenn je von irgendeinem Planeten ein inbrünstiges Dankgebet aufgestiegen ist, dann dort unter der Kruste des sterbenden Mars, als ich dem Ewigen Geheimnis für das Leben meines Sohnes dankte.

Der kurze Augenblick, in dem ich Chartoris sah und erkannte, ehe die Kette fiel, muß wohl ausgereicht haben, die Wucht des Schlages zu mindern. Er sagte mir, er habe eine Zeitlang bewußtlos dagelegen - wie lange, wußte er nicht.

"Wie bist du überhaupt hierher gelangt?" fragte ich, da mir rätselhaft war, wie er mich ohne Führer gefunden hatte.

"Dank deiner klugen Idee, mich durch den jungen Parthak von deiner Existenz und Einkerkerung zu unterrichten. Bis zu dem Moment, als er sich den Harnisch und das Schwert holte, hielten wir dich für tot. Als ich deine Nachricht las, erfüllte ich deine Bitte und ließ ihn sich den Harnisch im Wachraum aussuchen. Dann brachte ich ihm auch noch das juwelenbesetzte Schwert. In dem Moment, da ich das Versprechen erfüllt hatte, das du ihm offensichtlich gegeben hast, endete meine Verpflichtung ihm gegenüber. Ich begann nun, ihn zu befragen, doch er wollte mir keine Auskunft über deinen Aufenthalt geben. Er war Zat Arrras gegenüber äußerst loyal.

Schließlich ließ ich ihn zwischen der Freiheit und den Gruben unter dem Palast wählen - wobei der Preis der Freiheit in einer vollständigen Auskunft über den Ort deiner Einkerkerung und in Hinweisen bestand, die uns zu dir führen konnten. Dennoch hielt er an seiner hartnäckigen Ergebenheit für Zat Arrras fest. Voller Verzweiflung ließ ich ihn in die Gruben bringen, wo er jetzt noch ist.

Keine Androhungen von Folter oder Tod, keine Bestechungsgelder in märchenhafter Höhe konnten ihn umstimmen. Seine einzige Erwiderung auf all unser Drängen war, wann immer er sterben werde, sei es morgen oder in tausend Jahren, könnte niemand ihm nachsagen: 'Ein Verräter hat seinen verdienten Lohn erhalten!'

Schließlich entwickelte Chodar, dieser listenreiche Teufel, einen Plan, wie wir ihm die Informationen entlocken konnten. Und so ließ ich Hor Vastus die Rüstung eines zodanganischen Soldaten anlegen und in Parthaks Zelle neben ihn anketten. Fünfzehn Tage lang hat der edle Hor Vastus in der Finsternis der Gruben geschmachtet, doch nicht vergebens. Allmählich gewann er das Vertrauen und die Freundschaft von Parthak, bis dieser erst heute, des Glaubens, er spreche nicht nur mit einem Landsmann, sondern mit einem lieben Freund dazu, Hor Vastus genau mitteilte, in welcher Zelle du liegst.

Ich brauchte nur kurze Zeit, die Pläne der Gruben von Helium unter deinen Papieren zu finden. Hierher zu gelangen war etwas schwieriger. Wie du weißt, sind zwar alle Gruben unter der Stadt miteinander verbunden, doch es gibt nur einzelne Eingänge von denen unter jeder Sektion und den benachbarten, und zwar auf höherem Niveau gleich unter der Erdoberfläche.

Natürlich werden diese Öffnungen, die von angrenzenden Gruben zu denen unter den Regierungsgebäuden führen, ständig bewacht. So gelangte ich zwar leicht zum Grubeneingang unter dem Palast, den Zat Arrras bewohnt, fand jedoch einen Zodanganer Soldaten als Wache dort vor. Zwar ließ ich ihn dort, als ich weiterging, doch seine Seele war nicht mehr bei ihm.

Nun bin ich hier, gerade noch rechtzeitig, um beinahe von dir getötet zu werden", sagte er abschließend und lachte.

Er hatte sich während seines Berichts an dem Schloß zu schaffen gemacht, das meine Fesseln zusammenhielt. Mit einem Freudenschrei ließ er das Ende der Kette nun zu Boden fallen, und ich stand wieder, befreit von den meine Gliedmaßen wundreibenden Eisen, in denen ich fast ein Jahr lang geschmachtet hatte.

Er hatte mir ein Langschwert und einen Dolch mitgebracht. Solcherart bewaffnet, machten wir uns auf den Rückweg zu meinem Palast.

An der Stelle, wo wir die Gruben von Zat Arrras verließen, fanden wir den Wächter, den Carthoris getötet hatte. Er war noch nicht entdeckt worden, und um die Suche weiter hinauszuzögern und den Leuten des Jed ein Rätsel aufzugeben, nahmen wir den Toten ein kurzes Stück mit und versteckten ihn in einer winzigen, vom Hauptkorridor der Gruben abgelegenen Zelle unter einem angrenzenden Grundstück.

Etwa eine halbe Stunde später gelangten wir an die Gruben unter unserem Palast, und kurz danach traten wir in den Audienzsaal, wo wir Kantos Kan, Tars Tarkas, Hor Vastus und Xodar vorfanden, die uns mit Ungeduld erwarteten.

Wir verloren keine Zeit mit fruchtlosen Berichten über meine Einkerkerung. Ich wollte vor allem wissen, inwieweit die Pläne, die wir vor fast einem Jahr ausgearbeitet hatten, durchgeführt worden waren.

"Es hat viel länger gedauert, als wir erwartet hatten", erwiderte Kantos Kan. "Die Tatsache, daß wir zu völliger Geheimhaltung gezwungen waren, hat uns arg behindert. Zat Arrras' Spione sind überall. Soviel ich weiß, hat dennoch kein Wort über unsere wirklichen Pläne das Ohr des Schurken erreicht.

Heute abend liegt bei den großen Docks von Hastor eine Flotte von eintausend der größten Kampfluftschiffe, die jemals über Barsoom flogen, wobei jedes so ausgerüstet ist, daß es zu Wasser und in der Luft von Oman fliegen kann. An Bord jedes der Luftschiffe befinden sich fünf Zehnmann-Kreuzer, zehn Fünfmann-Aufklärungsmaschinen und einhundert Einmann-Aufklärer. Insgesamt sind es einhundertsechzehntausend Fahrzeuge, ausgerüstet mit Luft- und Wasserpropellern.

Bei Thark liegen die Transporter für die grünen Krieger des Tars Tarkas, neunhundert große Truppentransporter samt Begleitschiffen.

Seit sieben Tagen ist alles bereit, doch wir haben in der Hoffnung gewartet, daß wir dich noch rechtzeitig retten könnten, damit du den Befehl über die Expedition übernimmst. Wie gut, das wir gewartet haben, mein Prinz."

"Wie kommt es, Tars Tarkas, daß die Männer von Thark nicht die üblichen Maßnahmen gegen jemanden ergreifen, der vom Busen des Iss zurückkehrt?"

"Sie schickten einen Rat von fünfzig Häuptlingen, die mit mir hier reden sollten", erwiderte der Thark. "Wir sind ein gerechtes Volk, und als ich ihnen die ganze Geschichte erzählte, waren sie einstimmig der Meinung, ihre Aktion gegen mich würde durch die von Helium gegen John Carter geleitet werden. In der Zwischenzeit sollte ich auf ihre Bitte meinen Thron als Jeddak von Thark wieder einnehmen, damit ich mit den benachbarten Horden von Kriegern, die die Landstreitkräfte der Expedition stellen sollten, verhandeln könne. Ich habe das getan, wozu ich mich verpflichtet hatte. Zweihundertfünfzigtausend Kämpfer, die von der Eiskappe im Norden bis zu der im Süden mobilisiert wurden und eintausend verschiedene Gemeinschaften von einhundert wilden und kriegerischen Horden repräsentierten, strömten des Nachts in die große Stadt Thark. Sie sind bereit, auf meinen Befehl hin ins Land der Erstgeborenen zu segeln und dort zu kämpfen, bis ich ihnen Einhalt gebiete. Das einzige, worum sie bitten, ist, daß sie die Beute, die sie machen, zu ihren eigenen Gebieten bringen dürfen, wenn der Kampf und das Plündern vorbei sind. Ich bin fertig."

"Und du, Hor Vastus, von welchem Erfolg vermagst du zu künden?" fragte ich.

"Eine Million erfahrener Kämpfer von Heliums schmalen Wasserwegen stellen die Mannschaften für die Schlachtschiffe, die Transporte und die Begleitfahrzeuge", erwiderte er. "Jeder hat Loyalität und Geheimhaltung geschworen, auch wurden jeweils nicht soviel aus einem einzelnen Distrikt rekrutiert, daß Verdacht hätte aufkommen können."

"Gut!" sagte ich "Jeder hat seine Pflicht getan. Kantos Kan, können wir uns jetzt nicht sofort nach Hastor begeben und noch vor der Morgensonne aufbrechen?"

"Wir sollten keine Zeit verlieren, Prinz", erwiderte Kantos Kan. "Schon erkundigen sich die Leute von Hastor nach dem Zweck einer derart großen, mit Kämpfern vollbemannten Flotte. Mich wundert, daß die Kunde davon nicht Zat Arrras schon erreicht hat. Ein Kreuzer wartet über deinem Deck. Wir sollten um..." Ein Kugelhagel aus den Palastgärten gleich draußen schnitt ihm das Wort ab.

Wir eilten alle auf den Balkon und konnten gerade noch rechtzeitig ein Dutzend Angehörige meiner Palastwache im Schatten des etwas entfernt stehenden Gebüschs verschwinden sehen, als verfolgten sie einen Flüchtling. Direkt unter uns beugte sich eine Handvoll Wächter über eine reglose Gestalt, die ausgestreckt auf dem scharlachroten Rasen lag.

Unter unseren Augen hoben sie die Gestalt auf und trugen sie auf meine Anweisung in den Audienzsaal, wo wir unsere Beratung abhielten. Als sie den Toten uns zu Füßen legten, erkannten wir ihn als einen roten Mann in der Blüte seines Lebens. Er trug eine einfache Rüstung wie ein gewöhnlicher Soldat oder jemand, der seine wahre Identität verbergen will.

"Wieder einer von Zat Arrras' Spionen", sagte Hor Vastus.

"Es sieht ganz danach aus", erwiderte ich. Dann sagte ich der Wache: "Ihr könnt ihn wegtragen."

"Wartet!" sagte Xodar. "Prinz, laßt doch bitte ein Tuch und etwas Thoatöl bringen."

Ich gab einem der Soldaten einen Wink, der den Raum verließ, jedoch sogleich mit den Dingen zurückkehrte, die Xodar verlangt hatte. Der Schwarze kniete neben dem Toten nieder, tunkte eine Ecke des Tuches in das Thoatöl und rieb einen Moment an dem Gesicht des Daliegenden. Dann blickte er lächelnd zu mir auf und wies auf das Ergebnis. Ich schaute hin und sah, daß das Gesicht an den Stellen, wo er das Öl aufgerieben hatte, weiß war, so weiß wie meins. Nun packte Xodar das schwarze Haar der Leiche, riß es mit einem Ruck weg und legte eine unbehaarte Glatze bloß.

Wächter und Edle drängten sich eng um den schweigenden Zeugen auf dem Marmorboden. Viele äußerten laut ihr Erstaunen und ihre Verwunderung, da Xodars Vorgehensweise den Verdacht, den er gehegt hatte, bestätigt hatte.

"Ein Thern !" flüsterte Tars Tarkas.

"Schlimmer als das, fürchte ich", erwiderte Xodar. "Doch wir wollen sehen."

Er zog seinen Dolch und schnitt eine verschlossene Tasche auf, die am Harnisch des Thern baumelte. Darauf förderte er einen goldenen Ring zutage, in den ein großer Edelstein eingelassen war - er war das genaue Ebenbild dessen, den ich Sator Throg abgenommen hatte.

"Er war ein Heiliger Thern", sagte Xodar. "Nur gut für uns, daß er nicht entkommen konnte."

In diesem Augenblick betrat der Offizier der Garde den Raum.

"Mein Prinz, ich muß melden, daß uns der Kumpan dieses Burschen entkommen ist. Ich denke, sie hatten sich mit einem oder mehreren der Männer am Tor abgesprochen. Daraufhin habe ich befohlen, alle unter Arrest zu stellen."

Xodar überreichte ihm das Thoatöl und das Tuch.

"Damit kannst du den Spion unter euch feststellen", sagte er.

Er ordnete sofort eine geheime Durchsuchung der Stadt an, denn jeder Edle des Mars unterhält einen eigenen Geheimdienst.

Eine halbe Stunde später kam der Offizier der Garde, um Bericht zu erstatten. Diesmal bestätigte er unsere schlimmsten Befürchtungen - die Hälfte der Wache am Tor waren in dieser Nacht Therns gewesen, die sich als Rote verkleidet hatten.

"Kommt!" sagte ich. "Wir dürfen keine Zeit verlieren. Auf nach Hastor, und zwar sogleich. Sollten die Therns versuchen, uns am Südrand der Eiskappe aufzuhalten, könnte dies all unsere Pläne und die ganze Expedition zunichte machen."

Zehn Minuten später eilten wir gen Hastor durch die Nacht, vorbereitet, den ersten Schlag zur Rettung von Dejah Thoris zu führen.

Der Luftkampf

Zwei Stunden, nachdem wir meinen Palast in Helium verlassen hatten, also etwa gegen Mitternacht, langten Kantos Kan, Xodar und ich in Hastor an. Carthoris, Tars Tarkas und Hor Vastus waren auf einem anderen Kreuzer direkt nach Thark gereist.

Die Transporter sollte sofort auf die Reise geschickt werden und sich langsam nach Süden bewegen. Die Flotte der Schlachtschiffe würde sie am Morgen des zweiten Tages einholen.

In Hastor fanden wir alles fertig vor, und Kantos Kan hatte jede Einzelheit des Feldzugs so geplant, daß das erste Luftschiff der Flotte binnen zehn Minuten nach unserer Ankunft aus seinem Dock schwebte. In Abständen von einer Sekunde stiegen nacheinander alle großen Luftschiffe elegant in die Nacht auf und bildeten eine lange, dünne Reihe, die sich meilenweit nach Süden streckte.

Erst nachdem wir die Kabine von Kantos Kan betreten hatten, dachte ich daran, nach dem Datum zu fragen, denn ich wußte nach wie vor nicht genau, wie lange ich in den Gruben des Zat Arrras verbracht hatte. Als Kantos Kan es mir sagte, durchfuhr mich Entsetzen angesichts der Erkenntnis, daß mir bei Berechnung der Zeit, die ich in der pechschwarzen Finsternis meiner Zelle gelegen hatte, ein Fehler unterlaufen war. Dreihundertfünfundsechzig Tage waren verstrichen - es war zu spät, Dejah Thoris zu retten.

Ziel der Expedition war also nicht Rettung, sondern Rache. Ich teilte Kantos Kan die schreckliche Tatsache nicht mit, daß die Prinzessin von Helium, ehe wir hoffen konnten, den Tempel von Issus zu betreten, nicht mehr am Leben sein würde. Nach allem, was ich wußte, war sie jetzt schon tot, denn ich hatte keine Ahnung, wann genau sie das erste Mal Issus erblickt hatte.

Was hatte es für Sinn, meine Freunde zusätzlich noch mit meinen persönlichen Sorgen zu belasten - sie hatten sie in der Vergangenheit oft genug mit mir geteilt. Ich wollte meinen Kummer für mich behalten. Deshalb sagte ich keinem, daß wir zu spät kamen. Die Expedition konnte dennoch viel ausrichten, und wenn sie dem Volk von Barsoom nur die Tatsache der grausamen Täuschung vor Augen führte, denen sie unzählige Zeitalter ausgesetzt gewesen waren. Auf diese Weise würde Tausenden jedes Jahr das gräßliche Schicksal erspart, das sie am Ende ihrer freiwilligen Pilgerfahrt erwartete. Konnte sie den roten Menschen das schöne Tal Dor öffnen, wäre schon viel erreicht, und im Land der Verlorenen Seelen zwischen den Bergen von Otz und der Eisbarriere lagen viele weite Äcker, die keiner Bewässerung bedurften, um reiche Ernten zu tragen.

Hier auf dem Grund einer sterbenden Welt befand sich das einzige produktive Gebiet seiner Oberfläche. Hier allein gab es Tau und Regen, hier allein ein offenes Meer, hier war Wasser in Hülle und Fülle. Dabei war all dies nur der Herrschaftsbereich wilder Bestien, sperrten die bösartigen Abkömmlinge zweier einst mächtiger Rassen alle anderen Millionen von Barsoom von seinen schönen und fruchtbaren Flächen aus. Würde es mir nur gelingen, die Barriere religiösen Aberglaubens einmal niederzureißen, die die roten Rassen von diesem El Dorado ferngehalten hatte, so hätte ich den unsterblichen Tugenden meiner Prinzessin ein angemessenes Denkmal gesetzt - ich hätte Barsoom wieder einen Dienst erwiesen, und Dejah Thoris' Märtyrertod wäre nicht umsonst gewesen.

Am Morgen des zweiten Tages ließen wir die große Flotte von Transportern samt Begleitschiffen bei den ersten Anzeichen der Dämmerung aufsteigen, und bald waren wir nahe genug, um Signale auszutauschen. Ich kann an dieser Stelle erwähnen, daß in Kriegszeiten Radioaerogramme selten benutzt werden, für die Übermittlung von Geheimnachrichten schon gar nicht, denn sooft eine Nation einen neuen Schlüssel entdeckt oder ein neues Gerät zur drahtlosen Nachrichtenübermittlung erfindet, setzen ihre Nachbarn alles daran, diese Botschaften abzufangen und zu übersetzen. Das war so lange Brauch gewesen, daß praktisch jede Möglichkeit drahtloser Kommunikation erschöpft war und keine Nation wagte, Funksprüche von Bedeutung auf diesem Weg zu übermitteln.

Tars Tarkas meldete, mit den Transportern sei alles in Ordnung. Die Schlachtschiffe fuhren durch, um eine günstige Position einzunehmen, und nun schwebten die vereinigten Flotten langsam über die Eiskappe, wobei sie sich dicht über dem Boden hielten, um einer Entdeckung durch die Therns zu entgehen, deren Land wir uns näherten.

Allen weit voraus schützte uns eine dünne Linie von Einmann-Luftaufklärern vor Überraschungen. Sie deckten uns auch an den Flanken, während eine kleine Anzahl etwa zwanzig Meilen hinter den Transportern die Nachhut bildete. In dieser Formation flogen wir einige Stunden zum Eingang nach Omean, als einer unserer Kundschafter aus der vordersten Reihe meldete, der konusartige Gipfel des Eingangs sei gesichtet worden. Fast im gleichen Augenblick kam ein anderer Aufklärer von der linken Flanke zum Flaggschiff gejagt.

Seine große Geschwindigkeit bezeugte die Bedeutung seiner Information. Kantos Kan und ich erwarteten ihn auf dem kleinen Vorderdeck, das der Kommandobrücke von maritimen Schlachtschiffen entspricht. Kaum war sein winziges Flugzeug auf dem breiten Landedeck des Flaggschiffs zum Halten gekommen, kam er auch schon die Treppe zu dem Deck heraufgestürzt, wo wir standen.

"Eine große Flotte von Schlachtschiffen in Süd-Süd-Ost, mein Prinz", sagte er. "Es müssen mehrere Tausend sein, und sie kommen direkt auf uns zu."

"Die Thernspione waren als nicht umsonst im Palast von John Carter", sagte Kantos Kan zu mir. "Ihre Befehle, Prinz!"

"Schicke zehn Schlachtschiffe zur Bewachung des Eingangs von Omean mit der Anweisung, kein feindliches Schiff in den Schacht oder wieder heraus zu lassen. Das wird die große Flotte der Erstgeborenen festnageln.

Die restlichen Schlachtschiffe bilden ein großes V, dessen Spitze direkt nach Süd-Süd-Ost weist. Befiehl den Transportern, den Schlachtschiffen umringt von ihren Begleitschiffen dichtauf zu folgen, bis die Spitze des V die feindliche Linie durchstoßen hat. Dann muß sich das V an der Spitze nach außen öffnen, wobei die Schlachtschiffe jedes Schenkels den Feind kraftvoll bedrängen und ihn zurücktreiben, wobei sie eine Gasse durch seine Linie bahnen, welche die Transporter samt den Begleitschiffen mit Höchstgeschwindigkeit durchfahren, bis sie sich in einer Position über den Tempeln und Gärten der Therns befinden.

Hier laßt sie landen und den Heiligen Therns eine solche Lektion in wilder Kriegführung erteilen, wie sie sie in unzähligen Zeitaltern nicht vergessen werden. Es war nicht meine Absicht, mich vom Hauptziel der Kampagne ablenken zu lassen, aber wir müssen diese Auseinandersetzung mit den Therns ein für allemal hinter uns bringen, oder es wird keinen Frieden für uns geben, während unsere Flotte in der Nähe von Dor bleibt. Unsere Chancen, je in die Außenwelt zurückzukehren, verringern sich dadurch ungeheuer."

Kantos Kan salutierte und machte kehrt, um meine Anweisungen den wartenden Adjutanten zu übermitteln. In unglaublich kurzer Zeit veränderten die Schlachtschiffe entsprechend meinem Befehl die

Formation. Jene zehn, die den Weg nach Omean decken sollten, eilten an ihren Bestimmungsort, und die Truppentransporter und Begleitschiffe schlossen zur Eilfahrt durch die Gasse auf.

Der Befehl wurde erteilt, volle Kraft voraus zu fahren. Die Flotte sprang durch die Luft wie ein Rudel Windhunde, und einen Moment später wurden die Schiffe des Feindes gesichtet. Sie bildeten eine ungeordnete Linie, so weit das Auge in beiden Richtungen reichte, und waren etwa drei Schiffe tief gestaffelt. Unser Auftauchen kam für sie so unerwartet, daß sie keine Zeit hatten, sich darauf vorzubereiten. Es war wirklich ein Blitz aus heiterem Himmel.

Jede Phase meines Planes gelang vortrefflich. Unsere großen Schiffe zogen geschlossen ihre Bahn durch die Linie der Feinde. Dann öffnete sich das V, und eine breite Gasse tat sich auf, durch die die Transportschiffe den Tempeln des Sonnenlichts zueilten. Als sich die Therns von dem Angriff erholt hatten, fluteten bereits einhunderttausend grüne Krieger durch ihre Höfe und Gärten, während einhundertundfünfzigtausend andere sich aus den tief schwingenden Transportschiffen beugten, um ihre fast unheimliche Treffsicherheit bei den Thernsoldaten, die auf den Schutzwällen standen oder die Tempel zu verteidigen suchten, unter Beweis zu stellen.

Nun gerieten die beiden großen Flotten hoch über dem unheimlichen Kampfgetümmel in den prächtigen Gärten der Therns zu einem wahren Titanenkampf aneinander. Langsam vereinigten die zwei Linien der Schlachtschiffe von Helium sich, und nun begann die Einkreisung der feindlichen Schlachtlinie, welche für die Seekriegsführung der Barsoomier so charakteristisch ist.

Die Schiffe fuhren unter Kantos Kan jeweils im Kielwasser des Vordermannes immer im Kreis herum, bis sie schließlich einen nahezu vollkommenen Ring bildeten. Dabei behielten sie eine hohe Geschwindigkeit bei, so daß sie für den Gegner ein schwer zu treffendes Ziel bildeten. Sie feuerten eine Breitseite nach der anderen ab, sobald jedes Schiff auf gleiche Höhe mit denen der Therns kam. Letztere versuchten, die Formation aufzubrechen, doch ebensogut hätten jemand versuchen können, eine Kreissäge mit der bloßen Hand zum Anhalten zu bringen.

Von meiner Position an Deck neben Kantos Kan sah ich ein feindliches Schiff nach dem anderen jenen schrecklichen grauenerregenden Sturzflug antreten, der totale Vernichtung ankündigt. Langsam manövrierten wir unseren Ring des Todes weiter, bis wir über den Gärten hingen, in denen unsere grünen Krieger kämpften. Wir schickten einen Befehl hinunter, sie sollten an Bord kommen. Dann stiegen wir langsam zu einer Position im Kreismittelpunkt auf.

Inzwischen hatten die Therns ihr Feuer praktisch eingestellt. Sie hatten genug von uns und waren nur zu froh, uns in Frieden ziehen zu lassen. Unser Abzug sollte jedoch nicht so leicht verlaufen, denn kaum waren wir wieder in Richtung des Eingangs von Omean unterwegs, erblickten wir weit im Norden am Horizont eine große, schwarze Schlachtlinie. Das konnte nur eine Kriegsflotte sein.

Wem sie gehörte und wohin sie wollte, konnten wir nicht einmal ahnen. Als sie nahe genug herangekommen waren, um uns auszumachen, erhielt Kantos Kans Funkmechaniker ein Radioaerogramm, das er meinem Freund sofort aushändigte. Er las es und gab es an mich weiter.

Es lautete: 'Kantos Kan, ergib dich im Namen des Jeddaks von Helium, denn du kannst nicht entkommen', und war mit 'Zat Arrras' unterzeichnet.

Die Therns mußten die Nachricht zu gleicher Zeit wie wir abgefangen und entschlüsselt haben, denn sie nahmen die Feindseligkeiten im Nu wieder auf, als sie erkannt hatten, daß wir in Bälde von anderen Feinden bedrängt würden.

Noch ehe Zat Arrras sich uns nahe genug auf den Leib gerückt war, um einen Schuß abzugeben, waren wir wieder in ein heftiges Kampfgetümmel mit der Thernflotte verstrickt, und kaum war er nahe genug, begann er gleichfalls, uns mit einem furchtbaren Feuer einzudecken. Schiff um Schiff geriet ins Trudeln oder taumelte nutzlos unter der erbarmungslosen Kanonade, der wir ausgesetzt waren, hin und her.

Die Sache konnte nicht endlos so weitergehen. Ich befahl den Transportern, wieder in die Gärten der Therns abzutauchen.

"Vollzieht eure Rache bis zum äußersten, denn zur Nacht wird niemand mehr übrig sein, das euch widerfahrene Unrecht zu sühnen", lautete meine Nachricht an die grünen Verbündeten.

Da sah ich die zehn Schlachtschiffe, die abkommandiert worden waren, den Schacht von Omean zu halten, in Höchstgeschwindigkeit zurückkehren, wobei ihre Heckgeschütze fast ununterbrochen feuerten. Dafür konnte es nur eine Erklärung geben. Sie wurden von einer anderen feindlichen Flotte verfolgt. Die Lage konnte nicht schlimmer sein. Schon war die Expedition zum Untergang verurteilt. Keiner der Teilnehmer würde über jene trostlose Eiskappe zurückkehren. Wie sehr wünschte ich mir, Zat Arrras nur einen Augenblick mit meinem Langschwert gegenüberzustehen, ehe ich starb! Schließlich war er es, der unseren Mißerfolg herbeigeführt hatte.

Während ich die herannahenden zehn beobachtete, kamen auch ihre Verfolger schnell in Sicht. Es war eine andere große Flotte. Eine Zeitlang traute ich meinen Augen nicht, doch schließlich gelangte ich zu der Erkenntnis, daß das denkbar größte Verhängnis über die Expedition hereingebrochen war, denn die Flotte, die ich sah, war keine andere als die der Erstgeborenen, von der ich angenommen hatte, daß sie in Omean festgenagelt war. Was für eine ganze Reihe von Fehlschlägen und unheilvollen Wendungen! Welch unmenschlichem Schicksal hatte ich es zu verdanken, daß die Suche nach meiner verlorenen Geliebten in jeder Weise so grausam zunichtegemacht wurde? War es möglich, daß der Fluch der Issus auf mir lastete? Daß in der Tat eine mir übelwollende Gottheit in dem gräßlichen Kadaver verborgen war? Ich wollte es nicht glauben, reckte die Schultern und rannte zum unteren Deck, um mich meinen Männern anzuschließen, die die Enterer von einem Fahrzeug der Thern abwehrten, welches bei uns längsseits gegangen war. In der wilden Lust eines Kampfes Mann gegen Mann kehrte meine alte, unerschrockene Zuversicht zurück, und als ein Thern nach dem anderen unter meiner Klinge zu Boden sank, konnte ich fast fühlen, daß wir letzten Endes erfolgreich sein würden, trotz scheinbarer Fehlschläge.

Meine Anwesenheit unter den Männern beflügelte sie dermaßen, daß sie mit solch schrecklichem Ungestüm über die unglücklichen Weißen herfielen, daß wir binnen weniger Minuten den Spieß umgedreht hatten. Eine Sekunde später schwärmten wir über ihre Decks, und ich sah voller Befriedigung, wie ihr Kommandant zum Zeichen seiner Kapitulation und Niederlage einen weiten Sprung vom Bug seines Fahrzeug vollführte.

Nun ging ich wieder zu Kantos Kan. Er hatte die Geschehnisse an Deck unten verfolgt, und dies schien ihn auf einen neuen Gedanken gebracht zu haben. Sofort erteilte er einem seiner Offiziere einen Befehl, und augenblicks wehten die Fahnen des Prinzen von Helium von jedem Punkt des Flaggschiffes. Jeder Mann an Bord unseres Schiffes brach in lautes Beifallsgeschrei aus, das von allen anderen

Schiffen unserer Expedition aufgegriffen wurde, die nun ihrerseits meine Fahnen von den Aufbauten flattern ließen.

Nun startete Kantos Kan seinen Coup. Er ließ auf dem Flaggschiff ein Signal setzen, daß jeder Seemann aller Flotten, die an diesem furchtbaren Kampf teilnahmen, erkennen konnte. Es lautete: 'Männer von Helium für den Prinzen von Helium gegen alle seine Feinde!' Im Nu wehten meine Farben auf einem von Zat Arrras' Schiffen, dann schon auf einem anderen und noch einem. Auf einigen konnten wir sehen, wie zwischen der Zodanganer Soldateska und den Mannschaften aus Helium erbittert gekämpft wurde, doch schließlich wehten die Fahnen des Prinzen von Helium auf jedem Schiff, das Zat Arrras in unserem Kielwasser gegen uns heranführte - nur auf seinem Flaggschiff nicht.

Er hatte fünftausend Schiffe herangebracht. Der Himmel war schwarz von drei gewaltigen Flotten. Jetzt stritt Helium um das Schlachtfeld, und der Kampf zerfiel in zahllose Zweikämpfe. In dem überfüllten, von Feuer zerkeilten Himmel konnten die Flotten nur wenig oder überhaupt nicht manövrieren.

Zat Arrras' Flaggschiff war dicht neben meinem. Ich konnte von meinem Standort die hageren Gesichtszüge des Mannes sehen. Seine Zodanganer Mannschaft feuerte eine Breitseite nach der anderen auf uns, und wir erwiderten das Feuer ebenso ungestüm. Immer näher kamen sich die beiden Schiffe, bis sie nur noch wenige Yards voneinander getrennt waren. Entermannschaften reihten sich an den benachbarten Bordwänden der Fahrzeuge. Wir bereiteten uns auf den Todeskampf mit unserem verhaßten Feind vor.

Zwischen den zwei riesigen Schiffen war nur noch ein Yard Abstand, als die ersten Entereisen geworfen wurden. Ich stürzte zum Deck, um bei meinen Männern zu sein, wenn sie enterten. Genau in dem Moment, als beide Schiffe mit einem leichten Ruck aneinanderstießen, drängte ich mich durch die Linien und war so der erste, der an Deck von Zat Arrras' Schiff sprang. Mir folgte die schreiende, Beifall rufende und fluchende Schar von Heliums besten Kämpfern. Nichts konnte dem Fieber der Kampfeslust widerstehen, die sie ergriffen hatte.

Vor dieser heranbrandenden Flut des Krieges gingen die Zodanganer zu Boden, und während meine Männer die unteren Decks säuberten, sprang ich zum Vorderdeck, wo Zat Arrras stand.

"Du bist mein Gefangener, Zat Arrras", sagte ich. "Ergib dich, und dir wird Pardon gewährt."

Einen Augenblick lang konnte ich nicht feststellen, ob er erwog, meiner Forderung nachzugeben oder mir mit gezücktem Schwert entgegenzutreten. Einen Augenblick stand er zögernd, dann warf er die Arme nach unten, wandte sich um und rannte zur anderen Seite des Decks. Noch ehe ich ihn einholen konnte, war er über die Bordwand gesprungen und stürzte kopfüber in die schreckliche Tiefe.

So kam Zat Arrras, Jed von Zodanga, zu Tode.

Weiter ging dieser seltsame Kampf. Therns und Schwarze hatten sich nicht gegen uns verbündet. Wo immer ein Thernschiff auf eines des Erstgeborenen stieß, fand ein Kampf statt, und darin sah ich unsere Rettung. Wo immer es möglich war, daß zwischen uns Nachrichten ausgetauscht werden konnten, ohne von unseren Gegnern abgefangen zu werden, ließ ich mitteilen, alle unsere Schiffe sollten sich so schnell wie möglich aus dem Kampf zurückziehen und westlich und südlich der Streitenden Position beziehen. Auch sandte ich einen Luftaufklärer zu den kämpfenden grünen Menschen in den Gärten unten, sich wieder einzuschiffen, und an die Transporter; sie sollten sich uns anschließen.

Meinen Kommandeuren erteilte ich weiterhin Befehl, sie sollten, wenn in einen Kampf verwickelt, ihren Gegner so schnell wie möglich zu einem Schiff seines Erzfeindes ziehen und durch sorgsames Manövrieren die beiden dazu bringen, übereinander herzufallen. Diese Taktik bewährte sich ausgezeichnet, und kurz vor Sonnenuntergang hatte ich die Befriedigung zu sehen, daß sich die Reste meiner einst mächtigen Flotte nahezu zwanzig Meilen südwestlich des noch immer wilden Schlachtgetümmels zwischen den Schwarzen und den Weißen versammelt hatte.

Ich versetzte Xodar jetzt auf ein anderes Schlachtschiff und sandte ihn mit allen Transportern und fünftausend Schlachtschiffen direkt über den Tempel von Issus. Carthoris und ich übernahmen zusammen mit Kantos Kan die verbliebenen Schiffe und steuerten den Eingang nach Omean an.

Unser Plan bestand nun in dem Versuch, in der Morgendämmerung des folgenden Tages einen kombinierten Angriff auf Issus zu unternehmen. Tars Tarkas mit seinen grünen Kriegern und Hor Vastus mit den roten sollten unter Führung von Xodar in den Gärten von Issus oder auf den umliegenden Ebenen landen, während Carthoris, Kantos Kan und ich unsere kleinere Streitmacht von der See von Omean durch die Gruben unter dem Tempel führen sollten, in denen sich Carthoris so gut auskannte.

Jetzt erfuhr ich zum ersten Mal, aus welchem Grund sich meine zehn Schiffe von der Schachtöffnung zurückgezogen hatten. Offensichtlich war die Seemacht der Erstgeboren in dem Moment, als sie am Schacht anlangten, schon aus der Öffnung geströmt. Volle zwanzig Fahrzeuge waren aufgetaucht, und obwohl sie sofort den Kampf eröffneten und sich bemühten, die Flut aufzuhalten, die aus der schwarzen Grube brach, war das Zahlenverhältnis zu ungünstig für sie, deshalb mußten sie die Flucht antreten.

Wir näherten uns dem Schacht nun mit großer Vorsicht und im Schutz der Dunkelheit. In einer Entfernung von einigen Meilen ließ ich die Flotte anhalten. Carthoris unternahm von hier mit einer Einmannmaschine allein einen Erkundungsflug. Nach etwa einer halben Stunde kehrte er mit der Meldung zurück, von einem Patrouillenboot oder einer sonstigen Aktivität des Feindes sei nichts zu entdecken, und so rückten wir wieder schnell und lautlos gegen Omean vor.

An der Einmündung des Schachts machten wir erneut einen Augenblick halt, damit alle Fahrzeuge die ihnen vorher angewiesenen Positionen einnehmen konnten. Dann ließ ich mich mit dem Flaggschiff schnell in die schwarze Tiefe fallen, während die anderen Schiffe mir in rascher Folge nacheilten.

Wir hatten beschlossen, alles daranzusetzen, daß wir den Tempel auf unterirdischem Wege erreichten. Deshalb ließen wir keine Schiffe zur Bewachung am Eingang des Schachtes zurück. Sie hätten uns ohnedies nicht viel nützen können, denn wir waren, alle Kräfte zusammengenommen, dennoch nicht stark genug, der riesigen Flotte der Erstgeborenen zu widerstehen, wäre sie zurückgekehrt, um sich mit uns zu befassen.

Wir glaubten, daß uns beim Eindringen in Omean kaum eine Gefahr drohen könne, weil unser kühner Vorstoß so überraschend erfolgte. Es würde gewiß einige Zeit dauern, ehe der erste Wache haltende Erstgeborene erkannte, daß es eine feindliche, nicht die eigene zurückkehrende Flotte war, die in das Gewölbe der vergrabenen See eindrang.

Genau das war der Fall. Ehe der erste Schuß fiel, ruhten vierhundert von fünfhundert Fahrzeugen meiner Flotte sicher im Busen von Omean. Der Kampf war kurz und heiß, aber es konnte nur einen Ausgang geben, denn die Erstgeborenen hatten, sich in Sicherheit wähnend, zur Bewachung ihres gewaltigen Hafens nur eine Handvoll alter und unmoderner Schiffe zurückgelassen.

Auf Carthoris' Vorschlag brachten wir unsere Gefangenen unter Bewachung auf einige größere Inseln an Land, danach machte wir die Schiffe der Erstgeborenen im Schacht fest, wo es uns gelang, eine Anzahl davon zuverlässig im Inneren des großen Brunnens zu verkeilen. Dann schalteten wir bei den übrigen die Auftriebsstrahlen an und ließen sie aufsteigen, so daß sie die Passage nach Omean noch mehr blockierten, sobald sie mit den dort bereits feststeckenden Schiffen in Berührung kamen.

Wir spürten nun, daß es zumindest einige Zeit dauern würde, ehe die zurückkehrenden Erstgeborenen die Oberfläche von Omean erreichen konnte. Dadurch hatten wir genügend Gelegenheit, die unterirdischen Passagen anzusteuern, die zu Issus führten. Einer meiner ersten Schritte bestand darin, persönlich mit einer beträchtlichen Streitmacht zur Insel der U-Boote zu eilen, die ich ohne Widerstand seitens der dortigen kleinen Wache einnahm.

Ich fand das U-Boot in seinem Becken vor und postierte sofort eine starke Wache dort und auf der Insel, wo ich weiter verblieb, um die Ankunft von Carthoris und den anderen abzuwarten.

Unter den Gefangenen war Yersted, Kommandeur des U-Boots. Er kannte mich von den drei Reisen, die ich während meiner Gefangenschaft unter den Erstgeborenen mit ihm unternommen hatte.

"Wie fühlt man sich, wenn der Spieß herumgedreht wurde?" fragte ich ihn. "Wenn man Gefangener seines vormaligen Gefangenen ist?"

Er lächelte, es war ein sehr grimmiges Lächeln voller tückischer Bedeutung.

"Nicht für lange, John Carter", erwiderte er. "Wir haben dich erwartet und sind vorbereitet."

"Das sieht auch ganz so aus", antwortete ich. "Ihr wart alle bereit, meine Gefangenen zu werden, ohne daß beide Seiten kaum einen Schlag führten."

"Die Flotte muß euch verfehlt haben, doch sie wird nach Omean zurückkehren, und dann sieht die Sache ganz anders aus - für John Carter."

"Ich wüßte nicht, daß die Flotte mich bis jetzt verfehlt hätte", sagte ich, aber natürlich erfaßte er nicht, was ich sagen wollte, und blickte nur verwirrt drein.

"Sind viele Gefangene in eurem grimmigen Fahrzeug nach Issus gereist, Yersted?" fragte ich.

"Sehr viele", bestätigte er.

"Kannst du dich einer erinnern, welche die Männer Dejah Thoris nannten?"

"Ganz richtig, wegen ihrer großen Schönheit, aber auch ob der Tatsache, daß sie die Gattin des ersten Sterblichen war, der in unzähligen Zeitaltern ihrer Göttlichkeit je aus Issus geflohen ist. Es heißt, Issus erinnert sich ihrer am besten als der Gattin des einen und der Mutter eines anderen, der seine Hand gegen die Gottheit des Ewigen Lebens erhob."

Ich schauderte aus Furcht vor der feigen Rache, die Issus wegen des gotteslästerlichen Frevels ihres Sohnes und ihres Gatten vielleicht an der unschuldigen Dejah Thoris geübt hatte.

"Und wo ist Dejah Thoris jetzt?" fragte ich in Vorahnung, daß er nun die Worte sprechen würde, die ich am meisten fürchtete. Doch ich liebte sie so sehr, daß ich mich nicht zurückhalten konnte, selbst das Schlimmste über ihr Schicksal zu hören, wie sie einem über die Lippen kamen, der sie kürzlich erst gesehen hatte. Mir war, als brächte selbst dies Dejah Thoris näher zu mir.

"Gestern wurden die monatlichen Riten des Issus veranstaltet", erwiderte er. "Da sah ich sie an ihrem gewohnten Platz zu Füßen des Issus sitzen.

"Was, demnach ist sie nicht tot?" fragte ich.

"Warum, natürlich nicht!" erwiderte der Schwarze. "Es ist noch kein Jahr vergangen, seit sie auf den göttlichen Glorienschein des strahlenden Antlitzes von..."

"Kein Jahr?" unterbrach ich ihn.

"Nein, warum auch?" sagte Yersted beharrlich. "Es können nicht mehr als dreihundert und siebzig oder achtzig Tage sein."

Mir kam eine große Erleuchtung. Wie töricht war ich gewesen! Es bereitete mir Mühe, mir meine große Freude nicht anmerken zu lassen. Warum hatte ich nur den gewaltigen Unterschied in der Länge der Mars- und Erdenjahre vergessen! Die zehn Erdenjahre, die ich auf Barsoom verbracht hatte, entsprachen nur fünf Jahren und sechsundneunzig Tagen der Marszeit, deren Tage einundvierzig Minuten länger sind als unsere und deren Jahre sechshundertundsiebenundachtzig Tage umfassen.

Ich kam rechtzeitig! Ich kam rechtzeitig! Immer wieder gingen mir diese Worte durch den Kopf, bis ich sie schließlich laut ausgesprochen haben mußte, denn Yersted schüttelte den Kopf.

"Rechtzeitig, um deine Prinzessin zu retten?" fragte er und fuhr fort, ohne auf meine Antwort zu warten: "Nein, John Carter, Issus wird ihr Eigentum nicht hergeben. Sie weiß, daß du kommst, und ehe ein Vandalenfuß die Gemächer des Tempels von Issus betritt - sollte so ein Unglück je eintreten -, wird Dejah Thoris auch der letzten schwachen Hoffnung auf Rettung entsagen müssen."

"Du meinst, sie wird getötet werden, nur um meine Pläne zunichte zu machen?" fragte ich.

"Nicht das, sondern etwas anderes als die letzte Zuflucht", erwiderte er. "Hast du je vom Tempel der Sonne gehört? Dorthin wird man sie bringen. Er liegt weit im Innenhof des Tempels der Issus. Es ist ein kleiner Tempel, dessen dünne Turmspitze weit über die Türme und Minarette des ihn umgebenden großen Tempels reicht. Darunter, in der Erde, liegt der Hauptkomplex des Tempels, bestehend aus sechshundertundsiebenundachtzig kreisförmigen Kammern, eine unter der anderen. Von den Gruben der Issus führt ein eigener Korridor durch solides Felsgestein zu jeder Kammer.

Da der gesamte Tempel der Sonne sich mit jeder Umdrehung von Barsoom einmal um die Sonne dreht, passiert der Eingang zu jeder einzelnen Kammer jedes Jahr nur einmal die Öffnung des Korridors, der das einzige Verbindungsstück zur Außenwelt bildet.

Dorthin läßt Issus diejenigen bringen, die ihr mißfallen, die sie jedoch in absehbarer Zeit nicht töten lassen will. Vielleicht läßt sie auch einen Edlen des Erstgeborenen zur Strafe für ein Jahr in eine Kammer des Tempels der Sonne bringen. Oft läßt sie einen Scharfrichter mit dem Verurteilten einkerkern, so daß der Tod in einer bestimmten gräßlichen Gestalt an einem gewissen Tag kommt. Oder es wird gerade soviel Essen in die Kammer gebracht, um das Leben für jene Anzahl von Tagen aufrechtzuerhalten, die Issus für die psychische Folter vorgesehen hat.

So wird Dejah Thoris sterben, und ihr Schicksal ist besiegelt, sobald der Fuß eines Fremden zum ersten Mal die Schwelle von Issus übertritt."

So wurden meine Pläne letzten Endes zunichte gemacht, obwohl ich das Wunderbare vollbracht hatte, und wenngleich ich meiner göttlichen Prinzessin auf nur wenige kurze Momente nahegekommen war, trennte uns doch eine ebenso große Entfernung, als stünde ich achtundvierzig Millionen Meilen von hier am Ufer des Hudson.

Durch Fluten und Flammen

Yersteds Mitteilung überzeugte mich, daß keine Zeit zu verlieren war. Ich mußte den Tempel von Issus heimlich erreichen, ehe die Kräfte unter Tars Tarkas in der Morgendämmerung angriffen.

Einmal in seinen verhaßten Mauern, war ich überzeugt, die Wachen von Issus überwältigen und meine Prinzessin wegbringen zu können. Schließlich hatte ich eine Streitmacht im Rücken, die dafür ausreichte.

Kaum hatten Carthoris und die anderen sich mir angeschlossen, begannen wir mit dem Transport unserer Männer durch die Unterwasserpassagen zum Ausgang der Tunnel, die vom U-Boot-Becken am Tempelende des Wassertunnels zu den Gruben von Issus führten.

Viele Fahrten waren erforderlich, doch schließlich standen alle wieder sicher beisammen, um die Endphase unserer Nachforschungen in Angriff zu nehmen. Wir zählten fünftausend, und es waren alles erfahrene Kämpfer der kriegerischsten Rasse der roten Menschen von Barsoom.

Da nur Carthoris die verbogenen Wege der Tunnel kannte, konnten wir die Gruppe nicht teilen und den Tempel gleichzeitig an verschiedenen Punkten angreifen, wie es höchst wünschenswert gewesen wäre. So wurde beschlossen, daß er uns alle so schnell wie möglich zu einer Stelle nahe dem Tempelzentrum führen sollte.

Als wir gerade das Becken verlassen und in die Korridore marschieren wollten, machte mich ein Offizier auf das Wasser aufmerksam, auf dem das U-Boot schwamm. Zuerst schien es lediglich von der Bewegung eines großen Körpers unter der Oberfläche aus der Ruhe gebracht zu werden. Sofort sagte ich mir, daß ein anderes U-Boot auftauchte, um uns zu verfolgen. Auf einmal wurde offensichtlich, daß das Wasser anstieg, nicht besonders schnell, aber sehr stetig, und daß es sehr bald über die Wände des Beckens treten und den Raum überfluten würde.

Zunächst wurde mir die furchtbare Bedeutung des langsam steigenden Wassers nicht voll bewußt. Carthoris erkannte alles als erster - die Ursache und Absicht.

"Beeilt euch!" rief er. "Wenn wir zaudern, sind wir alle verloren. Die Pumpen von Omean sind angehalten worden. Sie wollen uns ertränken wie Ratten in einer Falle. Wir müssen die oberen Ebenen der Gruben vor der Flut erreichen, oder wir erreichen sie nie. Kommt."

"Führe uns, Carthoris", sagte ich. "Wir folgen dir."

Auf meinen Befehl sprang der Jüngling in einen der Korridore, und die Soldaten folgten ihm in Doppelreihe und wohlgeordnet, wobei jede Kompanie den Korridor erst auf Befehl ihres Dwars oder Kapitäns betrat.

Ehe die letzte Kompanie aus dem Raum abzog, war das Wasser knöcheltief, und die Nervosität der Männer war deutlich erkennbar. Da ihnen Wasser völlig ungewohnt war, sieht man von den kleinen Mengen ab, die sie zum Trinken und für Badezwecke benötigten, wichen die roten Marsbewohner angesichts seiner großen Tiefe und bedrohlichen Bewegung instinktiv zurück. Daß sie furchtlos waren, solange es nur um ihre Fußgelenke plätscherte und sprudelte, sprach für ihre Tapferkeit und Disziplin.

Ich verließ den U-Boot-Raum als letzter, und während ich der hintersten Kolonne zum Korridor folgte, stieg mir das Wasser bis zu den Knien. Der Korridor war ebenfalls so hoch überflutet, denn sein Boden befand sich auf gleicher Höhe wie der des Raumes, von dem er wegführte, und stieg viele Yards auch nicht spürbar an.

Die Truppen marschierten so schnell durch den Korridor, wie es bei der Zahl der Männer möglich war, die einen derart engen Gang zu passieren hatten, doch genügte das Tempo nicht, um gegenüber der voranschreitenden Flut einen merklichen Vorsprung zu erlangen. Als der Boden anstieg, tat dies auch das Wasser, bis mir, der ich die Nachhut anführte, klar wurde, daß es uns einholte. Ich konnte den Grund dafür erkennen, denn in dem Maße, wie das Wasser zum Scheitelpunkt des Gewölbes anstieg, verengte sich die Ausdehnung von Omean und wuchs die Geschwindigkeit des Ansteigens im umgekehrten Verhältnis zu dem sich ständig verkleinernden Raum, der zu füllen war.

Lange ehe der letzte der Kolonne hoffen konnte, die oberen Gruben zu erreichen, die über dem Gefahrenpunkt lagen, würde das Wasser nach meiner Überzeugung in einer ungeheuren Menge über uns hereinbrechen, so daß die Hälfte der Expedition vollständig ausgelöscht würde.

Als ich nach einer Möglichkeit Ausschau hielt, von den todgeweihten Männern soviel wie möglich zu retten, entdeckte ich zu meiner Rechten einen abzweigenden Korridor, der steil anzusteigen schien. Das Wasser gurgelte nun um meine Taille. Die Männer direkt vor mir wurden schnell von Panik erfaßt. Etwas mußte sofort geschehen, oder sie würden in einem wilden Ansturm über ihre vorausgehenden Gefährten herfallen, mit dem Ergebnis, daß Hunderte unter Wasser getrampelt wurden und die Passage schließlich auf eine Weise verstopft war, die für die Vorausgehenden jede Hoffnung auf einen Rückzug zunichte machte.

Ich strengte meine Stimme bis zum äußersten an und rief den vor mir gehenden Dwars zu: "Ruft die letzten fünfundzwanzig Utane zurück. Hier scheint es einen Fluchtweg zu geben. Kehrt um und folgt mir."

Nahezu dreißig Utane folgten meinem Befehl, so daß etwa dreitausend Mann umkehrten und, der Flut die Stirn bietend, sich mühsam zu dem Korridor hinarbeiteten, in den ich sie einwies.

Als der erste Dwar mit seinem Utan hineintrat, schärfte ich ihm ein, genau auf meine Kommandos zu achten und sich keinesfalls ins Freie zu wagen oder aus den Gruben in den eigentlichen Tempel vorzudringen, ehe ich bei ihm war "oder du weißt, daß ich gestorben bin, ehe ich dich erreichen konnte".

Der Offizier salutierte und verließ mich. Die Männer eilten hintereinander schnell an mir vorbei in den abzweigenden Korridor, der, wie ich hoffte, uns in Sicherheit führen würde. Das Wasser stand nun brusthoch. Die Männer taumelten, verloren den Boden unter den Füßen und gingen unter. Ich packte viele und stellte sie wieder auf die Beine, doch das war eine Arbeit, die die Kräfte eines einzelnen überstieg. Soldaten wurden unter die brodelnden Sturzbäche gezogen, um nie wieder aufzutauchen. Schließlich stellte mich der Dwar des 10. Utans neben mich. Er war ein vortrefflicher Soldat, Gur Tus mit Namen, und gemeinsam hielten wir unter den nun völlig verängstigten Truppen so etwas wie Ordnung aufrecht und retteten manchen, der sonst ertrunken wäre.

Djor Kantos, Sohn des Kantos Kan, und ein Padwar des fünften Utans schlossen sich uns an, als sein Utan die Öffnung erreichte, durch welche die Männer flüchteten. Danach ging kein einziger von all den Hunderten verloren, die geblieben waren, um vom Hauptkorridor in die Abzweigung zu kommen.

Als der letzte Utan an uns vorbeizog, stand uns das Wasser bis zum Hals, doch wir hielten uns an den Händen und harrten aus, bis der letzte Mann in die relative Sicherheit des neuen Ganges gelangt war. Dieser stieg unmittelbar ziemlich steil an, so daß wir nach einhundert Yards eine Stelle über dem Wassser erreicht hatten.

Einige Minuten setzten wir unseren schnellen Marsch nach oben fort, und ich hoffte, der Gang würde uns bald in die oberen Gruben bringen, die in den Tempel von Issus führten. Doch ich wurde aufs grausamste enttäuscht.

Plötzlich hörte ich weit voraus den Ruf "Feuer!", dem fast sofort Angstschreie und die lauten Befehle der Dwars und Padwars folgten, die offensichtlich versuchten, ihre Männer aus einer großen Gefahr wegzubringen. Schließlich kam die Meldung zu uns. "Sie haben die Gruben vor uns in Brand gesteckt. Wir sind von den Flammen vor uns und den Fluten hinter uns eingeschlossen. Hilf uns, John Carter, wir ersticken!" Dann fegte ein Schwall dichten Rauchs auf uns, die wir den Schluß bildeten, so daß wir stolpernd, ohne etwas zu sehen und nach Luft ringend, den Rückzug antraten.

Uns blieb nichts anderes übrig, als einen neuen Fluchtweg zu suchen. Feuer und Rauch waren weit mehr zu fürchten als das Wasser, und so schlug ich den ersten Weg ein, der uns aus dem erstickenden Rauch ringsum hinaus und nach oben führte.

Abermals stand ich auf der einen Seite, während die Soldaten den neuen Weg entlanghasteten. Etwa zweitausend mußten im Eiltempo an mir vorbeigekommen sein, als der Strom aufhörte, doch ich war nicht sicher, ob sich alle hatten retten können, die den Ausgangspunkt der Flammen nicht hatten passieren können. Um sicher zu gehen, daß kein armer Teufel zurückgeblieben war, um hilflos einen schrecklichen Tod zu sterben, rannte ich schnell den Stollen in Richtung der Flammen entlang, die ich nun mit trüber Glut weit vorn brennen sehen konnte.

Es war heiß, und ich rang nach Atem, doch schließlich erreichte ich einen Punkt, wo das Feuer den Korridor genügend erhellte, so daß ich sehen konnte, daß kein Soldat von Helium zwischen mir und den Flammen lag - was darin oder auf der anderen Seite war, konnte ich nicht erkennen. Andererseits hätte kein Mensch die lodernde Hölle von Chemikalien durchqueren und es in Erfahrung bringen können.

Nachdem ich mein Pflichtgefühl beruhigt hatte, kehrte ich um und lief schnell zu dem Korridor, durch den meine Männer gelaufen waren. Zu meinem Entsetzen entdeckte ich jedoch, daß mein Rückzug in dieser Richtung blockiert war - vor der Einmündung des

Korridors stand ein massives Stahlgitter, das offensichtlich herabgelassen worden war, um mein Entkommen wirksam zu verhindern.

Angesichts des Angriffs der Flotte tags zuvor stand für mich außer Zweifel, daß die Erstgeborenen über unsere prinzipiellen Bewegungen Bescheid wußten. Auch konnte das Anhalten der Pumpen von Omean in dem psychologisch kritischen Moment kein Zufall sein, ebensowenig die chemische Verbrennung in dem einzigen Korridor, durch den wir gegen den Tempel von Issus vorrückten. Dies alles war nichts anderes als ein wohlberechneter Plan.

Das Absenken des Stahlgitters, um mich wirksam zwischen Feuer und Flut einzuschließen, schien mir darauf hinzudeuten, daß unsichtbare Augen uns in jedem Moment beobachtet hatten. Was für eine Chance hatte ich dann, Dejah Thoris zu retten, da ich doch gezwungen war, Gegner zu bekämpfen, die ich nie zu Gesicht bekam! Tausendmal schalt ich mich, da ich mich in eine solche Falle hatte locken lassen, wie diese Gruben darstellten. Nun erkannte ich, daß es viel besser gewesen wäre, unsere Streitmacht intakt zu halten und von der Talseite her einen abgestimmten Angriff zu führen, um im Vertrauen auf den Zufall und unsere großen kämpferischen Fähigkeiten die Erstgeborenen zu überwältigen und die ungefährdete Auslieferung Dejah Thoris' an mich zu erzwingen.

Der Rauch des Feuer trieb mich den Korridor entlang immer weiter dorthin zurück, wo das Wasser war, das ich schon in der Dunkelheit strömen hörte. Meine Männer hatten die letzte Fackel mitgenommen. Auch wurde dieser Korridor nicht durch die Ausstrahlung des phosphoreszierenden Felsgesteins erleuchtet wie jene auf den unteren Ebenen. Diese Tatsache gab mir die Gewißheit, daß ich mich nicht weit von den oberen Gruben befand, die direkt unter dem Tempel lagen.

Schließlich spürte ich, wie das Wasser um meine Füße plätscherte. Der Rauch quoll dick hinter mir. Ich litt unsäglich. Mir blieb wohl nur eine Möglichkeit, nämlich, von beidem den leichteren Tod zu wählen, der mir mit Sicherheit bevorstand. So ging ich den Korridor hinunter, bis das kalte Wasser von Omean mich völlig umgab, und schwamm durch äußerste Dunkelheit weiter - wohin?

Der Selbsterhaltungstrieb ist stark, selbst wenn man, furchtlos und im Besitz der höchsten Denkfähigkeiten, weiß, daß der Tod - ein gewisser und unabwendbarer - dicht vor einem lauert. So schwamm ich langsam weiter und wartete darauf, daß mein Kopf die Decke des Korridors berührte. Dies hätte bedeutet, daß ich den Endpunkt meiner Flucht erreicht hatte und damit die Stelle, wo ich für immer in ein namenloses Grab sinken mußte.

Zu meinem Erstaunen prallte ich gegen eine kahle Mauer, noch ehe ich an dem Punkt war, wo das Wasser die Decke erreichte. Hatte ich mich geirrt? Ich tastete umher. Nein, ich hatte den Hauptkorridor erreicht, und dennoch gab es Raum und Atemluft zwischen der Wasseroberfläche und der felsigen Decke über mir. Nun bewegte ich mich den Hauptkorridor entlang in der Richtung, die Carthoris und die Spitze der Kolonne vor einer halben Stunde eingeschlagen hatten. Ich schwamm und schwamm, und mir wurde bei jedem Zug leichter ums Herz, denn ich wußte, daß ich mich immer mehr dem Punkt näherte, wo keine Möglichkeit mehr bestand, daß das Wasser vor mir tiefer sein konnte als um mich herum. Ich war überzeugt, sehr bald wieder festen Boden unter den Füßen zu haben. Damit bestand wieder die Chance, den Tempel von Issus zu erreichen, und zwar jenen Teil, wo die schöne Gefangene schmachtete.

Doch selbst als meine Hoffnung am größten war, spürte ich den plötzlichen Aufprall, als mein Kopf gegen die Felsen über mir stieß. Nun war demnach das Schlimmste eingetreten. Ich hatte eine der seltenen Stellen erreicht, wo ein Marstunnel plötzlich auf ein niederes Niveau abfällt. Irgendwo dahinter stieg er wieder an, das war mir klar, aber was nützte mir diese Kenntnis, da ich nicht wußte, wie weit er dieses Niveau genau unter der Wasseroberfläche beibehielt?

Es gab nur eine einzige, schwache Hoffnung, und davon ließ ich mich leiten. Ich füllte meine Lungen mit Luft, tauchte unter und schwamm durch dunkelblaue, eisige Finsternis immer weiter den überfluteten Gang entlang. Immer wieder stieg ich mit ausgestreckter Hand auf, doch nur, um die enttäuschenden Felsen dicht über mir zu spüren.

Nicht mehr lange würden meine Lungen die Anspannung aushalten. Ich fühlte, daß ich bald aufgeben mußte. An ein Zurückschwimmen war auch nicht zu denken, ich war schon zu weit vorgedrungen. Ich wußte genau, daß ich es nie schaffen würde, wieder an den Punkt zu gelangen, wo ich das Wasser dicht über meinem Kopf gespürt hatte. Der Tod starrte mir ins Gesicht, auch kann ich mich keines Moments erinnern, an dem ich den eisigen Atem seiner toten Lippen so deutlich auf meiner Stirn gespürt hätte.

Mit meiner schnell schwindenden Kraft unternahm ich eine weitere wahnsinnige Anstrengung. Schwach stieg ich zum letzten Mal auf - meine überanstrengten Lungen lechzten nach Atem, der sie jedoch mit einem fremden und erstarrenden Element füllen würde, aber stattdessen spürte ich den wiederbelebenden Zustrom lebensspendender Luft durch meine gierende Nase in die sterbenden Lungen.

Einige Schwimmzüge brachten mich zu einem Punkt, wo meine Füße den Boden berührten, und kurz danach gelangte ich völlig aus dem Wasser und rannte wie wahnsinnig den Korridor entlang. Ich suchte nach dem ersten Ausgang, der mich nach Issus bringen würde. Sollte ich Dejah Thoris abermals nicht retten können, so war ich wenigstens entschlossen, ihren Tod zu rächen. Doch würde kein anderes Leben meinen Rachedurst befriedigen als das des fleischgewordenen Unholds, der die Ursache allen unermeßlichen Leidens in Barsoom war.

Früher als ich erwartet hatte kam ich an etwas, das mir als plötzlicher Ausgang in den darüber befindlichen Tempel erschien. Er befand sich an der rechten Seite des Korridors, der wahrscheinlich zu weiteren Eingängen in das Gebäude darüber führte.

Für mich war einer so gut wie der andere. Was wußte ich schon, wohin sie alle führten! Ohne darauf zu warten, abermals entdeckt und an meinem Vorhaben gehindert zu werden, lief ich schnell den kurzen, steilen Anstieg hinauf und stieß die Tür an seinem Ende auf.

Sie tat sich langsam nach innen auf, und ehe sie vor mir wieder zugeschlagen werden konnte, sprang ich in den dahinterliegenden Raum. Obwohl die Abenddämmerung noch nicht eingesetzt hatte, war er hell erleuchtet. Seine einzige Bewohnerin lag ausgestreckt auf einer niedrigen Liege auf der anderen Seite und schlief offensichtlich. Auf Grund der Wandbehänge und des reichen Mobiliars des Raumes schlußfolgerte ich, daß es sich um den Wohnraum einer Priesterin, womöglich Issus selbst, handelte.

Bei diesem Gedanken geriet mein Blut in Wallung. Sollte das Schicksal gnädig genug gewesen sein, mir dieses gräßliche Geschöpf allein und schutzlos in die Hände zu spielen? Mit ihr als Geisel konnte ich die Erfüllung all meiner Forderungen durchsetzen. Vorsichtig näherte ich mich der Daliegenden auf leisen Sohlen. Ich kam ihr immer näher, doch ich hatte den Raum erst zur Hälfte durchquert, als sie sich bewegte und sich bei meinem Hinzueilen aufrichtete und mich anblickte.

Zunächst spielte sich Angst auf dem Gesicht der Frau, die mich ansah, dann ungläubige Verwirrung, dann Hoffnung und Dankbarkeit.

Mein Herz hämmerte in meiner Brust, als ich zu ihr trat, Tränen stiegen mir in die Augen, Worte, die aus mir herausbrechen wollten, blieben mir in der Kehle stecken, als ich meine Arme ausbreitete und einmal mehr die Frau an mich drückte, die ich liebte - Dejah Thoris, Prinzessin von Helium.

Sieg und Niederlage

"John Carter, John Carter", schluchzte sie und drückte ihr liebes Köpfchen an meine Schulter. "Selbst jetzt kann ich kaum glauben, was meine Augen mir sagen. Als dieses Mädchen, Thuvia, mir sagte, du seist nach Barsoom zurückgekehrt, hörte ich es zwar, konnte es jedoch nicht verstehen, weil ich mir sagte, ein solches Glück sei unmöglich für jemanden, der all diese Jahre in der schweigenden Einsamkeit so gelitten hatte. Als ich schließlich erfaßte, daß es wahr war, und erfuhr, an welch schrecklichem Ort man mich gefangenhielt, zweifelte ich doch, daß selbst du mich hier erreichen könntest.

Als die Tage verstrichen und ein Mond nach dem anderen vorüberging, ohne daß mich auch nur die leiseste Kunde von dir erreichte, ergab ich mich in mein Schicksal. Und nun, da du gekommen bist, kann ich es kaum glauben. Seit einer Stunde höre ich den Lärm einer Auseinandersetzung im Palast. Ich wußte nicht, was es bedeutete, doch ich hoffte gegen jede Vernunft, daß es die Männer von Helium seien, angeführt von meinem Prinzen.

Und nun sage mir, wie geht es Carthoris, unserem Sohn?"

"Noch vor knapp einer Stunde waren wir zusammen, Dejah Thoris", erwiderte ich. "Es müssen seine Männer gewesen sein, die du in den Räumen des Tempels hast kämpfen hören."

"Wo ist Issus?" fragte ich plötzlich.

Sie zuckte die Schultern.

"Sie schickte mich vor Ausbruch der Kämpfe in den Tempelhallen unter Bewachung in diesen Raum und sagte mir, sie werde mich später holen lassen. Sie schien sehr zornig zu sein und auch furchterfüllt. Ich habe sie nie so unsicher und fast verängstigt auftreten sehen. Nun weiß ich: Sie hat gewiß erfahren, daß John Carter, Prinz von Helium, heranrückte, um sie für die Einkerkerung seiner Prinzessin zur Rechenschaft zu ziehen."

Kampfeslärm, Waffengeklirr, Geschrei und die eiligen Schritte vieler Füße erreichten uns aus verschiedenen Teilen des Tempels. Ich wußte, daß man mich dort brauchte, wagte jedoch nicht, Dejah Thoris zu verlassen, wollte sie wiederum auch nicht in den Aufruhr und die Gefahren des Kampfes mitnehmen.

Schließlich fielen mir die Gruben ein, aus denen ich soeben aufgetaucht war. Warum sollte ich sie nicht dort verstecken, bis ich zurückkehrte und sie in Sicherheit und für immer von diesem gräßlichen Ort wegbringen konnte? Ich erläuterte ihr meinen Plan.

Sie klammerte sich einen Augenblick noch fester an mich.

"Ich kann es nicht ertragen, jetzt von dir getrennt zu werden, nicht einmal für eine kurze Zeit, John Carter", sagte sie. "Ich schaudere bei dem Gedanken, wieder allein zu sein, wo diese gräßliche Kreatur mich finden könnte. Du kennst sie nicht. Niemand kann sich vorstellen, wie wild und grausam sie ist, der sie nicht über ein halbes Jahr bei ihren täglichen Verrichtungen beobachtet hat. Ich habe fast die ganze Zeit gebraucht, um selbst die Dinge richtig zu erfassen, die ich mit eigenen Augen gesehen hatte."

"Dann werde ich dich nicht verlassen, meine Prinzessin", erwiderte ich.

Sie schwieg eine Weile, dann zog sie mein Gesicht zu ihrem und küßte mich.

"Geh, John Carter", sagte sie. "Unser Sohn ist dort mit seinen Soldaten, sie kämpfen um die Prinzessin von Helium. Wo sie sind, solltest auch du sein. Ich darf jetzt nicht an mich denken, sondern nur an sie und die Pflichten meines Gatten. Dem darf ich nicht im Wege stehen. Versteck mich in den Gruben und geh."

Ich führte sie zu der Tür, durch welche ich den Raum von unten betreten konnte. Dort drückte ich sie zärtlich an mich, geleitete sie über die Schwelle, küßte sie abermals und schloß die Tür hinter ihr, wenngleich es mir das Herz zerriß und mich mit den dunkelsten Schatten schrecklicher Vorahnungen erfüllte.

Ohne länger zu zögern, eilte ich von dem Gemach in Richtung des größten Lärms davon. Ich hatte kaum ein halbes Dutzend Räume durchquert, als ich auf den Schauplatz eines furchtbaren Kampfes geriet. Die Schwarzen drängten sich in Massen am Eingang zu einem großen Saal, wo sie versuchten, das weitere Vordringen einer Gruppe roter Menschen in die inneren geheiligten Räume des Tempels zu verhindern.

Da ich von innen kam, fand ich mich hinter den Schwarzen, und ohne zu warten oder auch ihre Anzahl beziehungsweise die Torheit meines Vorgehens einzukalkulieren, griff ich schnell durch den Raum an und überfiel sie von hinten mit meinem Langschwert.

Als ich den ersten Schlag führte, rief ich laut "Für Helium!". Dann ließ ich Hieb auf Hieb auf die überraschten Krieger niederprasseln, während die Roten draußen beim Klang meiner Stimme Mut faßten und mit dem Ruf "John Carter! John Carter!" ihre Anstrengungen so wirksam verdoppelten, daß die Reihen der Schwarzen aufgebrochen waren, ehe diese sich von ihrer zeitweiligen Verwirrung erholen konnten, und die roten Menschen in den Raum fluteten.

Der Kampf in diesem Gemach wäre als ein historisches Denkmal des grimmigen Ungestüms seines kriegerischen Volkes in die Annalen von Barsoom eingegangen, wäre nur ein fähiger Chronist zur Stelle gewesen. Fünfhundert Mann kämpften dort an diesem Tag, die schwarzen Männer gegen die roten. Niemand bat um Gnade oder gab Pardon. Sie kämpften wie in stillem Übereinkommen, als wollten sie ein für allemal ihr Recht auf Leben behaupten entsprechend dem Wolfsgesetz des Sieges des Stärkeren.

Ich glaube, wir alle wußten, daß das Verhältnis dieser zwei Rassen für immer vom Ausgang dieses Kampfes abhing. Es war eine Auseinandersetzung zwischen dem Alten und dem Neuen, doch ich zweifelte nicht im geringsten am Endergebnis. Mit Carthoris an meiner Seite stritt ich für die roten Menschen von Barsoom und für ihre völlige Befreiung aus dem Würgegriff ihres gräßlichen Aberglaubens.

Wir wogten kämpfend im Raum hin und her und versanken schließlich knöcheltief im Blut. Die Toten lagen so dicht, daß wir während des Gefechts die halbe Zeit auf ihnen standen. Als wir zu den großen Fenstern drängten, die auf die Gärten von Issus blickten, bot sich mir ein Anblick, daß mich eine Woge der Glückseligkeit durchlief.

"Schaut hin!" sagte ich. "Männer der Erstgeborenen, schaut hin!"

Der Kampf hörte eine Weile auf, weil jeder in die Richtung blickte, in die ich wies. Kein Mann der Erstgeborenen hätte sich träumen lassen, jemals zu sehen, was sich dort abspielte.

Quer durch die Gärten zog sich von einer Seite zur anderen eine wankende Linie schwarzer Krieger, während hinter ihnen eine gewaltige Horde grüner Krieger auf ihren mächtigen Thoats sie zurückdrängten. Während wir noch zuschauten, ritt einer von ihnen, der noch grimmiger und furchteinflößender blickte als seine Kampfgenossen, von weiter hinten nach vorn und rief seiner grauenerregenden Legion einen wilden Befehl zu.

Das war Tars Tarkas, Jeddak von Thark, und als er seine riesige, vierzig Fuß lange, eisenbeschlagene Lanze einlegte, sahen wir seine Krieger dasselbe tun. Nun erkannten wir, was er befohlen hatte. Zwanzig Yards trennten jetzt die grünen Männer von der schwarzen

Linie. Auf ein weiteres Wort des großen Thark griffen die grünen Krieger mit einem wilden, grauenerregenden Schlachtruf an. Die schwarze Linie hielt einen Augenblick stand, doch nur kurz - dann preschten die schaudererregenden Tiere mit ihren gleichermaßen fürchterlichen Reitern durch sie hindurch.

Ihnen folgte ein Utan der roten Männer hinter dem anderen. Die grüne Horde zerbrach und umringte den Tempel. Die roten Männer stürmten ins Innere, und nun wandten wir uns um, um den unterbrochenen Kampf fortzusetzen, doch unsere Feinde waren verschwunden.

Mein nächster Gedanke galt Dejah Thoris. Ich rief Carthoris zu, ich hätte seine Mutter gefunden, und machte mich eilends auf den Weg zu dem Gemach, wo ich sie verlassen hatte, wobei mein Junge mir dichtauf folgte. Hinter uns kam die kleine Streitmacht, die die blutige Auseinandersetzung überlebt hatte.

Als ich den Raum betrat, erkannte ich sofort, daß jemand hier gewesen war, seit ich ihn verlassen hatte. Ein Seidentuch lag auf dem Fußboden. Vorher war es nicht dort gewesen. Auch lagen ringsum ein Dolch und mehrere Stücke Metallschmuck verstreut, als habe jemand sie dem Träger im Kampf abgerissen. Das Schlimmste war jedoch, daß die Tür zu den Gruben, wo ich meine Prinzessin verborgen hatte, offen stand.

Mit einem Satz war ich dort. Ich stieß sie weiter auf und stürmte hinein. Dejah Thoris war verschwunden. Ich rief immer wieder laut ihren Namen, erhielt jedoch keine Antwort. Ich glaube, in dem Moment stand ich am Rande des Wahnsinns. Zwar erinnere ich mich nicht, was ich sagte oder tat, doch ich weiß, daß mich einen Augenblick lang tollwütige Raserei erfaßte.

"Issus!" rief ich. "Issus! Wo ist Issus! Durchsucht den Tempel, doch niemand soll ihr ein Haar krümmen außer John Carter. Carthoris, wo befinden sich die Gemächer von Issus?"

"Hier entlang", sagte der Junge. Ohne sich zu überzeugen, daß ich ihn gehört hatte, stürmte er mit halsbrecherischer Geschwindigkeit weiter ins Innere des Tempels. Wie schnell er auch lief, ich war dennoch neben ihm und drängte ihn zu noch größerem Tempo.

Schließlich gelangten wir an eine große, mit Schnitzwerk versehene Tür. Carthoris rannte einen Fuß vor mir hinein. Hier bot sich uns ein Anblick, wie ich ihn schon einmal im Tempel vor Augen gehabt hatte - der Thron von Issus mit den halb liegenden Sklaven, und ringsherum die Reihen der Soldaten.

Wir gaben den Männern nicht einmal eine Chance, das Schwert zu ziehen, so schnell fielen wir über sie her. Mit einem einzigen Hieb streckte ich zwei in der vordersten Reihe zu Boden. Dann stürmte ich durch das bloße Gewicht und den Schwung meines Körpers durch die restlichen zwei Reihen und sprang auf das Podest neben den geschnitzten Sorapusthron.

Die widerliche Kreatur, die angsterfüllt dort hockte, versuchte, mir zu entrinnen und durch die Falltür hinter ihr zu verschwinden. Diesmal fiel ich jedoch nicht auf diese List herein. Noch ehe sie sich halb erhoben hatte, packte ich sie beim Arm, und als ich sah, daß die Wache Anstalten machte, von allen Seiten über mich herzufallen, zückte ich den Dolch, hielt ihn dem Scheusal an die Brust und gebot ihnen, stehenzubleiben.

"Zurück!" sagte ich. "Zurück! Sobald einer von euch Schwarzen auch nur den Fuß auf diesen Podest setzt, fährt mein Dolch Issus ins Herz."

Sie zögerten einen Augenblick. Dann rief ein Offizier sie zurück, während vom Korridor draußen, meiner kleinen Schar Überlebender auf den Fersen folgend, volle eintausend rote Männer unter Kantos Kan, Hor Vastus und Xodar in den Thronsaal stürmten.

"Wo ist Dejah Thoris?" fragte ich die Kreatur in meiner Hand.

Einen Augenblick rollten ihre Augen wild umher und erfaßten die Szene unter ihr. Ich glaube, es brauchte eine Weile, ehe sie die wirkliche Lage richtig erfaßte - zuerst konnte sie gar nicht wahrhaben, daß der Tempel unter dem Ansturm der Männer der Außenwelt gefallen war. Als sie dies erkannte, dämmerte ihr wohl auch die schreckliche Ahnung dessen, was dies für sie bedeutete - den Verlust der Macht, Demütigung und Bloßstellen ihres betrügerischen Verhaltens und des Schwindels, den sie so lange ihrem eigenen Volk gegenüber aufrechterhalten hatte.

Es bedurfte nur noch einer Sache, um die Realität des Bildes zu vollenden, das sie vor sich sah, und diese wurde durch den höchsten Edlen ihres Reiches - den Hohenpriester ihrer Religion, den Premierminister ihrer Regierung geliefert.

"Issus, Göttin des Todes und des Ewigen Lebens, erhebe dich in der Macht deines gerechten Zorns und strecke deine gotteslästerlichen Feinde mit einer einzigen Bewegung deiner allmächtigen Hand zu Boden!" sagte er. "Laß keinen entkommen, Issus, dein Volk verläßt sich auf dich! Tochter des Kleineren Mondes, nur du bist allmächtig.

Du als Einzige kannst dein Volk retten. Ich habe zu Ende gesprochen. Wir erwarten deinen Willen. Schlage zu!"

Da verfiel sie in Wahnsinn. Eine schreiende, geifernde Irre wand sich in meinem Griff. Sie biß und kratzte in ohnmächtiger Wut. Dann stieß sie ein unheimliches und grauenvolles Gelächter aus, daß einem das Blut in den Adern erstarrte. Die Sklavinnen auf dem Podest schrien auf und duckten sich. Die widerliche Kreatur sprang zu ihnen, knirschte mit den Zähnen und spie sie mit schaumbedeckten Lippen an. Mein Gott, was für ein entsetzlicher Anblick!

Schließlich schüttelte ich sie in der Hoffnung, sie für einen Augenblick zu klarem Denken zu bringen.

"Wo ist Dejah Thoris?" fragte ich abermals.

Das gräßliche Geschöpf murmelte undeutlich etwas vor sich hin, dann trat auf einmal ein tückischer Glanz in die häßlichen, engstehenden Augen.

"Dejah Thoris? Dejah Thoris?" Dann schlug uns wieder ihr schrilles, unnatürliches Lachen ins Ohr.

"Ja, Dejah Thoris - ich weiß. Und Thuvia, und Phaidor, Tochter des Matai Shang. Sie alle lieben John Carter. Haha! Das ist schon spaßig. Ein Jahr lang werden sie zusammen im Tempel der Sonne meditieren, doch noch ehe das Jahr vergangen ist, wird es keine Nahrung mehr für sie geben. Hoho! Welch göttliche Zerstreuung." Damit leckte sie sich den Schaum von den grausamen Lippen. "Es wird keine Nahrung mehr geben - außer einander. Haha! Haha!"

Die grauenhafte Offenbarung lähmte mich nahezu. Zu diesem Schicksal hatte die Kreatur, die in meiner Macht war, meine Prinzessin verurteilt. Ich zitterte vor unbändiger Wut. Wie ein Hund eine Ratte schüttelt, so verfuhr ich mit Issus, der Göttin des Ewigen Lebens.

"Widerrufe deine Befehle!" sagte ich. "Ruf die Verurteilten zurück. Beeile dich, oder du stirbst!"

"Es ist zu spät. Haha! Haha!" Damit begann sie wieder zu schnattern und zu schreien.

Wie aus eigenem Antrieb schnellte mein Dolch über das Herz dieses widerlichen Wesens. Etwas ließ meine Hand jedoch verharren, und ich bin jetzt froh, daß es so war. Es wäre eine furchtbare Sache gewesen, eine Frau mit eigenen Händen zu töten. Da fiel mir ein angemesseneres Schicksal für diese falsche Göttin ein.

"Erstgeborene", rief ich, an diejenigen gewandt, die sich mit im

Raum befanden. "Ihr habt heute die Ohnmacht von Issus mit angesehen - die Götter sind allmächtig, Issus ist keine Göttin. Sie ist eine grausame und böse alte Frau, die euch jahrhundertelang getäuscht und mit euch gespielt hat. Nehmt sie. John Carter, Prinz von Helium, möchte seine Hände nicht mit ihrem Blut beflecken." Damit stieß ich die wütende Bestie, die noch vor einer knappen halben Stunde von der ganzen Welt als göttlich verehrt worden war, von dem Podest ihres Thrones in die lauernden Krallen ihres verratenen und rachedurstigen Volkes.

Ich entdeckte Xodar unter den Offizieren der roten Männer und bat ihn, mich schnell zum Tempel der Sonne zu führen. Ohne zu warten, um in Erfahrung zu bringen, welches Schicksal die Erstgeborenen ihrer Göttin zuteil werden ließen, verließ ich eilends mit Xodar, Carthoris, Hor Vastus, Kantos Kan und einer Schar anderer roter Edler den Raum.

Der Schwarze führte uns rasch durch die inneren Gemächer des Tempels, bis wir auf dem zentralen Hof standen - einer großen, kreisrunden Fläche, die mit durchsichtigem Marmor von ausgesuchtem Weiß gepflastert war. Vor uns erhob sich ein goldener Tempel, der mit höchst wunderbaren und phantasiereichen Mustern verziert war. Sie waren mit Diamanten, Rubinen, Saphiren, Türkisen, Smaragden und den tausend anderen namenlosen Edelsteinen des Mars versehen, welche die meisten Edelsteine der Erde an Pracht und Reinheit übertreffen.

"Hierhin", sagte Xodar und führte uns zum Eingang in einen Tunnel, der in den Hof neben dem Tempel mündete. Gerade als wir im Begriff waren, hinabzusteigen, hörten wir ein tiefes Dröhnen aus dem Tempel von Issus aufsteigen, den wir soeben verlassen hatten, und dann kam ein roter Mann, Djor Kantos, Padwar des fünften Utan, aus einem Tor in der Näher herbeigestürzt und rief uns zu, wir sollten umkehren.

"Die Schwarzen haben den Tempel in Brand gesetzt. Er brennt an tausend Stellen. Eilt in die äußeren Gärten, oder ihr seid verloren."

Noch während er redete, sahen wir Rauch aus mehreren Fenstern aufsteigen, die in den Hof des Tempels der Sonne blickten, und hoch über dem höchsten Minarett von Issus hing eine ständig größer werdende Rauchwolke.

"Zurück! Zurück!" rief ich denen zu, die mich begleitet hatten. "Weise mir den Weg, Xodar. Weise mir den Weg und verlaß mich. Noch kann ich meine Prinzessin erreichen."

"Folge mir, John Carter", erwiderte Xodar und stürmte in den Tunnel zu unserer Rechten, ohne auf meine Antwort zu warten. Ihm dicht auf den Fersen stürmte ich durch ein halbes Dutzend Reihen von Galerien, bis er mich schließlich über einen Gang entlangführte, an dessen Ende ich ein kleines Zimmer sah.

Massive Stangen verwehrten uns das weitere Vorankommen, doch dahinter erblickte ich sie - meine unvergleichliche Prinzessin. Thuvia und Phaidor waren bei ihr. Als sie mich sah, stürzte sie zu dem Gitter, das uns trennte. Der Raum hatte sich auf seinem langsamem Weg schon so weit gedreht, daß nur noch ein Teil der Öffnung in der Tempelwand sich gegenüber dem vergitterten Ende des Korridors befand. Langsam schloß sich die Öffnung, und bald würde nur noch ein winziger Spalt klaffen, dann würde auch dieser geschlossen werden. Der Raum würde sich dann gemächlich ein langes Barsoomisches Jahr lang drehen, bis die Öffnung in der Wand wieder einen kurzen Tag lang am Ende des Ganges vorüberglitt.

Doch was für grauenvolle Dinge würden inzwischen in diesem Raum vor sich gehen!

"Xodar! Kann keine Macht dieses gräßliche, sich drehende Monster zum Halten bringen?" fragte ich. "Gibt es niemanden, der das Geheimnis dieses schrecklichen Gitters kennt?"

"Ich fürchte, niemanden, den wir noch rechtzeitig herholen könnten. Dennoch werde ich gehen und es versuchen. Warte hier auf mich."

Nachdem er gegangen war, sprach ich mit Dejah Thoris, und sie streckte mir ihre liebe Hand durch die gnadenlosen Gitterstäbe, damit ich sie bis zum letzten Augenblick halten konnte.

Thuvia und Phaidor traten ebenfalls näher, aber als Thuvia sah, daß wir allein sein wollten, zog sie sich zur anderen Seite des Raumes zurück. Nicht so die Tochter von Matai Shang.

"John Carter, dies ist das letzte Mal, daß du eine von uns erblickst", sagte sie. "Sage mir, daß du mich liebst, damit ich glücklich sterben kann."

"Ich liebe nur die Prinzessin von Helium", erwiderte ich ruhig. "Es tut mir leid, Phaidor, aber es ist so, wie ich dir von Anfang an gesagt habe."

Sie biß sich auf die Lippen und wandte sich ab. Doch vorher sah ich, wie sie Dejah Thoris einen finsteren, feindseligen Blick zuwarf. Nun stand sie etwas entfernt, doch nicht so weit weg, wie ich es mir gewünscht hätte, denn ich hatte der langvermißten Geliebten viele kleine Vertraulichkeiten zuzuraunen.

Wir unterhielten uns einige Minuten leise. Die Öffnung wurde immer kleiner. Bald würde sie zu schmal sein, als daß die schlanke Gestalt meiner Prinzessin hätte hindurchgleiten können. Warum beeilte sich Xodar nur nicht? Über uns konnten wir den schwachen Widerhall eines großen Tumults hören. Unzählige schwarze, rote und grüne Männer kämpften sich durch das Feuer des lodernden Tempels von Issus.

Ein Luftzug von oben trug uns den Geruch von Rauch zu. Während wir auf Xodar warteten, wurde der Rauch immer dicker. Da hörten wir Rufe am fernen Ende des Ganges und eilige Schritte.

"Komm zurück, John Carter, komm zurück!" rief eine Stimme. "Jetzt brennen sogar die Gruben."

Einen Augenblick später brachen ein Dutzend Männer durch den nun jede Sicht nehmenden Rauch und kamen zu mir. Das waren Carthoris, Kantos Kan, Hor Vastus und Xodar mit einigen wenigen, die mir in den Tempelhof gefolgt waren.

"Es besteht keine Hoffnung, John Carter", sagte Xodar. "Der Schlüsselbewahrer ist tot, die Schlüssel sind nicht an seinem Körper zu finden. Unsere einzige Hoffnung besteht darin, die Feuersbrunst zu löschen und dem Schicksal zu vertrauen, daß deine Prinzessin nach einem Jahr noch lebendig und unversehrt ist. Ich habe genügend Nahrung mitgebracht, daß sie damit auskommen. Wenn dieser Spalt geschlossen ist, kann der Rauch nicht zu ihnen dringen, und wenn wir die Flammen schnell löschen, glaube ich, daß sie sicher sind."

"Dann geh und nimm die anderen mit", erwiderte ich. "Ich werde hier bei meiner Prinzessin bleiben, bis ein gnadenvoller Tod mich von meiner Trauer erlöst. Mir liegt nichts mehr am Leben."

Während meiner Worte hatte Xodar eine große Menge kleiner Konservenbüchsen in die Gefängniszelle geworfen. Einen Augenblick später war der Spalt nicht mehr als ein Zoll breit. Dejah Thoris stand so dicht wie möglich dahinter und flüsterte mir Worte der Hoffnung und der Ermutigung zu. Sie drängte mich, an die eigene Rettung zu denken.

Plötzlich erblickte ich hinter ihr das schöne Antlitz Phaidors von haßerfüllter Bosheit verzerrt. Als ich ihrem Blick begegnete, sagte sie: "Glaube nicht, daß du die Liebe von Phaidor, der Tochter des Matai Shang, so leichtfertig verschmähen kannst. Und hoffe auch nicht, deine Dejah Thoris je wieder in den Armen zu halten. Warte du nur dieses lange, lange Jahr. Doch wisse: Wenn das Jahr vorüber ist, werden es Phaidors Arme sein, die dich willkommen heißen - nicht die der Prinzessin von Helium. Sieh hier, sie stirbt!"

Als sie geendet hatte, sah ich, wie sie einen Dolch hob, und dann sah ich noch eine andere Gestalt. Es war die von Thuvia. Als der Dolch auf die ungeschützt Brust meiner Geliebten niederstieß, befand sich Thuvia fast zwischen ihnen. Eine Rauchwolke versperrte mir die Sicht und verbarg die Tragödie in dieser schrecklichen Zelle - ein Schrei ertönte, ein einziger Schrei, als der Dolch herab stieß.

Nachdem sich der Rauch verzogen hatten, blickten wir auf eine kahle Wand. Der letzte Spalt hatte sich geschlossen, und nun würde die grauenvolle Kammer ihr Geheimnis ein ganzes Jahr lang vor den Blicken der Menschen verbergen.

Sie drängten mich, wegzugehen.

"In wenigen Augenblicken ist es zu spät", sagte Zodar. "Es gibt ohnedies nur noch eine geringe Chance, daß wir je lebendig zu den Außengärten gelangen. Ich habe befohlen, daß die Pumpen angeworfen werden, und in fünf Minuten werden die Gruben überflutet sein. Wollen wir nicht wie Ratten in einer Falle ertrinken, müssen wir nach oben eilen und uns durch den brennenden Tempel in Sicherheit bringen."

"Geht", drängte ich sie. "Laßt mich hier neben meiner Prinzessin sterben - für mich gibt es nirgends noch Hoffnung oder Glück. Wenn sie die heißgeliebte Tote in einem Jahr von diesem entsetzlichen Ort wegbringen, sollen sie den Körper ihres Gatten hier vorfinden, der auf sie wartet."

Von den darauffolgenden Ereignissen habe ich nur eine unklare Erinnerung. Mir war, als kämpfte ich mit vielen Männern, dann wurde ich vom Boden aufgehoben und weggetragen. Ich weiß nichts mehr, ich habe niemals gefragt. Auch hat niemanden von denen, die an diesem Tag dort waren, meinem Schmerz erneut aufgewühlt und mir die Geschehnisse vor Augen geführt, von denen sie wußten, daß sie nur die schreckliche Wunde in meinem Herzen aufreißen würden.

Ach, wüßte ich nur das eine - welche Bürde der Ungewißheit würde von meinen Schultern genommen! Doch ob der Dolch der Mörderin die Brust meiner Geliebten oder die der anderen erreicht hatte, würde nur die Zeit enthüllen.

Inhaltsverzeichnis

Die **TARZAN**-Romane von Edgar Rice Burroughs

★ Bereits erschienen
* Deutsche Erstveröffentlichungen

Alle Bände neu übersetzt, wobei die einzig autorisierte Ausgabe -
komplett und ungekürzt - von Ballantine Books New York
zugrunde gelegt wurde.

Die **MARS**-Romane von Edgar Rice Burroughs

Die Prinzessin vom Mars ★

Die Götter des Mars ★

Der Kriegsherr des Mars

Thuvia, das Mädchen vom Mars

Die Schachfiguren des Mars*

Der Großmeister vom Mars *

Ein Mars-Kämpfer*

Die Schwerter des Mars*

Die Kunstmenschen des Mars*

Llana von Gathol*

John Carter vom Mars*

★Bereits erschienen
* Deutsche Erstveröffentlichungen

Alle Bände neu übersetzt, komplett und ungekürzt.